JAZMÍN™

JESSICA STEELE

UNA NUEVA
DEUDA

Cualquier forma de reproducción, distribución, comunicación pública o transformación de esta obra solo puede ser realizada con la autorización de sus titulares, salvo excepción prevista por la ley.
Diríjase a CEDRO si necesita reproducir algún fragmento de esta obra.
www.conlicencia.com - Tels.: 91 702 19 70 / 93 272 04 47

Editado por Harlequin Ibérica.
Una división de HarperCollins Ibérica, S.A.
Avenida de Burgos, 8B - Planta 18
28036 Madrid

© 2024 Harlequin Ibérica, una división de HarperCollins Ibérica, S.A.
N.º 571 - 12.3.24

© 2003 Jessica Steele
Una nueva deuda
Título original: A Paper Marriage

© 2003 Melissa A. Manley
Diario de un soltero
Título original: The Bachelor Chonicles

© 1998 Margaret Way Pty., Ltd.
La mejor elección
Título original: Beresford's Bride
Publicadas originalmente por Harlequin Enterprises, Ltd.
Estos títulos fueron publicados originalmente en español en 2004, 2003 y 2015

Todos los derechos están reservados incluidos los de reproducción, total o parcial. Esta edición ha sido publicada con autorización de Harlequin Books S.A.
Esta es una obra de ficción. Nombres, caracteres, lugares, y situaciones son producto de la imaginación del autor o son utilizados ficticiamente, y cualquier parecido con personas, vivas o muertas, establecimientos de negocios (comerciales), hechos o situaciones son pura coincidencia.
® Harlequin, Jazmín y logotipo Harlequin son marcas registradas propiedad de Harlequin Enterprises Limited.
® y ™ son marcas registradas por Harlequin Enterprises Limited y sus filiales, utilizadas con licencia. Las marcas que lleven ® están registradas en la Oficina Española de Patentes y Marcas y en otros países.
Imagen de cubierta utilizada con permiso de Harlequin Enterprises Limited. Todos los derechos están reservados.

I.S.B.N.: 978-84-1180-608-4
Depósito legal: M-1098-2024
Impreso en España por: BLACK PRINT
Fecha impresión para Argentina: 8.9.24
Distribuidor exclusivo para España: LOGISTA
Distribuidor para México: Distibuidora Intermex, S.A. de C.V.
Distribuidores para Argentina: Interior, DGP, S.A. Alvarado 2118.
Cap. Fed./Buenos Aires y Gran Buenos Aires, VACCARO HNOS.

MIXTO
Papel procedente de
fuentes responsables
FSC® C159065
www.fsc.org

LYDIE iba conduciendo preocupada mientras se dirigía a casa de sus padres en el condado de Buckingham. Algo pasaba. Algo muy serio. Lo supo en el mismo instante en el que escuchó la voz de su madre al teléfono.

Su madre no solía llamarla; normalmente, era ella la que telefoneaba.

—Quiero que vengas ahora mismo —le dijo su madre, nada más descolgar el teléfono.

—Pero si voy a ir el sábado a la boda de Oliver —le recordó Lydie.

—Te quiero aquí antes.

—¿Me necesitas para algo?

—Sí.

—Oliver... —comenzó a decir.

—No tiene nada que ver con tu hermano, ni con su boda —la interrumpió su madre—. Los Ward-Watson saben arreglárselas muy bien para que todo salga perfecto.

—¿Es papá? —preguntó alarmada—. ¿No estará enfermo, verdad?

Su padre era un hombre muy tranquilo y amable, actitud que contrastaba con la lengua afilada de su madre.

–Físicamente está bien, como siempre. Pero está preocupado. Últimamente, no duerme muy bien.

–¿Qué lo preocupa tanto?

Hubo un momento de silencio.

–Te lo contaré en cuanto llegues –le dijo su madre.

–¿Por qué no puedes decírmelo ahora? –presionó Lydie.

–En cuanto vengas. No voy a discutirlo por teléfono.

¡Por Dios santo! ¿Quién pensaría su madre que estaba escuchando?

–Llamaré a papá a la oficina –decidió Lydie.

–Ni se te ocurra. No quiero que sepa que me he puesto en contacto contigo.

–Pero...

–Además, tu padre ya no tiene oficina.

–¿Qué? ¿Se puede saber qué diantre está pasando?

–Cuelga el teléfono y ven a casa –dijo su madre cortante y colgó.

Su primera intención fue volver a llamarla. Después, se lo pensó mejor y decidió llamar a su padre. No hacía falta que le dijera nada sobre la llamada que acababa de recibir; le diría que lo llamaba para saludarlo.

Unos cuantos segundos después, comenzó a sentirse realmente preocupada. Al llamar al número del trabajo de su padre, una operadora le decía que ese número no existía. «... tu padre ya no tiene oficina», le había dicho su madre.

Lydie colgó el teléfono y fue a buscar a la mujer

para la que trabajaba. Aunque, a decir verdad, Donna se parecía más a una hermana que a una jefa. La encontró en el salón con sus hijos Sofía, de un año, y Thomas, de tres. Formaban una familia feliz y Lydie sabía que le iba a dar mucha pena cuando tuviera que dejarlos después de tres años cuidando a los niños.

–¿Han llamado por teléfono? –preguntó con una sonrisa.

–Era mi madre.

–¿Va todo bien?

–¿Qué pasaría si me marchara una semana antes de lo previsto?

–¿Hoy? –preguntó mientras la sonrisa se le borraba de la cara–. Me vendría fatal.

–Estarás bien, lo sé –le aseguró Lydie.

De esa conversación ya habían pasado unas horas. Lydie llegó a casa de sus padres y se dio cuenta de que hacía mucho que no iba por allí. Llevaba a Beamhurst Court en la sangre y cuando se tuvo que marchar para trabajar de niñera, hacía cinco años, le había dado mucha pena.

El primer trabajo que tuvo empezó a ir mal cuando el padre de la niña a la que cuidaba comenzó a hacerle proposiciones deshonestas. Cuando se marchó de allí, se fue a cuidar a Thomas, el niño de Donna y Nick Cooper. Pero ahora tenía que dejarlos. Después de tener a su segundo hijo, Donna había decidido dejar de trabajar y encargarse ella misma del cuidado de los pequeños.

–¿Qué opinas? –le había preguntado Donna a Lydie.

–Si eso es lo que tú quieres...

Donna se quedó pensativa.

–Siempre me he sentido culpable por perderme los dos primeros años de Thomas –le respondió. Eso lo aclaraba todo.

Habían quedado en que Lydie se marcharía el próximo jueves, para ir a la boda de su hermano, pero había tenido que adelantar la marcha. Sabía que no le costaría mucho encontrar otro trabajo, pero echaría de menos a los Cooper.

Al llegar a la casa a la que tanto amaba, se paró un momento para disfrutar del sentimiento que la embargaba. Un día la casa sería para su hermano, eso siempre lo había sabido; pero eso no evitaba que se sintiera feliz cada vez que volvía.

Entonces, recordó que su madre estaba esperándola y comenzó a ponerse nerviosa. No tenía ni idea de lo que estaba pasando, pero parecía ser muy serio.

Dejó el coche junto a la entrada. No se pondría a buscar trabajo hasta que se enterara de lo que estaba pasando allí.

Cuando entró en casa, no tuvo que buscar mucho. Su madre estaba en la entrada con la señora Ross. Lydie besó a su madre y saludó al ama de llaves.

Después de los saludos, la mujer se dirigió hacia la cocina para preparar un té y Lydie siguió a su madre hacia el salón.

–¡Has tardado en venir! –se quejó su madre con aspereza.

–¡Mamá, tenía que hacer las maletas! –se defendió Lydie, aunque no pensaba discutir con ella; tenía cosas más importantes en la cabeza–. ¿Qué está pasando aquí? Llamé al despacho de papá y...

–Te dije que no lo hicieras –la interrumpió su madre enfadada.

–No le habría dicho que me habías llamado. Si hubiera tenido la oportunidad. Pero me resultó imposible, su número está dado de baja. ¿Dónde está papá? me dijiste que ya no tenía oficina, pero eso es imposible. Durante años...

–Tu padre no tiene oficina, porque ya no tiene empresa –dijo Hilary Pearson cortante.

Lydie abrió sus preciosos ojos verdes sorprendida.

–¿Que no...? –se atragantó. Intentó protestar, pensar que su madre estaba bromeando, pero la cara enfadada de su madre le mostró que la situación no tenía ni pizca de gracia–. ¿Ha vendido la empresa?

–¿Venderla? ¡Se la han quitado!

–¿Quién? ¿Qué ha pasado?

–El banco. Se lo han quitado todo. Ahora van detrás de la casa.

–¿Detrás de Beamhurst? –preguntó horrorizada.

–Todos sabemos que estás enamorada de esta casa. Pero, a menos que tú hagas algo, nos obligarán a venderla para pagar las deudas.

–¿Yo? –preguntó sorprendida.

–Tu padre te pagó la mejor educación... Totalmente desaprovechada. Ya es hora de que tú hagas algo a cambio.

Lydie sabía que ella era un fracaso para su madre. Sin preocuparse por el carácter tímido de su hija, Hilary Pearson se había mostrado exasperada cuando Lydie, una chica de sobresalientes, había decidido ser niñera.

Ahora Lydie ya no era tan tímida, aunque todavía seguía siendo bastante reservada.

Miró a su madre con incredulidad. Ella nunca había pedido que la mandaran interna a un colegio caro. Había sido una decisión de su madre.

—Tengo unos cuantos miles de libras que me dejó la abuela. Puedo dejárselo a papá, por supuesto, pero...

—Ese dinero no lo puedes tocar hasta que tengas veinticinco años. De todas formas, necesitamos mucho más que eso si no queremos que nos echen.

¡Echarlos! ¡De Beamhurst! ¡No! No podía creérselo. No podía creer que las cosas estuvieran tan mal. Las casa llevaba en la familia muchas generaciones. Era impensable que se la fueran a quitar.

—Le he dicho a tu padre que si se queda sin la casa, se queda sin mí.

—¡Madre! —exclamó Lydie, enfadada con su madre por el comentario. Aunque sabía que nunca abandonaría a su padre.

En aquel momento, entró al señora Ross con la bandeja del té.

Mientras su madre servía la infusión, Lydie se obligó a tranquilizarse. Aceptó la taza que su madre le estaba ofreciendo y se sentó enfrente de ella.

—Por favor, cuéntame qué ha estado pasando.

—Hace seis meses...

—¿Seis meses? ¡Pero si yo estuve aquí hace cuatro y todo iba bien!

—Eso fue lo que tu padre quiso que pensaras. Dijo

que no había necesidad de que te enteraras. Que te preocuparías de manera innecesaria, que ya se le ocurriría algo a él.

–Pero no ha logrado solucionarlo –dedujo ella.

–La empresa ya no existe y el banco quiere su dinero.

A Lydie le estaba costando asimilarlo. Ellos siempre habían tenido dinero. ¿Qué podía haber sucedido para que lo perdieran todo?

¡Y ella sin enterarse de nada!

–¿Pero, qué ha pasado con el dinero? ¿Y por qué Oliver no...?

–Bueno, naturalmente, Oliver necesitaba ayuda con su negocio –dijo su madre a la defensiva como si ella estuviera acusando a su hermano de algo–. ¿Por qué motivo no iba tu padre a invertir en él? No se puede empezar de la nada y esperar que el negocio vaya bien. Además, la familia de Madeline son gente de dinero y no podíamos dejar que Oliver fuera por ahí como si no tuviera un centavo.

Lo cual debía significar que solo podía llevar a Madeline a los mejores restaurantes, independientemente de lo que costaran, pensó Lydie.

–Yo no estaba diciendo que Oliver hubiera... se hubiera llevado el dinero. Solo iba a decir que por qué no me había dicho nada.

–Si te acuerdas, Oliver y Madeline estaban de vacaciones en Sudáfrica la última vez que estuviste aquí. Pobre Oliver, trabaja tanto... Necesitaba ese mes de vacaciones.

–¿Su empresa va bien, verdad? –preguntó Lydie y recibió otra mirada amarga de su madre.

–De hecho, ha decidido, dejar el negocio.

–¿Quieres decir que también se ha ido al garete?

–¡Hija! ¿Tienes que ser tan vulgar? ¿Para qué nos gastamos tanto dinero en tu educación? ¿Para nada? –la reprendió su madre–. Muchas empresas se empeñan para seguir trabajando... –le aclaró–. A tu hermano le resultaba muy duro seguir manteniendo la empresa a flote y la dejó. Cuando vuelvan de su luna de miel, Oliver empezará a trabajar con los Ward-Watson –dijo con una sonrisa, la primera que le había visto Lydie desde que llegó–. No me extrañaría que pronto lo hicieran director.

Aquello sonaba muy bien, pero no les sacaba de la situación en la que estaban.

–Me imagino que eso significa que no va a devolverle a papá el dinero.

Su madre la miró con reprobación.

–Va a necesitar todo el dinero que pueda conseguir para mantener a su mujer. Madeline está acostumbrada a un nivel de vida muy alto, ¿sabes?

–¿Dónde está papá? –preguntó Lydie, intentando no pensar en nada. Sentía dolor de corazón por el hombre orgulloso que había trabajado tanto durante toda su vida–. ¿Está en la finca?

–¿Qué finca? Lo ha vendido todo. Ya solo queda esta casa. Y le he dicho que no pienso moverme de aquí.

«¡Dios santo!» Lydie se llevó la mano al pecho; parecía que el asunto estaba mucho peor de lo que se había imaginado.

–¿Cuánto le debe al banco?

–No mucho. Pero todavía queda un acreedor. El banco le ha dicho que si el viernes no reciben las cincuenta mil libras, vendrán por la casa. ¿Te lo imaginas? Caeríamos en desgracia. Y vaya tragedia ahora que se va a casar tu hermano.

–Cincuenta mil no parece demasiado dinero.

–Lo es cuando no lo tienes. Ni tampoco tienes manera de conseguirlo. Aparte de la casa, no tenemos nada. ¿Cómo vamos a pedir dinero sin nada que lo avale? Nadie va a dejarnos nada. Aunque, tu padre nunca lo pediría.

Lydie se quedó pensativa.

–¡Los cuadros! –exclamó–. Podríamos vender algunos de los cuadros...

–¿No me has oído lo que te he dicho? Lo hemos vendido todo. No queda nada. Absolutamente nada.

La madre de Lydie estaba a punto de llorar. Lydie nunca la había visto así. Aunque nunca había sido una mujer muy cariñosa con ella, su preferido siempre había sido su hermano, seguía siendo su madre y la quería.

Lydie se acercó a ella de manera impulsiva.

–Lo siento. Lo siento mucho.

Entonces recordó que su madre le había dicho que ella podía hacer algo para devolver todo lo que habían hecho por ella.

–¿Hay algo que yo pueda hacer? –preguntó; pensando que podía pedir que le adelantaran el dinero de la herencia. Aunque no era mucho. Solo le quedaban dos años para cumplir los veinticinco y quizá el banco aceptara. La respuesta de su madre la dejó sin habla.

–Puedes ir a ver a Jonah Marriott –dijo con claridad–. Eso es lo que puedes hacer.

Lydie la miró con sus ojos verdes muy abiertos.

–¿Jonah Marriott? –dijo con la voz muy débil.

Solo lo había visto una vez en la vida y de eso hacía siete años. Sin embargo, no había olvidado a aquel hombre tan guapo.

–¿Te acuerdas de él?

–Vino una vez –respondió ella–. ¿No le dejó papá dinero?

–Sí –respondió la mujer–. Ya ahora es el momento de que lo devuelva.

–¿Nunca lo devolvió? –preguntó ella, sintiéndose un poco decepcionada.

–Da la casualidad –continuó su madre– de que el dinero que le dio tu padre es el mismo que necesitamos para pagar al banco. Yo misma iría a verlo, pero tu padre me lo ha prohibido.

Sabía que su padre era muy orgulloso y si había intentado que se lo devolviera y no lo había conseguido, nunca insistiría.

En aquel momento, su padre entró en el salón.

Lydie se quedó sorprendida por su aspecto abatido.

–¡Papá! –susurró de manera involuntaria y se levantó para darle un abrazo.

–¿Qué estás haciendo aquí? –preguntó el padre, mirando a su madre de soslayo.

–Decidí adelantarme unos días.

El padre volvió a mirar a su mujer con desconfianza.

–¿Te ha estado tu madre poniendo al corriente de todo? –preguntó, como el que no quiere la cosa.

–Esta boda de Oliver parece que va a celebrarse por todo lo alto –dijo ella eludiendo la pregunta.

Durante la siguiente media hora, Lydie observó, de primera mano, la fachada orgullosa que su padre ponía delante de ella. Era deprimente ver su estado de ánimo, el peso que sentía sobre los hombros, la preocupación que parecía empequeñecerlo. Entonces, pensó que ir a ver a Jonah Marriott no le costaría nada si con eso lograba que su padre volviera a ser el de antes. Especialmente, cuando el dinero había sido prestado por un periodo de cinco años, si la memoria no le fallaba.

–Tu habitación está lista –dijo su madre, aparcando la conversación de la boda–. Si quieres puedes subir a refrescarte.

–Tengo algunas cosas que hacer en mi estudio –comentó Wilmot Pearson antes de que ella pudiera decir nada–. Me alegro de verte, Lydie.

En cuanto se hubo ido, su madre volvió al tema prohibido.

–¿Bueno? ¿Lo vas a hacer?

–¿Estás totalmente segura de que no devolvió el dinero? –su madre le dedicó una mirada avinagrada–. Quizá no pueda devolverlo –añadió ella.

Su madre decidió ignorar sus comentarios. En lugar de eso, dijo con desprecio:

–Por supuesto que puede pagar. De sobra. Su padre hizo una fortuna cuando vendió sus almacenes. Ambrose Marriott quizá sea una persona dura, pero no me lo imagino dejándole todo a un hijo y nada al

otro. Y, por lo que yo sé, el pequeño tiene una fortuna –la mujer dejó escapar un suspiro–. Y míranos
a nosotros.

Lydie miró a su madre. Después miró la hora.
Las cuatro y media.

–¿Tienes su número de teléfono?

–¡No puedes hablar de esto por teléfono! –espetó
su madre–. Tienes que ir a verlo cara a cara. Tienes
que darle la impresión...

–Iba a llamar a su oficina para pedir una cita –la
interrumpió Lydie–. Aunque, si adivina para qué
quiero verlo, probablemente no me la dé.

–No quiero que tu padre se entere. Será mejor
que lo llames desde tu habitación –decidió Hilary
Pearson–. Voy contigo.

–¿Electrónica Marriott? –preguntó una voz agradable cuando Lydie marcó el número desde su
cuarto.

–¿El señor Marriott, por favor? –dijo con firmeza–. Jonah Marriott –añadió, por si acaso había
otros miembros de la familia trabajando allí.

–Un momento, por favor –respondió la telefo-
nista.

A Lydie le dio un vuelco el corazón al pensar que
lo iban a pasar con él con tanta facilidad.

–¿Diga? –contestó la voz de una mujer.

–Hola. Me llamo Lydie Pearson. Me gustaría hablar con el señor Marriott.

–El señor Marriott no vuelve hasta el viernes. Yo
soy su secretaria ¿si puedo ayudarla en algo? –preguntó la mujer con amabilidad.

–¡Oh! Necesitaba verlo antes. Quizá podría llamarlo a su casa –sugirió, sabiendo de antemano que no iba a lograr nada.

–En realidad, el señor Marriott está de viaje y no volverá hasta el jueves por la noche.

–Volveré a llamar el viernes, entonces –dijo y colgó para enfrentarse a su madre, que quería que le repitiera la conversación palabra por palabra.

–¡Vamos a perder la casa! –gritó–. Lo sé. Lo sé.

Y Lydie, que nuca había visto a su madre perder el control de aquella manera, comenzó a apreciar mejor que nunca lo delicado de la situación. Y comenzó a sentir furia... hacia Jonah Marriott.

–No, no la vamos a perder –dijo con toda la calma que pudo–. Iré a ver a Jonah Marriott el viernes y no saldré de su oficina hasta que me dé el dinero que le debe a papá.

Lydie no tuvo ocasión de cambiar de opinión durante los dos días que siguieron. Su padre parecía cada día más preocupado y andaba más cabizbajo y su madre no dejaba de insistir en que ella era su única salvación.

Durante esos días, toda su furia la dirigió hacia Jonah Marriott. Como si él fuera el causante de todos sus males y de todas sus desgracias. Después de todo, su padre le había dejado dinero de buena fe y él no se había dignado a devolverlo.

Sin embargo, esa furia se atenuaba al recordar la impresión que le había causado aquel hombre en persona.

Cuando vivía en casa, solía ayudar a su padre en el despacho durante las vacaciones. Un día, su padre le dijo que alguien iba a ir a pedirle dinero y le explicó de qué se trataba. Ella tenía dieciséis años y era delgada, larguirucha y muy, muy tímida.

Cuando llegó a casa esa tarde, se encontró a Jonah en el salón.

–Oh, per... perdón –dijo tartamudeando, poniéndose roja como la grana–. No sabía que hubiera alguien aquí.

Él no respondió, pero tuvo la cortesía de ponerse de pie.

Ella volvió a ponerse colorada.

–¿Está esperando a mi padre?

El hombre tenía unos espectaculares ojos azules. Un azul increíble, pensó, recordando cómo la había mirado antes de comentar con una maravillosa voz masculina:

–Si su padre es el señor Pearson, entonces, sí, lo estoy esperando.

Sus piernas le temblaron como si fueran de gelatina. Pero, al mismo tiempo, pensó lo difícil que tenía que resultarle a aquel hombre tener que pedir dinero. Así que, aunque quería desaparecer de allí inmediatamente, decidió confortarlo en lo que pudiera.

–Me llamo Lydie –le dijo–. Lydie Pearson.

–Jonah Marriott –respondió él y extendió la mano.

Con nerviosismo y la cara totalmente teñida de rojo, le estrechó la mano.

–¿Le apetece un té, señor Marriott? –preguntó temblorosa.

Él le sonrió y ella pensó que tenía la sonrisa más maravillosa del mundo.

–No, gracias, señorita Pearson –le dijo él, tratándola como a un adulto.

En aquel momento, entró su padre.

–Perdona por hacerte esperar, Jonah. La llamada era importante –y con una mirada hacia su hija–: Ya veo que has conocido a Lydie. Está a punto de marcharse de su adorada Beamhurst para volver al colegio.

–Seguro que la echará de menos –respondió Jonah mirándola y Lydie volvió a ponerse colorada.

–Bueno, me marcho –se despidió ella, y salió de la habitación.

Y, desde aquel momento, comenzó a estar locamente enamorada de Jonah Marriott.

Aunque nunca lo volvió a ver, intentó estar al corriente de su vida. En aquel entonces, él debía tener cerca de los treinta años y ya estaba en el negocio de la electrónica. Su padre tenía una cadena de supermercados y él se había sentido obligado a trabajar con él. Cuando su hermano pequeño, Rupert, terminó la universidad y dijo que quería trabajar en el negocio familiar, él se sintió libre para embarcarse en su propia aventura.

A su padre no le había gustado la idea. Así que, Jonah había pedido un préstamo para empezar. Había tenido mucho éxito, pero aún le debía dinero al banco cuando decidió agrandar la compañía. Así que, demasiado orgulloso para pedirle a su propio padre, se había acercado a Wilmot Pearson, un reputado hombre de negocios.

El resto era historia, se dijo Lydie cuando se despertó la mañana del viernes. Había dormido fatal y estaba que echaba chispas. Su padre le había dejado cincuenta mil libras a Jonah Marriott, su ídolo durante mucho tiempo, y este nunca le había devuelto el dinero. Y ella iba a hacer algo al respecto. Ese mismo día.

—¿Qué vas a hacer hoy? —le preguntó su padre durante el desayuno.

Tenía unas enormes ojeras y si Lydie había tenido alguna duda sobre lo que debía hacer, esta desapareció al instante.

—Voy a ver a la tía Alice. —respondió.

La tía Alice era la tía de su madre, por lo tanto, la tía-abuela de Lydie. Y aunque su madre pensaba que era un estorbo, ella creía que era una mujer genial.

—¿La vas a llevar tú a la boda, no? Ya sabes que tu madre y yo vamos a pasar la noche con tu hermano en un hotel.

—La verdad es que no quiere pasar la noche fuera. Pero veré qué se pude hacer.

Lydie se puso un elegante traje de chaqueta azul claro, se recogió su melena negra en un moño clásico y sacó su coche para que todos vieran que iba a ver a su tía a Penleigh Corbett, a treinta kilómetros.

Aunque no deseaba ir a Londres a la oficina de Marriott, tenía que hacerlo. Así que, pensó que cuanto antes llegara, mejor. Quizá tuviera que esperar todo el día, pero no le importaba. Si él se negaba a recibirla, pensaba esperarlo fuera. Ese día iba a hablar con ella.

Llevaba todo el día nerviosa, pero, conforme se acercaba a Londres, los nervios se acentuaban.

Cuando el tráfico comenzó a hacerse más intenso, aparcó el coche y acabó el trayecto en metro y taxi.

Cuando tuvo el edificio enfrente, sintió verdadero rechazo. Había heredado el orgullo exacerbado de su padre, por lo que para animarse a entrar, tuvo que convencerse de que el dinero no era para ella.

Recordó el aspecto de su padre durante el desayuno y abrió las enormes puertas de cristal. Una vez dentro, se dirigió hacia el mostrador del vestíbulo.

La recepcionista estaba ocupada con una persona.

–... la secretaria del señor Marriott bajará en un momento para recibirlo...

Lydie ya no quiso escuchar nada más. Buscó los ascensores con la mirada y vio que uno comenzaba a bajar proveniente del último piso.

Sin pensar mucho en lo que hacía, se dirigió hacia ese ascensor. Cuando las puertas se abrieron, una mujer atractiva de unos cuarenta años salió y se encaminó hacia el hombre del mostrador. Entonces, Lydie entró y pulsó el botón del último piso.

Sabía que se podía haber equivocado, pero lo más probable era que aquella fuera la secretaria de Jonah Marriott y, si aquello era cierto, en el último piso era donde debía buscarlo.

El ascensor se paró. Ella salió. Se sentía enferma y sabía que aquello era lo más difícil que había tenido que hacer en la vida. El instinto la llevó hacia el final del suelo enmoquetado.

Había puertas a los dos lados del pasillo. Lydie las ignoró y siguió hasta las dos puertas del final. Se paró un instante con la terrible sensación de que no debía estar haciendo aquello. Sin embargo, puso una mano en el picaporte y lo giró.

Cuando la puerta se abrió, vio a un hombre sentado en un escritorio. Se quedó helada, sin saber qué hacer o qué decir. Él la miró y ella sintió que se ponía colorada. Después, él se levantó y se dirigió hacia ella.

El hombre media un metro ochenta. La miró de arriba abajo y, para su total sorpresa, le dijo:

—¿Todavía sigues poniéndote colorada, Lydie?

¡Todavía recordaba sus colores siete años después!

—Soy Ly... Lydie Pearson —se oyó decir como una idiota.

—Ya sé quién eres —le dijo él con dulzura—. Ven y siéntate —la invitó y, tras cerrar la puerta, la tomó del codo.

Antes de darse cuenta, estaba sentada en el sillón delante del escritorio.

—¿No he cambiado nada en estos siete años? —pregunto ella, con la cabeza todavía un poco aturdida.

—Yo no diría eso —respondió él con amabilidad, dedicándole una suave mirada a su cuerpo delgado pero esbelto.

—Elaine, mi secretaria, me dejó en una nota que Lydie Pearson había llamado el martes. Yo recordaba a una morena de ojos verdes con una complexión soberbia. Tenías que ser tú —hizo una pausa—. ¿Todavía eres Lydie Pearson? —preguntó.

Ella tardó unos segundos en entender su pregunta.

–¡Ummm! –murmuró–. No, no estoy casada –respondió y le dirigió una mirada rápida a su mano izquierda–. Veo que a ti tampoco te ha pillado nadie.

Su boca sensual se curvó en una ligera sonrisa.

–Tengo unas piernas largas –le confió.

–¿Corres muy rápido al oír la palabra matrimonio?

Él no respondió. No hacía falta.

–¿Qué tal te va todo?

Lydie apartó la mirada de sus fantásticos ojos azules y miró a la mesa. Ella era una visita inesperada y, por el desorden de su mesa, se deducía que estaba muy ocupado. Sin embargo, actuaba como si tuviera todo el tiempo del mundo para hablar con una persona a la que apenas conocía.

–Eh... esto no es una visita de cortesía –dijo ella de repente–. A mi padre no le han ido muy bien las cosas. Al contrario de lo que parece haberte sucedido a ti.

Jonah asintió, como si ya supiera de qué le estaba hablando. Y, para su sorpresa, le comentó.

–Eso es lo que pasa por no parar de financiar a ese hermano tuyo.

¿Cómo se atrevía a echarle la culpa a Oliver?

–Oliver ya no tiene su negocio.

–Eso le pondrá las cosas más fáciles a tu padre –le dijo Jonah Marriott, todavía con frialdad.

–El negocio de mi padre también ha cerrado –le contestó ella y vio que él, pon fin, la tomaba en serio.

–Lo siento mucho. Wilmot es una firma de primera...

—Más deberías sentirlo —lo interrumpió ella con ardor—. Si hubieras tenido la decencia de pagar tu deuda...

—¿Pagar mi deuda? —la interrumpió él con rudeza, como si no supiera de qué le estaba hablando.

—¿Quieres decir que te has olvidado por completo de que mi padre te dejó cincuenta mil libras hace siete años?

—Por supuesto que no. Si no hubiera sido por tu padre...

—Entonces, ya es hora de que devuelvas ese préstamo —lo interrumpió ella y se puso de pie.

Él también se puso de pie, haciendo un esfuerzo por controlar su sorpresa.

Debía estar extrañado de que ella tuviera tanto arrojo como para entrar en su oficina a pedirle dinero.

—Si mi padre no ingresa ese dinero hoy, los echaran de casa. Mi madre y mi padre perderán Beamhurst Court.

—¿Perderlo?

—Beamhurst Court lleva en la familia cientos de años —le informó ella. Después hizo una pausa—. Sé que mi padre le ha dejado mucho dinero a mi hermano, pero nunca pensó que iría a la quiebra.

—Así que, le pidió dinero al banco y utilizó la casa como aval —dedujo Jonah—. Y cuando la empresa de tu hermano quebró, tu padre tuvo que hacer frente a sus acreedores y se quedó sin dinero para pagar sus propias deudas.

—¿Sabías todo eso? —preguntó ella, sintiendo que se ponía más furiosa.

–No, pero lo deduzco de lo que has dicho. ¿Y qué está haciendo tu hermano al respecto?

Lydie no sabía qué responder. Su padre estaba destrozado, mientras, su hermano no hacía nada.

–No... no he visto a mi hermano. Llegué el martes –se disculpó y trató de excusar a su hermano–. Oliver se va a casar la semana que viene y está muy ocupado con los preparativos. Está en casa de su prometida para ayudar con todo... –su voz se perdió.

–¿Un gran evento?

Lydie sintió vergüenza.

–La familia de la novia va a hacerse cargo de todo –se sintió obligada a admitir–. ¡Mira, nos estamos alejando del tema! Tú le debes dinero a mi padre. Dinero que él necesita, ahora. Es la única opción para quedarse con la casa en la que ha nacido.

–¿Solo necesita cincuenta mil libras? –preguntó él dudoso.

–Mi padre lo ha vendido todo. Incluidas las tierras. Ya solo queda un descubierto por esa suma. El banco sabe que no tiene posibilidad de conseguir el dinero por lo que le han dado hasta hoy o si no... –su voz se quebró–. Y... y tiene un aspecto te... terrible.

De repente, se alejó de él. Se fue a mirar por la ventana para ocultar su pena. Su orgullo nunca sobreviviría si se derrumbaba delante de aquel hombre.

Cuando recobró el control, se dirigió hacia la puerta, sabiendo que no tenía nada que hacer. Aquello había sido un error. Si Jonah Marriott hubiera tenido la intención de pagar aquel dinero, ya lo habría hecho hacía mucho tiempo.

Se encaminó hacia la puerta.

—Obviamente, tu padre no sabe que has venido.

Ella se giró para mirarlo.

—Es un hombre orgulloso —replicó levantando la barbilla.

—Igual que su hija —dijo él, con los ojos fijos en su orgullosa belleza.

Ella no le dijo nada.

—Si alguna vez te cruzas con mi padre, te agradecería que no le dijeras nada —le pidió con frialdad.

Jon Marriott rodeó su escritorio.

—No lo haré, pero creo que va a enterarse.

Cuando ella pensó que se iba a tirar a su yugular, vio que él abría un cajón y sacaba una chequera.

—¿A nombre de quién quieres que extienda el cheque, Lydie?

—¿Vas... vas a pagar? —preguntó ella temblorosa.

Él no le respondió, solo la miró con un bolígrafo en la mano.

—A nombre de mi padre, por favor —dijo ella rápidamente antes de que él cambiara de opinión.

Ya estaba. En un segundo, rellenó el cheque y se lo ofreció. Ella no se atrevía a respirar siquiera, por miedo a que él estuviera jugando a algún juego despiadado. Agarró el cheque y lo inspeccionó. Estaba a nombre de Wilmot Pearson. La fecha estaba bien. Estaba firmado. ¡Pero la cantidad estaba incorrecta! ¡Jonah había escrito cincuenta y cinco mil libras!

—¿Cincuenta y cinco mil?

—El banco cobrará intereses, diarios. Tómalo como intereses por el préstamo.

Ella miró el cheque y lo miró a él. Estaba a punto

de darle las gracias cuando se dio cuenta de que no era un cheque de la empresa. Era un cheque personal. Cualquier persona podía firmar un cheque por esa cantidad, per eso no significaba que tuviera dinero en el banco. ¿Se trataría de una broma de mal gusto?

–¿Hay tanto dinero en esta cuenta?

–Todavía no –admitió él–. Pero lo habrá –añadió antes de que ella se pudiera descorazonar– antes de que llegues al banco.

–¿Estás... estás seguro? –preguntó dudosa.

Jonah Marriott la miró fijamente.

–Confía en mí, Lydie –dijo con calma y ella, sorprendentemente, lo hizo.

–Gracias –le dijo, ofreciéndole la mano derecha a modo de despedida.

–Adiós –se despidió él con aquella fantástica sonrisa que ella recordaba tan bien–. Esperemos que no tengan que pasar otros siete años.

Ella también le sonrió. Y aún podía sentir la calidez de su mano cuando salió del edificio. Recordaba sus ojos azules y...

Se lo quito de la mente e intentó concentrarse en lo que iba a hacer; el cheque le quemaba en el bolso. Él le había dicho que el dinero estaría en el banco antes de que ella llegara allí por lo que decidió ir directamente a ingresarlo antes de volver a casa. No le costó mucho encontrar una sucursal e ingresar el cheque en la cuenta de su padre.

¡Oh, Jonah! La casa ya estaba a salvo. Aunque no les quedaba mucha tierra, todavía tenían la casa. Y ahora, si bien su padre no iba a comenzar ningún negocio por su cuenta, tampoco tendría que volver a financiar a su hermano. Seguro que no tendrían problemas para salir adelante. Su madre le había dicho que su padre estaba mirando la posibilidad de trabajar de consultor. Con toda la experiencia que tenía no tendría ningún problema en encontrar trabajo.

Con la seguridad de que todo iba a salir bien, Lydie entró en su casa. Estaba impaciente por darle a sus padres la noticia y ver sus caras de felicidad.

—Aquí estáis —dijo al abrir la puerta del salón. Su padre parecía una sombra del hombre que fue.

Su madre le dedicó una mirada ansiosa, pero, fue su padre el que habló.

—¿Qué tal con la tía Alice?

—Bueno, papá. En realidad, te mentí —confesó ella—. No he ido a ver a la tía Alice.

Su padre la miró sorprendido.

—Para alguien que confiesa haber mentido, pareces muy satisfecha de ti misma —señaló—. Me imagino que sería una mentira por el bien de la humanidad.

—No exactamente —dijo abriendo su bolso para sacar el resguardo del ingreso—. Fui a ver a Jonah Marriott.

—¿Que fuiste a ver a quién? —preguntó sorprendido. Agarró el resguardo que ella le estaba ofreciendo y lo leyó. Su cara se oscureció—. ¿Qué es esto?

—Fui a ver a Jonah Marriott y me dio un cheque por el dinero que te debía. Lo llevé a tu banco...

Su padre no la dejó terminar.

—¿Que hiciste qué? —rugió su padre y Lydie lo miró atónita. ¡Su padre nunca gritaba!

—Ne... necesitabas el... el dinero —murmuró con ansiedad.

—¿Es que no tienes orgullo? —gritó su padre.

—Él te... te lo debía.

—No me debía nada —la interrumpió iracundo.

—¿Cómo que no? —preguntó Lydie sin aliento, mirando a su madre y otra vez a su padre.

—No me debe nada. Ni un céntimo. Oh, Lydie. ¿Qué has hecho? —preguntó sintiéndose, de repente, derrotado.

Lydie decidió que prefería que le gritara a que sonara tan vencido.

—El dinero que Jonah Marriott me debía me lo devolvió con intereses hace más de tres años.

CAPÍTULO 2

T E... TE devolvió el dinero! –dijo Lydie sin
aliento–. Pero mamá dijo... –no hizo falta
continuar.

Esa vez, su madre la miró a los ojos, desafiante.
Pero fue Wilmot el que habló:

–¿Qué fue lo que le dijiste? –le preguntó enfadado.

–Alguien tenía que hacer algo –respondió su madre con hostilidad, sin mostrar el mínimo signo de arrepentimiento.

–¡Pero tú sabías que Jonah Marriott me había devuelto el dinero! Recuerdo perfectamente habértelo dicho.

–¡Mamá! ¿Lo sabías? –intervino Lydie horrorizada–. ¿Sabías que había devuelto el dinero y me hiciste ir a verlo? –preguntó sintiéndose mortificada al recordar su actitud en el despacho de él–. ¿Por qué?

–Es mucho mejor deberle dinero a Jonah Marriott que al banco. Al menos, así podemos quedarnos con la casa.

–¡No estés tan segura! –exclamó el padre enfadado y los dos se enfrascaron en una discusión. Al final, su padre decidió que, de todas formas, vendería la casa para devolverle el dinero a Jonah Marriott y su madre le dijo que él podía irse a vivir a donde quisiera, pero que Beamhurst iba a ser para Oliver.

Después de unos minutos, su padre se volvió hacia ella.

–¿Jonah no te dijo que ya me había pagado?

–Él... ummm... dijo que nunca había olvidado que lo ayudaste. Creo que estaba agradecido –respondió, deseando que su madre no la hubiera metido en aquel embrollo.

–¿Así que te dio cincuenta y cinco mil libras porque estaba agradecido? ¿Cómo diablos supones que voy a devolverle ese dinero? –explotó su padre–. ¿Y por qué no me trajiste a mí el cheque? ¿Por qué demonios tuviste que ingresarlo?

Lydie pensó que ella le habría llevado el cheque a su padre si Jonah no le hubiera sugerido que lo ingresara.

De repente, empezó a sentir que, de una manera u otra, la habían manipulado. Primero, su madre y, después, el propio Jonah Marriott.

–¿Y bien? –irrumpió su padre en sus pensamientos.

–Parecía lo mejor –dijo ella sin convicción.

Su padre suspiró hondo.

–Será mejor que vaya a ver a Jonah.

–¡Yo iré! –dijo ella inmediatamente.

–¿Tú? –estalló su padre–, ¡Tú, ya has hecho bastante! Puedes quedarte aquí con tu madre confabulando vuestro siguiente plan.

Aquello no era justo, pero entendía que su orgullo debía estar muy herido.

–Por favor, déjame ir a mí –suplicó–. Tú no eres el único con orgullo –dijo y su padre pareció ceder.

Miró a su hija, una hija que nunca le había dado ningún motivo de preocupación.

–¿Esto tampoco ha sido fácil para ti, verdad? –le preguntó más calmado–. Iremos a verlo juntos –admitió.

Pero Lydie tampoco quería eso.

–Iré a llamarlo para pedir una cita.

–Vamos a mi estudio –dijo el padre y le dedicó una mirada gélida a su mujer. Pero a ella, siempre que su casa estuviera segura, no le importaban las miradas que le dedicaran.

Su padre dejó que Lydie hiciera la llamada. De nuevo, cuando pidió hablar con Jonah Marriott, le pasaron con su secretaria.

–Buenas tardes, soy Lydie Pearson...

–Oh, buenas tardes –respondió la mujer con amabilidad, antes de que Lydie pudiera continuar–. Esta mañana, no la vi.

Lydie pensó que Jonah Marriott debía haberle contado algo a su secretaria sobre su visita. Solo esperaba que no le hubiera contado hasta el último detalle.

–Me temo que el señor Marriott –continuó la secretaria– está en una reunión. ¿Si quiere dejar algún recado?

Ella se quedó bloqueada.

–Me gustaría verlo. ¿No podría ser esta tarde?

–Esta noche sale para París, pero...

Lydie sintió una punzada de celos. Lo cual era bastante ridículo, pensó.

–Lo llamaré la semana que viene; no es importante –dijo con amabilidad y se despidió. Después, se volvió para contarle la conversación a su padre–. Procura no preocuparte demasiado, papá –añadió con calma–. E intenta no estar enfadado con mamá; ello lo hizo para ayudar.

Wilmot Pearson parecía que tenía mucho que decir al respecto, pero decidió claudicar.

–Lo sé.

Durante el resto del día, el ambiente en casa estaba enrarecido. Lydie decidió salir a dar un paseo para intentar despejar el gran lío que tenía en la cabeza. Todavía le daba escalofríos pensar en cómo se había comportado en la oficina de Jonah Marriott.

¡Dios santo! Pero, ¿por qué diablos le habría dado aquellas cincuenta y cinco mil libras? No solo eso, sino que, además, se había asegurado de que ella misma lo llevara al banco. A la pregunta de si había dinero en la cuenta, él le había respondido: «Pero lo habrá antes de que llegues al banco». Y ella le había hecho caso.

Lydie siguió caminando, sin saber dónde se encontraba emocionalmente. Con aquel dinero en el banco, su padre tenía un respiro de sus preocupaciones. Y, realmente, necesitaba ese respiro. Por otro lado, pensó que, ya que ella era la que había aceptado el dinero, ella tenía que ser la que lo devolviera. La deuda era suya y solo suya.

Entonces, pensó de dónde iba a sacar aquellas cincuenta y cinco mil libras. Aquel pensamiento la mantuvo ocupada durante el resto del paseo.

Cuando volvió a casa había llegado a la conclu-

sión de que si vendía el coche y las perlas que sus
padres le habían regalado en su veintiún cumpleaños y cobraba la herencia de su abuela conseguiría
algo de dinero. Aun así, la suma de todo no llegaría
a diez mil libras.

Esa noche se fue a la cama dándole vueltas al
mismo tema. Al mismo tema y a otros relacionados
con la misma persona. ¡Esperaba que se lo pasara
bien en París con quien quiera que hubiera ido!

Cuando bajó a desayunar la mañana siguiente, el
ambiente no había mejorado mucho.

—Creo que iré a ver a la tía Alice. En serio —añadió al ver la mirada afilada de su padre.

—Por el amor de Dios, intenta averiguar qué va a
llevar a la boda —la instruyó su madre—. Es capaz de
presentarse con ese sombrero horrible y un par de
botas catiuscas.

Lydie se sintió aliviada cuando salió de casa y se
dirigió hacia Penleigh Corbett, el chalet adosado
que su tía, para vergüenza de su madre, tenía alqui-
lado al Ayuntamiento.

Lydie se quedó consternada al ver el aspecto de
su tía-abuela. Aunque ya tenía ochenta y dos años,
era una mujer muy vivaz y, ahora, parecía bastante
apagada.

—Entra, entra —gritó la anciana desde la sala—.
¡No te esperaba hasta la semana que viene! —exclamó contenta de verla.

A los quince minutos, ya estaban tomando café.

—¿Alguna vez vas al médico? —le preguntó Lydie
preocupada por su palidez.

—¿La doctora Stokes? Se pasa por aquí a menudo.

—¿Por qué? —preguntó alarmada.

—Por nada en particular. Es que le gusta mi pastel de chocolate.

Lydie se tuvo que conformar con esa explicación porque sabía que a su tía no le gustaba hablar de enfermedades; pero, presentía que había algo más.

—¿Qué tal tu madre? ¿Se ha hecho ya a la idea de que Oliver se va a casar?

—Qué mala eres —la acusó Lydie.

—Solo los malos viven tanto —repitió la mujer entre risas.

Después del café se llevó a Lydie a dar una vuelta por el jardín. Comieron pan y queso y una ensalada de tomate, aunque Lydie observó que su tía comía muy poco.

Después, pensó que quizá quería dormir la siesta por lo que se despidió.

—Me marcho ya. ¡Ven conmigo! —se le ocurrió decir en el último segundo y enseguida pensó que su madre la mataría—. Te puedes quedar hasta la boda.

—Tengo muchas cosas que hacer aquí —se negó la mujer.

—Estás un poquito pálida, tía. ¿Estás segura de que te encuentras bien? —insistió ella.

—A mi edad es normal que chirríe un poco —fue todo lo que la anciana dijo.

—Bueno, vendré a buscarte el sábado —se despidió Lydie.

—Dile a tu madre que dejaré los guantes de goma en casa —comentó Alice Gough.

Lydie no pudo evitar una carcajada.

Sin embargo, cuanto más se acercaba a su casa

más preocupada se sentía. Le preocupaba la salud de su tía, le preocupaba el enfado de sus padres y, sobre todo, le preocupaba de dónde iba a sacar cincuenta y cinco mil libras para devolvérselas a Jonah Marriott.

Cuando llegó a casa le contó a su madre que no encontraba bien a su tía.

—¿Qué es lo que le pasa?

—No me lo ha dicho, pero...

—Qué típico de ella —dijo con desdén—. Alguien llamado Charles Hillier te llamó —cambió de conversación de inmediato.

—¡Charlie! Es el hermano de Donna. ¿Dejó algún recado?

—Le dije que llamara más tarde.

Lydie sabía que nunca se enamoraría de él, sin embargo, eso no impedía que lo considerara un buen amigo. Subió a su habitación y lo llamó.

—¿Crees que molesté a tu madre? —le preguntó él.

Pobre Charlie; era tan tímido como ella hacía unos años. Probablemente su madre se había mostrado grosera con él.

—No... Es que está muy ocupada —la disculpó ella.

—Me llevé una sorpresa cuando llamé a casa de Donna y me dijo que ya te habías marchado. Me imagino que tendrás que ayudar con los preparativos de la boda. Quería invitarte al teatro. Ya tengo las entradas. Si quieres, después puedes quedarte aquí a pasar la noche.

—Me encantaría —aceptó Lydie—. ¿De verdad no te importa si me quedo después en tu casa?

—La cama ya está hecha —respondió él lleno de felicidad.

Lydie fue a decirle a su madre que se iba al teatro y que no volvería hasta el día siguiente.

–¿Vas a pasar la noche con él?

–Tiene un piso en Londres. La obra terminará tarde y me parece lo más prudente. Así no tengo que conducir de vuelta a altas horas de la noche.

–¿Estás saliendo con él? –le preguntó su madre acusadora.

–Mamá. De verdad. Charlie no sabría qué hacer con una novia –y pensándolo bien, ella tampoco sabría qué hacer con un novio–. Es solo un amigo, algo parecido a un hermano.

Lydie subió a su habitación y metió unas cuantas cosas en una bolsa de viaje.

Una vez, en una de sus primera citas, Charlie había hecho un gran esfuerzo para vencer su timidez y le había dado un beso. Cuando el beso terminó, con los dos muertos de vergüenza, le confesó que lo había hecho porque pensaba que tal vez eso era lo que esperaba de él. Desde aquel momento establecieron unas cuantas normas y se habían convertido en muy buenos amigos. Ella se había quedado en su piso en más de una ocasión con Donna y Tomas, antes de que naciera la pequeña Sofía. Y durante el año anterior, había pasado un par de noches en la habitación que tenía libre.

La comedia que fueron a ver se trataba de un enredo divertido.

–¿Nos tomamos algo? –preguntó él en el intermedio.

A ella no le apetecía mucho, pero pensó que quizá a él sí.

–Tomaré un gintonic –dijo y se fue con él a mez-
clarse con la multitud que iba hacia el bar.

Cuando entraron en el bar, ella se quedó esperando, mientras él iba por las bebidas. Acababa de
dejarla, cuando se encontró de frente con la persona
más inesperada: Jonah Marriott.

Él se quedó de piedra.

–¡Pensé que estabas en París! –exclamó ella, sorprendida de verlo.

–Ya he vuelto –respondió él con suavidad.

–Tenía que verte... –comenzó a decir ella; pero
pensó que de ninguna manera iba a hablar del tema
allí. Además un brillo malvado cruzó por los ojos de
él.

–El lunes a la misma hora en el mismo sitio –dijo
él y siguió su camino.

De repente, Lydie deseó que ya fuera lunes para
obtener una explicación de por qué le había dado el
dinero. Se alegró cuando Charlie volvió con las bebidas. Entonces, empezó a sentirse mal al pensar
que lo importante no era por qué lo había hecho,
sino cómo se lo iba a devolver ella.

Entonces, sin quererlo, buscó a Jonah por el bar.
Él no la estaba mirando a ella, pero sí, en su dirección, directamente a la cabeza morena de su acom-
pañante. Ella lo miró a él y, después, a la rubia explosiva y sofisticada que lo acompañaba.

¡Y ella que había pensado que no podía depri-
mirse aún más!

–¿Qué tal los negocios? –le preguntó a Charlie.

–Tenemos a una nueva mujer en la oficina... –comenzó a decir y se puso rojo.

–¡Charlie Hillier! –se burló ella–. ¡Te has puesto colorado!

Él rio, consciente de lo que había pasado y ella le sonrió con cariño.

–Bueno, es bastante maja.

–¿Vas a invitarla a salir?

Él la miró horrorizado.

–¡Por supuesto que no! ¡Casi no la conozco!

Aquella noche no volvió a ver a Jonah. Charlie y ella se fueron a cenar después de la función y, en seguida, volvieron al piso de él. Por la mañana, desayunaron juntos y Lydie volvió a Beamhurst Court.

El lunes por la mañana, se levantó muy nerviosa.

A su padre no le dijo nada sobre la cita. Sabía que estaba deseando arreglar aquel asunto, pero ella sentía que era ella la que tenía que solucionarlo. Sin embargo, cuando estaba entrando en el edificio, empezó a sentir vértigo y deseó que su padre estuviera con ella.

Subió en el mismo ascensor de la última vez, caminó por el mismo pasillo y se detuvo ante la misma puerta. Tomó aliento. Llegaba diez minutos antes que el viernes anterior, pero no quería esperar torturándose con lo que le iba a decir y lo que no.

Puso la mano sobre el pomo, levantó la barbilla y abrió la puerta.

Jonah Marriott no estaba solo. Estaba dándole instrucciones a la mujer a la que Lydie había visto salir del ascensor el viernes anterior.

Él miró hacia arriba y se puso de pie para saludarla.

–Lydie –dijo y la presentó a su secretaria.

–Ya hemos hablado por teléfono –Elaine Edwards dijo con una sonrisa. Aunque Lydie llegaba
pronto, la mujer recogió sus papeles–. Volveré más
tarde –dijo y salió de la oficina.

–¿Te gustó la obra? –preguntó Jonah antes de que
ella pudiera decir nada.

–Mucho –respondió, aunque en aquel momento
no recordaba nada.

–Siéntate –la invitó él–. ¿Era ese tu novio?

–¿Qué? Ummm, lo veo a veces –respondió ella,
pensando que qué tenía eso que ver con nada. Aunque, pensándolo mejor, a ella no le hubiera importado preguntarle por la rubia. Aunque eso no signifi-
cara que estuviera interesada, por supuesto.

Ella tomó el asiento que él le estaba ofreciendo y
abrió la boca para empezar a hablar.

–¿Café? –preguntó él. Parecía querer dejarle
claro que él era el que estaba al mando de la conversación. O, tal vez, estaba jugando con ella.

–No, gracias –rechazó ella, con un tono demasiado rudo para las circunstancias–. Cuando vine
aquí el viernes pasado, pensaba que no le habías pagado la deuda a mi padre. Yo...

–Ya me di cuenta –replicó él. Había vuelto a su
asiento detrás del escritorio y la estaba estudiando
detenidamente.

–¡Deberías habérmelo dicho! ¡Tú sabías que la
habías pagado!

Él sonrió.

–Ya sabía yo que al final la culpa iba a ser mía
–dijo él con una sonrisa falsa.

Entonces, ella se sintió culpable y avergonzada,

todo ello mezclado con la confusión de sentimientos que había renacido después de verlo.

–Pero, deberías haberlo hecho. ¡Me engañaste!

Él dejó de sonreír.

–¿Que te engañé? Perdona si me equivoco, pero ¿te pedí yo que vinieras aquí, exigiéndome dinero?

¡Exigiéndole! Puesto así, sonaba horrible.

–Confié en ti –dijo ella con calma–. Incluso, me insinuaste que podía ingresarlo inmediatamente.

Jonah Marriott la miró inflexible.

–¿Preferirías que no te lo hubiera dado? –le preguntó con dureza.

Al menos, eso le había dado un respiro a su padre y la casa no había salido a la venta.

–¿Por qué me diste el dinero? –le preguntó.

Él se encogió de hombros.

–Hace siete años, tu padre confió en mí y, gracias a su generosidad, yo pude desarrollar mis ideas. Te sugerí que lo ingresaras porque sabía que él no aceptaría el dinero.

Aquello era cierto, suspiró Lydie. De repente, se sentía derrotada.

–Mi padre quería verte cuanto antes. No le he dicho que venía a verte.

–¿Por qué?

–Porque lleva mucho... mucho tiempo preocupado –titubeó ella–. Ya era hora de que alguien de la familia cargara con parte de la responsabilidad.

–¿Y ese alguien eres tú?

–Yo fui la que te pedí el dinero. Por lo tanto... ummm... la deuda es mía.

Jonah se quedó mirándola en silencio.

–¿Tuya? –le preguntó al fin.

–Mi padre no pidió dinero. Ni lo habría hecho, como bien dijiste antes –ahora los ojos azules que tanto le gustaban la miraban con más interés que enfado–. La deuda es mía –dijo con resolución– y de nadie más. Hoy he venido para... –su tono empezó a perder firmeza–. Para intentar llegar a un acuerdo para devolverte el dinero.

Él parecía sorprendido.

–¿Tienes dinero?

Lydie ahogó una contestación desairada. ¿Acaso creía que si hubiera tenido dinero habría ido a verlo?

–Voy a vender mi coche y las perlas, y también estoy esperando una pequeña herencia dentro de un par de años. A parte de eso, solo tengo mi sueldo.

–¿Estás trabajando?

La estaba poniendo muy nerviosa.

–Acabo de dejar un trabajo –respondió cortante–. Pensaba dejarlo la semana que viene, pero mi madre me llamó... –estuvo a punto de morderse la lengua. Jonah Marriott era un hombre inteligente; seguro que ya había deducido lo que había pasado.

Sin embargo, él no dijo nada al respecto.

–¿Qué tipo de trabajo haces?

–Soy niñera.

–¿Te gusta?

– Mucho. Cuando pase la boda de Oliver buscaré algo.

–¿En la misma línea?

Lydie le dedicó una mirada de exasperación.

–Sí.

Él le dedicó una sonrisa.

—No pienso esperar treinta años a que me devuelvas el dinero.

—¡No puedes obligarle a mi padre a que te pague! Él dejó de sonreír.

—No pensaba hacerlo.

—¿Aceptas que la deuda es mía?

—De acuerdo. Pero, no vendas el coche ni las joyas —le advirtió—. Ya se me ocurrirá algo.

Ella lo miró con los ojos muy abiertos.

—¿Que ya se te ocurrirá algo?

Él la miró con calma.

—Sí. Déjamelo a mí.

—¿Cuándo me contarás qué tengo que hacer?

Cuanto antes quedara zanjado todo el asunto mejor. Así podría hacer sus planes. Quizá pudiera trabajar en dos sitios a la vez. Cualquier cosa con tal de saldar aquella deuda cuanto antes.

—Si me pudieras decir algo esta semana...

—Veamos —la interrumpió él—, hoy es lunes. Te diré algo el... sábado.

—¿El sábado? ¡Pero si el sábado es la boda de mi hermano!

Él la miró burlón.

—Entonces, no veremos allí.

—¿Vas a ir...? ¿Estás invitado? —preguntó incrédula—. ¿Quieres ir a la boda de Oliver? ¿Por qué?

—Me gustan las bodas —respondió él, sin pestañear.

Lydie lo miró con hostilidad.

—¿No avergonzarás a mi padre, verdad?

La sonrisa de Jonah desapareció de golpe.

–Tengo un gran respeto por tu padre –le dijo con seriedad.

Pensó que podía confiar en él. Pero, aun así...

–Me gustaría firmar algo para dejar constancia de que yo soy la que te debo el dinero.

–Creo que se puede confiar en ti, Lydie –dijo él con más calma.

–No es por ti, es por mí –le respondió ella.

Él la miró airado.

–¿Tú no confías en mí? –la increpó, con frialdad.

Unos ojos verdes claros se clavaron en los ojos azules de él. Entonces, Jonah Marriott sacó un papel de un cajón con decisión. Lo puso delante de ella y, sin decir una palabra más, le dio un bolígrafo.

«Me odia», pensó ella; pero no iba a cambiar de opinión. Se quedó pensando un momento, después, escribió:

Yo, Lydie Pearson, con referencia a las cincuenta y cinco mil libras que pedí a Jonah Marriott y que ingresé en la cuenta de Wilmot Pearson, por la presente declaro que la devolución de dichas cincuenta y cinco mil libras me corresponde en exclusiva a mí.

Leyó en voz baja lo que había escrito y, aunque pensaba que los abogados lo habrían dicho de otra manera, pensó que decía lo que ella quería decir: que la deuda no tenía nada que ver con su padre. Antes de firmar, y por pura cortesía, giró la nota hacia Jonah para que la leyera.

No le llevó mucho tiempo. Después, tomó el bolígrafo de su mano para añadir algo y giró el papel hacia ella.

–Dichas cincuenta y cinco mil libras se pagarán del modo y forma que Jonah Marriott estime conveniente –leyó ella, en voz alta.

No estaba muy segura de qué era lo que él pretendía, pero pensó que, después de haberse empeñado en firmar un papel, no iba a andarse con remilgos.

Sin mirarlo, agarró el bolígrafo y firmó al pie del párrafo y añadió la fecha. Le entregó el papel y el bolígrafo y observó que él se ponía de pie. Era un hombre muy ocupado y, probablemente, la cita se había terminado.

–¿Me imagino que querrás una copia? –preguntó.

Teniendo en cuenta que la idea de ponerlo por escrito había sido suya, no entendía por qué le preguntaba. De hecho, pensaba que el original debía ser para ella.

Lydie se puso de pie, con la barbilla bien alta.

–Sí, por favor –respondió.

Él le sonrió con aquella sonrisa suya.

–Hasta el sábado –le dijo.

Con aquello se tenía que contentar. Lo vería el sábado; pero, ¿cómo iba a conseguirle una invitación? ¿Qué excusa podía poner para invitarlo a la boda? ¿Y cómo iba a decírselo a su padre?

LYDIE fue pensando en eso todo el camino a casa. Pero cuando llegó, aún no había decidido qué iba a decirle a su padre. Quería atenerse a la verdad, pero dudaba de que a su padre le gustara que su hija se hiciera cargo de la deuda. Simplemente, no lo consentiría.

A la primera persona a la que se encontró fue a su madre. ¡Oh, Dios! La primera vez que le habló de Jonah Marriott, no se mostró muy amable. Sabía perfectamente que le iba a hacer unas cuantas preguntas cuando le dijera que quería que lo invitara a la boda de Oliver.

Pero, su madre estaba sonriendo.

—Oliver está en casa –dijo radiante–. ¿Has dejado la compra en el coche? Tu padre dijo que habías ido a Londres a...

—Oh, no vi nada que me gustara –dijo sintiéndose terrible por no poder dejar de mentir.

—¿Nada? –preguntó su madre sorprendida–. ¿En todo Londres?

—Ya sabes –comenzó a decir incómoda, pero su padre abrió la puerta del estudio salvándola de decir más mentiras.

—Voy a ir a ver a la señora Ross para hablar de la

cena de esta noche –declaró Hilary Pearson, y Lydie supo que iba a cambiar lo que hubiera elegido anteriormente por algo más del gusto de Oliver.

Normalmente, su padre y ella habrían intercambiado sonrisas de complicidad. Pero aquellos no eran tiempos normales y ninguno de los dos sonrió cuando su madre fue a ver al ama de llaves.

Su padre dejó la puerta de su estudio abierta, indicándole que pasara.

No estaba interesado en cómo le había ido con las compras. En cuanto cerró la puerta del estudio lo primero que preguntó fue:

–¿Cuándo vamos a ir a ver a Jonah?

–No vamos a ir –le respondió Lydie, pero al ver que el entrecejo de su padre se arrugaba, añadió de manera inmediata–: Tuve suerte. Lo he visto hoy.

–¿Lo...?

–Tuve la suerte de que me dedicara un par de minutos.

–¿Le dijiste que quería verlo?

–Por supuesto –le alegraba no tener que mentir en ese punto.

–¿Me has concertado una cita con él para...?

–Bueno, no exactamente –su padre parecía exasperado–. Me dijo que no te preocuparas.

–¿Que no me preocupara? –Wilmot Pearson miró con incredulidad a su hija.

–Me dijo que te olvidaras del dinero –otra mentira más.

–¿Que me olvidara? –su padre no salía de su asombro–. Por supuesto que no –dijo con vehemencia.

–Papá, por favor...

Al escuchar el tono de desesperación de ella su padre se calmó.

–¿Qué...? Suéltalo, Lydie, cielo.

Lydie pensó que debía haber esperado a tener una mentira convincente. Ahora no sabía qué decir.

–Es... es complicado –dijo con dificultad.

–¿Qué pasa? Le debo dinero a Jonah Marriott y quiero quedar con él para solucionar el tema. ¿Qué tiene eso de complicado?

–Es que no quiero que lo veas. Eso es todo.

Wilmot Pearson era un hombre justo. Y con respecto a sus dos hijos, indulgente y preparado para hacer cualquier cosa con tal de verlos felices.

–¿Por qué no quieres que lo vea, Lydie?

–Es... es difícil...

–¿Qué es difícil? –dijo con admirable paciencia.

–No... no me pongas las cosas difíciles, papá –dijo ella, por fin.

–¡Que no te ponga las cosas difíciles! ¿A ti? ¿Cómo? –preguntó.

Ella sintió que se ponía colorada, pero era, sobre todo, porque se sentía fatal y no sabía qué decirle a su padre. Sin embargo, él, al ver el color de su cara, lo interpretó de otra manera.

–¿No estarás enamorada de él? –preguntó sorprendido.

Lydie se agarró a aquello como si fuera un clavo ardiendo.

–¿Te parece tan... tan sorprendente? –preguntó, sin poder mirarlo a los ojos, con la esperanza de que pensara que le daba vergüenza hablar del tema.

Él se quedó un rato pensativo.

–Bueno, me imagino que no –dijo él, para sorpresa de ella–. Estabas totalmente enamorada de él cuando eras una adolescente.

–¿Lo sabías? –preguntó ella, atónita, mirándolo a los ojos. Pero, inmediatamente, apartó la mirada–. Pero ya no soy una adolescente.

–Oh, cielo –dijo él, olvidándose de sus problemas–. ¡Pero, si apenas lo conoces! ¡En estos siete años solo lo has visto dos veces!

–En realidad, tres veces. Lo vi el sábado en el teatro.

–¿Que fuiste al teatro con él? ¿Cuando sabías que yo quería verlo...?

–No fue así –lo interrumpió ella–. Pero, de todas formas –continuó, recordando que su padre se había enamorado de su madre la primera vez que la vio–, ¿cuántas veces necesitaste ver a mamá para enamorarte de ella?

Con alivio, Lydie se dio cuenta de que su padre se lo había creído. Se habían alejado del tema del dinero y se imaginó que él estaría ahora pensando que su querida Hilary también se había enamorado de él a primera vista.

–¿Qué siente Jonah por ti?

–Es... es demasiado pronto para decirlo –le respondió, alegrándose de que Jonah no pudiera escuchar de lo que estaban hablando–. Pero... pero quería invitarme a cenar el sábado.

–¿Te invitó a salir otra vez?

Lydie sintió que se ponía colorada.

–Le tuve que decir que no podía salir con él porque era la boda de Oliver. Y él me dijo... ummm... que si podía ir a la boda.

Su padre la miró con solemnidad durante un segundo o dos y, después, sonrió.

–Bueno, parece que está bastante interesado –declaró animándola y Lydie se sintió desfallecer–. Será mejor que le pidas a tu hermano una invitación.

Lydie miró fijamente a su padre y pensó que, después de todo, había conseguido lo que quería.

–¿No le dirás nada a Jonah en la boda...? ¿Del dinero?

–No sería apropiado –admitió el padre–. Pero debes comprender, Lydie, que en algún momento tengo que hablar del tema con él.

Ella ya lo sabía.

–Pero no ahora, deja pasar un tiempo.

–Lo dejaremos para la semana que viene, entonces –se avino su padre.

Y Lydie pensó que, aunque su padre seguía preocupado, parecía que le habían quitado un peso de encima.

Se alegraba de tener a Oliver en casa. A veces, era un poco alocado, pero era adorable.

–¡Lydie! –exclamó cuando su padre y ella salieron del estudio y fueron al salón–. ¿Qué tal te va todo? –le preguntó acercándose a ella para darle un abrazo.

–No me puedo quejar –dijo con una sonrisa–. ¿Deseando que llegue el sábado?

–En realidad, estoy deseando que pase todo y que Madeline y yo estemos solos. ¡Hay tanto lío! Si por mi fuera, nos íbamos a un juzgado y nos casábamos

nosotros solos. Pero a la madre de Madeline le daría
algo.

–Por supuesto –intervino su madre–. Estas cosas
tienen que hacerse bien, Oliver. Los Ward-Watson
no pueden permitir que su única hija se case de cualquier manera, como si tuviera algo que esconder.

Según parecía, Oliver ya había tenido que soportar más de una lección sobre el tema y no le apetecía
otra, aunque viniera de su adorada madre.

–¿Hay algún signo de que te veamos a ti pronto
en el altar? –preguntó a Lydie, sobre todo para apartar la atención de él.

Estaba a punto de decir que no, que estaba más
interesada en los niños que en los adultos cuando
captó la mirada de su padre.

–Yo...

–¡Te has puesto roja! –se burló Oliver.

–Déjala en paz –intervino su padre. Y en lugar de
arreglar las cosas, lo empeoró todo aún más–. Pero
hay alguien a quien le gustaría que invitaras.

Oliver lo miró con renovado interés. Su madre,
con incredulidad.

–Lydie ha salido un par de veces con Jonah Marriott. Le gustaría que los señores Ward-Watson le
mandaran una invitación.

¡Oh, Dios! Lydie miró a su madre, que la miraba
escéptica.

–¿Cuánto tiempo hace que os veis?

–Lydie fue al teatro con él el sábado –respondió
su padre por ella.

–Pensaba que habías ido con Charlie no sé cuántos –la retó su madre.

–Yo... esto... pensé que... ummm... que no te gustaba Jonah –respondió, dando a entender que había
mentido cuando, en realidad, la mentira la estaba diciendo en aquel momento.

–¿Qué tienes en contra de Jonah Marriott, mamá?
–intervino Oliver.

–Voy a dar un paseo –dijo Lydie, con cobardía,
para evitar decir más mentiras; aunque, se estaba
convirtiendo en toda una experta.

Oliver, que no iba a ver a su novia esa noche, se
pasó la mayor parte de la tarde hablando con ella
por teléfono, pero consiguió sentarse a la mesa a la
hora de la cena. Lydie se alegraba de que estuviera
allí. Su madre no podía ocultar que era su favorito y
a Lydie le parecía perfecto. En especial, esa noche.

–Jonah recibirá su invitación mañana –le dijo
Oliver–. Estabas fuera dando un paseo cuando Madeline llamó, pero papá me dio su dirección.

–Oh, gracias –murmuró ella, contenta de que su
padre tuviera la dirección porque ella no habría sabido dónde enviársela.

Oliver y sus padres iban a pasar la noche del viernes en un hotel cerca de la casa de la novia; para no
tener que viajar mucho ese día. La boda era por la
tarde, por lo que Lydie tenía tiempo de sobra para ir
a recoger a la tía Alice.

Pero aún quedaban unos días hasta el viernes.

A Lydie no le gustaba tener que decir tantas mentiras, pero parecía que ahora era imposible evitarlas,
por eso, decidió que lo mejor sería pasar el mayor
tiempo posible fuera de casa.

Por eso, el martes, se fue a comprar algo para la

boda. Tenía varios vestidos en el armario y cualquiera de ellos habría valido. Además, no quería gastar dinero; pero decidió que lo que iba a gastar sería como una gota en un océano comparado con lo que le debía a Jonah Marriott.

Cuando volvió a casa, llevaba unas cuantas bolsas.

–Esta vez sí que has estado de compras –le dijo su madre cuando la vio llegar y le encantó el precioso traje color coral y los accesorios que había comprado.

Oliver volvió a casa de su novia y no se separó de ella hasta el jueves. Madeline tenía muchas cosas que hacer antes del «gran día» y él volvió a casa.

–Me parece que voy a tener tiempo para llevar a mi hermanita a tomar algo.

–Si me lo pides con tanta simpatía no me queda más remedio que aceptar.

Los amigos de Oliver estaban repartidos por todo el país. Algunos de ellos irían el viernes para la boda y Oliver aprovecharía para celebrar su despedida de soltero, con las instrucciones de no hacer nada indecoroso.

–¿Dónde vais a vivir? Le preguntó Lydie en el bar, con un gintonic en la mano.

Oliver le dio un sorbo a su cerveza.

–¿No te lo ha dicho mamá? Estamos construyendo una casa al lado de la de los padres de Madeline.

–¿Y eso te apetece? –preguntó ella preocupada por su hermano que parecía cada vez más absorbido por los Ward-Watson.

–Me encanta la idea –declaró con firmeza.

–¿No preferirías Beamhurst?

Él negó con la cabeza.

–No, gracias. Yo prefiero algo nuevo. Papá ya ha tirado demasiado dinero en este lugar. Es muy caro mantener un sitio tan antiguo –Lydie lo miró estupefacta–. Se lo dije a papá el otro día cuando mamá no hacía más que hablar de mi herencia. La verdad es que no me interesa en absoluto. Bebe. Te pediré otra copa.

Ella se quedó de piedra. Mientras su hermano se acercaba a la barra para pedir otra ronda, ella se quedó pensando en lo diferentes eran. Ella amaba esa casa y su hermano la detestaba; aunque hubiera crecido en ella. Por otro lado, parecía obvio que no tenía ni idea de la situación financiera de su padre. Sin embargo, estaba tan encantado y emocionado con su próxima boda, que a Lydie no le pareció oportuno ponerlo al corriente.

El viernes llegó y Lydie sintió verdadero alivio cuando se despidió de sus padres y de su hermano que se marchaban al hotel. Ya estaba cansada de decir mentiras; aunque lo hubiera hecho por su padre, se sentía bastante incómoda.

También, empezó a obsesionarse con que, llegado el sábado, tendría que hacer que pareciera que entre Jonah y ella había algo. Además, estaba el asunto del dinero: el sábado le diría cómo quería que se lo devolviera. Desde luego, no le apetecía nada que llegara ese fatídico día.

El sábado amaneció radiante y hermoso y Lydie decidió ir a buscar a su tía con bastante tiempo de antelación. Estaba a punto de salir de casa cuando Charlie Hillier llamó.

–Llamaba para invitarte a cenar.

–¿Cuándo?

–¿Qué te parece esta noche?

–¡Charlie, esta noche es la boda de mi hermano!

–Perdona, lo había olvidado. ¿Mañana, entonces?

–Muy bien. ¿Pasa algo?

–No, nada. Bueno, es esa mujer de la que te hablé; me ha invitado a salir.

Pobre Charlie, pensó Lydie mientras conducía a casa de su tía. Probablemente, necesitaba que lo animaran. Mientras tanto, ella se estaba metiendo en un buen lío. ¿Cómo iban a creerse que estaba saliendo con Jonah si quedaba con otro? ¿Tendría que volver a mentirles y decirles que iba a quedar con él? Bueno, de momento, aún tenía la boda de su hermano por delante.

–¿Crees que tu madre me dará el visto bueno? –preguntó Alice que ya estaba lista cuando Lydie llamó a la puerta.

–¡Estás fantástica! –exclamó ella, admirando el vestido de seda de su tía-abuela.

–He preparado unos sándwiches. ¿Quieres que nos los comamos ahora? La boda, las formalidades, las fotos... Dios sabe cuándo volveremos a comer.

Llegaron a la iglesia con bastante tiempo de antelación y se dirigieron a su banco. Lydie le sonrió a su hermano que estaba muy nervioso y que estaba de pie en el altar esperando a la novia.

Jonah aún no había llegado. ¿Por qué habría querido ir a la boda de su hermano? Le había dicho que le gustaban las bodas, pero seguro que era una excusa. Probablemente, lo único que quería era hacérselo pasar mal, eso era todo. Aunque, pensándolo bien, ¿por qué iba a querer que ella lo pasara mal?

La única cosa que tenía clara era que nunca antes había estado tan nerviosa. Ojalá no se presentara. Aunque, si no fuera, ella quedaría como una idiota. ¡Con las cosas que se había inventado para conseguir que le enviaran una invitación!

Alice, la tía de Lydie estaba sentada junto al pasillo para no perderse nada.

Los pensamientos de Lydie estaban más en Jonah Marriott y en la sensación creciente de que no iba a ir que en lo que estaba sucediendo. Solo Dios sabía las mentiras que tendría que contar para disculparlo.

De repente, se dio cuenta de que un hombre alto se había parado junto a su banco para pasar a su lado. Ella lo miró y sintió que el estómago le daba un vuelco. ¡Había ido!

Sus miradas se encontraron. Estaba sensacional. Alto, un traje inmaculado, aquellos fantásticos ojos azules... Eso por no mencionar su elegancia y lo guapo que era.

—Hola, Lydie —la saludó él.

Ella apartó los ojos un segundo y logró hablar:

—Creo que no conoces a mi tía, Alice Gough. Tía, él es Jonah Marriott, un a... amigo.

—Encantado de conocerla —dijo Jonah y extendió la mano para saludarla. Después fue a sentarse al lado de Lydie.

De repente, recordó que iba tener que decirle a Jonah que su familia pensaba que eran novios. ¡Oh, Dios!

—Ummm... empezó a decir ella.

Él se giró hacia ella y ella se puso de puntillas para acercarse a él y que nadie la oyera.

—Tengo... ummm... tengo que hablar contigo sobre algo muy importante —le dijo en voz baja.

—¿Quieres que salgamos? —le preguntó él en un murmullo.

Ella le dedicó una mirada de fastidio.

—Ahora no te lo puedo explicar —dijo ella entre dientes—. Pero hoy tenemos que hacer como si fuéramos novios.

Él acercó la cabeza hacia ella y, para su sorpresa, le apartó el pelo negro azabache y le dio un beso en la mejilla.

—Perdóname, cariño —murmuró—. Olvidé hacerlo cuando te dije hola.

Sintió ganas de responderle con una patada, pero se contuvo. Estaba claro que quería jugar con ella y, después de haberlo designado su novio, era evidente que iba a aprovecharse de las circunstancias.

Para olvidarse de él, intentó concentrase en la boda. Miró el librillo que les habían dado y se dirigió hacia su tía.

—¿Te sabes estas canciones?

—Sí. ¿Es serio?

—¿Qué?

—Lo tuyo con ese hombre.

¡Oh, Dios! A Lydie no le apetecía tener que mentir también a su tía.

–De momento, nada serio –le dijo y vio a su tía sonreír.

La ceremonia resultó preciosa. La novia estaba radiante y Lydie sitió un nudo en la garganta cuando su único hermano dio el sí quiero. Vio a su madre, intentando mantener la compostura, con un pañuelo en la mano, y a su padre con el gesto conmovido.

Como era inevitable, su padre y Jonah se encontraron a la salida de la iglesia.

–¿Qué tal, Wilmot? –saludó Jonah, extendiendo la mano.

Su padre se la estrechó con fuerza.

–Estoy en deuda contigo, Jonah. Creo que deberíamos vernos.

Jonah asintió con la mirada fija en un hombre que había sido mucho más fuerte y que había tenido un aspecto mucho más saludable la última vez que lo había visto, hacía tres años.

–Yo te llamaré.

–De acuerdo –dijo y se volvió hacia su mujer–. ¿Te acuerdas de Jonah?

–Es un día maravilloso, ¿verdad? –comentó ella, todavía muy insegura de cómo comportarse con él.

Jonah le sonrió con cortesía y miró a Lydie.

–Perfecto.

Pasó bastante tiempo antes de que Lydie pudiera explicarle por qué había dejado que su familia pensara que estaban saliendo.

Mientras saludaban a los demás, Lydie se dio cuenta de que a su tía le pasaba algo.

El banquete se iba a celebrar en la casa de la novia, Alcombe Hall. Cuando Lydie, agarrada del brazo de su tía, comenzó a andar en dirección a su coche, Jonah se ofreció para llevar a la anciana.

–Mi coche está aquí –y antes de que Lydie pudiera decir nada, ya estaba abriendo la puerta del copiloto y ayudando a su tía a entrar–. Nos vemos allí –le dijo a una estupefacta Lydie.

En un principio, se sintió molesta, pero, en seguida, se dio cuenta de que en realidad debería estarle agradecida porque su coche estaba más cerca y era más cómodo.

Al llegar a Alcombe Hall, forzó una sonrisa. Se unió a Jonah y a su tía, que parecían llevarse a las mil maravillas y que estaban esperándola para ir a dar la enhorabuena a los novios.

Después de las felicitaciones, Jonah encontró una silla para su tía y agarró tres refrescos de la bandeja de un camarero. Todo el mundo parecía de un fantástico humor mientras el tiempo transcurría. Después, llegó la hora de la cena y de los discursos.

A Lydie le parecía que ningún momento era el más adecuado para hablar con Jonah.

Jonah estaba sentado entre ella y su tía en la mesa y Lydie tuvo que admitir que se estaba portando de maravilla con la anciana. También estaba atento con ella, agradable y afable, pero seguía sin atreverse a hablar.

Lydie estaba pensando en llevar a su tía a casa. Sabía que había disfrutado de la ceremonia, pero presentía que debía estar cansada.

–Pareces preocupada –le dijo Jonah.

–Creo que debería llevar a tía Alice a casa, pero...–no tuvo que terminar la frase.

–Te acompaño a buscar el coche –le dijo él.

Jonah le ofreció el brazo a la tía Alice y juntos caminaron hacia el coche. Lydie se dio cuenta de que su tía no tenía muy buen aspecto; además, se apoyaba demasiado en el brazo de Jonah. Cuando la dejaron en el coche, Lydie le preguntó a Jonah.

–¿Vas a quedarte? –él la miró pero no respondió–. Como dijiste que te gustaban las bodas... –añadió ella.

Él le dedicó tal sonrisa que a ella le dio un vuelco el corazón.

Lydie le explicó a grandes rasgos lo que había sucedido y por qué su familia ahora creía que salían juntos. Por su puesto, ni le nombró el comentario de su padre sobre lo enamorada que había estado de él a los dieciséis años.

–Parece que se te dan genial las mentiras.

A ella no le gustó el comentario, pero tuvo que aguantarse.

–A decir verdad, prefiero que mi padre piense eso. Además, no fue idea mía; simplemente, surgió así.

–¿Pero tú tienes muy claro que yo no quiero una novia?

–Por favor, no seas engreído.

Él le sonrió con aquella sonrisa falsa que ella tanto odiaba.

–Si eso está claro –comentó–, ya no hay mucho más que decir.

–Espera un minuto –lo frenó ella cuando pensó

que se iba a marchar–. ¿No vas a decirme lo que has planeado para que te devuelva el dinero?

–¿Quieres que te lo diga ahora?

–Por favor –le suplicó ella, nerviosa después de una semana de espera–. Había pensado trabajar en dos sitios y darte dinero mensualmente.

–¿Qué tipo de trabajo pensabas buscar?

–Cualquier cosa. De niñera durante el día y por la noche también, si fuera posible. Pero estoy preparada para hacer cualquier cosa.

Él la miró fijamente.

–¿Cualquier cosa?

Por supuesto que cualquier cosa. Él había salvado a sus padres de tenerse que marchar de su casa.

–Cualquier cosa –repitió; pero, en seguida, añadió–: Cualquier cosa que sea legal, claro.

Él le sonrió, de manera involuntaria, pensó ella. Después, se puso serio.

–¿Cuántos años tienes?

Estaba segura de que él lo sabía.

–Veintitrés, ¿por qué?

Él se encogió de hombros.

–Solo quería asegurarme de que cualquier cosa que te propusiera fuera legal... entre adultos.

Ella lo miró fijamente.

–No estoy muy segura de que me guste cómo suena eso.

Él parecía divertido. Se inclinó para mirar dentro del coche a su tía que parecía estar echando una cabezada.

–¿Sabes dónde vivo, verdad?

–En realidad, no –le dijo Lydie.

Jonah sacó la cartera y le dio una tarjeta de presentación.

—Ven a verme mañana. A mi piso de Londres.

—¿Mañana? ¿En tu casa?

—Sí.

—Pero, pensé que ibas a decirme algo hoy...

—¿No crees que lo mejor será que lleves a tu tía a casa?

Tenía razón, por supuesto, pero le molestaba que pretendiera decirle cómo tratar a su tía. Lydie miró su tarjeta y vio que tenía una dirección en Londres y que también tenía una casa, Yourk House, en el condado de Hertford.

Lydie necesitaba saber algo, cuanto antes.

—Podemos quedar después.

—Ya tengo otros planes.

A Lydie le dio un vuelco el estómago al pensar que habría quedado con la rubia explosiva del teatro.

—Mañana por la mañana entonces —dijo rápidamente—. ¿A qué hora?

—Los domingos me gusta dormir hasta tarde —respondió él, con amabilidad—. Ven por la noche.

Pero al día siguiente por la noche, había quedado con Charlie para cenar.

—Tengo una cita —le dijo con placer.

—¿De verdad? ¿Tan pronto y ya me estás engañando? —se burló él.

Pensó que se lo merecía. Esperó a que le dijera otro momento, pero, como no lo hizo, se dio cuenta de que esperaba que cancelara su cita.

—¿A qué hora?

–¿Te parece bien a las siete?

Asintió con la cabeza y se metió en el coche. Su tía se había despertado y la recibió con una sonrisa.

–Qué hombre tan agradable, Lydie. Seguro que será un esposo fantástico.

Lydie se quedó sin palabras. Miró a su tía y, después, miró a Jonah que seguía de pie junto al coche.

–Afortunadamente, no será el mío.

—¿Te parece bien? —le dijo.
Asintió con la cabeza y murmuró que...
... se había despedido y la soltó con una sonrisa.
—Qué hombre tan agradable —dijo Lydie, que...
...se montaron en el coche. Él dijo unas palabras...
Lydie esperó una palabra, pero fue en su boda...
pero mientras todavía levanta de pie, junto al coche...
—Ahora no contar, no es el único —dijo. Sus ojos azul...

CAPÍTULO 4

CON SU tía dando cabezadas la mayor parte de camino, Lydie tuvo tiempo de sobra para pensar en los acontecimientos del día. Aunque no fueron ni su hermano ni su preciosa novia los que ocuparon la mayor parte del trayecto, sino Jonah Marriott.

Sus motivos para haber querido ir a la boda eran todo un misterio. Pero había ido, tenía que admitirlo, no la había dejado plantada. Aunque eso no alteraba el hecho de que ella todavía tenía el peso de cincuenta y cinco mil libras sobre la cabeza. Solo Dios sabía con qué saldría Jonah.

Lydie condujo despacio y cuando llegó a casa de su tía ya eran las siete pasadas. Entró con ella y, como estaba tan preocupada, se ofreció a pasar allí la noche.

—Eso será fantástico —exclamó Alice Gough—. Últimamente no te veo mucho.

Lydie se sintió un poco culpable. Aunque se escribían con bastante frecuencia, tenía que reconocer que no la visitaba con mucha frecuencia. Se prometió a sí misma que, a partir de aquel momento, iría a verla más.

Después de charlar sobre los acontecimientos del día, Alice le preguntó.

—¿Cuando vas a volver a ver a Jonah?

—Mañana —respondió ella.

—Hacéis muy buena pareja —le comentó.

Lydie abrió la boca para decir que no había nada entre ellos, pero parecía que su tía estaba dispuesta a volverse a quedar dormida. Lydie pensó que lo mejor sería que se fuera a la cama.

La tía Alice decidió que ya había comido suficiente por ese día y solo se tomó un vaso de leche caliente. Lydie se quedó un rato abajo antes de irse a acostar ella.

Recogió un poco y se sentó a pensar en su próximo encuentro con Jonah Marriott. El muy arrogante, al enterarse de que tenía una cita había esperado que la cancelara.

Pues eso no iba a suceder, pensó Lydie. Seguro que el asunto que tenían que discutir lo resolvían en unos minutos y para las siete y media ya habían acabado.

Entonces, recordó la facilidad que Jonah tenía para irritarla. Si eso sucedía durante esa media hora, ¿tendría ella humor para ver a Charlie después y hablar con él sobre su nueva compañera?

Después de unos minutos de meditarlo, llamó a Charlie.

—Charlie, después de todo no podemos quedar mañana.

—¡Oh, Lydie! —gimoteó él—. ¿Qué le voy a decir a Rowena el lunes?

—¿Tú quieres salir con ella?

—Bueno, sí. Supongo que sí. Pero...

—No hay peros que valgan. ¿Ha salido Rowena con alguno de tus colegas de la oficina?

–No que yo sepa. Algunos lo han intentado, pero ella los ha rechazado.

–¿Y eso que te dice, Charlie?

Charlie se quedó pensativo durante unos segundos.

–No sé –dijo por fin.

Lydie no pudo evitar sonreír. Charlie era bastante mayor que ella, pero se sentía como su madre.

–Eso quiere decir que le gustas.

–Pero yo soy incapaz de pronunciar una palabra cuando ella está cerca y soy... torpe con las mujeres.

–Ese debe ser el motivo por el que quiere salir contigo y no con los demás.

–¿Por qué? –no lo entendía.

–Bueno, solo estoy suponiendo, pero probablemente esté cansada de los tipos demasiado seguros de sí mismos. Quizá se sienta más a gusto con alguien más tímido.

–¿Eso crees?

–Charlie, hace tres semanas que os conocéis. ¿Crees que te hubiera invitado a salir si no le gustara tu timidez?

Él se quedó pensando un momento.

–¿Crees que entonces debería ir?

–Hace un rato me has dicho que te gustaría, ¿no? Pues adelante.

Él se quedó un rato en silencio, después le preguntó.

–¿Crees que debería besarla?

Lydie dejó escapar un suspiro.

–Querido Charlie, ya tienes veintiocho años. Además, yo no soy tu madre.

Él se rio y se despidieron como dos buenos amigos.

El domingo por la mañana, Lydie se alegró de ver que su tía tenía mejor aspecto. Como no tenía prisa, se quedó a comer con ella y después volvió a casa.

Sus padres se habían quedado a dormir en el hotel, para no tener que conducir después de la fiesta, y aún no habían vuelto.

Conforme se acercaba el momento de encontrarse con Jonah, Lydie sentía que le crecía un hormigueo en el estómago.

Subió al piso de arriba para darse una ducha y pensar qué ponerse. Al final se decidió por un traje de chaqueta de color verde pálido.

Cuando pasaba por el salón para marcharse, escuchó un ruido; debían ser sus padres. Con el bolso en una mano y las llaves en la otra, asomó la cabeza por la puerta y se los encontró descansado.

–¿Vas a salir? –le preguntó su padre.

–He quedado con Jonah –respondió ella.

–¿Piensas venir a dormir? –le preguntó su madre con un tono afilado. Al ver la mirada de sorpresa de ella, su madre añadió–: La señora Ross me ha dicho que anoche no viniste a dormir.

–Pensé que la tía Alice no se encontraba muy bien y decidí quedarme con ella –aclaró ella.

–A mí me parecía que estaba bien.

–Me parece que se cansa con facilidad. ¿No te pareció que estaba demasiado pálida?

–¿Qué esperas? ¡Tiene ochenta y un años!

–¡Ochenta y cuatro, mamá! Bueno –desistió Lydie–, me marcho.

Mientras conducía en dirección a Londres, iba pensando en lo que su madre le había dicho de Jonah. Eso significaba que él no había vuelto a la fiesta. Por eso, ella había deducido que, después de dejar a su tía, se habrían ido juntos.

Parecía que la mentira cada vez crecía más. Empezó a preguntarse qué era lo que había empezado. Aunque, para ser justa consigo misma, tuvo que reconocer que ella nunca habría ido a visitar a Jonah si su madre no hubiera insistido.

Al pensar en su padre y lo que estaba sufriendo, decidió que no se arrepentía de nada de lo que había hecho. Y cuanto antes lo solucionara, mejor.

Cuando llegó al elegante edificio de Jonah, el estómago se le encogió. Se acercó al portero y este la acompañó hasta el ascensor. Cuando llegó a la puerta de Jonah, las mariposas del estómago se habían convertido en murciélagos.

Llamó al timbre e inmediatamente él abrió la puerta.

—Pasa, Lydie —la saludó recorriéndola con la mirada. Sus piernas largas, su pelo negro azabache, sus ojos verdes—. Debería haber sabido que no ibas a ser dama de honor.

Aquel comentario la pilló totalmente por sorpresa.

—¿Por... por qué? —preguntó y a sus oídos sonó tan tonta como realmente se sentía.

Él llevaba ropa informal y era pura dinamita

—Eres demasiado hermosa —contestó él mientras la llevaba al salón—. A ninguna novia le gustaría esa competencia.

–Me sorprende que sepas tanto sobre las mujeres –respondió ella, recobrando la razón. ¿De verdad pensaba que era hermosa?

–Pobre de mí. ¿Quieres tomar algo?

–No, gracias –replicó ella. Quería mantener la cabeza despejada. Tendrían que discutir cifras y ella no era una mujer de ciencias.

–Al menos, te sentarás un rato, ¿no?

Lydie miró alrededor de la habitación. Había varios sofás, unas alfombras de lujo y hermosos óleos en las paredes. Se dirigió hacia una silla y se sentó.

–Esto, probablemente, no nos lleve mucho tiempo –eso fue todo lo que pudo decir.

–¿Estás deseando irte con tu cita? –preguntó Jonah y no sonó muy alegre.

–En realidad, no –replicó ella con frialdad aunque por dentro sentía que empezaba a bullir–. La he cancelado. En tu honor –añadió sarcásticamente.

–¿Te gustó la boda? –preguntó él, cambiando de tema.

Lydie lo miró sorprendida. ¿Qué tenía que ver aquello con el motivo de su visita?

–Mucho –respondió intentado mantener el control–. ¿Y tú? Parece que disfrutas con las bodas de los demás.

A Lydie le pareció que las comisuras de su boca se torcían un poco, como si le hubiera hecho gracia, aunque no llegó a sonreír.

–¿Has hablado con tu tía esta mañana? –preguntó serio.

–Ayer estaba un poco cansada; pero, esta mañana, tenía mejor aspecto –le informó ella.

—¿La has visto?

—Me quedé en su casa a pasar la noche.

Jonah la miró fijamente, pero ella no sabía qué pensaba.

—Te has puesto un poco colorada, Lydie —la acusó—. ¿Qué oscuro secreto escondes?

—No tengo ningún oscuro secreto —se defendió ella; pensando en su madre.

Él siguió sin decir nada y ella se puso más colorada.

—Mi... mi madre pensó que había pasado la noche con... contigo... —se quedó sin voz. De repente, sintió que tenía demasiado calor.

—¿Y por qué iba tu madre a pensar una cosa así? —preguntó con determinación.

—No me gustan los hombres curiosos —explotó ella.

—Cuéntamelo, Lydie —insistió él.

Lydie le dedicó una mirada enfurruñada; pero él se quedó mirándola cruzado de brazos, esperando.

Ella no estaba allí para hablar de aquello, pero, si quería iniciar el tema que le interesaba, tendría que contarle lo que quería.

Suspiró y decidió que lo mejor era hacerle una confesión completa.

—Todo empezó cuando el sábado pasado me quedé en casa de Charlie...

—¿Charlie? —la interrumpió él—. ¿Charlotte?

Lydie le dedicó una mirada de fastidio.

—Charlie de Charles.

—¿Estás diciéndome que te quedaste a dormir con él? —preguntó él muy serio de repente—. ¿El hombre con el que fuiste al teatro?

–Ya me he quedado varias veces en su casa –le informó ella sin aclararle en qué términos. Qué pensara lo que quisiera–. Y como mis padres creen que fui al teatro contigo...

–También creen que fue conmigo con quien pasaste la noche –acabó él.

–Sí –dijo ella con la cara roja como la grana–. Y eso es todo. Quizá ahora podamos abordar el tema de cómo quieres que te devuelva el dinero –su voz se suavizó–. No quiero parecer ingrata, Jonah. Te estoy muy agradecida, de verdad. Es que todo está muy liado y ... y no he parado de contar mentiras durante estas dos últimas semanas.

La mirada dura de Jonah pareció suavizarse.

–Pobre, Lydie –murmuró y le dedicó una sonrisa–. Vamos a hacer un trato. No nos vamos a mentir nunca, ¿de acuerdo?

–Me parece una buena idea –accedió ella.

–Para empezar, puedes deshacerte de Charlie.

–¿Deshacerme de Charlie? –exclamó ella, incrédula–. ¿Por qué?

Durante unos segundos, pareció que no iba a responder; pero por fin lo hizo.

–Todo esto es por el dinero que le di a tu padre, sin condiciones. Tú eres la que ha creado todas las condiciones para librar a tu padre de pasar más vergüenza. Y lo entiendo. Pero ya que les has dicho que soy tu novio y como, además, ellos piensan que soy tu amante... no voy a permitir que andes por ahí saliendo con ningún otro. Como comprenderás, tengo una reputación que mantener. Así que, deshazte de él.

Le podía haber dicho que solo eran amigos, que no salían juntos; pero, ella tenía su orgullo.

—¿Acaso yo voy por ahí diciéndote que te libres de las chicas con las que sales? —protestó ella.

—Tú no estás en posición de decirme nada —replicó él muy seco—. Pero, como soy una persona muy justa, te diré que no salgo con ninguna chica.

—¡Ya! —exclamó ella—. ¿Qué me dices de la mujer con la que te vi en el teatro?

—La verdad es que no estoy acostumbrado a dar explicaciones, pero como hemos dicho que vamos a ser sinceros el uno con el otro, te diré que no voy a volver a verla.

—¿Vas a dejar de verla? —preguntó ella, sorprendida—. No es que sea de mi incumbencia, claro —añadió para no parecer muy interesada.

—En eso tienes razón, pero, para serte sincero, te diré que ya estoy un poco cansado.

Ella abrió mucho los ojos.

—¿Cansado de qué? ¿De las mujeres?

Él torció la boca con una mueca. Sin responder a su pregunta le dijo:

—Según lo que me has contado que piensan tus padres, me imagino que no se extrañarían si pasaras el fin de semana conmigo.

Primero, Lydie se puso roja, después, palideció. Después, pensó que no podía estar sugiriéndole lo que ella pensaba que le estaba sugiriendo.

—Ummm... —murmuró, pero no logró articular palabra.

Jonah le sonrió, con esa sonrisa falsa suya que ella tanto odiaba.

–El próximo viernes me voy a mi casa de Hertford. Puedes venir conmigo.

Lydie lo miró con los ojos abiertos mientras las palabras le retumbaban en los oídos.

–¿Para... para qué?

–Utiliza tu imaginación –sugirió sugestivo.

Aquello no podía estar sucediéndole a ella. Hizo un gran esfuerzo por bloquear su mente.

–No soy muy buena cocinera.

–No tendrás que pasar mucho tiempo en la cocina –le aseguró el–. A propósito –le dijo, poniéndose de pie para agarrar un papel que había encima de un escritorio antiguo–, tu copia del acuerdo que firmamos.

Lydie lo agarró y leyó la parte que él había escrito a mano.

–Dichas cincuenta y cinco mil libras se pagarán del modo y forma que Jonah Marriott estime conveniente –tragó con dificultad y se puso de pie–. ¿Así es como quieres que te las devuelva? –le increpó, mirándolo directamente a los ojos–. ¿Siendo tu...? –titubeó–. ¿Siendo tu juguete?

–¿Juguete? –su expresión inocente no la engañó ni por un segundo–. ¿Un juguete muy caro por cincuenta y cinco mil libras, no crees?

–¿Entonces, qué? –preguntó.

–Digamos que no me gusta mucho la idea de que trabajes día y noche para devolverme el dinero. Sin embargo, aún no se me ha ocurrido nada.

–¿Y piensas que yéndome contigo este fin de semana se te ocurrirá?

–¡Oh, sí! –respondió, con la boca curvándose en las comisuras–. Puedes estar segura.

Ella se puso colorada. Estaba tomándole el pelo, atormentándola, y eso no le gustaba. Pero ella había aceptado su dinero.

–¿Por qué? –le preguntó–. ¿Por qué quieres que vaya contigo?

–¿Por qué no? –respondió–. Puesto que ya no tienes novio... probablemente tu ex novio no sabe nada de tu asunto financiero...

–¡Por supuesto que no! ¡Yo no voy contando por ahí los problemas de mi familia!

–¿Qué otra cosa harías este fin de semana?

–Empezar a buscar trabajo, por ejemplo.

–No lo hagas. Todavía no. Vamos a zanjar este asunto primero. Te sentirás mucho mejor.

–¿Me estás diciendo que si paso el fin de semana contigo se te ocurrirá algo? ¿Te acuerdas que hemos dicho que íbamos a ser sinceros?

–¿Crees que te mentiría? –le preguntó con suavidad, y ella supo que eso era todo lo que iba a conseguir de él cuando le dijo–: El viernes acabaré temprano, pasaré a buscarte a las seis.

–Eso no será necesario. Sé dónde trabajas.

Él escondió una sonrisa. Por lo que acababa de decir, había aceptado pasar el fin de semana con él.

–Te llevaré... –comenzó a decir él.

–Perdona que sea tan directa, Jonah –lo interrumpió ella, mientras se preguntaba por qué diablos se disculpaba–. Preferiría que te mantuvieras alejado de mi casa.

Pensó que quizá se sentía ofendido, pero su respuesta resultó más comprensiva que ofendida.

–He visto con mis propios ojos lo abatido que

está tu padre con todo este asunto. Sé que está sufriendo mucho, Lydie, pero, tarde o temprano, tendré que verlo y hablar con él.

—Lo sé —dijo ella consciente del respeto que Jonah sentía por su padre—. Pero todavía no; no hasta que tengamos resuelto el asunto.

Él lo aceptó.

—Hasta el viernes —dijo.

Ella se dirigió hacia la salida y él la acompañó. Cuando le abrió la puerta, ella lo miró y se encontró de frente con sus maravillosos ojos azules. Ella creyó que se le paraba el corazón. Después, él le sonrió con una sonrisa llena de malicia.

—No pienses mucho en el fin de semana —le aconsejó—. ¿Quién sabe? A lo mejor te lo pasas bien.

—¿También crees que los cerdos vuelan? —respondió ella y se alejó rápidamente.

Mientras conducía de vuelta a casa, sus pensamientos estaban muy agitados. Por un lado, pensaba que la tranquilidad de su padre merecía cualquier sacrificio, por otro, le daba miedo pensar cuánto le iba a costar.

Quizá él no estaba pensando en lo que ella creía que estaba pensando. De hecho, nunca había mostrado un interés especial hacia ella. Y, aparte del casto beso en la mejilla en la iglesia, ni siquiera la había tocado. Indudablemente, no le había dado ninguna señal de que pensara en ella como su compañera de cama.

¡Oh, Dios! Solo pensar en eso y se ponía colorada.

Quizá estaba siendo muy inocente, pero, la única

manera de seguir adelante era pensando que aquel fin de semana no tenía nada que ver con el sexo.

El lunes por la mañana, bajó a tomar el desayuno y se encontró con sus padres. La atmósfera estaba cargada y eso, junto a su sentimiento de culpabilidad y el temor a que le hicieran preguntas para las que no tenía respuesta, hizo que agarrara un plátano y se marchara murmurando que iba a lavar el coche.

Mientras lavaba el coche, no dejó de pensar en Jonah. Debería empezar a buscar un trabajo, pero él le había dicho que esperara.

Volvió a casa y decidió llamar a Donna, su antigua jefa y amiga.

—¿Qué tal estáis todos? —le preguntó cuando Donna respondió.

—Muy bien. Aunque, estuve a punto de llamarte en un par de ocasiones.

—Sabía que te las arreglarías de maravilla —dijo Lydie con confianza.

—Yo no diría tanto, pero, al menos, hemos establecido una rutina. ¿Qué tal la boda?

Lydie se sintió culpable. Solo habían pasado dos días y ya casi ni se acordaba.

—Todo salió genial. La novia estaba preciosa.

—¿Ya has encontrado trabajo? Te lo pregunto porque Elvira Sykes está de vuelta. ¿Te acuerdas de ella? Bueno, pues ha vuelto después de pasar una temporada en Baharain y le encantaría que te fueras a trabajar con ella. Cada vez que me ve me pide tu teléfono. He tenido que decirle que lo había perdido.

—De momento, no tengo planes de trabajo.

–Le diré que te vas a tomar unas vacaciones, que cuando estés lista, la llamarás.

Estuvieron charlando amigablemente hasta que uno de los niños comenzó a llorar y tuvieron que despedirse.

Lydie se dirigió hacia su habitación. Al asomarse a la ventana, se encontró a su padre segando el jardín y sintió que el corazón se le encogía. Siempre habían tenido un jardinero, pero, obviamente, su padre lo había despedido.

Vio a su madre salir de la casa y dirigirse hacia su coche. Debía ir a casa de alguna amiga a tomar café o de compras.

En aquel momento, el teléfono sonó. Pensando que la llamada no era para ella, fue a contestarlo.

Efectivamente, la llamada no era para ella, pero eso no impidió que el corazón le diera un vuelco al escuchar la voz de Jonah Marriott.

–Hola, Lydie –la saludó él–. ¿Está tu padre?

–¿Quieres hablar con él? –preguntó cortante.

Jonah hizo una pausa.

–Si no tienes inconveniente –replicó con suavidad.

Por supuesto que lo tenía.

–¿De qué quieres hablara con él? –le preguntó–. Y no me digas que no es asunto mío, porque...

–Por Dios, Lydie, mira que eres protectora. Le dije a tu padre que me pondría en contacto con él. Solo lo llamaba para decirle que estaré fuera del país durante gran parte de la semana.

Lydie se tranquilizó un poco.

–Se lo diré –le dijo.

—¿No está por ahí?

—Está cortando el césped en la otra punta. No te preocupes, le daré el recado.

—Hablaré con él la semana que viene. Cuando volvamos del fin de semana.

A ella le dio un vuelco el corazón.

—Se lo diré –le aseguró.

—Hasta el viernes.

—Adiós, Jonah –se despidió ella y, lentamente, colgó el auricular sintiendo que estaba temblando. ¡Y eso solo por hablar con él! ¡Solo Dios sabía lo que podía pasar el viernes!

Se dio una ducha y se puso unos vaqueros y una camiseta y se fue a buscar a su padre. Cuando él la vio llegar apagó la máquina.

—Ha llamado Jonah –le dijo–, quería hablar contigo. Me pidió que te dijera que estará fuera del país esta semana, pero que hablará contigo la semana que viene.

De repente, su padre pareció abatido.

—Esto no puede continuar así –dijo, y parecía tan decaído que ella no pudo soportarlo.

Y ella, que detestaba la mentira, le dijo rápidamente:

—En realidad, papá, Jonah me ha dicho que tiene una proposición que hacerte. Que será... ummm... la respuesta al problema.

La cara de su padre se iluminó un poco.

—¿No te ha dicho de qué se trata?

—Me dijo que ya hablaría contigo; pero que no te preocuparas que tenía la solución.

El ánimo de su padre pareció levantarse un poco más.

Lydie se sentía fatal por todas las mentiras que estaba diciendo, pero, al mismo tiempo, le alegraba poder quitarle un peso de encima a su padre. Lo peor llegaría la semana siguiente, cuando Jonah no llegara con ninguna propuesta para él.

Cansada de decir mentiras, y temiendo tener que decir más, Lydie decidió marcharse.

–Había pensado ir a hacer una visita a la tía Alice. Me voy ahora, antes de que se eche la siesta.

Fue el sentimiento de culpa y los remordimientos los que la mantuvieron alejada de Beamhurst Court hasta el jueves. A su tía y a ella les gustaba mucho estar juntas y a Lydie no le importó estar sin ropa para cambiarse.

–¿Estás segura de que ya tienes que irte? –Alice Gough preguntó, pero, enseguida, se disculpó–: Perdona, pero cuanto más se tiene, más se quiere y la verdad es que me gusta mucho estar contigo. Dale recuerdos a tus padres de mi parte.

Lydie la abrazó y le dijo que volvería pronto.

Lydie condujo hacia la casa de su padre con dos preguntas en mente: ¿qué excusa le iba a dar a su padre para todas sus mentiras y cómo iba a librarse de la cita con Jonah?

Lo de su padre podía esperar unos días más, pero de la cita de Jonah no podía librarse. A menos que hubiera un terremoto, lo cual era bastante improbable. Tendría que ir.

El viernes amaneció lloviendo. Lo cual resultó bastante acorde con el ánimo de Lydie. El corazón se le aceleraba cada vez que pensaba que iba a pasar el fin de semana con él, sin embargo, la maleta la preparó sin entusiasmo.

Había pensado decirle a sus padres que se iba a casa de su tía, pero, al final, decidió que ya estaba bien de tantas mentiras y les dijo la verdad. A su madre no le hizo mucha gracia la noticia, pero no dijo nada al respecto.

Cerró la bolsa de viaje para el fin de semana y bajó al vestíbulo, sus padres habían salido para cenar con los padres de Madeline y no tuvo que despedirse de ellos. Justo cuando iba a salir por la puerta el teléfono sonó. Rezó para que fuera Jonah cancelándole la cita.

Se trataba de Muriel, una vecina de su tía. Les llamaba para decirles que Alice estaba enferma y que el médico estaba con ella en aquel momento.

–¿Qué tiene? –preguntó rápidamente, olvidándose de Jonah y de todo lo demás.

–Es el corazón, creo. Vi que se caía en el jardín desde la ventana de mi casa. Parece grave.

Lydie no esperó a escuchar más.

–Voy para allá ahora mismo.

Y eso hizo.

Llevaba unos quince minutos conduciendo sin poder apartar a su tía de su mente. De repente, se dio cuenta de que el coche negro que la seguía llevaba allí demasiado tiempo. Era un coche que podía adelantarla sin problemas; sin embargo, continuaba pegado a sus ruedas traseras. Entonces, se dio cuenta de que conocía el coche. ¡Era le mismo que había llevado a su tía desde la iglesia a Alcombe Hall el sábado! ¡Era el coche de Jonah!

Sin saber por qué estaba allí, pero sintiendo que el corazón se le alegraba, Lydie paró a la primera ocasión. Jonah paró detrás de ella.

Salió del coche para explicarle por qué no podía ir con él. Jonah salió del suyo.

—Parece que tienes muchas ganas de verme —dijo él, refiriéndose a lo deprisa que iba conduciendo—. Pero me temo que vas en sentido contrario.

—No iba verte —dijo muy seria—. No puedo ir contigo. Mi... —no pudo decir nada más porque él la interrumpió.

—No tenías ninguna intención de venir conmigo, ¿verdad? —la acusó furioso—. Lo sabías de antemano, desde el domingo, que no estarías en casa cuando fuera a buscarte.

—No seas...

—Bueno, déjame decirte, Lydie Pearson —la volvió a interrumpir él—, que a mí nadie me engaña.

—Yo no...

—¿Adónde vas? —le preguntó, lleno de sospechas.

Pero ella ya había tenido bastante y deseó de corazón no haber parado.

—No es asunto tuyo —le respondió furiosa. Y sin decir nada más, se subió al coche y arrancó.

«¿Pero qué se ha crecido?», se preguntó ella enardecida, contenta de haberse librado de él. Pero, al mirar por el espejo retrovisor, vio su coche pegado al de ella.

CAPÍTULO 5

LYDIE llegó a casa de su tía en un tiempo récord, y Jonah también.

Aparcó en la calle y corrió hacia la puerta del jardín. Jonah, que también había aparcado, ya estaba allí. Ella lo ignoró y pasó por delante de él justo cuando Muriel, la vecina, salía de su casa.

—El médico llamó a una ambulancia —le informó la mujer—. Se la han llevado al hospital. Un infarto —añadió.

—Gracias por llamarme —con el temor atenazándola, logró mantener la calma—. ¿Sabe a qué hospital?

No esperó más, le dio las gracias a la mujer y volvió a salir a la calle.

Jonah estaba junto a ella, en silencio.

—Vamos en mi coche —dijo él, y ella no tuvo ánimos para discutir.

Llegaron al hospital en menos tiempo de lo que habrían tardado en el coche de ella. Una vez allí, él volvió a encargarse de todo y se enteró de dónde estaba Alice Gough.

Acompañó a Lydie a la UCI del hospital y tuvieron que esperar fuera. A Lydie la espera le resultaba horrible por lo que se sintió agradecida de que él estuviera con ella. Y allí seguía, a su lado, cuando el médico salió para decirle que había pocas probabilidades de que sobreviviera al ataque.

Ella se negó a creérselo.

—¿Puedo verla?

—Por supuesto —dijo el médico con amabilidad—. Está inconsciente, pero, por favor, pase.

Sin saber cómo, se encontró apretando la mano de Jonah con fuerza. Él no hizo nada para separarse y la acompañó a la cortina donde su tía yacía, muy pálida y muy quieta. Lydie vio con sus propios ojos que él medico le había dicho la verdad.

Haciendo un gran esfuerzo para no llorar, Lydie soltó la mano de Jonah para acariciar la de su tía. Se quedaron allí unos minutos, en silencio, después, Lydie la besó con cariño y salió.

—Tengo que llamar a mis padres —le dijo a Jonah.

—Yo los llamaré —se ofreció él.

Lydie le dio el teléfono de los suegros de Oliver y Jonah fue a buscar un teléfono público; los móviles estaban prohibidos en el hospital.

Sus padres llegaron después de las once. Jonah los saludó y salió de la habitación para dejar a la familia a solas.

Alicia Gough murió a las once y media.

Lydie se despidió de ella y, al salir de la habitación, se encontró a Jonah en el pasillo. La miró a la cara y extendió los brazos. Ella fue hacia él. Cuando sus padres salieron, ella todavía estaba en sus brazos.

—Yo me encargaré de todo —dijo el padre—. Jonah, ¿puedes llevar a Lydie a casa?

–Por supuesto –respondió él.

Lydie lo siguió como un autómata hasta el coche. Quería llorar, pero quería hacerlo a solas. Pensó que lo mejor sería pensar en otra cosa. Entonces, se le ocurrió que a aquellas horas debería estar en la casa de Jonah.

–¿Yo... no te importa que cancele el fin de semana, verdad?

–Siento haberme portado como un bruto antes –se disculpó él.

Aquellas horas que había pasado a su lado, habían hecho que ella se olvidara de su brutalidad.

–Iba a ir a tu oficina cuando la vecina de mi tía llamó –entonces se dio cuenta de que ya estaban en la autopista–. ¿Te importa llevarme a casa de mi tía?

–¿No quieres ir a casa?

–Prefiero ir a su casa. Si me fuera ahora a casa sería como si la abandonara. Como si me hubiera olvidado de ella.

–Siempre has sido muy sensible –murmuró él y condujo en dirección a Penleigh Corbett.

Después de pasar aquellas horas tan tristes junto a Jonah, después de ser testigo de su amabilidad y su comprensión, Lydie podía decir que él era más sensible de lo que estaría dispuesto a admitir.–¿Vas a quedarte aquí toda la noche? –le preguntó Jonah cuando llegaron.

–Sí –le respondió ella.

–¿Quieres compañía? Y no me refiero a la cama.

–Ya lo sé –respondió ella, sintiendo que el amor por él crecía dentro de ella–. Pero necesito estar sola.

Él la entendió y ella lo amó también por aquello.

—¿Tienes llave?

—En la tercera maceta de la izquierda.

En la puerta de al lado se encendió una luz. Al ver a Muriel, Lydie le dio la triste noticia.

—Lo siento mucho —dijo la vecina apenada.

—Voy a pasar aquí la noche —añadió Lydie.

—Si necesitas algo, ya sabes dónde encontrarme —le ofreció la mujer, después se despidió.

—Tú pasa dentro. Yo voy a buscar tu bolsa al coche —indicó Jonah.

Ella le dio las llaves del coche.

—Gracias, Jonah, por... —titubeó ella—. Por estar ahí.

Él se acercó, con sus fantásticos ojos azules fijos en los de ella.

—¿Estarás bien si te dejo?

Lydie asintió y tragó con dificultad cuando él le puso las manos en los brazos y le dio un beso en la frente.

Cuando él se marchó, ella llamó a casa. Sabía que la señora Ross estaría en la cama, pero su madre siempre comprobaba el contestador antes de acostarse. Lydie le dejó un mensaje diciéndole dónde estaba. Después, se hundió y rompió a llorar.

Lloró por la muerte de su tía y por el amor que sentía por ella. Mucho después, fue capaz de encontrar una sonrisa débil al llegar a la conclusión de que la muerte de su tía le había mostrado una cualidad de Jonah que nunca se habría imaginado que poseyera: ternura.

Por la mañana, había empezado a hacerse a la

idea de que nunca volvería a ver a su tía. Se paseó por la casa, un chalet adosado, y pensó que aún se notaba su presencia. Una presencia consoladora.

Todavía era temprano cuando sus padres llamaron. Habló con los dos. Su padre le dijo que volviera a casa cuando estuviera lista que su madre y él se iban a encargar de todos los preparativos para el funeral.

–Sabemos que le tenías mucho cariño, cielo; pero procura no estar muy triste –le dijo y le pasó el teléfono a su madre.

–¿Estás sola? –le pregunto su madre, con un tono menos ácido del que tenía últimamente.

A ella le molestó la pregunta, pero, después, pensó que había sido ella la que les había hecho creer que Jonah y ella dormían juntos.

–Sí –le respondió, sintiéndose un poco sorprendida de que su madre no hiciera ningún comentario.

–Bueno, me imagino que lo verás hoy –le dijo su madre, y repitió lo que su padre le había dicho–: No estés muy triste.

Lydie colgó el teléfono y pensó que debía volver a casa. Pero todavía no estaba lista, se sentía intranquila. Intentó arreglar la casa inmaculada de su tía. Arregló las camas y pasó la aspiradora.

A las nueve y media sonó el timbre. Cuando fue a abrir se encontró con Jonah.

Durante mucho tiempo lo miró sin decir nada. Se había preguntado en varias ocasiones durante aquella mañana, si se habría imaginado sus sentimientos hacia él. Pero con el corazón acelerado y sintiendo que las piernas le temblaban, decidió que no se había imaginado nada.

Estaba enamorada de él. Y era un amor que había llegado para quedarse.

—Pensé que te habrías ido a tu casa de Hertford —le dijo sorprendida, intentando sobreponerse.

—Puedo ir en cualquier otro momento —replicó él, estudiándola con aquellos maravillosos ojos azules—. Me preguntaba si podía ayudarte de alguna manera.

«¡Oh, Jonah». ¿Y ella había pensado que era sensible? Era mucho más que eso, era cálido y maravilloso.

—Mis padres han llamado. Ellos se encargarán de todo.

Él asintió, la miró y, después, le preguntó:

—¿Conoces algún sitio donde me pueda tomar una taza de café?

—¡Oh, perdona! —exclamó Lydie. Él había ido desde Londres y ella lo dejaba en la puerta—. ¿En qué estaría pensando? Pasa.

Él le sonrió con amabilidad, con los ojos fijos en los de ella.

—Tienes otras cosas en la cabeza —la excusó.

Lydie lo acompañó al salón, sintiéndose culpable. Un sentimiento que parecía repetirse con demasiada frecuencia últimamente. Esta vez porque mientras hablaba con él no había pensado en su tía.

—Voy a preparar café.

—Yo te acompañaré —dijo él y la siguió a la cocina—. ¿Vas a volver a casa hoy?

—Sí, pero más tarde. Todavía quiero arreglar las cosas de mi tía —se encogió de hombros—. Creo que a ella le gustaría que yo lo hiciera. Aunque no me apetece mucho, ¿sabes? Acaba de morir y ya lo voy a empaquetar todo.

—¿Tienes que hacerlo hoy? —le preguntó él.

Lydie lo meditó un instante.

—Bueno, me imagino que no. Conociéndola, seguro que tiene el alquiler pagado hasta final de mes por lo que aún me quedan algunas semanas antes de entregar las llaves en el Ayuntamiento.

—Entonces, puedes dejarlo hasta que te hayas hecho a la idea. Hasta después del funeral.

Ella lo miró pensativa.

—Tienes razón.

—Pasa el día conmigo.

El corazón de ella se aceleró de repente.

—Antes del ataque de tu tía ibas a venir conmigo —insistió él.

—Es verdad, pero... no sé... no sé qué planes tenías, pero no quiero acostarme contigo —le dijo claramente.

Jonah fijó la mirada en su cara roja como el carmín.

—Cariño —le dijo dándole con el dedo en la nariz—, espera a que yo te lo pida.

¡Lo odiaba!

—Tomaremos el café en el salón —le dijo con altanería. ¿Qué otra cosa podía él tener en mente cuando la invitó a ir a Yourk House a pasar el fin de semana? Y allí estaba, hablándole como si ella fuera una ninfómana.

Jonah tomó la bandeja y la siguió al salón. Esperó a que ella se sentara y dejó la bandeja a su lado. Después, se sentó a su lado.

–¿Qué tienes en mente? –le preguntó ella, un poco más calmada; lo amaba demasiado para odiarlo durante mucho tiempo.

–Nada especial –le contestó–. Dar una vuelta en coche, comer fuera, buscar un mercadillo...

Ella sonrió y se preguntó cómo sabría él lo de los mercadillos de los pueblos. Sintió que se derretía por dentro. Sabía que él nunca se enamoraría de ella. Ya había visto el tipo de mujer que lo atraía y no se parecía en nada a ella, a él le gustaban rubias y sofisticadas, como la mujer del teatro.

Lydie pensó en sus ojos enrojecidos de tanto llorar y decidió que no estaba presentable para ir a comer a ninguna parte.

–Yo... –dudó un instante y después continuó–: No me apetece mucho salir. Si tenemos en cuenta que tú estás cansado de ir tras las mujeres y que yo no represento ninguna amenaza ni para tu virtud ni tampoco para tu soltería... –él se rio y ella lo amó más por eso–, podría preparar algo aquí –añadió, pensando que aquello había sonado demasiado íntimo.

–Pensé que no sabías cocinar.

–Te mentí –le respondió ella–. De todas formas, estaba pensando en comprar algo que ya estuviera cocinado.

Lydie comenzó a pensar que él parecía aún más amable y sensible de lo que había creído. Se fueron dando un paseo hasta la tienda del pueblo y Lydie descubrió que podía hablar con él de cualquier cosa. No era que ella tuviera secretos; probablemente, él sabía más de los problemas financieros de su familia que ella misma.

Por primera vez, parecía que estaban en armonía. A veces, hablaban sin parar de cualquier cosa y, otras, veces, permanecían en silencio. Estaban comiendo la pizza congelada que habían comprado, cuando Jonah le preguntó por sus novios.

—No he tenido muchos.

—No me lo creo —dijo él.

—Me costó mucho superar la timidez de la adolescencia —le confesó ella.

Él le sonrió.

—Lo que te hace una mujer bastante especial, Lydie. Cuando fui a tu casa para pedirle un préstamo a tu padre, cosa que tú debías saber, hiciste todo lo posible para que me sintiera a gusto, a pesar de tu terrible timidez.

—Te invité a tomar té —recordó ella.

—Eras encantadora —dijo él y el corazón de ella dio un vuelco—. ¿Qué me dices de Charlie?

Ella lo miró.

—¿Qué quieres que te diga?

—Ibas a dejarlo —le recordó él.

—¡Oh! —exclamó ella, sorprendida—. Iba a llamarlo.

Tenía que preguntarle cómo le había ido con su amiga.

—¿Te olvidaste? —la retó él.

Ella no quería pelearse con él.

—No es importante.

—No parece que fuera muy serio.

—¿Qué me dices de ti?

—Mis dos últimas... ummm... incursiones... acabaron de manera brusca cuando las palabras «vivir juntos» aparecieron en la conversación.

Lydie se rio.

—Escapaste corriendo.

—No lo dudes —se rio él—. Oh, Lydie, me encanta verte reír.

Jonah la ayudó con los platos y también, a lo largo del día, cuando de vez en cuando recordaba lo que le había sucedido a su tía y se le hacía un nudo en la garganta.

—Tengo entendido que tu padre vendió el negocio —dijo ella en algún momento.

—Sí. Con el dinero que me dio, pude devolverle el préstamo a tu padre. Pero solo la parte económica. En realidad, siento que le debo mucho más.

—Te devolveré el dinero que me diste —le dijo ella con sinceridad—. ¿Has pensado ya en algo?

—No vamos a hablar de eso hoy, Lydie —le dijo él con cariño.

Ella le sonrió.

—Quiero que sepas que mi padre estaba dispuesto a vender la casa, pero...

—¿Iba a venderla?

—Es todo lo que le queda.

—Pero ha estado mucho tiempo en tu familia... —estaba realmente sorprendido.

—Mi padre estaba desesperado. Pero mi madre no quería ni oír hablar del asunto.

—¿Ama tanto como tú a la casa?

—Bueno —dijo ella con sinceridad—. En realidad la quiere para Oliver.

—Pero he oído que se han construido una mansión al lado de los padres de su mujer.

—Sí. De hecho, me ha dicho que no quiere Beamhurst —de repente, se sintió culpable por acapararlo durante tanto tiempo; Jonah era un hombre muy ocupado—. Me imagino que tendrás que marcharte —le dijo sin ganas de que se fuera.

Pero, parecía que él no tenía nada urgente que hacer.

—No me lances indirectas, Lydie. Si quieres estar sola dímelo claramente.

Ella meneó la cabeza.

—No, no es eso.

—Entonces, vamos a dar un paseo.

Tomaron un camino que rodeaba la casa y se adentraba en la campiña. La mayor parte del tiempo caminaron en silencio.

—¿Por qué me estabas siguiendo ayer? —preguntó ella en un momento.

—Tenía cosas que hacer por aquí y decidí venir a buscarte. Siento mucho haber sido tan duro contigo.

Ella lo miró con una sonrisa y meneó la cabeza, agradecida de haberlo tenido con ella.

—¿Me invitas a una taza de té antes de que me marche?

Volvieron a la casa y Lydie preparó el té, pensando que el domingo anterior ni se le habría ocurrido que podía pasar un fin de semana con él de aquella manera. Aún pensaba en su tía y en su muerte. No podía dejar de pensar en ella con cariño y tristeza.

—Será mejor que me marche antes de que te canses de mí —dijo él, dando el último sorbo a su té.

Lydie no podía decirle que nunca se cansaría de él.

–¿Te importa si voy al entierro de tu tía?

–No tienes por qué hacerlo –dijo ella deprisa, pensando que ya había hecho demasiado por ella.

–¿Te avergüenzas de mí? –le preguntó él, con una sonrisa burlona en los labios.

Ella se encogió de hombros.

–No, si vas muy limpio –le dijo y se sintió fenomenal al escuchar su carcajada.

Aunque luego se puso muy serio al mirarla a los ojos.

–Procura no preocuparte por nada –le dijo–. Ya pensaré en algo.

Ella lo miró sin decir nada. Después, sin poder evitarlo, él la rodeó con sus brazos y la besó.

El contacto de sus labios con los de ella era tan maravilloso que sintió que las piernas le flaqueaban. Quería agarrarse a él, devolverle el beso, aferrarse a él para no dejarlo marchar nunca.

Pero los celos, algo extraño para ella hasta aquel momento, le decían que quizá Jonah tomara en brazos a otra mujer aquella misma noche. Eso hizo que lo empujara.

«Cariño», le había dicho él. «Espera a que te lo pida».

–Cariño –le dijo ella con una voz increíblemente seria para lo que estaba sintiendo–. ¿No me lo estarás pidiendo, verdad?

Durante un momento, Jonah pareció que no entendía. Después, rompió a reír.

–Cuando lo haga, lo sabrás, Lydie. No tendrás que preguntármelo –le prometió y se marchó.

Lydie cerró la puerta, sin saber si reírse o llorar. El corazón todavía le retumbaba en los oídos al volver al salón y dejarse caer en un sillón.

¡Jonah la había besado!

Jonah la había besado, pensó maravillada. Y ella como una idiota lo había apartado.

A LYDIE le angustiaba que llegara el funeral. Pero, como Oliver, que nunca se había llevado especialmente bien con la tía de su madre, estaba en su luna de miel, la ocasión pasó de manera tranquila y digna.

Lydie se dio cuenta de que Jonah estaba allí; pero lejos del banco de la familia. Solo al final, cuando todos los presentes fueron a darles pésame, él se acercó a verla.

—¿Qué tal estás? –le preguntó.

—Bien –respondió.

Enseguida se acercó su padre. Los dos hombres se estrecharon la mano.

—¿Vendrás a casa después? –preguntó Wilmot Pearson a Jonah.

Para sorpresa de Lydie, Jonah aceptó. Era un hombre muy ocupado y el jueves era un día laborable.

—Si quieres, nos podemos ver hoy –dijo Jonah y Lydie lo miró estupefacta. Obviamente, debía haber encontrado una solución.

Su padre aceptó y se fue a saludar a algunos familiares.

—¿Has pensado en algo? —le preguntó ella en cuanto su padre se alejó.

—Todo a su tiempo —murmuró él y Lydie supo que no iba a conseguir que le dijera nada.

Para mostrarle su disgusto, se alejó de él y fue a saludar a la vecina de su tía y agradecerle todo lo que había hecho.

La mujer le dio el pésame y se quedaron charlando unos minutos.

Después, decidió que Jonah le tenía que contar algo, que no podía dejarla así y se dirigió hacia él. Para entonces, ya no estaba solo; su preciosa prima Kitty estaba con él.

—Le estaba diciendo a Jonah que lo vi en la boda de Oliver, pero te lo llevaste a algún sitio antes de que pudieran presentarnos.

Lydie siempre había envidiado la seguridad de su prima.

—Bueno, ya te has presentado tú sola —le dijo ella con una sonrisa, intentando mantener la compostura, aunque sus ojos echaban chispas.

Jonah no parecía nada molesto de que Kitty, preciosa y segura de sí misma, le estuviera mirando embelesada.

En aquel momento, todos empezaron a marcharse hacia los coches. El funeral había partido de la casa de Alice Gough, pero la familia iba a reunirse en Beamhurst Court.

—¿Quieres venir conmigo, Lydie? —le preguntó Jonah cuando Kitty se alejó.

Lydie había llegado en el coche de sus padres, pero prefería volver con él.

–Se lo voy a decir a mis padres –aceptó ella; pero se dio cuenta de que no tenía que decirles nada porque ellos ya se estaban subiendo al coche sin ella. De alguna manera, debían haber dado por sentado que se marcharía con él y de esas conclusiones la única culpable era ella.

–¿Qué le vas a decir a mi padre? –le preguntó en cuanto él arrancó el coche.

–De momento –respondió él con cautela–, eso debe quedar entre tu padre y yo.

–No seas cruel –le dijo ella–. Yo tengo tanto derecho...

–No quiero que te enfades, Lydie. Pero creo que debo hablar con tu padre primero.

«¡Que no me enfade!», bufó para sí Lydie.

–Espero que no le des más preocupaciones. Si yo...

–No voy a darle preocupaciones –le respondió él y ahí acabó la conversación.

En su casa, con todo la familia en el salón, Lydie se mantuvo alerta. Estaba hablando con una tía de su madre cuando vio que su padre se acercaba a Jonah; su prima Kitty volvía a estar con él. Los dos hombres intercambiaron unas palabras y Jonah se disculpó con la muchacha y siguió al hombre mayor al estudio.

Estuvieron fuera una media hora. ¿Qué se supone que iban a estar hablando durante tanto tiempo?

Cuando vio que volvían, sintió que el corazón le daba un vuelco. Intentó leerles la expresión. La de Jonah no le decía nada, pero la de su padre parecía indicar que lo que le había dicho no le había molestado. Parecía, más que nada, pensativo; pero no, deprimido.

Lydie empezó a tener esperanzas.

Cruzó la habitación hacia donde Jonah estaba justo cuando él se dirigía hacia ella. Cuando estuvieron a la misma altura, él la agarró del brazo. Lydie no tuvo tiempo de decir nada.

–Vamos a dar un paseo –le dijo él con calma.

Ella lo miró, con sus preciosos ojos verdes inquisitivos, intentando averiguar algo. Pero él seguía sin decir palabra. Apartó los ojos de él y miró alrededor. Todos parecían cómodos, no había nadie solo por lo que se podía ir tranquila.

Salieron de la casa y caminaron hacia la verja. Jonah parecía muy pensativo y ella esperó con paciencia.

Caminaron un rato por su camino favorito y después se dirigieron hacia una cancela que llevaba a un prado.

Lydie ya no podía esperar más. Se paró en seco y se giró hacia él.

–¿Y bien? –preguntó un poco beligerante–. ¿Qué tienes que decirme?

Su respuesta la pilló totalmente por sorpresa. No esperaba algo así. De hecho, se quedó totalmente perpleja cuando él se volvió hacia ella, la miró a los ojos y le dijo:

–He decidido que... es hora de casarme.

Lydie no estaba segura de si había abierto la boca o no. Pero, sabiendo que así no iba a ir a ninguna parte, hizo un esfuerzo por recobrar la compostura.

–Enhorabuena –logró decir por fin.

Iba a casarse con Freya, aquella rubia sofisticada. ¿Pero no le había dicho que no había vuelto a verla desde el día del teatro?

—Gracias.

—Obviamente, conoces a la mujer en cuestión desde hace tiempo.

—Sí –admitió él–. Espero que apruebes mi elección.

Por supuesto que no; no podía. De hecho, tuvo que hacer un esfuerzo para no decírselo. Por un momento, hasta se olvidó de su padre.

—¿La conozco? –le preguntó con calma. Iba a odiarlo si era Freya.

La respuesta de él la dejó de piedra.

—Sí –respondió de manera sucinta–. Eres tú.

Lydie lo miró fijamente, incapaz de creer lo que acababa de oír. Entonces, sí que abrió la boca, la mandíbula le llegaba casi hasta el suelo.

—¿Yo? –dijo sin aliento con los ojos como platos–. ¿Lo dices en serio?

—Nunca bromearía con una cosa así.

—Quieres decir que... que... ¿quieres casarte conmigo? –¿era esa voz chillona de ella?

—Ese es mi plan –le confirmó él, con determinación.

¡Pero qué se había creído! ¿Que solo porque él hubiera decidido casarse ella iba a aceptar?

—No voy a casarme contigo –le dijo, con total seguridad. Aunque estuviera enamorada de él.

—Sí, sí te vas a casar –dijo él, sin ningún tipo de reparo.

–Dame una buena razón por la que deba hacerlo –lo retó ella hostil.

–Puedo nombrarte cincuenta y cinco mil buenas razones –le respondió él con frialdad e, inmediatamente, las hostilidades por parte de ella cesaron.

De repente, se quedó sin aliento.

–Le has... –la voz le falló–. ¿Esa no será la propuesta que le has hecho a mi padre? No puede ser... –se quedó sin aliento. Aquello era un sin sentido.

Jonah la ayudó a conocer el motivo.

–Pongámoslo así: los dos sabemos que tu padre es un hombre orgulloso. Ahora dime, ¿a quién preferiría deberle dinero, a un miembro de su familia o a un conocido?

Lydie apartó los ojos, necesitaba espacio, tiempo para pensar.

–Pero la deuda es mía, no de mi padre –fue lo único que se le ocurrió.

–Así no es como lo ve él –replicó Jonah–. Ni podrás convencerlo de lo contrario.

Lydie sabía que tenía razón, pero...

–No puedo casarme contigo –insistió ella.

–¿La tranquilidad de tu padre no lo merece?

–No lo hagas, Jonah –gritó–. Por supuesto que sí –le dijo con ansiedad.

Jonah le sonrió con amabilidad.

–Me gustaría poder darte más tiempo para pensártelo, Lydie, pero tu padre está esperando que volvamos con unas radiantes sonrisas.

–¿Le has dicho que ibas a pedírmelo? –lo miró con la boca abierta.

–Tiene un problema y, por más vueltas que le da, no encuentra solución. Para mí, este es el única arreglo. Por el momento, le dejamos que deba el dinero a un miembro de la familia y con el tiempo se acostumbrará. Por lo que a mí respecta, no tengo ningún interés en que me devuelva ese dinero.

–Pero tú no quieres casarte. Ya me lo habías dicho.

–¿Es que un hombre no puede cambiar de opinión?

Ella suponía que sí.

–Pero... ¿por qué yo?

–¿Y por qué no? Aparte de ayudar a un hombre al que tengo mucho respeto y del que me siento agradecido, voy a tener a una esposa preciosa. Y, por lo que he podido ver hoy, también tendré una maravillosa anfitriona.

La sorpresa parecía que se iba desvaneciendo; pero todavía pensaba que necesitaba tiempo para pensar. Estaba enamorada de él y, pensándolo bien, aquello era lo mejor que le podía suceder. Pero no así; aquella no era la forma adecuada.

Y quizá para su padre sería una tranquilidad, pero para ella... todavía no se hacía a la idea.

–Un céntimo por tus pensamientos –le dijo Jonah y ella se dio cuenta de que llevaba bastante tiempo en silencio.

–¿Cómo se lo tomó mi padre? Quiero decir no me lo imagino diciéndote que qué bien solo porque eso solucionara el tema de su deuda.

–Bueno, tú ya le habías hecho creer que salíamos juntos. Yo le dejé pensar que nos habíamos enamorado y que ahora mismo iba a pedirte que te casaras conmigo. Y la idea le pareció bien.

—Gracias por decírselo así.

Lydie prefería que su padre pensara que se casaba por amor y no para que él se sintiera mejor. Eso último, nunca lo habría aceptado.

—¿Quiere decir que aceptas? —preguntó él con calma.

—No —dijo ella, rápidamente—. Es decir. De repente, en solo tres semanas, has pasado de huir del matrimonio como la peste a decidir casarte. ¿Qué me asegura a mí que en tres semanas no me vayas a pedir el divorcio?

—¿Cómo puedes hablar de divorcio cuando acabo de pedirte que te cases conmigo? El divorcio no es una opción.

Lydie todavía necesitaba tiempo; aunque, Jonah ya le había dicho a su padre que iba a pedirle la mano.

—¿Este matrimonio sería solo... solo de nombre? —le preguntó, muerta de vergüenza, pero con la necesidad de saberlo todo.

—Siempre he tenido en mente formar una familia —le dijo él—. Me temo que tendríamos que hacer lo que hay que hacer para tener unos cuantos hijos.

¡Dios santo!

—Ummm —murmuró ella. Después, de manera abrupta preguntó—. ¿Y si de repente encontramos el dinero?

—Eso tendría que ser muy pronto —respondió él, pensando que era poco probable que fueran a encontrar esa cantidad de dinero.

–¿Por qué?

–Porque una vez que he decidido casarme, no veo ningún motivo para esperar.

Lydie lo miró desesperada. Para ella aquello no era un negocio, era el futuro; su futuro. Aunque, una vez pasado el susto del primer momento, no se le ocurría nada que deseara más que ser su esposa.

–¿Estás seguro de que te quieres casar?– le preguntó ella.

–Completamente seguro.

–¿Y yo... es...?

–Lydie, no te subestimes; eres preciosa.

A ella le encantó escuchar aquello.

–Estoy intentando ser seria –le dijo.

–¿Crees que yo no?

–¿Cuál es la alternativa? Para mi padre, quiero decir. ¿Si yo no me caso contigo?

Jonah se encogió de hombros.

–Desde el punto de vista de tu padre, seguiría con esa deuda. Cuando hablé con él hace un rato acerca de mis planes, un brillo de esperanza apareció en sus ojos. Incluso me pareció que su paso era más enérgico al salir del estudio. Yo he tomado mi decisión, Lydie, ¿puedo ahora oír la tuya?

Necesitaba más tiempo, pero no lo había. Su padre estaría esperando a que volvieran, los miraría a la cara. ¿Podría soportar ver cómo se apagaba aquel rayo de esperanza? ¿Podría soportar ver que el dolor y la ansiedad volvían a su mirada? Tal y como había dicho su padre, por más que había pensado en ello no había encontrado ninguna solución; pero tenía gran confianza en Jonah. Además, la deuda no le pesaría tanto si fuera con el marido de su hija.

¡Dios santo! Marido. Su marido. Jonah. Sus piernas amenazaron con doblarse. Se giró y colocó una mano sobre la verja de la puerta, agarrándola con fuerza. Una vez tomada la decisión, se volvió hacia él.

Miró a sus profundos ojos azules y tomó aliento.

—Parece muy formal darse la mano para cerrar el trato; pero no estoy... creo que aún no estoy preparada para los be... besos.

Jonah la miró durante un rato, después, levantó la mano y le quitó algo del pelo.

—Tu palabra me basta, Lydie —dijo con clama. Y después pareció suspirar. Pero debió ser imaginación suya porque al instante dijo con total calma y seguridad—: Vamos adentro.

A Lydie le pareció lo mejor. Su padre debía estar esperando su regreso. Después, pensó en lo triste que era aquel día y le preguntó:

—¿No tenemos que anunciarlo hoy, verdad?

—No es lo más apropiado —admitió él.

—Gracias por entenderlo —dijo ella con suavidad.

Él la miró y le sonrió.

—Estaremos muy bien juntos, Lydie, confía en mí —le dijo—. Se lo diremos a tus padres cuando todos se hayan marchado.

—Muy bien —asintió ella.

Cuando entraron a la casa, su padre, que obviamente había estado esperando por ellos, caminó de manera casual a su encuentro.

–Le he estado enseñando a Jonah mi paseo favorito, papá –le dijo Lydie y su padre y Jonah la miraron a la vez. Ella se puso colorada–. ¿Se puede quedar Jonah a cenar? –se oyó decir.

–Creo que no habrá problemas –respondió el padre y, por primera vez desde que había vuelto a su casa, lo vio sonreír. Entonces, supo que casarse con Jonah era lo mejor que podía hacer. Su padre ya estaba volviendo a ser el hombre que había sido. El cambio parecía increíble.

De manera gradual, los invitados se fueron despidiendo. Kitty fue una de las últimas en marcharse. A Lydie le hubiera encantado decirle a su prima que el hombre al que estaba persiguiendo era su prometido. Pero cada cosa debía ir a su momento.

Se lo comunicó a sus padres durante la cena.

–¿Vais a casaros? –preguntó su madre atónita. Después, en seguida, recobró la compostura–. Me alegro por vosotros –logró decir.

Pero, luego, mostró que no se alegraba tanto cuando al brindar con champán, Jonah les informó de que se querían casar cuanto antes.

–Se necesita muchísimo tiempo para organizar estas cosas. Al menos un año –le informó su futura suegra.

–Es demasiado tiempo –le dijo Jonah–. Seis semanas serán suficiente. Si quieres, mi madre podría echar una mano –no tuvo que decir nada más.

–No, no. Yo sola me las puedo arreglar.

Después de la cena, ella lo acompañó hasta el coche. Él no se sentó inmediatamente al volante. Se inclinó y sacó de la guantera una cajita. La abrió y

extrajo un precioso anillo de compromiso con diamantes y esmeraldas.

–Ven aquí –le dijo. Le tomó la mano y se lo puso.
Después, se dirigió hacia su asiento.

–Mi familia querrá conocerte. ¿Quedo para cenar
con ellos mañana?

–Me parece bien –respondió ella con educación,
pensando que aquello era una locura.

Aquella noche a Lydie le costó conciliar el sueño.

Le parecía mentira que todo aquello hubiera sucedido, se tenía que tocar el anillo para convencerse
de que era verdad. Le parecía todo un sueño.

Sin embargo, no le parecía bien del todo. Pero si
ahora se echara para atrás tendría que contárselo
todo a su padre y el disgusto sería enorme.

Sabía que no le quedaba otro remedio que seguir
adelante. Su padre ya había sufrido demasiado. Además, ella también deseaba aquel matrimonio.

El problema era que amaba a Jonah demasiado;
sin embargo, él no había hablado de amor en ningún
momento. ¡Ni siquiera se habían dado un beso!
Aunque al recordar el beso que le había dado el sábado anterior al despedirse de ella, se alegraba. Las
piernas le habrían temblado tanto que le habría costado volver a casa.

Por fin, se quedó dormida pensando que aún tenía seis semanas para hacerse a la idea.

Los padres de Jonah le parecieron encantadores y
su hermano pequeño le recordó bastante a Oliver.
Los tres se mostraron encantados con la noticia.

Durante el tiempo que duraron los preparativos, Lydie apenas vio a Jonah que se pasaba más tiempo fuera del país que dentro.

Su madre estaba entusiasmada y se estaba gastando una gran cantidad de dinero.

–¿Quieres que piensen que eres una pobretona? –respondió la mujer cuando ella le dijo que no gastara tanto.

–Pero nosotros no tenemos dinero. ¿Quién va a pagar todo esto? –preguntó Lydie, pensando que quizá Jonah tenía algo que ver. Pero su madre no le hizo caso y siguió confeccionando la innumerable lista de invitados.

A Lydie le gustaba ir de vez en cuando a la casa de su tía Alice. Organizar todas sus pertenencias no era la tarea más maravillosa; pero al menos, tenía tiempo y espacio para pensar en sus cosas.

Mientras doblaba la última camisa de su tía, dejó escapar un suspiro. Su madre se estaba pasando con los preparativos. Para evitar pelearse con ella, había aceptado que la acompañaran cuatro damas: tres primas y Donna. Kitty era una de ellas, las otras dos, Emilia y Gaynor, tan hermosas como la primera.

Lydie esperó a las personas que iban a recoger los muebles de su tía y, después, cerró la puerta y le llevó un recuerdo de porcelana a la vecina de al lado. La mujer le había dicho que le vendría bien la cocina de su tía por lo que iba a dejarle las llaves para que fuera a recogerla cuando pudiera.

–Si quieres, yo puedo llevar las llaves al Ayuntamiento cuando acabe –se ofreció Muriel–. Así no tendrás que volver. Tengo que ir a pagar mi alquiler y a ellos no les importará quién se las lleve.

A Lydie le gustaba Muriel porque siempre se había portado muy bien con su tía. No le hubiera importado volver, la casa de su tía siempre había sido como un refugio cuando las cosas se ponían feas en casa, pero aceptó el ofrecimiento de la mujer.

Cuando llegó a casa, se encontró a su padre escondido en el pabellón de verano. Aunque quería mucho a su madre, había veces en las que prefería su propia compañía.

—¿Ya has visto a tu madre?

Lydie negó con la cabeza.

—Me pareció que estabas aquí y vine a verte —respondió ella atónita con el cambio que se había producido en él desde que Jonah le había dicho que quería casarse con ella.

—Ummm... tu querida madre tiene algo que decirte.

Lydie presentía de qué se podía tratar.

Cuando entró en la casa, su madre la estaba esperando.

—¿Has llamado a la floristería para cambiar mis órdenes? —preguntó en el momento que Lydie abrió la puerta.

—No los llamé, entré a verlos al pasar por allí.

—¡Al pasar por allí de manera deliberada! Sabes que acordamos que queríamos que tu ramo fuera de lilas y...

—Lo siento, mamá —la interrumpió ella, sabiendo que lo mejor era hacer lo que su madre quisiera para evitarse dolores de cabeza. Pero, con respecto al ramo no pensaba ceder–. Pero eras tú la que quería lilas. Yo prefiero rosas de color salmón y blancas.

–Ahora tendré que cambiarlo todo –se quejó su madre–: las flores de la iglesia, las flores de la marquesina.

–Las lilas quedarán preciosas –dijo ella con dulzura.

–La madre de Jonah llamó –gracias a Dios cambiaba de tema–. Ha pensado en otra persona a la que quiere invitar –se quejó, cuando ella estaba continuamente añadiendo gente a la lista.

La llamada de Grace Marriott, o mejor, su intromisión, fue el tema de conversación durante los siguientes diez minutos. Así que, cuando el teléfono sonó, su madre le dijo:

–Ve a contestar tú.

Ella se alegró de poder dejar de oír lindezas contra su futura suegra. Su madre fue a buscar a la señora Ross y ella fue a contestar el teléfono. ¡Era Jonah!

–¿Dónde estás? –quiso saber ella.

–¿Parece que me echas de menos?

¿Había sido esperanza lo que había oído en su voz? No lo creía.

–Me las estoy arreglando muy bien sin ti –respondió con frialdad para esconder el temblor que sentía con solo escuchar su voz. ¡Solo Dios sabía cómo se sentiría cuando estuviera en el altar junto a él!– Además, ¿cómo te voy a echar de menos si apenas te conozco?

–Eso podemos arreglarlo durante la luna de miel

—le dijo él, para hacer pedazos su calma— ¿Qué pasa?

Lydie quiso negar que pasara nada, pero se encontró respondiéndole la verdad.

—Debe ser la presión.

—¿Por la boda?

—Para serte sincera, mi madre me va a volver loca.

—¿Tan mal están las cosas, eh?

—Bueno, no tanto —dijo ella intentando disculparse por su mal humor—. Pero no me importaría tener tu trabajo una temporada; para largarme de aquí y dejar todo esto atrás.

—¿Me estás haciendo una proposición?

Ella pestañeó.

—¿Qué?

—Perdona, pensé que me estabas sugiriendo que nos escapáramos a la casa de campo a pasar el fin de semana.

—¿Estás libre este fin de semana? —le preguntó, con el corazón en un puño—. Siempre estás tan ocupado...

—Quizá deberíamos conocernos un poco mejor.

La idea le pareció estupenda al instante. No solo se podría escapar de allí, sino que además estaría con él.

—¿Umm... me lo estás... proponiendo? —le preguntó ella, muy nerviosa. Después añadió—: Ya... ya sé que después, esto...

—Tranquilízate Lydie —le ordenó él, con un toque de humor en la voz—. ¿Qué estás intentando decirme?

Ella se tragó la agitación. Aquello era ridículo. Por Dios santo. ¡Se iba a casar con aquel hombre en dos semanas!

–Bu.. bueno –comenzó ella atragantándose–. Lo que quiero decir es que... ummm... No estoy... lista... para...

No se atrevió a continuar, así que Jonah terminó la frase por ella.

–¿Para acostarte conmigo?

–Eso.

Hubo un momento de silencio. Después Jonah habló:

–Podríamos ir como amigos –le sugirió.

¡Oh, sí! Le encantaría. En realidad, estaba deseando verlo.

–¿Tendría mi propia habitación? –insistió ella.

–Ir como amigos significa exactamente eso –le aclaró él.

Ella dejó escapar un suspiro.

–¿Me estoy poniendo muy pesada? Lo siento. Probablemente, tú también estés estresado –él no dijo nada y ella añadió–: Teniendo en cuenta lo que hay entre nosotros, lo mejor será que seamos amigos.

Él sonrió.

–Amigos y amantes –dijo arrastrando las palabras. Y mientras él corazón de ella se desbocaba añadió–: pero no las dos cosas juntas este fin de semana. ¿Sabes, Lydie?, será un honor ser tu amigo.

Ella estaba a punto de derretirse.

—Iré a recogerte el viernes a las seis —decidió él y, sin decir nada más se despidió—: hasta entonces.

Y Lydie colgó el teléfono como ausente. Le parecía que hacía un siglo que no lo veía, pero ahora iba a pasar todo un fin de semana con él. Que lo utilizarían para conocerse un poco más. No podía esperar más. Sentía la necesidad absoluta de verlo. ¡Lo amaba tanto!

PARECÍA que el viernes no iba a llegar nunca. Encima, su madre no paraba de quejarse.

—No sé cómo se te ocurre marcharte el fin de semana con todo lo que hay que hacer —clamó Hilary Pearson.

Lydie no quería discutir.

—Mamá, tú lo organizas todo a la perfección —contestó ella; lo cual era verdad—. Avanzarás mucho más si yo no estoy.

—Todavía falta el vestido...

—Iré a buscarlo el miércoles y he quedado con mis primas para ver su traje el jueves.

—Donna...

—A Donna le llevaré el vestido cuando vaya a verla.

—¿Y si...?

—Va a quedarle a la perfección. Donna ha hablado con la costurera en persona.

Lydie estaba lista y esperando con ansiedad a Jonah cuando él llamó el viernes. Abrió la puerta y lo vio allí de pie, alto, de hombros anchos, sin decir nada, solo mirándola con aquellos fantásticos ojos suyos.

Durante varios segundos, ella no supo qué decir.

¿De verdad se iba a casar con aquel hombre tan fabuloso?

—Mis padres han salido —los excusó Lydie por no estar allí para saludarlo—; pero yo estoy lista.

Poco a poco, en el camino a Yourk House, Lydie comenzó a relajarse.

—¿Todavía estás estresada? —le preguntó él.

—Perdóname —se disculpó ella—. Comparado con lo que tú tienes que hacer cada día, que yo me ponga nerviosa por un ramo de flores no tiene sentido. Mi madre quieres que lleve lilas y yo quiero llevar rosas.

—Sí lo tiene. Tú eres la novia y tienes derecho a llevar lo que quieras ¿Qué vas a llevar?

—Rosas.

—¿Te he dicho alguna vez que las rosas son mis flores favoritas?

Lydie se rio. Realmente, lo amaba.

York House era una casa preciosa. Estaba rodeada de unos jardines hermosos y no había ningún vecino cerca.

Lydie se quedó parada en la entrada.

—Vamos adentro. Te enseñaré la casa —después podrás decirme si te gustaría vivir aquí.

En cuando entró por la puerta supo que le encantaría.

—¿Viviremos aquí después...?

—Cuando no casemos —asintió él y dejó las bolsas de viaje al pie de la elegante escalinata que conducía al piso superior.

La casa no era tan antigua como la de sus padres, ni tampoco tenía tantas habitaciones, pero eso era justamente lo que la hacía más cómoda y acogedora.

–En el piso de arriba hacía cinco dormitorios con sus respectivos cuartos de baño –y él fue enseñándoselos todos–. Creo que este te gustará para este fin de semana –le sugirió él, mientras abría la puerta de un cuarto muy luminoso.

–Es precioso –murmuró ella y pasó al interior para admirar la cama con dosel y el resto de los muebles. Se acercó a la ventana y miró al exterior. Era muy tranquila y le encantó.

Después, la llevó a ver su habitación. Ella sabía que cuando volvieran de su luna de miel, también lo sería de ella. La boca se le quedó seca con el pensamiento y, para disimular, se acercó a una de las ventanas. Pensó que debía decirle que nunca antes se había acostado con un hombre; pero tenía la garganta demasiado seca para hablar.

Él salvó la distancia que los separaba y le pasó un brazo por los hombros.

–¡Estás temblando! –exclamó él y la giró para que lo mirara a la cara–. No tendrás miedo de mí, ¿no?

Ella meneó la cabeza.

–No –respondió–. En absoluto –le dijo con una sonrisa, no quería que él se preocupara–. Pero me... me da vergüenza. Pensé que ya había superado mi timidez hacía mucho tiempo, así que estoy sorprendida.

Jonah la tomó en sus brazos y la apretó contra él. Ella se quedó sin aliento.

–Estaremos bien juntos –le aseguró–. Apenas nos hemos visto desde que nos comprometimos; nos resarciremos este fin de semana.

–De acuerdo –dijo ella y miró hacia arriba, con una sonrisa en el rostro porque lo amaba. Así que, cuando él miró hacia abajo, ella se estiró y lo besó, no apasionadamente, pero aquel beso significaba que eran más que «amigos».

Él la apretó con más fuerza. Ella se echó para atrás.

–¿Te... te ha parecido bien? –preguntó trémula.

Él le sonrió.

–Muy, muy bien –le respondió y ella empezó a preguntarse qué diablos le había pasado por la cabeza para hacer aquello. Él añadió–: ¿Quieres echar un vistazo por ahí mientras yo me ducho y me quito la ropa del trabajo? Después, podemos salir a comer algo.

Lydie se despertó el sábado por la mañana en la habitación que Jonah había elegido para ella. Se quedó un rato tumbada, pensando en él y maravillándose de lo bien que habían estado la noche anterior. Ella que había pensado que era imposible quererlo más de lo que ya lo quería, se sintió aún más enamorada.

Al pensar en la noche anterior, recordó que, en algún momento de la conversación, él le había dicho que nadie le había llevado una taza de té a la cama desde que se fue a la universidad.

Se levantó de la cama como una exhalación, después, se detuvo un momento pensando si debía ducharse y vestirse primero, pero decidió que no. Si se entretenía mucho, seguramente se lo encontrara levantado. Se ató su bata de algodón y bajó de puntillas las escaleras.

Al rato, volvió a subir con una bandeja en la mano.

Se paró un rato en la puerta indecisa. Después llamó y entró.

—¡Lydie! —exclamó él, incorporándose. Parecía realmente encantado de verla.

—Su té, caballero —le dijo y él sonrió al recordar la conversación.

—¿Y el tuyo?

—Lo he dejado en la cocina.

Lydie se acercó y cuando él se incorporó pudo ver que tenía el torso al descubierto. Entonces, dedujo que le debía gustar dormir desnudo y prefirió no pensar en nada más. Apartó la mirada de su pecho y dejó la bandeja sobre la mesita de noche.

Se habría marchado enseguida, pero él la agarró por la muñeca.

—Ven a charlar conmigo.

—¿De qué quieres que hablemos?

—De cualquier cosa —le dijo él señalándole la cama—. Siéntate aquí y charlemos como amigos.

Ella dio un paso hacia él.

—Aquí —le indicó él, alargando el brazo derecho.

Ella se habría sentado frente a él, con los pies en el suelo, pero aquel era el hombre que amaba, por el amor de Dios, y en un instante, se quitó las zapatillas y se subió a la cama a su lado. Él le echó un brazo por los hombros y ella se sintió como en el cielo.

Aunque habían acordado hablar de cualquier

cosa, ella no podía dejar de pensar en el calor de su brazo, en la ligereza de su ropa. No podía pensar en otra cosa y no se le ocurría qué decir.

Eso fue hasta que Jonah observó.

–¡Qué dedos tan bonitos tienes!

Ella se miró los pies que le parecían bastante normales.

–Gracias –le dijo y se rio. Después, casi se desmaya cuando él le dio un beso en la cabeza–. ¿Te gusto? –le preguntó sin pensárselo. Inmediatamente se disculpó–. Perdona. No debería habértelo preguntado.

–Pues claro que sí. Me gustaría pensar que podemos hablar de cualquier cosa sin vergüenza –dijo él y le sonrió–. ¿Crees que me casaría con alguien que no me gustara?

–Eso no sería muy sensato –respondió ella, pensando que ella misma debería comportarse con más sensatez. Entonces, él acercó su cabeza a la de ella y ella se sintió desfallecer.

–¿Qué vamos a hacer hoy? –preguntó para mantener la cabeza fría.

–He quedado para que vayamos a elegir los anillos de boda.

De repente, después de tantas semanas de preparativos, Lydie empezó a sentir que aquello era real.

–Será mejor que me vaya –dijo intentando levantarse, pero él la agarró de la mano.

Ella lo miró interrogante.

–No hay prisa, cariño –murmuró él–. Pero, ¿qué te parece si empezamos a darnos un beso de buenos días?

Lydie sintió que se ponía colorada. Por supuesto, él tenía razón. Cuanto antes empezaran a romper algunas barreras, más fácil sería después convertirse en marido y mujer, en todos los sentidos de la palabra.

—Me parece bien —murmuró.

—¿Todavía mintiendo, Lydie?

—Nunca voy a volver a decirte una mentira —le prometió con solemnidad—. Pero... —estaba empezando a temblar; apenas llevaba ropa. Era una situación nueva—. Creo que estoy un poco nerviosa —le confesó.

Él la abrazó.

—Estarás a salvo conmigo, Lydie. Nunca te haré daño.

«Oh, Jonah».

Sus labios se unieron con tanta dulzura que ella sintió que se derretía. Al final, le dio pena de que se acabara y lo miró a los ojos... entonces, se dio cuenta de que tenía las manos sobre su pecho, más exactamente, sobre los pezones.

—¡Oh! —gimió con consternación.

Jonah la miró, preguntándose qué había significado ese «oh».

—¿No has tenido muchos amantes? ¿Verdad, Lydie?

Sabía que tendría que decírselo en algún momento, pero aún no estaba preparada.

—Me marcho —dijo saltando de la cama de manera precipitada.

Se dio una ducha y se visitó mientras se sentía confusa. Quizá era natural que se mostrara reservada y tímida con el hombre con el que iba a casarse. La suya no era una relación muy normal y lo sabía. Pero quizá en una relación normal también había barreras que romper. Después, se acordó del fantástico beso que le había dado y se olvidó de todo.

Desayunaron café con tostadas y Lydie se alegró de que Jonah siguiera como siempre. Le encantaba estar con él y disfrutó de cada momento a su lado en la ciudad.

Eligieron unas alianzas de oro sencillas y después volvieron a casa. Lydie preparó unos sándwiches mientras Jonah comprobaba si tenía algún correo en el ordenador.

—Te enseñaré el pueblo —le sugirió él después de comer.

Caminaron y charlaron y charlaron y caminaron. Lydie se sentía tan feliz que solo quería estar así.

Cenaron fuera. Había una señora que se encargaba de todo en la casa, pero Jonah le había dado el fin de semana libre.

—Pensé que nos las podíamos arreglar solos —le confió—. Obviamente, cuando volvamos de la luna de miel querrás organizar la casa a tu manera. Seguro que la señora Allen estará encantada de ayudarte.

Volvieron a la casa después de la cena y se sentaron en el salón.

—¿Qué tal te encuentras? —le preguntó él—. Ayer cuando te llamé parecías un poco nerviosa.

—Parece mentira lo que veinticuatro horas pueden hacer —respondió ella—. Necesitaba escapar. Ahora, si me relajo más, me voy a quedar dormida.

Lydie recordó que él había comprobado su correo antes de comer.

—Si tienes trabajo que hacer...

—¿Ya quieres librarte de mí? –la acusó él.

—En absoluto –le respondió ella, pero después de disfrutar de su compañía durante tanto tiempo, empezaba a sentirse culpable por monopolizarlo–. Pero, me voy a la cama –decidió y deseó haber mantenido la boca cerrada porque él no se quejó.

Ella se levantó y él la acompañó hasta la puerta y allí se paró y se quedó mirándola. Así que ella dedujo que estaría esperando un beso.

—Buenas noches –dijo ella y dio un paso hacia él, con el corazón a punto de salírsele del pecho. Levantó al cabeza y él se inclinó y la besó.

—Buenas noches –respondió él y abrió la puerta para que ella saliera.

Lydie se dio otra ducha antes de meterse en la cama.

Jonah y ella estarían bien juntos. Él era amable, considerado... pero no la amaba, se lamentó. ¿Y si el amor no importaba? ¿Y si sí importaba y él nunca llegaba a amarla? ¿Qué pasaría entonces? Aun así, tenía que casarse con él. Si no era por ella, tendría que ser por su padre.

Se quedó dormida pensando que, sobre todo, cuando Jonah y ella estuvieran casados, debía esconderle sus sentimientos.

Quizá, algún día, podía sentir algo por ella; aunque, teniendo en cuenta sus gustos, le parecía bastante improbable. Seguramente, se conformaba con una mujer tan poco sofisticada solo para que fuera la madre de sus hijos, pero, en lo que a parejas se refería, las mujeres como Freya ganaban.

Se quedó dormida sintiéndose bastante infeliz. Aunque era algo por lo que no podía hacer nada.

Por la mañana, se despertó sobresaltada al descubrir que ya era de día y que Jonah estaba en su habitación. Acababa de dejar una taza de té en su mesilla.

De manera instantánea, sintió que el ánimo se le levantaba.

—¡Pensaba que te gustaba dormir hasta tarde los domingos! —exclamó y sintió que el corazón le daba un vuelco cuando él se inclinó y le colocó un tirante del camisón en su sitio.

—Te acuerdas —dijo él con una sonrisa—. Pero hoy me apetecía más devolverte el favor. Échate para allá —le ordenó y ella se movió sintiendo que el corazón le bailaba de gozo—. ¿Has dormido bien?

—Como un lirón —dijo ella muy consciente de su virilidad, de la suavidad del pelo de su pecho que asomaba por la abertura de su batín—. Ummm... parece que hace muy buen día —dijo deprisa.

—Lo cual me recuerda que tengo que estar en Londres a última hora de la tarde. Podíamos dar un paseo y comer en algún sitio de camino a tu casa.

—Bien —dijo ella.

—Las próximas dos semanas voy a estar muy ocupado y quizá no tenga mucho tiempo para verte. Pero si surge algo, o crees que me necesitas para algo, déjale un mensaje a mi secretaria. Ella sabrá dónde localizarme. Voy a estar fuera del país la mayor parte del tiempo.

–Mi madre se está encargando de todo a la perfección –respondió ella, empezando a sentirse triste porque él iba a estar fuera.

–Aparte del ramo –bromeó él.

–Y de la lista de invitados. Creo que nunca va a terminar.

–Por cierto –dijo él–. No quería sacar este tema; pero ya que ha salido, me gustaría saber quién es el tal Charles Hillier que has invitado.

Lydie lo miró.

–Sabes muy bien quién es.

–Pensé que habíamos acordado que ibas a dejar de verlo.

–Es mi amigo –protestó ella–. Y yo nunca te dije que fuera a dejar de verlo. Es el hermano de Donna y...

–Y tu ex amante.

–¡Nunca ha sido mi amante! –negó ella, cubriéndose con la manta de manera defensiva.

–Sí lo ha sido.

–Nunca –repitió ella, horrorizada.

–¡Has dormido con él! –replicó él, con los ojos brillantes.

–¿Quién te ha dicho eso? –preguntó ella sorprendida.

–Tú me lo dijiste.

Lydie recordó al instante la conversación.

–Yo te dije que me quedé a dormir en su casa, no con él.

Él la miró muy serio.

–Dímelo con claridad, Lydie –le pidió–. ¿Has tenido algo con ese hombre?

A ella le molestó la pregunta. Habían empezado tan bien. ¿Por qué se había estropeado todo?

–No es asunto tuyo con quién me haya acostado antes de que nos comprometiéramos –le dijo enfadada–. Y, ahora, me gustaría que salieras de mi habitación.

–Me marcharé cuando haya acabado –dijo enérgico–. Y lo estoy haciendo asunto mío.

–¿Con qué derecho? –le preguntó ella.

–Con el derecho a que no habrá nadie en esa iglesia con quien yo me haya acostado. Pensé que por cortesía me harías ese honor.

Ella se sintió al instante convencida.

–¡Oh, Jonah! Nunca me he acostado con Charles. Me he quedado en su casa varias veces, pero nunca hemos sido amantes. Siempre ha sido un amigo. Solo eso.

Sintió que la expresión de Jonah se suavizaba.

–Eres una mujer muy hermosa, Lydie –le comentó y, como si esa fuera la única conclusión posible–: ¿Tiene ese Charlie algún problema con el sexo? ¿O eres tú, Lydie?

–¿Qué?

–¿Que si tienes algo en contra del sexo?

Teniendo en cuenta que se iban a casar en dos semanas, parecía una pregunta bastante justa. Sin embargo, seguía sin sentirse muy cómoda con aquella conversación.

Ella miró hacia abajo.

–No... no lo sé.

Hubo una pausa, después, Jonah se acercó y le tomó la mano.

–¿No lo sabes? –le preguntó con calma y como ella no contestaba continuó:– Sé que no te gusta hablar de este tema, pero, sinceramente, creo que deberíamos dejar las cosas claras.

–Sé que tienes razón –susurró ella–. Y había pensado decírtelo, porque creo que tienes derecho a saberlo... –se paró, sintiendo que estaba colorada hasta las orejas.

–¿Saber qué? –preguntó él con mucha calma. Cuando le levantó la barbilla, solo había compresión en su mirada.

–Oh, Jonah. Me siento tan tonta.

–Cuéntamelo –la animó él.

Lydie encontró el valor para confesárselo.

–No tengo ni idea de si tendré algún problema o no porque nunca... nunca... he probado... ummm... nunca me he acostado... con nadie.

Jonah la miró totalmente sorprendido. Después, una mirada tierna apareció en sus ojos.

–Oh, dulce Lydie –murmuró–. ¿Me estás diciendo que nunca has hecho el amor con nadie?

–¿Me convierte eso en un bicho raro?

Él le sonrió.

–En una bendición –la corrigió él. Se quedó mucho rato mirándola. Después, con una sonrisa en los labios le sugirió–: Ya sé que habíamos quedado en que este era un fin de semana de amigos; pero, ¿qué te parece si experimentamos un poco?

–¡Oh, Jonah!

–No hay nada de qué preocuparse. No llegaremos muy lejos –le aseguró él–. ¿Nos hemos dado ya nuestro beso matutino? –le preguntó con aquella sonrisa suya.

Ella tragó con dificultad.

–¿Ya te has olvidado? –preguntó ella y lo oyó reír.

Fue un beso lleno de ternura, al principio. Ella sintió sus manos cálidas acercarla más a él. Ella, a su vez, lo rodeó con los brazos.

Jonah se separó un instante para mirarla a los ojos, pero al no ver en ellos temor, solo vergüenza, volvió a posar los labios sobre los de ella.

Lydie sintió la calidez de sus manos en su espalda mientras la acariciaba. Después, su beso comenzó a intensificarse y, durante un instante, se sintió insegura. Pero, como lo adoraba y estaba empezando a disfrutar de aquellos momentos de intimidad, se aferró a él con fuerza.

Empezó a sentir que la excitación crecía en su interior, mezclándose con el amor que sentía hacia él.

Él trazó una línea de besos por su mejilla hacia el cuello y ella se agarró con fuerza cuando él continuó por el hombro.

Cuando él apartó el tirante de su camisón y bajó por su pecho, ella sintió vergüenza y lo apartó.

Inmediatamente, Jonah levantó la cabeza.

–¿Todavía no estás lista para mis besos, Lydie?

–No, no es eso. Solo que me siento un poco... desnuda. Quizá, debería ponerme algo de ropa.

Él la miró con una sonrisa.

–Oh, Lydie, Lydie –murmuró con suavidad–. Creo que no... ummm... que no entiendes muy bien de qué va esto.

Lydie sintió que se volvía a poner colorada. Entonces, se le ocurrió que en aquel momento, más que en ponerse ropa, debía pensar en quitársela.

Tomó aliento y mirándolo fijamente se sintió llena de amor por él:

–Enséñame –le dijo en un murmullo y durante unos minutos extasiados conoció la felicidad cuando Jonah la atrajo hacia él con suavidad y la inundó de besos exquisitos hasta que ella sintió que se derretía por dentro.

Nunca había sentido algo así y cuando él se separó para mirarla, ella sintió que quería más.

–¿Te estoy asustando?

–Ya te lo diré cuando lo hagas –dijo ella un poco mareada.

Él se rio y volvió a atraerla hacia él.

Compartieron beso tras beso y el corazón de Lydie latía con tanta fuerza que pensó que él iba a oírlo. Después, los besos tiernos de Jonah comenzaron a tomar una nueva dimensión y lo mismo le pasó a la chispa de deseo que estaba empezando a arder en su interior.

Ella lo alejó, sintiéndose agitada.

–¿Te estoy asustando? –volvió a preguntar él.

–Creo que no tengo ningún problema –le dijo ella con sinceridad.

–Cariño –dijo él con un suspiro y volvió a cubrir la boca de ella con la suya. Después, deslizó una mano y con ella cubrió su pecho turgente. Ella se sobresaltó.

–Está bien –la tranquilizó.

Pero a ella le daba vergüenza aquel contacto tan íntimo.

–¿Me deseas? –le preguntó él entonces y la ayudó al confesarle–: Por si no te has dado cuenta, cariño, yo te deseo a ti.

Ella estuvo a punto de decirle que lo amaba, pero se contuvo. Su amor era algo que él no quería.

–Me siento como si estuviera tambaleándome en la oscuridad.

–¿Quieres que paremos?

–No he dicho que no me estuviera gustando –y él se rio encantado.

–Eres deliciosa –le dijo él.

Aquello no era una declaración de amor, pero escucharle decir que era deliciosa era como música para sus oídos.

–Deseo tocarte –dijo ella con timidez.

Entonces, sin decir ni una palabra más, él se despojó de su batín. Ella le costó tragar mientras miraba fijamente a su pecho y, de reojo, a sus piernas y su ropa interior.

–Yo también deseo tocarte –le dio él con suavidad y en un instante su boca estaba sobre la de ella mientras con las manos le acariciaba los senos.

Cuando él comenzó a frotarle los pezones, ella se agarró con fuerza a sus hombros. Entonces, él se paró de repente.

–Lydie, Lydie –dijo con la voz ronca, apartando con dificultad las manos de sus pechos–. Si no paramos ahora, me temo que nos vamos a meter en líos.

Pero él había despertado en ella sentimientos que habían estado dormidos.

–Pero yo no quiero parar –le dijo rápidamente, mientras se ponía colorada.

–Cariño –gruñó él–, si no paramos ahora voy a tener que despojarte de ese tentador camisón.

–¡Oh! –exclamó ella que no era tan atrevida como había podido sonar antes. La idea de estar allí, sin nada encima, era algo para lo que no estaba preparada.

–O peor –añadió él intentando añadir un toque de humor a un momento tan tórrido–. Corres el riesgo de que sea yo el que me desnude.

Lydie se puso totalmente colorada.

Él se rio y la tomó para darle un beso.

–¿Te parece bien si me marcho?

–¿Cuál es la otra alternativa? –preguntó ella con inocencia.

–Ya lo sabes –le contestó él–. Creo que ya hemos tenido bastante para ser un fin de semana de amigos, ¿no crees?

Entonces, se marchó.

Más tarde, después de ducharse y vestirse, se encontraron en la cocina. Desayunaron café con tostadas y él sugirió que salieran. Le parecía que él sonaba muy frío, pero aquello fue antes de que añadiera:

–Si nos quedamos aquí corremos peligro.

A ella le gustó oír aquello.

–Me gustaría saber más de esto.

Él la miró serio.

–Todo a su debido tiempo, Lydie. A su debido tiempo.

Y ella se ruborizó.

Quizá porque sabía que probablemente no lo volvería a ver hasta el día de la boda, Lydie no tenía ganas de comer. Jonah tampoco comió mucho, observó ella, pero pensó que debía ser porque ya tenía la mente en los negocios.

La llevó a casa y entró a saludar a sus padres.

–Jonah tiene que ir a trabajar –les comunicó ella.

–¿No te vas a quedar a cenar? –lo invitó Hilary Pearson y a Lydie le gustó que su madre estuviera empezando a mostrarle a Jonah su lado amable.

Jonah rechazó la invitación con educación y se despidió de los padres de Lydie. Lydie lo acompañó hasta el coche pensando que no quería que se marchara.

–Qué tengas un buen viaje –le dijo sonriente cuando llegaron al coche.

Jonah se volvió y la miró a los ojos.

–Recuerda lo que te he dicho. Si tienes cualquier problema, cualquiera, llama a Eileen Edwards y ella se pondrá en contacto conmigo.

–Lo recordaré –le contestó ella.

–¿Me vas a dar un beso de despedida?

Ella asintió con la cabeza mientras lo miraba con timidez.

Él la rodeó con un brazo y la atrajo hacia sí. Sus labios se encontraron y ella tuvo que hacer un gran esfuerzo para no rodearlo con sus brazos. Quería suplicarle que la llevara con él, pero la suya no era una relación de amor y él podía pensar que estaba mal de la cabeza.

Él no dijo nada cuando la soltó. Solo la miró durante un buen rato. Después, se subió al coche y se marchó.

Lydie volvió a casa con lágrimas en los ojos. Lo amaba tanto... Y todavía quedaban trece días hasta que pudiera volver a verlo.

Cada día que pasaba, esperaba que la llamara; pero una semana transcurrió sin tener noticias de él. Fue una semana muy complicada y ella se alegró de que fuera así porque el tiempo que había pasado con él en Yourk House parecía a años luz. ¿De verdad se habrían besado y acariciado como lo habían hecho? ¿Estaba haciendo lo correcto al casarse con él? ¿Tenía otra alternativa? Pensó en la cara sonriente de su padre y decidió que no.

La semana siguiente, transcurrió lentamente. El martes, preparó un par de maletas para llevárselas a Yourk House. Después hizo otras dos maletas con ropa que pensó que podía necesitar durante su luna de miel.

El miércoles, faltando cuatro días para la boda, Lydie empezó a ponerse nerviosa y a tener grandes dudas. Cuando recibió una llamada de Jonah, sintió que no le hubiera importado que él lo cancelara todo.

—¿Dónde estás? –le preguntó ella.

—En Suiza.

—¿Cuándo volverás?

—Pareces nerviosa.

—Lo siento; creo que estoy pasando por el peor momento. ¿Nos va a ir bien, verdad, Jonah? –le preguntó con ansiedad.

—Vaya, sí que lo estás pasando mal.

—Ojalá estuvieras aquí –dijo ella sin pensar. Inmediatamente deseó que la tierra se la tragara por haber dicho aquello–. Tengo un montón de ropa que llevar a la casa.

–Debería haber pensado en eso –dijo él–. La señor a Allen estará allí mañana, le diré que te dé una llave.

–Yo... ummm... –no sabía qué decirle al hombre con el que se iba a casar en tres días.

–Vamos a estar muy bien. Te lo prometo –le aseguró él.

Ella se sintió abatida.

–Hasta el sábado –dijo. Parecía que no había nada más que decir.

–Adiós –y colgó.

¡Oh, Dios! Iba a convertirse en su esposa dentro de tres días, solo esperaba poder contener los nervios hasta entonces.

CAPÍTULO **8**

EL SÁBADO, a pesar de su estado de nervios, Lydie sabía que quería casarse con Jonah por encima de todo. No tenía ni idea de cómo les iría juntos, pero ella haría lo que estuviera en su mano para que su matrimonio funcionara.

Se despertó temprano. Su madre ya estaba levantada. Para su tremenda sorpresa, se encontró con que su madre le llevaba el desayuno a la cama.

–No hacía falta... –comenzó a decir ella.

–Claro que sí –su madre le contradijo–. Hoy es tu gran día. Mi madre me trajo a mí el desayuno el día que me casé con tu padre.

–Gracias –aceptó ella.

–¿Qué tal estás?

–No estoy segura –confesó ella–. Pero me parece que todavía no me he despertado.

–Eso es lo más normal –le dijo su madre con una sonrisa–. Ahora tómate el desayuno con tranquilidad. Y no te apresures en bajar, la casa está llena de tías y primas.

Su madre la dejó para ir a ver qué tal estaba todo el mundo.

Lydie pensó en lo duro que había trabajado su

madre y supuso que todo el dinero debía de provenir de Jonah.

La boda tendría lugar a las dos y, aunque Lydie intentó quedarse en la habitación el máximo tiempo posible, sus familiares no dejaron de pasar a visitarla.

Donna, la única invitada que no había pasado allí la noche, llegó a las doce. Nick y los niños estaban con ella, pero ella fue la única que subió.

—El vestido es precioso, absolutamente divino —exclamó al verlo.

Era un modelo de corte imperio, la parte superior estaba bordada con perlas y del pecho caían pliegues de seda. Tenía la manga corta y un escote redondo.

Lydie pensaba ponerse las perlas que sus padres le habían regalado para su veintiún cumpleaños. Finalmente, llevaría un velo hasta los pies sujeto con la tiara de perlas y diamantes de la familia y que le había prestado la hermana de su padre.

Ya se había dado un baño al levantarse, pero, a las doce y media, decidió darse una ducha antes de vestirse. Se suponía que aquel iba a ser un momento de tranquilidad, pero no fue así; estaba más nerviosa que nunca.

No podía esperar para ver a Jonah, pero deseó de corazón que aquel día acabara pronto. Cada vez estaba más nerviosa y deseó no haber accedido a una boda con tanta gente. Finalmente, se alegró cuando todos se marcharon a vestirse.

A la una y cuarto, las cuatro damas de honor fueron a su habitación.

–¿Qué tal estamos? –le preguntó Kitty dando una vuelta con su vestido corte imperio de color azul.

–Preciosa. Las cuatro.

–Ahora te toca a ti –le dijo Donna y les dijo a las otras que se marcharan.

Lydie se había recogido el pelo color azabache en un moño alto y se había maquillado un poco. Ya estaba lista para ponerse el vestido. Después, ya solo quedaba colocar el velo y la tiara.

Donna se quedó sin palabras al verla preparada.

–¿Qué tal estoy? –le preguntó ella.

–Oh, Lydie, estás sensacional –dijo Donna un poco llorosa.

Lo mismo le pasó a su madre cuando entró en la habitación un minuto más tarde.

–Cariño, estás preciosa –exclamó emocionada.

–Tú también, mamá.

Parecía que las tres se iban a poner a llorar, pero su madre tomó rápidamente el mando de la situación.

–Bien. Ya es hora de que las damas vayan saliendo para la iglesia –apremió a Donna.

Cuando las dos salieron, Lydie se miró al espejo. ¿Le gustaría a Jonah? Entonces, la rubia del teatro se le pasó por la cabeza.

Pero ella no quería pensar en eso en aquel momento. Para distraerse, miró la correspondencia que su madre le había dejado encima del tocador. Había unas cuantas felicitaciones que abriría más tarde. También había una carta de una firma de abogados.

Lydie comprobó que estuviera dirigida a ella y la abrió. Y casi se desmaya de la impresión. ¡Era de los abogados de Alice Gough para informarle de que ella era la única heredera y que le dejaba la casa de Penleigh Corbett!

Hemos recibido las llaves del Ayuntamiento al que se las enviaron de manera equivocada. Estaremos encantados de atenderla cuando venga a recogerlas.

Lydie tuvo que leer la carta dos veces. Los ojos se le llenaron de lágrimas. Cuando sus padres entraron en la habitación, ya la había guardado en un cajón del tocador.

Sus padres hablaron a la vez.

—Cariño, ¡qué guapa estás!

Su madre dijo:

—Yo me voy ya —y al ver los ojos húmedos de su hija, continuó—. Oh, cariño, por favor, no llores o me harás llorar a mí —después, tragó con dificultad y se dirigió a su marido—. Espero que salgas dentro de doce minutos, exactamente, Wilmot.

—Sí, querida —le respondió él con dulzura.

—Y no te rías de mí —le pidió.

—No, querida —respondió y la tensión desapareció cuando los tres rompieron a reír.

Cuando se quedó a solas con su padre le comentó:

—Pensé que tía Alice vivía de alquiler.

—Así es —le respondió su padre sin inmutarse, pensando que quizá no quería pensar en la ceremonia—. Vivió así muchos años, tantos, que cuando el Ayuntamiento le ofreció comprar la casa solo le pidió una cifra simbólica. Yo le ofrecí el dinero, pero ella no lo quiso aceptar. Era muy testaruda. Si la hubiera comprado, ahora valdría unas ciento cincuenta mil libras –miró su reloj–. Ahora tenemos que marcharnos.

Lydie bajó las escaleras del brazo de su padre. Su tía debía haber logrado ahorrar el dinero para comprar la casa y no le había dicho nada a nadie. Muy típico de ella. Pero ella no quería la casa, quería que su tía estuviera allí, en su boda.

La señora Ross que estaba vigilando a los que iban a servir la cena, fue a verla antes de que ella dejara la casa. Los ojos de la mujer se llenaron de lágrimas en cuanto la vio y le dio el ramo que estaba en la mesa de la entrada.

–Sé que serás muy feliz –le dijo emocionada.

Lydie le dio las gracias. El ramo de rosas era precioso; había merecido la pena la batalla.

Salió de casa cuando sonaban las campanas de la iglesia, pero durante el trayecto no dejó de pensar en que Jonah estaría esperándola. Se dijo que iba a ser una buena esposa y que... De repente, cayó en la cuenta de que no debería casarse con él.

¡Y no era porque estuviera nerviosa! Él motivo principal para aceptar su propuesta había sido por el dinero que le debía. ¡Pero, ahora, tenía ese dinero para devolvérselo!

Jonah le había dicho que le había llegado el momento de casarse. El motivo por el que la había elegido a ella era por el gran respeto que le tenía a su padre. ¿Le tendría el mismo respeto a ella si se enteraba que lo iba a engañar? Ya le había dicho una vez que odiaba que lo engañaran.

Debería decírselo. Decirle que cancelaba la boda y los motivos para hacerlo.

—Estás muy pálida, Lydie —le dijo su padre–. ¿Te encuentras bien?

Debería decírselo, decirle que cancelaba la boda.

—Bien.

Su cabeza era un torbellino mientras se acercaba a la iglesia. Entró por la puerta y la música del órgano empezó a tocar la *Marcha Nupcial* de Wagner y los invitados se pusieron en pie.

«Hablaré con el párroco», se dijo Lydie en silencio, muerta de miedo. «Le diré que tengo que hablar con el novio a solas. Le...»

Entonces, vio a Jonah esperándola en el altar. Alto y muy elegante con su chaqué. Y, de repente, no podía pensar en otra cosa que no fuera el amor que sentía por él y lo que deseaba ser su esposa.

Apartó la vista de él y miró al banco donde estaban su madre, su hermano y su mujer. Su madre la mataría si lo cancelaba todo en aquel momento. Después de todo lo que había trabajado... Probablemente, nunca le volvería a dirigir la palabra.

Lydie volvió a mirar al frente, a Jonah. Cuando llegó al altar, él la recibió con una sonrisa y ella sintió que estaba tan enamorada de él que solo quería casarse. Y así fue.

Todo sucedió como en un sueño.

Su voz sonó ronca, la de él, firme cuando se intercambiaron los votos. Sus ojos se encontraron y ella sintió que se derretía ante la calidez de su mirada.

El roce de su mano era mágico y tierno y al colocarle la alianza en el dedo, el sacerdote los declaró marido y mujer. Después, firmaron en el registro y el organista comenzó a tocar otra vez la *Marcha Nupcial*. Y del brazo del novio, volvieron al altar y de allí salieron al exterior, con las campanas repicando de nuevo.

Permanecieron de pie en las escalinatas de la iglesia rodeados de gente sonriente y fotógrafos, profesionales y amateurs. Jonah se inclinó hacia ella.

–Me imagino que ya habrás oído muchos cumplidos, pero yo no encuentro palabras para describir lo preciosa que estás, Lydie.

–Gracias –murmuró ella. Entonces, comenzó a despertarse de su sueño y la barbaridad que había hecho comenzó a tronarle en la cabeza.

¡Lo había engañado!

–Jonah, yo...

Había gente por todas partes, amigos, familia, todos sonrientes. Los estuvieron saludando y se presentaron a algunos amigos que no conocían. Charlie se acercó a darle la enhorabuena y ella se lo presentó a Jonah, que se mostró encantador con él.

La comida resultó espléndida; su madre no podía haber elegido mejor. Después empezaron los discursos. Su padre dijo que si él hubiera tenido que elegir el marido para su hija, habría elegido a la misma persona que ella. A continuación, se levantó Jonah. Su discurso fue breve, pero sonó sincero cuando dijo que no podía desear nada más que estar casado con Lydie.

Si hubiera sido cierto, ella se habría desmayado

allí mismo de puro placer. Todos rompieron en aplausos y sus madres parecían bastante emocionadas; pero ella sabía que no era verdad. De hecho, empezó a pensar que todo aquello era un farsa y se alegró cuando llegó el momento de marcharse. Subió a su habitación para cambiarse y, a los pocos minutos, volvió a bajar; la fiesta seguiría sin ellos.

Las despedidas parecían que nunca iban a terminar y Lydie pensó que serían afortunados si lograban llegar a Yourk House antes de las ocho. Cuando por fin se encontró a solas con Jonah, se sentía tan cansada que pensó que sería incapaz de decirle ni una palabra. Pero debía hacerlo. Antes de que acabara el día, tenía que decirle que le había engañado.

—¡Por fin solos! —exclamó Jonah al montarse en el coche para marcharse de Beamhurst Court.

«Díselo», le dijo una voz interior. Abrió la boca para decir algo pero la volvió a cerrar.

Jonah la miró y le sonrió. Mientras conducía con una mano, con la otra le acarició el muslo.

—Relájate. Sabes que no muerdo.

¡Oh, cielos! Él pensaba que esta nerviosa por él y por la noche que le esperaba: su noche de bodas. Pero no era eso; deseaba estar en su brazos, anhelaba sus besos. Deseaba ser su mujer. Pero la palabra engaño no dejaba de venírsele a la mente. Engaño.

—¿Cansada? —le preguntó Jonah cuando llegaron a casa.

No era de extrañar que le hiciera aquella pre-

gunta. Durante todo el trayecto le había respondido
con monosílabos a sus intentos por entablar conversación.

–Ha sido un día agotador –se defendió ella.

Él salió del coche y fue a abrirle la puerta.

–No tenemos que sellar nuestro matrimonio esta
noche –dijo él para tranquilizarla–. No hay prisa.

Ella lo miró fijamente.

–¿No quieres hacer el amor conmigo?

Él se rio.

–Oh, Lydie. Tienes mucho que aprender. Te deseo, desesperadamente –le aclaró–; pero lo que más
deseo es que todo salga bien.

Lydie lo miró un poco sorprendida. Pero antes de
poder asimilar lo que había querido decir, él la tomó
en brazos y se dirigió con ella hacia la puerta principal.

–Es la tradición –murmuró, mientras abría la
puerta. Después atravesó el umbral con ella en brazos. Entonces, sintió que los sentimientos y las emociones la embargaban. El corazón le latía acelerado
por su cercanía.

«No se lo digas», le pedía la parte de ella que estaba desesperada por seguir con él. ¿Por qué decírselo? Si la carta del bufete no hubiera llegado aquella mañana, se habría casado con él y no se habría
enterado de nada hasta que hubieran vuelto de la
luna de miel. Quizá, para entonces, él, su marido, habría empezado a sentir algo por ella. ¿Quién sabía?
«No se lo digas».

La dejó en el suelo, y ella se quedó a su lado, rodeada por sus brazos.

–La señora Allen nos habrá dejado la cena preparada... –comenzó a decir él.

Pero Lydie estaba negando con la cabeza.

–No tengo hambre –dijo ella, enseguida, pensado que seguro que se le atragantaba.

–Has tenido un día muy ocupado –le respondió él–. Charlando con todos los invitados, sin un minuto para ti. ¿Te gustaría irte a la cama?

Ella fue a soltarse, pero él la tranquilizó.

–Estás temblando –murmuró y le sonrió–. Compartiremos la cama, pero hasta que no estés lista solo dormiremos juntos, nada más.

–Oh, Jonah –gimió ella y se tragó las lágrimas que amenazaban con salir– Eres tan amable.

–¿Me autoriza eso a darle un beso a mi esposa?

Ella lo miró, con el corazón latiéndole aceleradamente. Y cuando se sentía demasiado ahogada para hablar, él se inclinó hacia ella.

El beso fue tierno, amable y, cuando él la dejó, se quedaron mirándose el uno al otro. Después, la volvió a besar. De manera independiente, los brazos de ella le rodearon el cuello y el beso cobró una intensidad que hizo que las piernas le temblaran.

–Mi mujer –susurró él contra su boca y cuando ella respondió, él la apretó más contra sí.

Ella lo amaba y abrió la aboca de manera voluntaria para dejar que él le introdujera la lengua. Ella se apretó contra él y sintió que se quemaba por dentro cuando él deslizó las manos hacia sus caderas y la atrajo, aún más, hacia su cuerpo lleno de deseo.

Y el cuerpo de ella también se llenó de deseo.

«Mi mujer», le había dicho él. Eso era ella: su

mujer. Sintió una gran felicidad; pero, al mismo tiempo, sintió que aquella parte honesta salía a flote. No tenía ningún derecho a ser su mujer.

Sintió sus manos en su piel, por debajo de la camisa. Sintió sus labios por la cara, por el cuello, de manera ardiente. Después, le desabrochó el sujetador y le recorrió la espalda con libertad, mientras su beso se intensificaba y los movimientos de la lengua se hacían más dinámicos. Todavía seguía con la boca sobre la de ella, cuando deslizó las manos hacia delante. Ella sintió el calor y le pareció que se le cortaba la respiración. En un instante, se coló por debajo del sujetador y le acarició los pechos. Mientras, siguió besándola, haciendo que cualquier pensamiento coherente desapareciera de su mente. Su caricia suponía un delicioso tormento y cuando le acarició los pezones le pareció que no lo iba a poder resistir. De manera instintiva, se apretó contra él y escuchó su respiración fuerte de deseo. Lo mismo que sentía ella.

—Estaremos más cómodos arriba —le dijo, sin dejar de besarla.

Entonces, se inclinó como para tomarla en brazos y llevarla a su cama de matrimonio.

—¡No! —dijo ella, empujándolo.

Él la miró sorprendido. Ella le había estado dando señales afirmativas y ahora...

—¿No? —preguntó sorprendido.

—No... no puedo —su honestidad le impedía entregarse por completo. Aunque eso era lo que más deseaba, antes tenía que contarle la verdad.

—Lo siento mucho, Lydie —comenzó a disculparse

él–. Eres una mujer muy deseable y... pero ya te dije que no tenía por qué ser esta noche.

–No es eso, Jonah –le contestó ella–. No puede ser hoy, ni nunca.

Él la miró sin poder entender lo que estaba pasando.

–Tenemos que anular nuestro matrimonio –dijo ella rápidamente, cuando todavía tenía fuerzas.

–¿Anularlo? –preguntó él atónito–. ¿No crees que ahí tendría yo que decir algo?

–No lo entiendes –dijo Lydie desesperada, manteniéndose alejada de él. Todavía se sentía temblorosa a causa de sus besos y necesitaba toda la fuerza que pudiera encontrar.

–En eso tienes toda la razón –replicó él.

–Te... te he engañado –confesó, con el corazón en los pies al ver su ceño fruncido. Obviamente no le estaba gustando nada que le dijera que lo había engañado, se le notaba–. Tengo el dinero. Bueno, lo tendré. Las cincuenta y cinco mil libras. Me enteré justo antes de salir para la iglesia. No debería haberme casado contigo –admitió sin aliento.

No estaba muy segura de lo que esperaba que sucediera después de hacer la confesión. Probablemente, como odiaba que lo engañaran, la enviaría de vuelta a Beamhurst Court sin demora. Querría librarse de ella lo más pronto posible.

Su matrimonio iba a ser anulado antes de que la tinta del certificado de matrimonio se secara.

Lo que desde luego nunca habría esperado era que él se mostrara poco interesado en el tema del engaño. Para su consternación la miró muy serio.

–Acabas de decir que nunca deberías haberte casado conmigo –le dijo seco–. ¿Entonces, quizá tendrías la amabilidad de decirme por qué lo hiciste?

Lydie lo miró fijamente, sin aliento. No estaba preparada para aquello. No habría necesitado casarse con él para ayudar a su padre; lo había averiguado antes de llegar al altar. De ello se deducía que se había casado con él porque lo amaba y porque había querido casarse con él más que cualquier otra cosa en la vida. Pero no iba a decírselo a él. Aunque, por su manera de mirarla, expectante, suponía que no iba a ir a ningún lado hasta que no le diera una explicación. Pero, ¿qué explicación podía ofrecerle?

CAPÍTULO 9

LYDIE todavía no le había respondido cuando Jonah le volvió a preguntar:

—¿Por qué te casaste conmigo si sabías que no tenías que hacerlo?

—Era de... demasiado tarde —titubeó ella—. Mi madre me habría matado si yo lo hubiera cancelado todo en el último momento.

—Tú ya le has hecho frente a tu madre cuando ha hecho falta —le recordó y la retó de nuevo—. ¿Me estás diciendo que me engañaste, pero que no tenías el valor suficiente para contrariar a tu madre?

—No fue... yo... Oh.. —estaba vacilando y lo sabía—. No... no leí la carta de los abogados de la tía Alice hasta poco antes de salir de casa para ir a la iglesia.

—¿Te dejó tu tía dinero?

—Me dejó la casa. Ni siquiera sabía que era suya: pero debía serlo. Sus abogados...

—Así que, te casaste conmigo, sabiendo que tendrías suficiente dinero para pagarme la deuda.

Lydie asintió.

—Por lo que mi padre dijo...

—¿Hablaste del tema con tu padre? —preguntó él escéptico.

–No. Solo le dije que pensaba que la tía Alice vivía de alquiler. No sabe lo de la carta. Me dijo que la tía había tenido la oportunidad de comprar la casa a muy bajo precio y que, si lo hubiera hecho, la casa costaría hoy unas ciento cincuenta mil libras –le costó tragar, después continuó–: Después de pagarte lo que te debo, quedará dinero para pagarte lo gastos de la boda.

Jonah escuchó lo que le dijo sin apartar los ojos de ella. Deliberadamente, permaneció un tiempo en silencio.

–Yo no pagué la boda.

–¿No fuiste tú?

–Créeme, tu padre puede permitirse el lujo de pagar todos los gastos de hoy sin hacer muchos esfuerzos.

Lydie no podía creerlo.

–Lo último que escuché fue que estaba arruinado. Mi madre me dijo que me preocupaba demasiado por los gastos. ¿Me estás diciendo que no tenía que haberme preocupado? No me lo creo.

–¿Por qué ibas a creértelo? –reconoció él. Después, su mal humor empezó a ceder–. Ven y siéntate –le sugirió, señalando a uno de los sofás–. Te explicaré...

–No hay nada que explicar –lo interrumpió ella agitada. Se había hecho a la idea de que quizá él quisiera compartir el sofá con ella y ya había estado demasiado cerca no hacía mucho–. Te engañé. Querrás que anulemos el matrimonio. Eso es todo de lo que tenemos que hablar.

Jonah la miró largo y tendido. Después, con la

mirada fija en la de ella y un tono perfectamente audible dijo:

–No, Lydie. Yo te engañé a ti. Me casé contigo porque quería. Y de ninguna manera vamos a anular este matrimonio.

Ahora era Lydie la que no entendía nada.

–Debo estar más cansada de lo que imaginaba. Esto no tiene ningún sentido.

–¿Quieres irte a la cama ¿Podemos discutir esto cuando lleguemos a la isla mañana?

–¿Todavía quieres ir de luna de miel? –preguntó ella con los ojos abiertos por la sorpresa.

–¿Tan pronto te has olvidado? Cuando te pedí que te casaras conmigo te dije que el divorcio no era una opción. Con respecto a la anulación pienso lo mismo.

De repente, sintió que las piernas le flaqueaban por lo que decidió sentarse. Según parecía, a pesar de haberle confesado que le había engañado, él quería permanecer casado.

–Creo que... –murmuró y se dirigió hacia el sofá. Él la sorprendió sentándose en una silla que colocó enfrente de ella. Al darse cuenta de que no iba a poder ocultar la expresión de su rostro, bajó los ojos para disculparse.

–Siento haberme casado contigo. En cuanto venda la casa de mi tía, te pagaré lo que te debo.

–Y yo siento que pienses que todavía tienes que pagármelo –respondió él–. Tengo que decirte que la deuda ya está saldada desde hace dos semanas.

Ella levantó la cabeza.

–¿Saldada? ¿Quién te dio el dinero? ¿Quieres decir que no te tenías que haber casado conmigo? –la cabeza le estaba dando vueltas–. ¿Quién te dio el dinero?

–Tu padre.

–¿Mi padre? ¡Mi padre está arruinado!

–Ya no.

–¿Cómo es posible? No me ha dicho nada. ¿De dónde ha sacado el dinero? –le preguntó ella suplicante.

–Tu padre –comenzó a decir Jonah– ha vendido la mitad de Beamhurst Court.

Ella se quedó helada.

–¡No puede ser! –exclamó–. Mi madre no se lo habría permitido.

Jonah acercó la silla a ella y la tomó de las manos.

Lydie no podía salir de su asombro. ¡Su padre había vendido la mitad de la casa! Imposible. ¿Y por qué estaba Jonah al tanto de todo cuando ella, que era la hija, no sabía nada? Y... De repente, filtró algo que le había dicho hacia una rato.

–¿Me has dicho que te devolvió el dinero hace un par de semanas?

–Así es.

–¿Entonces, por qué dejaste que me casara contigo si ya no había necesidad?

–Me temo que sí. Entre otras cosas, le habías dicho a tu padre que yo tenía la solución a los problemas.

–Y tú le dijiste que querías casarte conmigo.

–Eso solo fue parte de lo que le dije.

–¿Parte? ¿Qué más le dijiste?

–Tú me diste las claves para la solución. Por un lado, me habías dicho que había estado dispuesto a vender la casa y, por otro, que tu hermano no estaba ni remotamente interesado en la propiedad.

–¿Le buscaste un comprador a mi padre? –su cerebro estaba trabajando a toda velocidad–. ¿Quién iba a querer comprar la mitad de una casa?

–Yo la compré, Lydie –le reveló él con calma.

–¿Que tú la compraste? –preguntó ella con desmayo.

–Aunque tú y yo viviremos aquí en Yourk House, como planeamos, Beamhurst Court estará a nombre de tu padre y tuyo –respondió él– Sé cuánto quieres ese lugar –añadió–. Le compré a tu padre la mitad para ti.

Ella lo miró como tonta.

–¿La compraste para mí? –debía haberle costado una pequeña fortuna–. Tú... mi padre... –fue incapaz de decir nada.

Al ver lo sorprendida que estaba, él decidió explicarle lo que había sucedido.

–Tu padre no quería aceptar que nuestro matrimonio saldaba la deuda. Yo sabía que no descansaría hasta que no me devolviera hasta el último penique. Por eso decidí hacerle otra propuesta. Él sabe lo mucho que quieres a Beamhurst Court y por eso aceptó vendérmelo. Le dije que quería que fuera mi regalo de boda para ti.

–¡Oh, Jonah! –suspiró ella, incapaz de contenerse. Pero, de repente, sintió miedo de que él pudiera descubrir sus sentimientos–. ¿Y mi padre aceptó? ¿Así?

–Me dijo que se lo iba a pensar, pero, enseguida, me di cuenta de que le gustaba la idea. Cuando tú y yo volvimos del paseo ya lo había planeado todo. Cuando subiste a cambiarte para la cena, me sugirió que lo acompañara a su estudio para discutir mi proposición. Ya había visto todas las ventajas: tendría dinero para saldar su deuda y, aún, le quedaría bastante. Antes, quería que un profesional tasara la propiedad y que todo quedara legalmente establecido. Además, quería dejar claro que la otra mitad sería para tu hermano. Por otro lado, también quería insistir en que si tu hermano Oliver cambiaba de opinión y en el futuro quería la casa, tú le venderías tu parte. Si, por el contrario, lo que quería era vender su parte, nosotros tendríamos derecho a comprarla.

Lydie no salía de su asombro.

–Hace quince días firmamos el contrato –continuó él–. Por supuesto, con el máximo secreto. Le dije a tu padre que quería darte la sorpresa en nuestra luna de miel. Él aceptó. Y al final, él se quedó contento, tu madre también se quedó contenta y con dinero para organizarte una boda como a ella le gustaba, y esperaba que tú también te alegraras. Pero me temo que no acepto una anulación.

Lydie sabía que lo que ella quería era seguir casada con él.

–¡Es demasiado! –exclamó–. Has solucionado todos nuestros problemas; ¿pero y tú?, ¿qué consigues tú con todo esto?

–Además de gustarme enormemente liberar de un peso a un hombre al que admiro, lo que obtengo... es a ti.

Lydie lo miró fijamente.

Era un hombre maravilloso. Y sabía que lo que quería decir era que él obtenía una esposa. Pero, ¿sería eso suficiente?

–¿Te parece bien casarte sin... sin amor? –le preguntó, sin querer que notara lo mucho que le importaba la respuesta. Apartó los ojos y se puso a juguetear con la alianza durante el silencio tenso que siguió a su pregunta. Estaba segura de que Jonah nunca había pensado en el amor durante todo ese tiempo. Deseaba con desesperación que dijera algo, el silencio estaba oprimiéndola.

Después de considerar lo que ella había dicho, Jonah rompió ese silencio y la sorprendió por completo cuando le respondió.

–Pero sí hay amor.

En cuanto aquellas palabras llegaron a sus oídos, se puso de pie. Saltó del sofá, sintiendo un verdadero caos interior. Y ya había dado unos pasos acelerados y nerviosos antes de darse cuenta. Cuando se paró, Jonah también se había puesto de pie. Se giró hacia él y lo miró con estupefacción.

–¿Sabías que yo estaba enamorada de ti? –le preguntó, horrorizada, y vio que él se quedaba como una piedra.

–¿Qué... qué has dicho? –preguntó él, también sorprendido, como si no pudiera creer lo que había oído.

–Nada –negó ella, a la velocidad de la luz–. No he dicho nada.

Pero él no iba a dejarlo pasar.

–Has dicho que estabas enamorada de mí –le recordó. Y negando con la cabeza añadió–: Me niego a empezar este matrimonio con mentiras, Lydie Marriott. Dime la verdad, ¿sientes algo por mí?

Ella negó con la cabeza. Cualquiera diría que era importante.

–No importa –respondió.

–¡Por supuesto que importa! –la corrigió él. Estaban separados por un par de metros, pero ninguno de ellos se movió.

–¿Por... por qué? –¿por qué había tenido que decir aquello? Era obvio que Jonah no tenía ni la menor idea de lo que ella sentía por él.

–¿Que por qué? Porque... –dudó un instante, hizo una pausa, y, como si acabara de tomar una decisión, levantó la cabeza con orgullo–. Me he casado contigo hoy, Lydie, porque eso era lo que quería hacer.

–Por el bien de mi padre –intervino ella.

–Mi decisión de casarme contigo no tiene nada que ver ni con tu padre ni con ninguna otra persona –la corrigió él–. Me he casado contigo porque desde hace unas semanas eso era lo único que quería.

–Porque pensabas que te había llegado el momento de casarte. Eso fue lo que dijiste.

–Oh, Lydie, Lydie. Ahora tengo que decirte que tú no eres la única que sabe decir mentiras –le confesó–. Pero ahora no te estoy mintiendo, ni lo volveré a hacer nunca. Me casé contigo porque quería, y necesitaba, pasar contigo el resto de mi vida.

Ella se quedó sin aliento.

–¿Te casaste conmigo por mí?

–Exactamente –le confirmó–. Me casé contigo, querida Lydie, porque un día me desperté con la convicción de que me había enamorado de ti sin remedio.

Lydie lo miró totalmente sorprendida, sin pestañear.

–Eso no es cierto –negó ella–. Solo lo dices para que yo no me sienta mal por haber hecho el idiota.

Pero él ya estaba negando con la cabeza.

–Se acabaron las mentiras, Lydie –ella todavía no lo creía–. Ven aquí –le dijo mientras se acercaba a ella–. Déjame que te tome en mis brazos y te convenza.

Dio un paso hacia ella y ella dio un paso hacia atrás, estaba muerta de miedo.

–Convénceme desde ahí –le dijo. Si la tomaba en sus brazos de nuevo estaría perdida, solo oiría lo que quería oír.

Jonah le sonrió, como si supiera por lo que ella estaba pasando.

–Yo también me encuentro un poco conmocionado –admitió, pensando en la confesión que ella, sin querer, le había hecho–. ¿Nos sentamos?

Parecía lo más sensato. Fue y se sentó en la silla que él había ocupado antes.

Él no se sentó en el sofá sino que agarró otra silla y la colocó delante de la de ella.

Sus rodillas casi se rozaban cuando Jonah, con los ojos fijos en ella, le preguntó:

–¿Puedo decirte que eres preciosa y que para mí un día sin ti es como un día sin sol?

¡Oh, Jonah! Si no hubiera estado sentada se habría dejado caer en una silla. Luchó por mantenerse serena.

—Solo lo dices por lo que yo te he dicho.

—Has dicho que estabas enamorada de mí —le recordó él con amabilidad.

—No —gimió ella.

—No te avergüences. Me está costando mucho hacerme a la idea, creérmelo. Quiero que sepas que te quiero tanto que a veces he sentido dolor físico.

Lydie lo miró con sus ojos verdes muy abiertos. Conocía muy bien aquel sentimiento. Pero nunca dijiste... ni siquiera insinuaste...

—¿Cómo iba a hacerlo? Me daba pavor asustarte.

—¿Por qué?

—Me imagino que todavía tenía grabado en la mente tu terrible timidez de los dieciséis años.

—Te acordabas de mí tan bien.

—Mejor. Pero lo que mejor recordaba era tu belleza. Pero ahora que has crecido eres mucho más hermosa. Cuando te presentaste en mi oficina me cautivaste.

Lydie pestañeó.

—¿Quieres decir que te sentiste atraído por mí?

—Oh, Lydie. Todavía no estaba dispuesto a admitir que una mujer me había liado —respondió él, torciendo la boca.

—¿Yo había hecho eso?

—Como te he dicho, todavía no estaba dispuesto a admitirlo. Aunque, tengo que decir, que cuando te vi con tu amigo Charlie no me gustó nada. Pero después, cuando creí que habías pasado la noche con él estaba realmente enfadado. Me moría de celos.

Lydie lo miró a los ojos. ¿Celos de Charlie? ¿De verdad la amaba? Estaba demasiado conmocionada por todo lo que estaba pasando y aún no podía creérselo.

Jonah le tomó las manos entre las suyas.

—Quizá todavía no te haya convencido, pero te quiero con locura y, si tú me amas a mí solo la mitad, déjame que te abrace —dijo mientras se levantaba.

Ella se levantó también.

—¿Quieres abrazarme?

—Lo necesito, mi amor —murmuró él.

Solo tenía que dar un paso al frente. Tomó aliento y cubrió la distancia que los separaba. Y, al instante, estaba en sus brazos.

Jonah la mantuvo así durante varios minutos y las barreras que los dos habían erigido empezaron a derrumbarse. Por fin, él se separó de ella para verle la cara.

—¿Me quieres la mitad de lo que yo te quiero a ti? —necesitaba saberlo.

Ella sintió vergüenza, pero él la amaba. Él nunca le mentiría en una cosa tan seria.

—Mucho... mucho más que eso —susurró temblorosa.

—Cariño —murmuró él—. Y comenzó a cubrirla de besos —dímelo. Dímelo otra vez.

—¿Qué? —preguntó ella con voz aterciopelada.

—Cuando me preguntaste si sabía que estabas enamorada de ti, pensé que no podía ser cierto. Esas palabras quedaron grabadas en mi corazón y en mi mente y nunca las olvidaré. Pero me gustaría volver a escucharlo.

Ella le sonrió.

—Estoy enamorada de ti, Jonah Marriott. Te quiero.

Él la agarró por la cintura y le dio vueltas en el aire.

—¿Me habrías dicho que me queráis si yo no hubiera metido la pata?

—Me alegro tanto de que lo hicieras —dijo dándole un beso en la frente—. Pensaba esperar un tiempo. Tenía la esperanza de que durante nuestra luna de miel podría conquistar un poco de tu amor.

—Lo tienes todo —le susurró ella y él siguió besándola.

No tenía ni idea de que se hubieran movido, pero se encontró con que estaban sentados en el sofá, abrazados.

—¿Cuándo lo supiste? —le preguntó.

—¿Que te quería? —le preguntó él y encontró la respuesta en su mirada—. Fue aquel viernes que murió tu tía. Ibas a venir aquí a pasar el fin de semana. Yo tenía cosas que hacer cerca de Beamhurst Court y, aunque no estaba dispuesto a reconocerlo, no podía esperar para verte. Solo tenía que desviarme un poco y podría recogerte antes de que salieras de casa. Pero cuál fue mi sorpresa al ver que venías, a toda velocidad, en dirección contraria.

—Estabas furioso —recordó ella.

—Estaba indignado —admitió él—. Nunca me había sentido así en la vida.

—¿Porque iba en sentido contrario? —bromeó ella, encantada de poderlo hacer.

—Porque cuando te paraste y me dijiste que no

ibas a venir conmigo, vi en la parte de atrás de tu coche la bolsa de viaje. Obviamente, ibas a pasar el fin de semana con alguien... y ese alguien no era yo.

—¿Pensaste...?

—Pensé que ibas a pasar nuestro fin de semana con otro hombre.

—¿Charlie? —preguntó ella con desmayo.

—¿Quién si no? Nunca en mi vida había sentido tantos celos. Entonces supe que estaba enamorado.

—Oh, Jonah —suspiró ella. Y recordó aquel día—: Yo lo supe esa misma noche, en el hospital, que estaba enamorada de ti.

—Cariño —murmuró él y la apretó contra él para besarla con ternura.

—De eso hace ya varias semanas. Y ninguno de los dos lo sabía.

—Me daba miedo decírtelo —le dijo mirándola profundamente a los ojos.

—¿Miedo?

—Cuando te besé, el día después de la muerte de tu tía, tú me empujaste y me di cuenta de que iba a tener que tomármelo con mucha calma.

—¡Aquel beso me deshizo! —le confió ella y cuando él la miró con sorpresa ella continuó—. Deseaba besarte; pero yo también sentí celos.

—¿De quién? —le preguntó él incrédulo.

—No podía dejar de pensar que probablemente esa misma noche estarías en los brazos de otra mujer.

Él se rio.

—Eres deliciosa —le dijo él con suavidad y la besó—. Voy a tener que dejar de hacer eso —dijo un

rato después–. Tus labios tentadores están volvién-
dome loco. ¿Me quieres?

–Muchísimo.

–Amor mío.

–Y todas estas semanas...

–Nos hemos querido sin saberlo –acabó él por
ella–. Y ahí estaba yo, impaciente y a la vez temeroso de que te pudieras casar con alguien antes de
que te pudiera convencer de que te casaras conmigo.
Entonces me pareció que tenía que actuar con rapidez. Además, nunca podía quedar contigo, corte-
jarte, de manera normal; aquellas cincuenta y cinco
mil libras siempre iban a estar entre los dos.

–Oh, Jonah –suspiró ella.

Con suavidad, él depositó un beso en la comisura
de los labios e hizo una pausa para admirar su belleza antes de continuar.

–No estaba seguro de que fueras a estar de
acuerdo con el argumento de que tu padre siempre
preferiría deberle dinero a alguien de la familia.

–Pero, lo intentaste... y funcionó.

Él sonrió.

–Sí, pero luego no quisiste ni que te diera un
beso. ¿Cómo iba a confesarte mi amor?

–Pobre. ¿Te hice daño?

–Bueno. Todo empezó a mejorar el fin de semana
que vinimos aquí.

–Entonces sí que te besé.

–¡Y qué besos! –dijo él, mirándola a los labios–.
Fue maravilloso. Pero con nuestra boda tan cerca,
tampoco me atreví a declararme. Me dio miedo estropearlo todo.

Lydie no podía dejar de mirarlo embelesada. Se encontraba en el cielo. Tal vez aquello fuera un sueño, pero, si así era, no quería despertar nunca.

Jonah se levantó y la levantó a ella. Y mirándola con adoración, la besó.

—Ha sido un día muy largo, querida esposa —le dijo con dulzura y la tomó en brazos—. A menos que tengas algo que objetar, te sugiero que nos vayamos a la cama.

La cara empezó a teñírsele de rojo; pero con una sonrisa tímida le contestó:

—No tengo nada que objetar, querido esposo.

Mirándola fijamente, Jonah se rio con suavidad de puro placer y acercó la cara a la de ella.

—No temas nada, amor mío —susurró contra su boca—. Yo estaré contigo.

La llevó hacia las escaleras, la besó de nuevo, con adoración. Un beso largo y delicado. Después, juntos, subieron las escaleras.

JAZMÍN.

LISSA MANLEY

DIARIO DE
UN SOLTERO

ERIN James entró en el café de moda de Pórtland, Oregón, e inhaló el aroma a café. Se colocó las gafas y centró la mirada en el hombre que estaba detrás de la barra. Llevaba un traje de diseño, grandes cadenas de oro y gomina en cantidades ingentes. Aquel tenía que ser Jared Warfield. No le sorprendió que pareciera una fotocopia de todos los demás solteros que había entrevistado durante la pasada semana.

Se encaminó hacia la barra maldiciendo mentalmente «Diario de un soltero», su último proyecto. Entrevistar a un montón de solteros ricachones, que le recordaban a su ex marido, Brent, no era lo más duro. Lo peor era tener que competir por encontrar el mejor reportaje. Su editor le había prometido una espléndida bonificación si lo lograba.

Odiaba francamente la idea que alimentaba aquel futuro artículo: hacer que cada uno de aquellos hombres acabara teniendo una cita con una de las mujeres que escribían al periódico.

No obstante, tenía claro que entrevistaría a Frankenstein si era necesario para poder conservar la increíble casa que su marido le había dejado, después de que él perdiera su inmensa fortuna dos años atrás. Tras el desastre, se había fugado con la mejor amiga de Erin a un lugar desconocido. Aquel desastre había ocasionado que ella, su ex esposa, tuviera que responsabilizarse de sus enormes deudas y créditos. ¡Ojalá Brent hubiera tenido la delicadeza y el cerebro suficientes para haber cerrado sus cuentas comunes cuando les concedieron el divorcio!

Sintió una profunda ansiedad. Sabía demasiado bien cuáles eran las consecuencias de no poder pagar las deudas y no estaba dispuesta a repetir los errores de su madre. La mujer había vivido siempre con la espectral amenaza de quedarse en la calle.

Frunció el ceño y se apretó la mano, obligándose a sí misma a relajarse. No podía acercarse a Jared Warfield con una actitud tensa, pues no sabía lo que aquella entrevista podría significar en su carrera.

Respiró profundamente y se puso su mejor sonrisa de reportera.

—¿Qué desea? —le dijo su supuesta víctima.

—Verá, señor Warfield, soy Erin James, del *Beacon* —le tendió la mano y él se la estrechó.

—Me alegro de conocerla, señorita Jared. Pero yo soy Dan Swopes, el manager. Este es Jared Warfield —señaló a un hombre que acababa de entrar con una bandeja de tazas sucias.

Erin se quedó sorprendida. ¿Aquel era Jared Warfield, el gran empresario, tan parcamente vestido con unos bermudas beige y un polo azul?

Mientras su espíritu crítico hacía alarde de cinismo, el femenino la instaba a analizar con más detenimiento el material que tenía delante. La verdad era que se trataba de un hombre muy guapo. Tenía el rostro anguloso, unos labios generosos y unas extraordinarias pupilas de color oscuro que le recordaban al delicioso café que humeaba en las tazas.

La camiseta dejaba adivinar un torso bien formado, unos hombros amplios y fuertes, y unos brazos formados y musculosos.

Era alto, estilizado y sensual, y demasiado seguro y carismático para ser un empleado más.

Inesperadamente, Erin sintió una taquicardia que pronto cesó. Recobró la compostura y se aproximó a Jared. No estaba dispuesta a dejarse afectar severamente por el primer hombre realmente guapo con el que se cruzaba después de su divorcio.

Respiró profundamente y le tendió la mano.

—Soy Erin James, señor Warfield.

Él dejó la bandeja, se limpió las manos y le estrechó la suya, con un gesto poco agradecido en el rostro.

—Enseguida termino aquí. Así podremos sentarnos a hablar tranquilamente y tomar un café.

Atormentada por la repentina corriente eléctrica que le provocó su tacto, al fin cumplió el sueño de su madre: quedarse sin palabras.

Jared frunció el ceño.

—¿Le parece bien?

Erin se aclaró la garganta dispuesta a responder, a pesar de sentirse tan confusa por la inadecuada, inesperada e incómoda pasión que despertaba aquel hombre en ella, y por la poca predisposición que él mostraba ante aquella entrevista.

—Sí, claro que me parece bien —dijo finalmente, con la esperanza de que el rubor que coloreaba sus mejillas no se hiciera patente—. Esperaré el tiempo que haga falta.

Él asintió y ella se sentó en un sofá floreado que había junto a la pared más alejada. Inspiró suavemente y compuso su rostro con un gesto calmado.

Esperaba que la extraña reacción que aquel hombre le había provocado fuera solo fruto de la sorpresa. No había imaginado que su siguiente soltero sería un hombre tan guapo y tan poco pretencioso.

Probablemente el efecto que provocaba en ella no era sino el resultado de demasiados meses de soledad. No había permitido que nadie se acercara a ella desde su ruptura con Brent. Le había partido el corazón y tenía miedo a que cualquier otro, especialmente si era atractivo, volviera a hacerle lo mismo.

En cualquier caso, no era momento ni lugar para encapricharse con nadie.

Se relajó y abrió el maletín para sacar la grabadora. No necesitaba a ningún hombre y, menos aún, otro divorcio.

Ya había tenido bastante con que el único al que había amado la hubiera abandonado. El día en que su divorcio se había hecho finalmente efectivo, se había prometido que se concentraría en sí misma y en su trabajo, que jamás volvería a confiar en el amor.

Ningún hombre valía la pena como para sufrir dolores de cabeza y ataques al corazón, ni siquiera uno con ojos café con leche y un cuerpo de ensueño.

Aunque no estaba de ánimo para conceder entrevistas, se encaminó hacia la despampanante pelirroja, todavía confuso por el extraño comportamiento de aquella mujer. Minutos atrás, lo había mirado y se había ruborizado. Podría tratarse de otra «cazafortunas», pero prefería pensar que su reacción había sido de sincera vergüenza por haberlo confundido con Dan.

Con una taza de café en una mano y una ración de tarta de manzana en la otra llegó hasta la reportera. Esperaba que aquella entrevista acabara pronto. Le molestaba perder su tiempo con aquel tipo de cosas. Solo había dado su consentimiento porque Warfield's necesitaba la publicidad. De no ser por su cadena de cafés, no se acercaría a la prensa. Tenía que pensar en Allison.

En cuanto llegó hasta el sofá, la reportera lo miró con aquellos enormes ojos verdes que brillaban tras las gafas.

–Gracias por esperar –dijo él, dejando el café y la tarta, e ignorando la repentina necesidad que sentía de estudiar aquellos ojos, de observar con más calma su piel cremosa y suave. Tenía que terminar cuanto antes con aquello–. Bien. Empecemos.

–¿Suele usted trabajar siempre como camarero? –preguntó ella sin ocultar su sorpresa.

–No, generalmente no. Pero, cuando estamos escasos de personal no tengo problemas en ir allá donde se me necesite. Abrí la primera tienda con un solo camarero y estoy acostumbrado a servir.

Erin le mostró la grabadora.

–¿Tiene algún problema en que la use?

Su primer instinto fue negarse, pero luego recapacitó. Warfield's se beneficiaría de la propaganda en el *Beacon*.

–No, claro que no –respondió–. Y, por favor, saboree nuestro café y nuestra tarta.

Ella sonrió.

–Me encanta la tarta de manzana –tomó un trozo y lo mordió con deleite–. Gracias.

Jared sonrió. Le agradaba ver cómo disfrutaba de aquel dulce. Era, también, uno de sus favoritos. Quizás, después de todo, aquella entrevista no fuera a resultar tan mala.

Se recostó contra el respaldo de la silla y se relajó. Aun sabiendo que no debía, la miró fijamente, observando su rostro. Le gustaron las pecas que salpicaban suavemente aquella nariz perfecta. Se preguntó si la mata de pelo que caía sobre sus hombros sería tan suave como parecía. Deseó indebidamente meter los dedos entre las hebras de cabello.

Siguió la exploración descendiendo hasta sus labios y apreció su forma y color. Continuó sin detenerse hasta sus piernas. Aunque la falda no era particularmente corta, dejaba al descubierto sus extremidades inferiores hasta la rodilla, espacio suficiente para ver su perfección.

El corazón comenzó a latirle rápidamente y sintió un intenso calor. Al levantar la vista de nuevo, la encontró deleitándose con el azúcar que tenía en los dedos. Se los chupaba sensualmente uno a uno... Apartó los ojos y luchó por recobrar el control.

«No desees lo que te pueda generar problemas», se dijo a sí mismo. Acercarse a una reportera era el peor modo de exponer a la pequeña Allison a una publicidad indeseada.

Por suerte, al mirar de nuevo a la señorita James comprobó que ya había dejado de limpiarse las yemas. La mujer encendió la grabadora.

–Lo primero, me gustaría hacerle una serie de preguntas y luego lo dejaré hablar.

Él asintió.

Ella se inclinó sobre él y un suave perfume a rosas lo embriagó por completo.

–¿Qué edad tiene?

–Treinta y dos años –trató de disimular su turbación.

–¿Ha vivido siempre en Pórtland?

–Sí.

–¿Qué le interesa? –dijo ella, y se pasó la lengua por los labios, hasta atrapar un resto de azúcar que quedaba en ellos.

Una nueva ola de calor invadió el cuerpo de Jared.

–¿Interesar?

–Sí, cuáles son sus aficiones, lo que le gusta, lo que no...

Jared se forzó a concentrarse en la pregunta para poder encontrar una respuesta.

–Bueno... me gusta esquiar y trabajar en mi jardín.

Ella levantó los ojos sorprendida.

–¿Le gusta la jardinería?

Él asintió.

–Sí. Es más, me gusta cultivar. Tengo tantas hortalizas en mi jardín como para abastecerme todo el verano.

–¡No me lo puedo creer! ¿Cultiva verduras?

Jared la miró irritado.

–Sí, así es, señorita Warfield. También me gusta cocinar. ¿Sorprendida?

–Francamente, sí, lo estoy –se retiró unos mechones de pelo de la cara–. La mayoría de los hombres como usted no se complican la vida con esas cosas. Pensé que le gustarían los coches, las fiestas y las mujeres caras con lencería fina.

Jared apretó los dientes. Odiaba que todo el mundo presupusiera que tenía que ser de un modo concreto. Claro que le gustaban los coches y las cosas buenas, pero eso no implicaba que tuviera que pasarse el día persiguiendo mujeres con su bólido, sin importarle nada ni nadie. Ya se había divertido bastante en su juventud y lo que le preocupaba en aquel momento era Allison.

–Asumo que no soy como los demás hombres –dijo él, tratando de mantener la compostura.

Ella sonrió.

–Claro, porque la mayoría de los hombres no tienen una gran herencia que los respalda.

De pronto, sus malos presentimientos respecto a la entrevista se hicieron verdad. La prensa era siempre una mala compañera. Le habían pisado los talones toda la vida, siempre buscando una historia escandalosa sobre su famosa familia. Hacía un año, antes de que él amenazara a un reportero con ponerle una denuncia, habían tratado de editar un espantoso reportaje sobre la muerte de su hermanastra.

La prensa había indagado ansiosa sobre el fallecimiento de la hija de Janet Worthington. No solo lo habían perseguido sin piedad para obtener detalles sobre el accidente de moto que le había costado la vida, sino que habían sido implacables al descubrir que él había adoptado a su sobrina de seis meses, Allison. Habían luchado por conseguir publicar una foto de la pequeña en primera página, pero Jared había ganado la batalla. Sabía que su hermana habría hecho lo mismo.

De repente, todos aquellos recuerdos junto con la impertinencia de la reportera le crearon una impaciente necesidad de acabar con la entrevista. La señorita James podía ser hermosa, pero carecía de escrúpulos, como todos los miembros de su profesión.

—¿Una herencia? ¿Cómo sabe usted de qué vivo?

Ella parpadeó y se colocó las gafas.

—Bueno, yo... —dudó y balbuceó confusa.

Jared no esperó más.

—La entrevista ha terminado —dijo él antes de inclinarse peligrosamente sobre ella–. Para su información he trabajado como un loco para llegar a donde estoy. Y no necesito ninguna necia que venga a meter sus narices en mi estilo de vida. Búsquese otro a quien insultar.

Se levantó y se dio la vuelta, emprendiendo la marcha.

—¡Señor Warfield!

Su tono suave y suplicante lo instó a detenerse, pero no se volvió.

—Lo he elegido para este artículo porque se supone que lleva el estilo de vida que los lectores quieren conocer. Por desgracia, el dinero es parte de esa vida. Mi trabajo consiste en escribir la historia que el editor me exige.

Él se volvió.

—Mala suerte —dijo él, ignorando el efecto que le provocaban sus grandes ojos verdes–. Puede ir a decirle a su editor que no tiene artículo, porque la entrevista se acabó.

Continuó su camino y la dejó sentada y boquiabierta, mientras la grabadora dejaba registrado el silencio de su partida.

Con el corazón acelerado, Erin observó impotente cómo Jared se encaminaba hacia la puerta trasera, sin poder dejar de mirar su imponente figura hasta el final. Aquel tipo acababa de mandarla al infierno y, sin embargo, no podía evitar sentirse atraída por él. Jamás se habría imaginado a sí misma sintiendo algo así por alguien que la despreciara.

Lo cierto era que aquel hombre había provocado un extraño efecto sobre ella desde el primer momento, y eso la había impulsado a preguntar sobre mujeres en lencería fina y a hacer insinuaciones insultantes e impertinentes. ¿Es que su libido la había llevado a perder el sentido común? Sin duda, ese debía de ser el problema. ¿Qué otra cosa podría haberla llevado a perder la tan necesitada oportunidad de obtener una gran historia?

Apagó la grabadora y trató de pensar con calma. ¿Qué debía hacer? Mordió un trozo de tarta pero, de pronto, ya no le sabía tan rica.

Tenía que admitir que Jared no era lo que ella había esperado. Se había preparado para entrevistar a un idiota más, pero se había encontrado con un tipo encantador, con unos ojos de ensueño, el cuerpo de una escultura griega y al que, además, le gustaba cultivar verduras y cocinar.

No obstante, se había fijado en el Rolex que llevaba y en los bermudas de diseño. Probablemente lo que le había contado no era más que una fachada prefabricada que escondía al verdadero señor Warfield. Usaba la misma marca de pantalones que su ex marido, Brent. Eso hablaba por sí mismo.

Lo que certificaba, además, que Jared Warfield no era el tipo de hombre en el que debía fijarse, por mucho que le costara.

Bueno, al menos con todo aquello había descubierto que, si bien no estaba dispuesta a dejarse atrapar por ningún hombre, al menos todavía era capaz de sentir ciertas cosas.

Se tocó la cadena que llevaba al cuello, la única cosa tangible que le recordaba lo importante que era no volver a amar a ningún hombre jamás. Después de luchar contra su mala memoria, le dio un sorbo a su capuchino, se levantó y se dirigió hacia la puerta.

La brisa caliente le golpeó la cara y alzó el rostro para dejar que el sol de aquel prodigioso septiembre la devolviera a la vida.

Puso rumbo a su oficina, descorazonada y aturdida. Acababa de perder su última oportunidad de una gran historia. ¡Pero tenía que conseguir esa bonificación como fuera!

De pronto, al detenerse en un semáforo de peatones, oyó una melodía que le resultó conocida. Miró al BMW rojo descapotable que tenía delante y cuál fue su sorpresa al descubrir a Jared. Lo del coche no le pareció excepcional, pero sí que el conductor llevara a su lado un enorme perro. Mientras Jared silbaba al son de la música, el perro aullaba acompañándolo. Iban perfectamente acompasados. Aunque desafinaba, aquel fabuloso can podía cantar. Jamás antes había visto ni oído nada semejante.

El semáforo se puso en verde y Jared pasó por delante de ella sin reparar en su presencia, momento en que ella vio que llevaba una silla de niño en el coche.

Aquella fue una sorpresa aún mayor. No solo cultivaba y cocinaba, ¿sino que se responsabilizaba de un niño? Jared Warfield empezaba a convertirse en un auténtico misterio. La presión de tiempo que su editor había impuesto le había impedido hacer una investigación en condiciones sobre Jared. Pero estaba segura de no haber leído nada sobre un hijo. Por lo que sabía, nunca había estado casado.

Estaba realmente intrigada. ¿Acaso estaba escondiendo a un hijo secreto? ¿O estaría casado, pero no lo habría hecho público?

Cada vez más ansiaba descubrir al hombre que había tras la máscara... y tras la ropa.

El bullicio de la calle la sacó de su ensimismamiento. ¿En qué estaba pensando? Aquel tipo era el último individuo en el que debía pensar.

No obstante, tenía que conseguir verlo otra vez, lo quisiera o no. Necesitaba aquella bonificación desesperadamente y su instinto de reportera le decía que Jared era el protagonista que necesitaba para un artículo especial. Era un soltero de oro y miembro de una poderosa familia de Pórtland. Si no lo entrevistaba ella, alguien lo haría, y habría perdido su gran oportunidad.

Mientras reiniciaba la marcha, volvió a preguntarse si aquel hombre sería realmente como aparentaba, y tan diametralmente opuesto a Brent.

No, ese tipo de personas no existían, menos aún si pertenecían al género masculino.

A pesar de todo, su interior se derretía ante la sola idea de que alguien pudiera amarla de nuevo.

Hacía demasiado tiempo que nadie la quería de verdad, que nadie se preocupaba por ella. Habían pasado muchos años desde la muerte de su padre en un accidente de coche. Una vez más, tocó la cadena de oro que llevaba al cuello. Recordó el anillo que antaño había ido colgado de ella. Su padre se lo había dado días antes de su muerte. ¡Ojalá su amor por ella lo hubiera persuadido de jugarse la vida en una carrera! Por desgracia, ya no tenía ni el anillo ni a su padre.

Erin cerró los ojos por un momento para luchar contra el pasado que se le venía a la mente a borbotones. Recordó el día en que su madre le había quitado aquel fabuloso zafiro con diamantes para venderlo.

Luchó contra aquel sentimiento improductivo y trató de centrarse en su objetivo futuro, en lugar de en sus viejas heridas pasadas. Jared Warfield la intrigaba. Pero, cómo iba a poder acercarse a él. No lo sabía. No obstante, no estaba dispuesta a dejar que el destino se desarrollara a su antojo. De un modo u otro, conseguiría esa entrevista y la bonificación, y satisfaría, todo en uno, su curiosidad sobre qué hombre había de verdad detrás de la fachada de Jared Warfield y sus carencias económicas.

Volvió a reparar en el día tan hermoso que hacía y decidió que no había lugar para fracasos en su vida. Lograría convencer a Jared Warfield de que le concediera esa entrevista, tenía que hacerlo.

El fracaso no era una opción.

CAPÍTULO **2**

ERIN atravesó la puerta que conducía a la azotea del edificio de oficinas de Jared. Se cubrió los ojos para protegerse del intenso sol, mientras hacía acopio de todo su valor y repasaba mentalmente lo que le iba a decir.

Al regresar a la oficina el día anterior, se había esforzado por hacer una pequeña investigación sobre su hombre. Había encontrado mucha información sobre su padre, que era un magnate de las finanzas en Pórtland y había hecho su fortuna a base de inversiones inmobiliarias.

También se habían encontrado con ciertas referencias a una hermanastra drogadicta, hija de Janet Worthington, una actriz de Hollywood que había muerto de cáncer hacía tres años.

Sobre Jared había más bien poco, solo datos acerca de la cadena de cafés Warfield's y de los primeros días de su creación, cuando la idea era aún una novedad. Pero sí había dado con un artículo que contaba cómo Jared había adoptado a su sobrina tras el fallecimiento de su hermana en un accidente de moto.

Eso explicaba lo de la silla en el coche. Jared ejercía de padre adoptivo.

No obstante, nada de aquello le sería de utilidad si Jared no aceptaba concederle una entrevista.

Inspiró profundamente y se apretó la palma húmeda contra el vientre para controlar el nerviosismo. Notó, al instante, cómo se humedecía su fina camisa de seda blanca.

La azotea estaba profusamente adornada con flores y plantas, un pequeño jardín que, presumiblemente, Jared habría creado.

De pronto lo vio, en una esquina, con una regadera en la mano.

El estómago se le encogió y el corazón se le aceleró. Se detuvo unos instantes a tomar aire y, acto seguido, se encaminó de nuevo hacia él.

–Señor Warfield... –¡buen comienzo! Acababa de parecer una colegiala asustada a punto de enfrentarse a un ogro.

Él se volvió rápidamente y la miró sorprendido. Dejó la regadera y se acercó a ella.

–¿Cómo ha entrado aquí?

Erin levantó la barbilla, tratando de ignorar su mirada amenazante.

–Su secretaria me dijo dónde estaba.

–¿En serio? ¿Y por qué ha hecho eso, cuando le había dado instrucciones estrictas de que nadie me molestara?

Erin levantó los hombros en un gesto inocente.

–Más o menos le dije que tenía unas cuantas preguntas más que hacerle.

–¿Unas cuantas preguntas más? ¿Acaso se ha olvidado de que le dije específicamente que cancelaba la entrevista?

Ella bajó los ojos.

–Quizás se me haya olvidado mencionarle eso.

–¿Qué quiere? –dijo él en un tono poco amable.

–He venido a pedirle disculpas por... por la actitud tan poco profesional que demostré ayer.

Él la miró intensamente.

–¿Qué más? –se cruzó de brazos–. Porque seguro que no ha venido solo a disculparse.

Erin tragó saliva.

–La verdad es, señor Warfield, que esperaba que pudiera reconsiderar su decisión y que consintiera en que lo entrevistara.

–¿Por qué debería hacerlo?

–¿Porque nos dio su palabra? –le preguntó ella, con la esperanza de apelar a su sentido de la justicia, si lo tenía.

Él negó con la cabeza.

–Jamás accedí a ser insultado y encasillado como un idiota.

–Lo sé. Pero quizás empezáramos con mal pie. Reconozco que todo fue culpa mía. Me gustaría empezar de nuevo.

Se volvió hacia sus plantas y empezó a trabajar en una jardinera.

–No me cabe duda que es lo que usted desearía, pero va a ser imposible. Accedí a esa entrevista solo porque mi departamento de márketing me lo aconsejó. Pero ni la mejor de las publicidades vale que me deje criticar injustamente por mi dinero o mi estilo de vida.

–Me gustaría darle una explicación de lo sucedido ayer –dijo ella y continuó sin esperar su aprobación–. He tenido muchas otras entrevistas en los últimos días, y todos los tipos con los que daba eran malcriados y desagradables. Supongo que asumí injustamente que usted también lo era –hizo una pausa para respirar profundamente y prepararse para la súplica–. Necesito desesperadamente esta historia. Por favor, le ruego que lo reconsidere. Sé que la idea es un poco estúpida y que la cita a la que tendrá que ir es un poco rara...

Él se volvió a mirarla.

–¿Cita? ¿Qué cita?

–Es parte del artículo. El *Beacon* lo sacará en primera plana el sábado y, luego las mujeres escribirán al periódico para tratar de convencerlo de que quede con alguna de ellas. Mi editor elige a una ganadora y luego...

–¡Ni hablar! –se limpió las manos con rabia–. ¡Nadie va a elegir por mí con quién debo salir! Lo siento, señorita James, mi decisión es definitiva. Y ahora, si me disculpa.

Se quitó el delantal que protegía su ropa de diseño y lo dejó en un habitación contigua, dirigiéndose inmediatamente hacia la salida.

Erin lo siguió escaleras abajo.

–Por favor, señor Warfield. Necesito hacer esta entrevista y la publicidad será buena para Warfield's.

–No me hace tanta falta –dijo él, deteniéndose en las escaleras.

–Pero su departamento de márketing piensa que esto lo beneficiaría. Piense en ello como publicidad gratis.

Jared abrió la puerta de su oficina.

–Señorita James, le agradezco su interés, pero mi decisión ya está tomada...

Un pequeño cachorro blanco se escapó de la habitación y comenzó a dar brincos alrededor de Jared.

–¡Qué cosa más rica! –dijo espontáneamente Erin y le abrió los brazos–. ¡Ven aquí, cachorrín!

El pequeño peluche saltó sobre ella. Encantada, la reportera se lanzó al suelo como pudo para jugar con él, y recibió con agrado los lametazos del entusiasta animal.

Adoraba a los perros. Había tenido uno de pequeña, un peludo can llamado Max. Tras la muerte de su padre, su madre lo había regalado, alegando que podía provocar alergias. Erin jamás había notado alergia alguna. No pudo evitar la marcha de la mascota y lloró su ausencia durante muchos años en la intimidad de su cuarto. Su madre no era especialmente transigente con ella, pero lo que menos soportaba eran exhibiciones de sentimentalismo.

–¡Eres una preciosidad! –dijo ella entusiasmada, mientras acariciaba al pequeño. El tacto de su pelaje le recordó a tiempos pasados en los que compartía juegos y paseos con su padre y con Max. Aquel había sido un momento feliz de su vida, que había llegado a un abrupto final el día del accidente.

Después de unos minutos de melancólicos recuerdos, Erin recobró el sentido y reparó en la mirada intensa de Jared. El hombre la miraba escéptico e interrogante.

De pronto, sonrió.

–¿Realmente le gustan los perros, o solo trata de ablandarme para conseguir la entrevista?

Ella se levantó con el cachorro aún en los brazos.

–Adoro a los perros con o sin entrevista. No veo

cómo mi amor a los animales podría afectar a su decisión.

—Quizás finge para que su tierna imagen me conmueva.

—Eso es ir demasiado lejos, ¿no cree? He reaccionado como siempre lo hago cuando veo a un cachorro –¿por qué prestaba tanta atención a todo cuanto hacía? Lo miró fijamente–. No se fía de mí, ¿verdad?

—No es de usted de quien no me fío, sino de la prensa en general.

A Erin le habría encantado saber el motivo de tanta desconfianza.

—Sí, eso es evidente.

Se aproximó a él y le devolvió el cachorro. Al notar su proximidad, se tensó. Sus miradas se cruzaron y se hizo un silencio extraño entre ellos. Estaba tan cerca que podía captar su olor a café y a tierra. El corazón se le agitó y volvió a sentir la misma atracción de tiempo atrás.

Él no pudo evitar dirigir la mirada hacia sus labios, pero se detuvo al notar que ella se ponía nerviosa. Inconscientemente, Erin se inclinó sobre él, ansiando su cercanía, deseosa de sentir sus labios.

Pero el cachorro se movió y rompió la magia del instante.

Ella retrocedió. ¡Aquel hombre era una auténtica tentación!

Volvió a dar otra paso hacia tras, con la esperanza de que él no notara su rubor. Se centró en su objetivo: la historia, la bonificación y su salvación financiera.

—Y bien, ¿qué me dice de lo de la entrevista?

—preguntó ella, orgullosa de lo aparentemente normal que sonó su voz.

Entraron en la oficina de Jared y él se sentó tras el escritorio.

—Sigue detrás de la historia.

—Es mi trabajo —afirmó ella con solemnidad.

Jared bajó la cabeza, se pasó al cachorro al otro brazo y se puso a revisar unos papeles.

Después de unos segundos, alzó el rostro.

—Lo siento, señorita James.

Erin luchó contra el ataque de pánico que estaba a punto de sufrir y buscó un último recurso de súplica.

—¿Aunque le prometiera que el artículo no se iba a publicar sin que usted lo repasara y le diera su aprobación?

Él dudó un segundo pero, finalmente, negó con la cabeza.

La reportera se sintió vencida y acongojada. No dejaba de preguntarse cómo iba a acabar con el inmenso agujero económico que le había dejado su ex marido sin la aportación de la bonificación. Tampoco sabía cómo iba a terminar su artículo.

Asintió y apretó los labios para evitar que le temblaran.

—Bien... en tal caso, me voy.

Solo deseaba poder olvidarse de todo lo que había sucedido en aquellos últimos dos días.

¡Ojalá todo aquello no hubiera sido más que un mal sueño!

Jared observó cómo Erin se marchaba, admirando tanto sus piernas, como el encantador balanceo de sus caderas.

En cuanto desapareció, se puso a acariciar a Josie detrás de las orejas y trató de recuperar el control de su cuerpo. Había estado a punto de besar a aquella mujer. ¡Menos mal que Josie le había hecho recobrar la cordura!

A pesar de la rabia que sentía contra la reportera, no dejaba de preguntarse si debería haberle dado a Erin la oportunidad que le había pedido. Si el departamento de márketing decía que Warfield's necesitaba la publicidad, debería habérsela proporcionado.

Quizás su excesivo celo en proteger a Allison estaba interfiriendo en su buen criterio respecto a los negocios.

¿Debía llamar a Erin y concederle la entrevista?

La cálida mirada que habían compartido era incentivo suficiente, como también lo era la imagen de la periodista en el suelo mientras jugaba con Josie. Sus largas y hermosas piernas habían lucido más que tentadoras. Con aquel abundante cabello lleno de rizos le había parecido una diosa.

Contuvo sus pensamientos. Se relacionaba con mujeres hermosas todos los días. ¿Por qué, entonces, sentía tanto interés por aquella periodista? No tenía motivo alguno para confiar ni en ella ni en la prensa, y debía proteger a Allison. Estaba en un momento crucial y a punto de recobrarse por el profundo dolor que le había provocado la muerte de Carolyn.

No. Lo último que necesitaba era complicarse la vida con Erin James, o con cualquier otra mujer. Todas las esposas de su padre habían acabado por abandonarlo y había muerto completamente solo. Eso le había enseñado a Jared que no debía permitir que ninguna mujer entrara en su vida y se aprovechara de él. Tenía que protegerse y pensar en Allison.

No estaba dispuesto a complicar la vida de su hija con una relación de compromiso. Por supuesto que salía de vez en cuando, pero no eran más que cenas y copas, generalmente con mujeres diferentes. Entre sus reglas figuraba no salir con nadie que pudiera tentarle demasiado, ni con ninguna de esas desalmadas «cazafortunas» que parecían abundar.

Definitivamente, se reafirmaba en su negativa a hacer la entrevista.

Puso a Josie sobre el escritorio, se apoyó en el respaldo de la silla y trató de recobrar la calma.

Pocos minutos después, su adorada hija de dieciocho meses entró en el despacho acompañada de su cuidadora, la señora Sloane.

—¡Hola, papi! —dijo Allison, agitando la mano con entusiasmo.

Corrió hacia él y se lanzó en sus brazos.

Él la abrazó amorosamente y hundió la cabeza en su suave mata de rizos.

—¡Qué sorpresa que hayas venido, mi osita! —le dijo cariñosamente y miró a la señora Sloan especulativamente.

La mujer se pasó la mano por el pelo gris, peinado, como siempre, en un moño tirante, y sonrió indulgente a la pequeña Allison.

—Quería venir a visitar a su papi. Supongo que no le importa.

–No, claro que no. Siempre me alegra ver a mi princesa –dijo él, y le hizo cosquillas en el cuello.

La pequeña se rio encantada.

–¡Caballito, papi, caballito! –dijo la niña, subiéndose a la pierna de Jared.

Él la sujetó con cuidado y comenzó a hacerla trotar sobre su rodilla.

Allison no dejaba de carcajearse. Aquel sonido encandiló a Jared y lo ayudó a reafirmarse en su determinación de no buscarse complicaciones con la prensa.

Caso cerrado. Se mantendría alejado de Erin James, sin importarle lo bien que olía...

Erin alzó la vista del papel que tenía en el regazo y miró a su mejor amiga.

–¡Ven aquí y ayúdame a encontrar un modo de hacerme con esa entrevista!

Colleen la miró por encima de la puerta de la nevera.

–¿Puedes esperar un momento? Has quemado la cena y me muero de hambre.

–¿Cómo puedes pensar en comida en un momento como este? Me estoy jugando mi futuro.

Colleen cerró la puerta y se aproximó a su amiga con una manzana en la mano.

–¿De quién es culpa?

–Mía, mía y solo mía. Sé que metí la pata. No tienes que recordármelo una y otra vez.

–¡Claro que tengo que hacerlo! –dijo Colleen con una sonrisa satisfecha–. Por primera vez en mucho tiempo te has fijado en un hombre.

Erin bajó los hombros y miró a su amiga con desánimo.

—Por favor, necesito que hablemos en serio. Además, no me he fijado en ningún hombre.

—Tú sabes que sí. Era lógico y solo cuestión de tiempo que acabara sucediendo. Y, por lo que se ve, ese largo celibato te ha provocado problemas.

—No fue mi celibato sino mi bocaza la que lo estropeó todo.

—Me has dicho que el tipo era muy guapo, ¿verdad? ¿Crees que habrías estropeado la entrevista si hubiera sido un sapo peludo?

Erin dudó. Colleen tenía razón. La realidad era que el inapropiado deseo que había sentido desde el primer momento por Jared era el responsable de todo aquel enredo.

—De acuerdo, listilla, tengo que reconocer que me siento atraída por él. Pero eso no importa. Analizar los motivos de mi comportamiento no va a ayudarme a conseguir lo que necesito —miró a su amiga Colleen en silencio durante un minuto—. ¿Te he dicho que he descubierto que Jared Warfield adoptó a su sobrina cuando su hermana murió?

—Sí, creo que lo has mencionado una o dos veces.

—¿Cuántos hombres solteros son capaces de hacer algo así?

—No muchos —reconoció Colleen—. Es un tipo fascinante, ¿verdad, Erin? ¡Huelo a romance!

Erin miró a su amiga con disgusto.

—¡No va a haber ningún romance! No estoy fascinada por él, solo interesada en conseguir que me conceda esa maldita entrevista.

–De acuerdo, ¿qué te parece usar el sexo?

–¿De qué hablas ahora?

–Los hombres se relacionan con el sexo mejor que con ninguna otra cosa en el mundo. Puedes usar eso para conseguir lo que quieres.

–¿Me estás diciendo que me acueste con él para que me conceda una entrevista?

–¡Claro que no! Solo que uses tu sexualidad para suavizarlo. Más de un hombre ha sido vencido por la sensualidad de una mujer.

La idea de Colleen le resultaba completamente absurda. Ella no se consideraba una mujer sexy. Además, estaba completamente desentrenada en esos asuntos. Aunque... lo cierto era que Erin la había mirado con deseo.

No, no podía hacerlo. No se sentía segura para hacer algo así. Su autoestima no estaba precisamente alta después de que Brent la hubiera llamado vaca gorda el día que la había abandonado.

Se bajó la amplia camiseta que llevaba puesta en un gesto de negación.

–No, lo del sexo no es una opción.

Colleen resopló.

–No te estoy sugiriendo que le hagas un streaptease y te lances sobre él. Solo que uses tu feminidad para suavizarlo.

Erin soltó una carcajada.

–¡No puedo!

–Confía un poco en ti misma. Tienes unas piernas formidables, un pelo precioso y unos ojos increíbles. Usa todas esas cosas para cautivarlo.

Erin se quitó el lápiz de la oreja y se puso a

morderlo. Quizás, después de todo, su amiga no estuviera tan equivocada en la propuesta. Lo único que tenía que hacer era sonreír y dejar adivinar un poco de sus piernas. Nada más tendría que ocurrir.

Pero la idea de acercarse a él con esas intenciones le provocaba un auténtico tumulto de hormigas en el estómago.

No obstante, la desesperación era más fuerte que todo lo demás. Tenía que conseguir aquella entrevista y aquella bonificación. Tomaría las medidas que fueran necesarias.

Miró a su coqueta amiga.

—¿Me ayudarías a conseguirlo? Podrías darme ciertos consejos en lo que a ropa y maquillaje respecta.

Colleen sonrió.

—¡Tienes a tu servicio a la persona adecuada!

Erin hizo lo que pudo por responder con una sonrisa. Pero, en el fondo, pensaba que era una idea totalmente descabellada. Jamás podría atraer a un hombre como Jared Warfield.

Jared leyó la nota que encontró en el pequeño regalo que le habían enviado.

Estimado señor Warfield:
Por favor, acepte este regalo como una prueba de mi arrepentimiento por mi comportamiento de ayer. Estoy preparada para volver a empezar de nuevo y hacerle una entrevista en las condiciones que usted imponga. Estaría encantada en poder in-

vitarle a almorzar en el Viceroy, hoy mismo a las doce.

Hasta entonces.

Un saludo,

Erin James

Jared agitó la cabeza y abrió el paquete. Era un libro sobre flores de la zona Noroeste del Pacífico. Era el perfecto detalle para desdecirse de su crítica a su gusto por la jardinería.

Admiraba su perseverancia, pero seguía sin tener intención alguna de concederle la entrevista.

Miró la foto de Allison que tenía sobre el escritorio. Seguía decidido a no permitir que los medios se metieran en su vida.

A pesar de todo, nada le impedía comer con ella para ver el gesto de su cara cuando se negara a hablar de sí mismo.

De algún modo, todo aquel asunto se estaba convirtiendo en un reto, y le gustaban los retos. Eso era, se trataba de un juego. Aceptar su invitación no tenía nada que ver con sus ojos verdes, ni sus piernas sugerentes. No, nada que ver.

Unos leves golpes en la puerta captaron su atención.

–Adelante –dijo él.

Mark Phillips, el jefe de Márketing entró con el ceño fruncido.

–¿Tienes un segundo?

Jared asintió.

–Por supuesto.

Mark entró con un archivador en la mano.

—Aquí está el resumen de ventas del último trimestre.

Jared levantó las cejas interrogante.

—¿Son malas?

Mark se sentó frente a Jared. Sus ojos reflejaban cierta preocupación.

—No se puede decir que son terribles, pero tampoco son fantásticas. Hemos tenido algunas pérdidas.

Jared frunció el ceño, y abrió el archivo que Mark acababa de entregarle.

—¿Qué está causando esto?

Mark se encogió de hombros.

—Es difícil saberlo. Puede ser parte del ciclo natural del negocio. Pero creo que es la competencia la que nos está haciendo mucho daño en este momento. Por suerte ese artículo que van a hacer sobre ti puede ayudarnos. La publicidad gratuita es siempre interesante.

Jared se removió inquieto, agarró un clip que había sobre la mesa y lo retorció con nerviosismo.

—He cancelado la entrevista.

Mark soltó una carcajada desconcertada.

—Estás de broma, ¿verdad?

—No. La reportera que me enviaron era realmente maleducada —con ojos de ensueño pero maleducada.

—¿Y le has dicho que no?

—Sí. La verdad es que nunca quise hacer la entrevista. Además, querían que tuviera una cita a ciegas con una lectora. Impensable.

Mark se inclinó sobre él.

—Jared, necesitamos esa publicidad. Creo que deberías reconsiderar lo de la entrevista.

Jared volvió a retorcer el clip.

–Ya hemos hablado de esto antes. Yo no creo que esa entrevista sea necesaria.

–¿Ni siquiera después de ver las cifras de venta?

Jared dudó un momento y apretó la mandíbula. Odiaba sentirse presionado a hacer algo que podría terminar por estallarle en la cara.

–Es un mal momento para mí –murmuró Jared como excusa.

–La publicidad es la publicidad y la necesitamos, incluso si implica una cita a ciegas. ¿Y si la revista decide hacerle la misma entrevista a Ryan Cavanaugh? Entonces la competencia se habrá hecho con una bonita y gratuita tajada de publicidad. ¿Es eso lo que quieres?

Jared consideró las palabras de Mark. Ryan Cavanaugh también era soltero y, seguramente, no tendría reparos para dejarse entrevistar. Eso podría darle el empujón final para poner sus locales, Java Joint, por encima de los de Jared.

Aunque le costara admitirlo la decisión había sido tomada por él.

Pero tenía que asegurarse de que Allison no sufriera las consecuencias de todo aquello. Tenía que encontrar el modo de mantenerla aislada, llegar a un acuerdo con la señorita James para no involucrar a la niña.

–De acuerdo –dijo finalmente–. Haré la entrevista. Pero esto no me gusta nada.

Mark sonrió y se levantó.

–Tampoco puede ser tan malo. Con que le des cuatro datos a la periodista y vayas a esa cita un día todo estará solucionado.

Jared frunció el ceño. Dudaba de que Erin James se fuera a conformar con tan poco y la idea de una cita a ciegas lo desquiciaba. Odiaba todo aquello.

Pero Mark tenía razón. Warfield's necesitaba la publicidad y no tenía por qué ser tan difícil lidiar con Erin James, ¿verdad?

Centró su atención en los papeles que tenía delante y decidió no enfrentarse con la pregunta que él mismo acababa de formularse, porque temía que no le iba a gustar la respuesta.

MALDITA falda! –murmuró Erin al entrar en el restaurante en el que esperaba encontrarse con Jared. Aunque la falda resultaba muy bonita cuando Erin estaba quieta, se pegaba contra sus piernas cada vez que daba un paso, elevándose peligrosamente. ¿Cómo se las arreglaban otras mujeres para andar con aquellas prendas? Seguro que había alguna sustancia mágica que ella desconocía y que se aplicaban en la piel para evitar tan embarazosa exhibición.

Y, sin duda, el sujetador que Colleen le había prestado para resaltar sus encantos estaba haciendo un excelente servicio, pues sus senos se le alzaban hasta el cuello en una exuberante muestra de plenitud. El cuello en pico de la camiseta negra y ajustada que llevaba contribuía con plena conciencia a completar su nueva y seductora imagen.

Dio un traspiés, pero se las arregló para recomponerse a toda prisa, antes de que nadie se diera cuenta. De poco le servía tanto despliegue de medios si acababa dándose de bruces contra el suelo.

Por fin vio a Jared en una esquina del restaurante. Al menos se había decidido a ir, aunque, seguramente, no estaría convencido de hacer la entrevista.

Era un tipo muy cabezona. Pero, por desgracia, también era increíblemente atractivo.

De pronto, la miró y dejó los ojos fijos en ella, viendo como avanzaba. Erin notó por su gesto que le gustaba lo que veía. Estaba guapa, ¿verdad? Echó los hombros para atrás, sacó pecho y... ¡Ah! Colisionó contra un camarero. Antes de que pudiera recomponerse, se le torció el tobillo y a punto estuvo de desplomarse sobre el suelo de un modo muy poco elegante.

Con el rostro enrojecido y él ánimo abochornado miró a Jared quien encubría su risa con una mano precavida pero poco efectiva. ¿Acababa de cargarse su magnífico plan? Probablemente. Desde el principio había dudado de su capacidad de parecer sexy. No era lo suyo.

A pesar de todo, tenía que seguir intentándolo. La humillación era siempre mejor que la pobreza absoluta.

Jared se levantó en cuanto ella llegó hasta la mesa. Le tendió la mano y ella se la estrechó.

—¿Problemas?

Erin trató de mantener la calma.

—Se me ha enganchado el tacón en la moqueta.

—¿Y la falda? ¿Con qué se le ha enganchado?

Erin bajó los ojos y se encontró con que el maldito material se había elevado hasta más allá del límite de la total indecencia.

—¡Maldita sea! —se la bajó a toda prisa.

Él sonrió y levantó una ceja, pero al menos tuvo la delicadeza de no decir palabra.

Sin duda, la dignidad de Erin acababa de ser vapuleada. No obstante, tenía que seguir con su trabajo sin pensar en nada más.

Miró a Jared.

—Señor Warfield...

—Llámame Jared.

Ella asintió sin convencimiento. No estaba segura de que tutearse fuera lo más inteligente dadas las circunstancias.

—Jared, me alegro de que decidieras aceptar mi invitación. La verdad es que no estaba muy convencida de que vendrías.

Él la miró con una chispa en los ojos, agarró la copa y dio un sorbo.

—No me habría perdido esto por nada del mundo.

—¿A qué te refieres?

Él se encogió de hombros.

—Quería ver hasta qué punto estabas desesperada —dijo él.

—Pero has venido para hacer la entrevista, ¿no?

Él levantó una ceja.

—Quizás haya venido para conseguir una comida gratis.

Erin se sintió abatida y repentinamente preocupada. Pero ocultó ambos sentimientos y esbozó lo que ella pensó era una sonrisa sexy.

—Tengo el presentimiento de que vas a colaborar —tenía que seguir con su plan.

Él la miró con un gesto extraño.

—¿Te encuentras bien?

—Sí, ¿por qué?

—Tienes un gesto tenso y un tic en la ceja. ¿Estás enferma?

La sonrisa se desvaneció de los labios de Erin. Aquel no era precisamente el efecto que ella estaba buscando.

–No. Es solo que... que se me ha metido algo en el ojo –respondió ella disimulando su desconcierto.

–¿Necesitas un pañuelo? –preguntó él en un tono apropiadamente serio.

–No, gracias. Estoy bien.

Por suerte, él se centró en el menú, aunque no pudo evitar que una leve sonrisa se dibujara en su boca.

Erin se sentía completamente estúpida. Había ido hasta allí vestida así y no para hacerle reír. ¿Qué se creía aquel arrogante necio? Encima no parecía tener muchas intenciones de concederle la entrevista.

Lo miró furiosa. Pero, de pronto, él alzó aquellos ojos de ensueño y ella sintió que la sangre comenzaba a hervirle y a espesarse. Sin duda le habría resultado un millón de veces más fácil vérselas con un hombre que no tuviera aquel inmenso atractivo.

Horrorizada por tanta confusión mental, agarró el menú y fingió leer. El camarero llegó y pidieron, aunque Erin tenía el estómago tan encogido que dudaba poder meter nada en él.

Decidida a conseguir su propósito, hizo acopio de valor, se subió las gafas y abrió la boca dispuesta a ir directa al grano. Pero no tuvo ocasión de pronunciar palabra porque, de repente, el busca que Jared llevaba en la cintura sonó y se levantó.

–Discúlpame –dijo él–. Ahora mismo vuelvo.

Allí se quedó ella, sola en la mesa, preguntándose por qué demonios aquel hombre no tenía un móvil, como todo el mundo.

Sin duda, Jared Warfield sería un hombre muy ocupado. Seguramente, alguien acababa de llamarlo con algún tema urgente. Él se marcharía y ella perdería la entrevista.

Los recuerdos de su infancia dolorosa, siempre al borde de la ruina, le llenaron la memoria. No podía volver a pasar por aquello otra vez.

Pero tenía la sensación de que una vez más lo había estropeado todo. Su pequeño plan para conseguir la entrevista no había funcionado. Había montado un numerito ridículo y no había obtenido nada a cambio.

Después de unos minutos que se le hicieron horas, Jared regresó.

Su rostro estaba completamente neutro, no había ni un ceño ni una sonrisa. Nada.

Completamente aterrada, Erin tragó saliva.

—No va a haber entrevista, ¿verdad?

Él asintió.

—Efectivamente, no la va a haber.

Ella bajó los hombros abatidos y se llevó la mano a la garganta para luchar contra las lágrimas.

—¿Estás bien? —dijo él, sentándose de nuevo.

Ella contuvo una carcajada irónica. ¿Por qué fingía una preocupación que no sentía?

—Estoy perfectamente —mintió ella en un susurro.

Alzó la vista y miró al hombre que tenía delante. Sintió un escalofrío. Había perdido la oportunidad de conseguir la bonificación. Perdería su casa. Era el fin. Todo había acabado.

Era patente que la cancelación de la entrevista había supuesto un duro golpe para Erin.

Y lo más curioso era que a él también le había pesado. Quizás fuera por lo increíblemente atractiva que estaba con aquel atuendo.

Desechó aquel pensamiento de inmediato. No era momento ni lugar para dejar que sus hormonas controlaran la situación.

Los negocios eran los negocios y el suyo parecía necesitar una especial atención. Eso implicaba cancelar la entrevista. Bueno, mala suerte. Eso mantendría a salvo a Allison, su principal preocupación.

Erin levantó la vista y lo miró con los ojos llenos de lágrimas.

¡Maldición! Con aquella expresión ya no parecía la peligrosa reportera que amenazaba su intimidad. Seguía siendo increíblemente atractiva, pero ya no era la dura periodista de hacía un momento.

Quizás estuviera siendo injusto con ella. Tal vez la entrevista no tuviera por qué afectar a Allison. Puede que estuviera siendo excesivamente protector. Estaba juzgando la situación a la luz de unas experiencias pasadas que en nada se parecían a las presentes y dejando que se interpusieran en su camino. Al fin y al cabo, tenía que pensar en su negocio. Tampoco era justo que Erin perdiera su trabajo por causa de su intransigencia. Había sido tenaz y eso tenía mérito.

Había hecho todo lo que estaba en su mano para conseguir su objetivo y el admiraba a la gente que perseguía lo que quería. Además, después de todo, el primer interesado en aquella entrevista era él.

En cuanto a las fantasías que aquella mujer despertaba en él no eran más que eso: fantasías.

Respiró profundamente.

—Lo he reconsiderado y creo que sí te voy a conceder la entrevista.

La boca de ella dibujó una sonrisa radiante.

–¡Oh, gracias! –le tomó la mano y se la apretó.

Su tacto le provocó una descarga eléctrica.

Pero al soltarlo, la mirada de ella se volvió interrogante.

–¿Te importa que te pregunte por qué has cambiado de opinión?

Su olor a rosas frescas inundó a Jared, dejándolo sin habla.

–Bien, está bien... no me conteste. Veo que estoy a punto de volver a perder mi última oportunidad. Simplemente consideraré la concesión como un regalo del cielo y me callaré.

Él asintió, aliviado por no tener que contestar. Prefería no hacerse ni a sí mismo la pregunta.

–Antes de nada, quiero establecer las reglas. Primero, no habrá preguntas ni comentarios sobre mi dinero. Segundo, no tengo tiempo hoy para hacer una entrevista formal, pero puedes pasar el día conmigo y sacar la información necesaria. Puedo responderte a las preguntas que quieras y te harás una idea de cómo es un día en la vida de Jared Warfield. ¿Qué te parece?

Ella sonrió de nuevo. A Jared le gustaban aquellos labios sensuales y seductores.

–¡Fantástico! ¿Cuándo empezamos?

Él apartó la mirada de su boca, para poder controlar los efectos que provocaba en su cuerpo.

–En este mismo instante. Me han cambiado una reunión y tenemos que irnos inmediatamente a Beaverton. Debemos estar allí en quince minutos –él dejó unos billetes sobre la mesa.

–Bien, pues vayámonos –dijo Erin, levantándose y emprendiendo la marcha.

La mirada de Jared se centró inmediatamente en sus piernas. Veía fascinado cómo se alejaba hacia la puerta.

Suspiró y, finalmente, la siguió, mientras se decía a sí mismo que tenía que controlarse.

Se hizo el firme propósito de ignorar por completo aquel maravilloso cuerpo que Erin tenía y de concentrarse en las dos cosas verdaderamente importantes que había en su vida: Allison y su negocio.

Erin se sentó en el coche y se dejó llevar durante cinco horas a seis reuniones distintas. Aquello fue suficiente para que reconociera que había juzgado mal a su soltero de oro. Quizás fuera rico, pero también era un gran trabajador, tremendamente astuto en lo que a negocios se refería.

Warfield's se estaba expandiendo y Jared andaba buscando lugares para situar los nuevos cafés. Eso los llevó a recorrer con escrupuloso tesón toda la ciudad, analizando cada rincón para dar con el local apropiado. Interrogó a los propietarios hasta volverlos locos.

Erin trató de tomar nota de cuanto veía, pero pronto se vio sobrepasada por la cantidad de información y por la admiración que sentía crecer dentro de ella hacia aquel hombre.

Llevaban varias horas juntos y se había creado una intimidad muy beneficiosa para su artículo, pero increíblemente negativa para su cuerpo. Su feminidad parecía demasiado pendiente de la masculinidad de él como para favorecer su concentración.

–¿Te gustaría venir a espiar conmigo? –le preguntó él una vez de vuelta en el coche, después de su última reunión–. Me gustaría parar en el Java Point y ver lo que hace la competencia.

–¿Realmente sueles hacer eso?

–Sí, claro que sí. Creo que es interesante.

A Erin le sonó el estómago de hambre.

–¿Podemos ir allí a comer algo?

–No veo por qué no.

–¿Me tengo que disfrazar?

Él sonrió y frunció el ceño en un fingido gesto de seriedad.

–Esta vez no, pero para la próxima misión quizás sea necesario.

Ella se rio suavemente.

–De acuerdo. Vamos.

Mientras él los conducía a su destino, ella comenzó a pensar en su pasado. Le habría gustado haber conocido a Jared cinco años atrás, en lugar de a Brent.

Los encantos del señor Warfield eran difíciles de ignorar.

No obstante, estaba dispuesta a hacerlo. El dolor que le había causado su ex marido había sido suficiente para enseñarle la lección. Era inmune a los hombres, no importaba cuán atractivos y maravillosos le resultaran.

Aprovecharía su estancia en la cafetería de la competencia para hacerle unas cuantas preguntas, particularmente sobre su hija.

Cinco minutos después llegaron al Java Point, que estaba situado en un gigantesco centro comercial en el centro de Beaverton. Entraron y, al pedir,

Jared cambió varias veces de opinión. Luego, buscaron una pequeña mesa.

Al sentarse, Erin se removió incómoda sobre la silla de plástico.

—Estos asientos son horrorosos —dijo ella.

—Sí, lo son. Por eso yo he amueblado mi café con sillas blandas y tapizadas. Mucha gente me dijo que estaba completamente loco por poner tela en un lugar con tanto café... —sonrió—. Lo siento, me dejo llevar cuando se trata de hablar del negocio.

—No importa. Me dice mucho sobre el tipo de hombre que eres —era, sin duda, un individuo de ideas claras, que sabía darle a la gente lo que necesitaba.

La respuesta de él fue truncada por la llegada del camarero.

—Me pregunto si me habrán servido lo que pedí —dijo él en cuanto el hombre se fue.

—¿Por eso has cambiado tantas veces de opinión? Él inclinó la cabeza hacia un lado.

—Sí, lo confieso. Quería saber si me tomarían bien el pedido —dio un sorbo a su café—. Y no lo hicieron.

—¿Qué me dices de los postres? ¿Los has probado?

—Por supuesto. Tengo especialistas que vienen aquí a degustar sus productos.

Aunque a Erin le divertía aquella faceta de Jared, quería entrar en temas más personales y ya tenía unas cuantas preguntas preparadas.

—La verdad es que tengo una cuantas cosas que me gustaría saber. Después de eso, ya tendré suficiente información —dijo ella y encendió la grabadora–. A los demás hombres a los que he entrevistado les he preguntado cuál sería su idea de una cita perfecta. ¿Cuál sería la tuya?

Jared hizo una pausa y se quedó pensativo. Erin esperó impaciente la respuesta que pronto vino.

–Mi idea de una cita perfecta sería dar un paseo en coche por la costa de Oregón. Luego parar en Cannon Beach para ir de compras y dar un paseo por la playa. Después comeríamos en algún restaurante de la costa y, al terminar, daríamos un paseo por la ciudad. Nos montaríamos en la noria y en los coches de choque e iríamos al acuario a dar de comer a las focas. Por la noche, cenaríamos en una pequeña marisquería apartada y, finalmente, nos iríamos a casa agotados y gordos, pero felices.

Erin se quedó inmóvil como una piedra, completamente anonadada por lo que acababa de decir. Parecía que Jared le hubiera leído el pensamiento sobre lo que sería para ella una cita perfecta. Lo único que ella habría añadido, habría sido acabar el día en un pequeño y agradable hotel de la playa, si la cita de la que hablaba era con Jared.

¡Aquello tenía que parar! Se llevó la mano a la cara y la notó ardiendo. Estaba claro que no podía confiar en su despiadada imaginación cuando lo tenía cerca.

–¿Qué te parece? –preguntó él con una voz inesperadamente sensual.

Ella se tocó la cadena que llevaba alrededor del cuello y se aclaró la garganta.

–Fantástico –respondió en un tono poco comprometedor–. Realmente agradable.

Inmediatamente, apartó los ojos de él como temerosa de sufrir un ataque cardiaco con tanta emoción.

Necesitada de una vía de escape, tendió la mano en busca de su taza de café y se la bebió casi de golpe.

De pronto, el estómago se le encogió al apreciar una ineludible mirada de deseo en los ojos de Jared.

Ella trató de centrarse en el pastel de chocolate que había pedido, pero se sentía incapaz de comer. Mala señal. Nada afectaba a su apetito, ni siquiera lo había hecho su divorcio. Estaba claro que era Jared Warfield quien le quitaba el hambre.

Sin embargo, eso no podía importarle. La entrevista había terminado, tenía lo que necesitaba y obtendría la bonificación que tanta falta le hacía. Lo que opinara su cuerpo al respecto era secundario.

Una vez recobrado el juicio, recordó el último tema que quería tratar.

—Tengo una pregunta final que hacer.

—Hazla.

Tragó saliva y se subió las gafas.

—Vi que llevabas una sillita de niña en el coche, me puse a investigar y descubrí que adoptaste a tu sobrina.

Él la miró durante un largo rato sin moverse, pero su rostro mostraba tensión.

—No haré ningún comentario sobre eso —respondió sin apenas mover los labios.

Erin sintió un escalofrío recorriéndola de arriba abajo. ¿Qué demonios le pasaba? ¿Por qué le afectaba tanto todo cuanto hacía o decía aquel hombre?

Desconcertada ante aquel radical cambio de actitud, dijo lo primero que le vino a la mente.

–Tengo que irme.

–De acuerdo –respondió él secamente.

A pesar de que su instinto de reportera le decía que la historia de la niña era de verdadero peso, supo que no debía mentar el tema. Se levantó, metió la grabadora en el bolso y se apartó de la mesa. Solo tenía que alejarse de allí para poder recuperar el equilibrio y la cordura.

–Erin...

Ella lo miró confusa.

–¿Sí?

–No tienes coche. Te he traído yo.

Erin sintió ganas de gritar, pero se contuvo. En lugar de eso, sonrió y asintió.

–Sí, claro... ya lo sé –dijo disimuladamente.

Él se levantó de inmediato y le señaló la puerta con la mano.

–Después de ti.

Erin se encaminó hacia la salida con las piernas temblorosas. En cuestión de quince minutos ya estaría sola y lograría recuperar la calma.

Pero no fueron quince, sino treinta minutos de intenso tráfico, durante los cuales no hizo sino batallar contra su curiosidad por saber más sobre aquella hija adoptiva y su radical negativa a hablar de ella, y contra los sentimientos que aquel cuerpo masculino le provocaba.

Jared puso la radio y comenzó a cantar al unísono del tema que sonaba. Aquel espontáneo alto apaciguó ligeramente la tensión que había, pero también hizo que Jared le pareciera aún más sexy. Cantaba terriblemente mal, pero no parecía importarle.

Pronto Erin se dejó llevar por la música y, cuando

su canción favorita comenzó a sonar, no pudo evitar ponerse a tatarear sin letra.

Sin duda, de haber estado sola, se habría puesto a cantar a toda garganta, sin importarle lo mal que lo hacía. Pero le resultaba impensable la idea de hacerlo delante de él.

—¿Es que no te sabes la letra? —le preguntó inesperadamente él.

—Sí, claro que me las sé —respondió ella.

—Entonces cántala... «gallina».

¿Acababa de llamarla «gallina»? ¡Eso sí que no lo iba a tolerar! Si él podía cantar, ella también.

Comenzó sin demasiada firmeza pero, poco a poco, se fue animando. Juntos unieron su voces en un armónico desafine y la tensión desapareció por completo.

Pero en cuanto la canción terminó la magia se quebró.

Jared apagó la radio y un silencio denso volvió a reinar en el coche.

Erin buscó impaciente algo que decir, sentía la lengua de trapo, como si fuera una colegiala en su primera cita.

Después de lo que le resultaron muchas horas, llegaron al aparcamiento en el que tenía su coche.

Detuvo el vehículo junto al de ella, puso el brazo a lo largo del asiento y la miró.

No estaba demasiado cerca, pero sí lo suficiente como para oler su aroma a café y a hombre.

Ella bajó la cabeza y fijó la atención en la textura de su falda, con la esperanza de obviar sus propias sensaciones. Pero no sirvió de nada. El corazón le latía con demasiada fuerza al sentirlo tan cerca. ¿Qué hacía allí, tan próximo? ¿A qué esperaba?

De pronto, él se inclinó aún más sobre ella. Sus ojos oscuros la estudiaban fijamente y ella se sentía incapaz de apartarse o moverse. Su mirada la dejaba sin respiración y la encendía como si ella estuviera impregnada en gasolina y sus ojos fueran dos pedernales golpeándose entre sí violentamente.

De pronto, la mano de Jared se posó sobre su mejilla.

—Jared... —susurró ella al notar la caricia.

Los dedos se deslizaron sobre su boca.

—Tus labios son como dos pétalos rojos. Llevo todo el día preguntándome si serán tan suaves como parecen.

—¿De verdad? —preguntó ella confusa, sin saber si había entendido bien lo que le decía.

Él se acercó aún más.

—Sí. Quiero besarte para averiguarlo.

Muy lentamente, le quitó las gafas y las dejó en el salpicadero.

Ella sintió una incontenible emoción. Deseaba ese beso más que nada en el mundo. La idea de estar en sus brazos la satisfacía plenamente. Estaba cansada de estar sola, de controlar sus emociones, de sentirse como la triste víctima de una terrible traición.

Cuando notó sus labios, Erin gimió. Su determinación de mantener las distancias se desvaneció al sentir el calor de aquel beso. Comenzó suave y seductor, pero la necesidad de más lo fue llevando a deslizar la mano por debajo de su nuca y acercársela lentamente.

La lengua de él se abría paso, inquieta, dentro de la boca de ella. Un deseo olvidado tiempo atrás se despertó en su interior. Le agradaba el gusto de su boca. Sabía a café y a crema.

Él levantó la cabeza, pero ella no parecía dispuesta a dejarlo ir.

—No pares —le susurró y lo atrajo hacia sí.

Ella volvió a sentir sus manos recorriéndola de arriba abajo. Parecía saber exactamente qué era lo que necesitaba. Nunca nadie le había hecho sentir nada semejante.

—Erin... —dijo él contra su boca—. Nos tenemos que ir.

El sonido de una bocina de coche la sobresaltó.

Jared se incorporó y se volvió a mirar al coche que estaba detrás de ellos.

Con la mirada al frente, Jared arrancó, metió primera y aceleró bruscamente.

Erin se agarró al salpicadero y oyó cómo el otro coche pasaba a toda prisa.

De pronto, se paró a recapacitar. ¿En qué había estado pensando? Había perdido el control.

—¡Dios santo! He olvidado por completo dónde estábamos —dijo él.

Ella respiró profundamente para apaciguar su corazón acelerado y pensó en lo bien que se había sentido en sus brazos.

—Sí, yo también.

Él se separó del volante y la miró con los ojos todavía ardiendo de deseo. ¡Cuánto deseaba que volviera a besarla! Pero no podía ser. Aquello era un error. Una relación suponía demasiados problemas, sobre todo cuando no funcionaba, y ella dudaba que Jared Warfield pudiera quererla a ella de verdad. Brent la había traicionado. Ni siquiera su padre la había querido lo suficiente como para no jugarse la vida.

Jared tenía secretos que no quería compartir y eso no podía ser nada bueno. Lo mejor que podía hacer era alejarse de él.

Se tocó la gargantilla y apartó la mirada.

—Bueno —dijo, agarrando las gafas—. Gracias por la entrevista y por traerme hasta mi coche.

Él asintió.

—De nada.

Ella abrió la puerta y salió, dirigiéndose directamente a su vehículo, temerosa de encontrarse con aquellos ojos que debilitaban su voluntad. No podía confiar en controlar sus instintos cuando estaba cerca de él.

—Quizás te llame o algo así —le oyó decir.

Ella lo miró y negó con la cabeza.

—No, por favor, no lo hagas.

Él asintió tensamente.

Erin abrió la puerta y se metió en el coche, convencida de que una vez a solas volvería a recobrar la sensación de libertad que tanto le había costado llegar a apreciar.

Pero no fue así. Al sentarse, sintió soledad y vacío. Nada de lo que ella esperaba.

CAPÍTULO 4

ERIN regresó a la oficina, después de haber comido con su madre y se sentó ante su escritorio. Miró a Colleen.

—¿Por qué siempre hago lo mismo?

—¿Qué es lo que haces?

—Dejar que mi madre me lleve por donde ella quiere. Siempre me promete que las cosas van a ser diferentes entre nosotras pero, al final, nada cambia. Me hace sentir inadecuada e inmadura.

Su madre vivía a una hora de Pórtland, junto a la costa, pero iba de compras hasta la gran ciudad un par de veces al mes.

—¿Quieres que le dé una paliza? —bromeó Colleen.

Erin sonrió.

—Por muy tentador que me parezca, no creo que sea útil. Además, de algún modo, sí me parece que está haciendo un esfuerzo por comunicarse conmigo, especialmente desde que la ha abandonado su último marido. Debe de sentirse muy sola y, a pesar de cómo me desprecia, no deja de ser mi madre.

Colleen se puso un mechón de pelo detrás de la oreja.

—Si cambias de opinión, házmelo saber —dijo, tratando de quitarle dramatismo al comentario de su amiga. Luego la miró especulativamente–. ¿Cuándo vas a entrevistar a las candidatas de esa cita con Jared?

Erin miró a Colleen algo molesta por sus continuas insinuaciones sobre Jared.

–No tengo que entrevistarlas. Joe se encarga de eso. Y te agradecería que no vuelvas una y otra vez sobre el tema de Jared.

Erin sacó un analgésico del cajón y se lo tomó.

–Después de cómo te besó en el aparcamiento no puedo olvidarme de la historia. Hace tiempo que ninguna amiga me contaba nada tan interesante. Vives como un monje...

–Monja –la corrigió Erin–. Soy una mujer, ¿recuerdas?

–Lo que sea. Vives como una monja y, de pronto, me cuentas que te has enrollado con tu último entrevistado. Eso es demasiado bueno para olvidarlo sin más.

Erin resopló fastidiada y se preguntó qué demonio la había poseído para confiar en su amiga.

No necesitaba un recordatorio continuo de su hazaña de hacía tres semanas. Ya estaba bastante confusa por sí misma, como para necesitar ayuda externa.

Lo peor era que, en breve, tendría que enfrentarse con Jared y la mujer que él habría elegido entre un montón de «cazafortunas» que habían escrito a la revista.

No sin muchas reticencias, Jared había accedido a cumplir con esa cita y era trabajo de Erin averiguar dónde y con quien sería, y si se repetiría. Luego debía escribir sobre ello.

Al menos, había conseguido la tan ansiada bonificación por su artículo «Diario de un soltero». El bono había servido para limpiar los créditos de la tarjeta de Brent, lo que le dejaba suficiente dinero del sueldo para hacer frente a la hipoteca.

Miró al reloj. La hora de la cita se acercaba y no podía hacerle esperar. Era hora de marchar.

Se levantó, agarró el bolso y miro a Colleen.

—Me tengo que ir.

—¡Anímate! Tienes una entrevista, no una ejecución.

Erin se puso el bolso al hombro.

—¿Tu crees que en este caso hay una gran diferencia?

—Bueno, asumo que sí. Espero que no la mates.

Erin frunció el ceño.

—¿Qué se supone que significa eso?

—Que espero que no mates a la cita de Jared.

—¿Por qué iba a hacer algo así?

—¿Es que crees que soy idiota?

—Bueno...

—Vale, mejor no respondas a eso. Lo que quiero decir es que Jared y tú no os besasteis de cualquier manera, sino que fue algo grande y serio. Y estás celosa —Colleen hizo un gesto con los dedos—. Trata de que no se te note que llevas las garras fuera.

Aunque Colleen se había acercado peligrosamente a la verdad, Erin jamás lo admitiría. Estaba segura de que lo que sentía por Jared se desvanecería en cuanto pasara algún tiempo.

—No tengo celos de nadie —mintió—. De verdad.

—Sí, claro. Lo que tú digas.

Erin no tenía energía para discutir con Colleen y se limitó a suspirar cansada.

—Por cierto —continuó Colleen—. ¿Te he dicho que Luke ya ha mandado las fotos de las citas de cada soltero?

Erin la miró con impaciente curiosidad.

—¿Las tienes?

—Sí, mira.

Con ansiedad, le arrancó a su amiga las fotos de las manos. Esperaba que la de Jared fuera horrorosa. Sabía que eso no era muy caritativo de su parte, pero no podía evitarlo. Quería ser el centro del universo de Jared, lo admitiera o no.

Miró la foto que le interesaba y sintió que el mundo entero se desvanecía a su alrededor.

La mujer era muy hermosa. Pequeña, con una boca de ensueño, el pelo largo y oscuro y una piel cremosa y suave. Era justo lo que Erin nunca sería: preciosa, pequeña, con un cabello bonito.

Erin siempre había resultado demasiado alta, con el pelo rizado e indomable. Su madre siempre había protestado de aquella mata salvaje.

Se quedó allí, de pie. ¡Cómo le habría gustado haber sido diferente, haber complacido con su apariencia a todo el mundo!

Pero ya había sentido eso muchas veces y no la había conducido a nada bueno. Ella era quien era y tenía que admitirse tal cual.

—Erin, ¿estás bien?

Erin apartó sus dolorosos pensamientos de la mente.

—Sí, lo estoy.

No estaba dispuesta a que aquella foto le afectara. Jared no significaba nada para ella, aunque fuera el hombre de sus sueños. Era hora de despertar.

–Estoy bien –le repitió a Colleen, pero tratando de convencerse a sí misma–. Todo regresará a la normalidad cuando acabe con esta historia. No volveré a verlo.

–¿Y quieres o no volver a verlo?

El tono serio de su amiga la tomó por sorpresa. No quería admitir que realmente le gustaba, pero era patente. Además, de buscar algo, buscaba una relación seria. No era mujer de una noche.

Pero estaba decidida a ocultar sus sentimientos, y no solo a su amiga, sino también a sí misma.

–No, no quiero volver a verlo. No quiero complicarme la vida con ningún hombre, tú lo sabes.

–Pero este es Jared Warfield –apuntó Colleen–. Los tipos como él no se presentan a menudo.

Erin la cortó bruscamente.

–Tengo que irme –se encaminó hacia la puerta–. Te veré mañana.

–De acuerdo. Huye si quieres, pero es patente que dentro de ti hay mucho más de lo que tú misma quieres ver.

Erin agitó la mano en un tono despectivo y siguió su camino.

Colleen tenía mucha experiencia en temas amorosos pero, sin duda, se equivocaba radicalmente en aquella ocasión. Erin sabía que no era más que un ataque hormonal que debía obviar.

Solo tenía que finalizar aquel trabajo y olvidarse

de la maravillosa sensación de sentir a Jared en sus brazos.

Esperaba que así fuera.

—¡Baja, perrito, baja!

Jared observaba ligeramente irritado cómo Hilary trataba de evitar que Josie se subiera encima de ella. Estaba claro que a aquella mujer no le gustaban los animales. De hecho se había pasado gran parte de la cita tratando de librarse del cachorro.

Aquella mañana se le estaba haciendo eterna a Jared.

Desde luego, aquella no era la cita de su vida. Hilary le resultaba realmente extraña.

Después de varias historias horripilantemente gráficas sobre la sala de urgencias en la que trabajaba como enfermera, se había ofrecido a leerle las cartas del tarot. Tras predecir algo sobre unas naves espaciales que en cuestión de un mes aterrizarían en Oregón, Jared decidió que no estaba completamente cuerda.

Y, la verdad era que, lejos de concentrarse en Hilary, su mente no hacía sino acordarse de Erin. No había dejado de acordarse de ella desde aquel beso en el coche. Había sentido lo que era la atracción incontrolable hacia alguien. Aún no había conseguido borrar de su memoria la faldita corta que se había puesto para hacerle la entrevista. ¡La había sentido tan increíblemente frágil y femenina al tomarla en sus brazos!

Pero había sido un caballero respetando sus deseos y no la había llamado. Era lo mejor.

Después de todo, ella ya había averiguado que tenía una hija, y debía proteger a Allison.

No obstante, la tentación de llamarla había sido muy fuerte. El recuerdo de su cuerpo contra el de él lo volvía loco, lo encendía sin remedio, dejándolo frustrado y entristecido.

Realmente le gustaba aquella mujer. Apreciaba su terquedad, le complacía aquella naturalidad intrínseca y le enternecía el cariño con que había tratado a Josie.

Pero, tal vez, al volver a verla comprobaría que todo aquello no eran más que alucinaciones, que no había nada sólido.

De pronto, vio aparecer al objeto de sus pensamientos y, contradiciendo sus últimas expectativas, notó cómo el corazón le daba un vuelco emocionado.

¡Estaba maravillosa! La cascada de rizos danzaba alrededor de su rostro destacando el brillo marmóreo de su piel blanca.

Mientras se aproximaba, Jared notaba que se le aceleraba el pulso.

Se recordó a sí mismo que había ido hasta allí solo para terminar su artículo. Además, no estaba interesado en complicarse la vida con ninguna mujer. Solo le importaba Allison.

—Hola —dijo Erin agitando la mano—. ¡Qué sitio tan bonito para una comida campestre!

Josie corrió hacia ella y se lanzó sobre sus brazos. Ella lo acogió feliz.

Jared sonrió. ¡Cuánto le gustaba su actitud relajada!

Oyó a Hilary gemir molesta.

Erin agarró a Josie y se aproximó a ellos.

–Siento interrumpir, pero tengo algunas preguntas que haceros.

–No pasa nada, Erin. Te voy a presentar a Hilary McCall. Hilary, esta es Erin James del *Beacon*. Nos va a hacer una entrevista de seguimiento.

Erin se sentó en una esquina de la manta que habían extendido sobre el suelo, tan lejos de él como le fue posible. Luego dejó al cachorro en el suelo y empezó a rebuscar en su bolso. Josie se acomodó en su regazo y apoyó la cabeza en sus piernas. La estampa era tan dulce que Jared sintió ganas de arrimarse a ambos.

Se tuvo que recordar a sí mismo que la periodista no estaba allí para nada de lo que él habría querido, sino para terminar su trabajo.

–¡Aquí está! –dijo ella, sacando del bolso la grabadora–. No os preocupéis que no os entretendré demasiado.

Jared observaba a Erin mientras ponía el aparato en marcha, sin dejar de preguntarse por qué aún no lo había mirado a los ojos. Ansiaba que le dedicara una de sus sonrisas o de sus tímidas miradas. Pero no parecía estar dispuesta.

Erin se puso manos a la obra y comenzó la entrevista.

–Hilary, cuéntame qué tal está siendo la cita.

–Bueno, la verdad es que nada espectacular. Hemos quedado para este picnic y no hemos podido hacer mucho más –dijo la mujer tensamente, mirando a Josie–. Solo hemos hablado.

Jared reprimió una sonrisa sarcástica.

Hilary no había parado de hablar desde el principio, y su monólogo solo se había visto matizado por las quejas respecto a Josie. Lo cierto era que a Jared no le interesaba nada de lo que decía. Respecto a ella, lo único que parecía interesarle era el coche que él conducía y dónde vivía. Podía ver a kilómetros de distancia cuándo una mujer tenía el signo del dólar dibujado en los ojos.

—¿No le gustan los perros? —le preguntó Erin.

Hilary arrugó la nariz en un gesto de desagrado.

—No. Todo esos pelos y babas alteran mi «chin».

—¿Estás interesada en cazar a un millonario?

—Yo, en lo único que estoy interesada es en conseguir a un hombre que esté en armonía con el cosmos —Hilary apartó a Josie de su lado una vez más—. Jared no sabe ni lo que es el cosmos.

Erin se volvió a mirarlo con una sonrisa burlona en los ojos.

—Jared, ¿por qué has elegido un picnic para esta cita? ¿Por qué no algo más romántico, como un paseo por la playa y una cena a la luz de la luna? —le preguntó ella, rememorando el comentario que él mismo le había hecho en su encuentro anterior.

—Será porque soy un hombre con los pies en la tierra, como Hilary ha querido dar a entender hace un momento. Además, hace un día precioso y pensé que un paseo por el campo podría resultar muy agradable —no quiso añadir que como todas las mujeres lo que esperaban era una cena íntima y cara, él no estaba dispuesto a dársela. Tampoco le dijo que los lugares que había mencionado en su idea de una cita perfecta estaban reservados para la mujer de sus sueños, esa mujer capaz de amarlo por quien era, no por lo que tenía.

Erin lo miró interrogante.

–¿Qué es lo más fascinante que has descubierto acerca de Hilary?

¡Cielo santo! Esa sí que era una pregunta difícil.

–Pues... veamos... ¿Qué lee el tarot y le gustan los marcianos?

–¿Lo afirmas o lo preguntas? –la sonrisa satisfecha de Erin le provocó un vuelco en el estómago.

–Bueno... lo afirmo. A Hilary le gustan el tarot y los marcianos. ¡Ah! Y, al parecer sabe que dentro de un mes aterrizaran unas naves extraterrestres en Oregón.

Erin abrió los ojos realmente sorprendida y miró a Hilary.

–Dalton Marx apoya mi pronóstico –dijo la mujer.

–¿Quién es Dalton Marx?

–¡La máxima autoridad en objetos volantes y aterrizajes marcianos de Oregón! ¿Es que no estáis al día en las visitas que los extraterrestres hacen en nuestro país?

–No –dijo Jared.

–Yo, tampoco –añadió Erin.

¡Maldición! Aquella era otra razón más para que le gustara la periodista.

Antes de que Erin pudiera formular su segunda pregunta, un enorme perro se acercó a ellos.

Josie salió corriendo tras el visitante y Jared se levantó para detenerlo.

–¡Eh, Josie! ¡Vuelve aquí!

Al menos aquel incidente le estaba dando la oportunidad de apartarse temporalmente de Erin. No quería admitir que le fascinaba aquella mujer, pero era innegable.

Persiguió a Josie hasta que el perro, aburrido de correr, regresó junto a las dos mujeres. Feliz y juguetón, saltó sobre Hilary, imprimiendo sus patas sucias sobre el impecable atuendo de la excéntrica cita de Jared. Ésta se levantó, gritando indignada.

–¡Eres un perro malo! –se señalaba con desesperación la ropa manchada.

Jared contuvo una carcajada e hizo lo que pudo por parecer afligido.

–Lo siento mucho –dijo. Sacó la cartera y le dio un par de billetes–. Toma esto y lleva la ropa a la tintorería, antes de que se seque.

Hilary agarró los billetes, tal y como él esperaba.

–Bien –recogió sus cosas y se puso de pie–. Ya he aguantado bastante a ese perrito. Por favor, Jared, no me llames. No eres mi tipo. Lo vi en las cartas del tarot hace unos días, y no hice caso.

Se alejó furiosa haciendo una involuntaria exhibición de ridículas manchas por todo el trasero.

Una vez que la mujer hubo desaparecido, Jared se volvió hacia Erin y vio que, mientras con una mano sujetada a Josie, con la otra trataba de ocultar la risa.

–¡Vaya desastre! –dijo él apretando los labios para evitar una carcajada–. Sería muy cruel reírse, ¿verdad?

–Sí, tremendamente cruel.

Inevitablemente, los dos explotaron en una sonora carcajada que se mantuvo hasta que, exhaustos y doloridos de tanto esfuerzo la risa se diluyó en algo más leve.

A Jared le gustaba oír a Erin. Su expresión era sincera y abierta. Le provocaba un enorme placer y felicidad.

Se quedó pensativo, tratando de recordar si otra mujer le había hecho sentir así. Deliberadamente mantenía a las mujeres a distancia. No quería repetir los mismos errores que su padre, permitiendo que nadie se aprovechara de él. Tampoco quería exponer a Allison a ningún tipo de riesgo emocional.

A pesar de lo inconveniente que era, no podía negar lo que Erin despertaba en él y cuánto le gustaba estar con ella. Decidió dejar de analizar la situación y limitarse a disfrutarla. Una tarde en el parque no parecía entrañar un excesivo riesgo.

Erin se quitó las gafas, se las puso sobre la cabeza y se restregó los ojos.

—Así que marcianos, tarot... ¿algo más que deba escribir en mi artículo?

Él negó con la cabeza.

—Creo que eso es todo —respondió él, acomodándose en la manta. Reparó en ese momento en que también el vestido de Erin estaba lleno barro—. ¡Vaya! Siento el desastre.

Ella se limitó a encogerse de hombros.

—No pasa nada. No es más que barro.

Él sacó su billetera.

—Toma...

—¡Guarda ahora mismo eso! Yo no quiero tu dinero —dijo ella indignada, volviéndose a poner las gafas.

Jared se metió la cartera en el bolsillo y se reprendió a sí mismo por la somera estupidez que acababa de hacer. Estaba tan acostumbrado a que las mujeres solo quisieran de él su dinero, que había esperado lo mismo de ella.

Momentáneamente desconcertado, decidió echar mano de la comida como vía de escape y abrió la cesta de picnic.

—¿Tienes hambre? Aquí tengo un montón de comida.

Ella se mordió el labio inferior.

—Pues no sé, la verdad. Debería irme. Le he hecho a Hilary un par de preguntas más, mientras tú perseguías a Josie, pero voy a tener que exprimirme el cerebro para sacar un buen artículo de todo esto.

—¡Vamos, anímate! Traigo un pollo delicioso.

—Así que me estás atacando en mi punto débil, ¿eh?

—¿A qué te refieres?

—Pues a que siempre me ha encantado comer, mal que le pese a mi madre. Una vez me dijo delante de todo el vecindario que comía más que un camionero.

A Jared le costaba creer lo que oía, sobre todo después de haberse fijado detenidamente en sus piernas.

—Pues, créeme, no tienes aspecto de camionero.

Ella inclinó la cabeza hacia un lado y la mata de pelo rojo cayó sobre su rostro.

—Pues muchas gracias, señor. Me acaba de arreglar usted el día —dijo ella, con una espléndida sonrisa.

Él notó que se le secaba la boca. Aquella sonrisa lo mataba.

Sacó un muslo de pollo y se lo mostró.

—Pues me alegra tener armas de presión —le dijo, luchando contra el deseo de tomarla en sus brazos—. ¿Qué te parece esto?

Erin dudó un segundo. Pero al ver la piel dorada y crujiente del muslo no pudo resistirse.

—De acuerdo, pero solo un trozo.

—¡Pero no puedes dejar de probar la empanada! Está deliciosa —dijo él.

—Con esto deduzco que no tienes intención de volver a ver a Hilary.

Él le lanzó una mirada pícara.

—Te interesa saberlo, ¿verdad?

Ella dejó de masticar.

—Solo para el artículo, claro está. Los lectores querrán saber lo que ha sucedido.

Él asintió, pero no dejó de mirarla fijamente. Quería saber si había o no un interés no profesional.

—¿Y no tienes ningún tipo de interés personal? —le preguntó directamente.

Ella se quedó inmóvil, pero alzó el rostro para mirarlo. En ese instante, una chispa electrizante saltó entre ellos. Erin notó que el estómago se le encogía y el deseo la hacía presa. Él quería abrazarla y besar aquellos labios de pétalo de rosa. Pero aquello seguramente la espantaría como la había espantado la última vez, y quería disfrutar un rato de su compañía.

Sabía que, después de comer, cada uno seguiría su camino. Tenía que pensar en Allison y no podía arriesgarse a que Erin se acercara a ella. Ya sabía de la existencia de su hija adoptada. No estaba dispuesto a exponerse a que aquella mujer lo utilizara.

A pesar todo eso no podía controlar aquel insano deseo de tomarla en sus brazos y de perderse en la felicidad de sentir su calor.

Tenía que poner freno a sus pensamientos. Todo

aquello terminaría aquel mismo día. Erin y él compartirían unos cuantos muslos de pollo, conversarían sobre cosas sin importancia y cada uno se iría por su lado. Ese era el único modo de mantenerse a salvo.

–De acuerdo. Si no tienes interés personal en saber la respuesta, eso simplifica las cosas –dijo él, manteniendo un tono ligero.

Disfrutaría de aquel instante sin pensar en nada más, pero no se complicaría el futuro. Después de haber sufrido la desastrosa vida amorosa de su padre y teniendo a Allison a su cargo, eso era lo mejor.

ERA un día cálido y agradable. Hilary se había marchado y la había dejado a solas con Jared, quien parecía particularmente complacido por ello.

Quizás aquella visión del presente no fuera más que una alucinación. Pero no le importaba, estaba dispuesta a relajarse y a disfrutar de la compañía de Jared durante una hora o dos. Después de aquello, no volvería a verlo. No veía daño alguno en comer juntos sobre la hierba.

Suspiró satisfecha y se recostó sobre la manta.

–Ha sido el pollo más delicioso que he comido en mi vida.

–Es mi receta secreta. Me alegro de que te gustara –dijo Jared.

–No puede ser –Erin se sentó de un impulso–. ¿Lo hiciste tú?

Jared asintió con una gran sonrisa complacida.

–Sí.

–¿Hiciste tú solito toda esta comida?

–Todo menos la empanada. No me sale bien la masa quebrada.

–¿Pero alguna vez has intentado hacerla?

–Claro. Siempre intento cocinar todo aquello que me gusta.

Erin estaba francamente impresionada. Ella apenas si podía hervir agua y, en cuanto a su ex marido, lo más cerca que lo había visto de la cocina había sido al pasar desde el dormitorio al salón.

—¿Cocinas a menudo? —le preguntó a ella.

—No tanto como me gustaría.

Erin se tumbó diciéndose a sí misma que Jared no podía ser tan perfecto como parecía. Ningún hombre lo era.

Él sonrió, se tumbó sobre la manta y apoyó la cara sobre los brazos.

—He estado tentado de llamarte, pero no lo he hecho porque me advertiste que no lo hiciera.

A Erin el estómago le dio un vuelco y, al mismo tiempo, sintió una reconfortante sensación de felicidad. Respiró profundamente y trató de acallar su entusiasmo. Porque daba igual lo que él admitiera o dejara de admitir, no volverían a verse y esa era la única verdad.

Él se enroscó uno de los rizos de ella en el dedo.

—Me siento muy atraído por ti. Y creo que tú sientes lo mismo...

¡Menuda afirmación!

Ella le permitió jugar con su pelo, sin poder responder nada. El corazón le latía con fuerza y el miedo la instaba a huir. Pero estaba paralizada, a pesar de saber que aquel hombre podía hacerle mucho daño.

Mantener las distancias era harto complicado ante tal despliegue de encanto. Erin quería saber todo sobre Jared, quería sentir el tacto de su piel. Estaba claro que sí, que la atracción física era mutua. Con el agravante de que a ella también le gustaba la persona que había tras ese físico espectacular.

La brisa agitó la fina tela de sus pantalones. Los pájaros cantaban en los árboles. El corazón seguía latiéndole con fuerza en el pecho.

De pronto, él la miró fijamente y a Erin se le encogió el estómago. Jared le acarició el pelo.

–Llevo deseando hacer esto desde que te vi por primera vez.

Sus ojos se deslizaron hasta su boca y ella contuvo la respiración. Toda idea de huir de aquel maravilloso hombre se desvaneció de inmediato. No podía mover un músculo y, menos aún, negar lo innegable.

Solo un beso, un pequeño beso...

–Erin –murmuró él con la voz profunda–. Si no me detienes, voy a besarte.

Ella trató de decir algo, pero no pudo. Solo se le escapó un pequeño suspiro. Al fin y al cabo, estaban en un parque público, ¿qué podía suceder? No tenía motivos para temer nada. Además, deseaba aquel beso con desesperación. ¡Llevaba tanto tiempo sola!

Él se fue aproximando lentamente, hasta que su boca estuvo al lado de la de ella. Le quitó las gafas lentamente y las puso sobre la manta. Ella cerró los ojos y notó aquellos labios cálidos y familiares tocar su boca.

Sus manos la recorrieron de arriba abajo y se deslizaron suavemente sobre sus senos.

Ella gimió de placer y él le susurró al oído.

–¡Hueles tan bien! Te deseo...

Nadie la había deseado con tanto frenesí desde hacía mucho tiempo. Quizás nunca.

Ella se arqueó en un gesto de entrega absoluta, dejando que él la besara con impúdica carnalidad. Mientras, ella exploraba su torso varonil y musculoso, deleitándose con la belleza de un cuerpo perfecto.

De pronto, un gemido resonó en su oído y una lengua le chupó la cara. ¡Ese no era Jared... sino Josie!

Jared se apartó de Erin.

Se sentó y agarró a Josie en brazos.

—¿Qué pasa, pequeñajo? ¿Estás celoso? —le pasó la mano por la cabeza y le rascó detrás de las orejas.

Erin observó a Jared en una tierna escena con Josie que la conmovió. Aquel animal tenía garantizado todo el cariño del mundo para mucho tiempo. ¡Qué afortunado!

Pero sabía que Jared acabaría por partirle el alma. Tenía que poner freno a aquello. No podía implicarse así, sin más, en una relación. El dolor que aún albergaba su corazón le impedía dejarse llevar.

Jared dejó a Josie en el suelo y se aproximó a Erin de nuevo.

Ella se apartó.

—No —dijo con la voz temblorosa.

Él se pasó la mano por el pelo.

—Sí, supongo que tienes razón. Parece que me olvido de todo cuando estás cerca —comenzó a recoger lo que había sobrado de la comida—. ¡No sé qué demonios me pasa!

Erin se sintió herida. ¿Acaso le parecía mal desearla? Cerró los ojos y trató de recuperar la calma.

–Sí, yo también me desespero conmigo misma. No hago más que decirme que estás fuera de mi alcance, pero parece que se me olvida nada más pensarlo.

Él soltó una carcajada seca.

–¿Fuera de tu alcance? Decir eso es muy duro.

Quizás lo fuera, pero a ella le servía para mantenerse en su sitio.

–Verás, no he tenido mucha suerte con los hombres –le explicó–. Todos los que elijo son inadecuados.

–¿Yo soy inadecuado?

–Sí, y con mayúsculas.

Él se tensó.

–¿Por qué?

Erin se sentó y lo miró.

–Jared, yo no quiero tener una relación. Mi ex marido me hizo muchísimo daño. Lo pillé en la cama con una de mis amigas, y me abandonó dejándome un millón de deudas. Lo siento, pero no podría pasar por nada parecido otra vez.

Él hizo una mueca de desagrado.

–¡Qué imbécil!

–Sí, ese es un calificativo que le va muy bien –alcanzó las gafas y se las puso.

–Sé exactamente lo que es que te hagan daño –hizo una breve pausa–. Quizás podríamos tomárnoslo con calma.

Ella levantó las cejas y lo estudió detenidamente, preguntándose qué podría hacer daño a un hombre como él. Apartó ese pensamiento y se centró en su propuesta. Tomarse las cosas con calma no cambiaría el miedo que tenía a amar a un hombre o a volverse a comprometer.

–¿Quieres mantener una relación seria en este momento? –le preguntó ella, atacando el problema desde otro punto de vista–. Sé sincero.

–No –respondió él, y ella agarró a Josie en sus brazos–. Supongo que ese es realmente nuestro problema. Pero es una pena, porque una relación entre tú y yo podría haber funcionado muy bien.

La tomó suavemente de la barbilla y la besó. Ella respondió a su beso hambriento. ¡Ojalá hubiera sido capaz de dejarse llevar sin más!

Pero eso no era más que un sueño.

Se apartó de ella y la miró a los ojos.

–Definitivamente, una relación entre tú y yo habría funcionado mejor que bien...

Se levantó, recogió las cosas, tomó a Josie y la dejó con el último beso palpitando aún en sus labios.

Sí, mejor que bien...

–¡Coche estúpido! –farfulló Erin entre dientes.

–Inténtalo de nuevo –dijo Jared.

Volvió a meter la llave y a darle al contacto, pero no obtuvo resultado alguno.

Él se acercó a la ventana del conductor.

–Yo creo que necesitas una batería nueva –le dijo y miró de un lado a otro la chatarra que conducía–. O un coche nuevo.

–Sí, lo sé. Pero lo primero es pagar la hipoteca. Si tienes cables ayúdame a arrancarlo.

Diez minutos después, aún no habían logrado ponerlo en marcha.

—Necesitas o bien una batería nueva o un alternador.

Ella salió del coche y le dio una patada a la rueda.

—¡Y ahora tengo que repararlo!

Esperaba que lo que fuera le costara poco, porque apenas si tenía dinero en su cuenta para cubrir sus necesidades más básicas.

—No te preocupes. Te llevaré a tu casa y desde allí llamaremos a la grúa.

Por algún motivo no le gustaba el plan. Necesitaba alejarse de aquel hombre que le provocaba tales taquicardias. No sabía cuánto tiempo podría controlarse y no dejarse afectar por sus sentimientos hacia él.

—¿No tienes un móvil?

—No.

Ella lo miró incrédula.

—Pensaba que todos los hombres de negocios tenían uno.

—Yo no —se metió la mano en el bolsillo y sacó un busca—. Mi ayudante puede localizarme siempre que me necesite.

No había opción.

—De acuerdo, entonces llévame a casa —dijo ella, rogando en silencio por tener fuerzas suficientes para no dejarse llevar por la pasión. Cada minuto que pasaba a su lado sentía que su voluntad flaqueaba.

Mientras la llevaba a casa, Jared no paró de charlar amigablemente sobre cosas sin importancia, como las películas que había visto últimamente. Ocasionalmente, se volvía hacia ella y le sonreía. Cada sonrisa la deshacía un poco más.

Al llegar a la puerta de su casa, se añadió una sorpresa a su alterado estado de ánimo.

Era su madre. Estaba en el porche, cruzada de brazos, con su pequeño bolso colgado ridículamente. ¡Se le había olvidado que tenía una cita con ella!

Jared detuvo el coche y apagó el motor.

—¿Quién es? –preguntó.

—Mi madre –respondió ella–. Ha venido a pasar la noche aquí.

—Me gustaría conocerla –dijo él con una amplia sonrisa.

Erin sintió un ataque de pánico al ver a la mujer, tan compuesta como siempre, aproximándose al coche.

—Bien –respondió ella preguntándose cómo iba a arreglárselas para tratar con el hombre perfecto e inalcanzable y una madre del demonio al mismo tiempo. Solo le quedaba resignarse.

Erin bajó del coche.

—Hola, mamá –dijo en cuanto la tuvo al lado.

—¿Quién es este caballero que te acompaña?

—Este es Jared Warfield... lo conozco del trabajo –dijo sin mentir del todo–. Jared, esta es mi madre, Wanda.

—Encantado de conocerla –dijo Jared y le tendió la mano.

Su madre se la estrechó.

—Es un placer –dijo–. Bueno, ya estoy preparada. Erin la miró confusa.

–¿Preparada para qué?

–Para ir a cenar.

Erin había olvidado por completo que le había prometido a su madre que la llevaría a su restaurante favorito. Miró al reloj.

–¡Pero si son solo las cuatro y media!

–Me gusta cenar pronto. Además, quiero evitar las aglomeraciones.

–Vayamos todos juntos –dijo Jared–. Yo estoy muerto de hambre.

–¡Fantástico! –dijo Wanda.

–¡No! –exclamó Erin.

Él ignoró su protesta.

–Adelante, yo invito –dijo él.

Wanda se frotó los brazos.

–Voy por una rebeca –se dirigió hacia la casa.

Confusa y preocupada, Erin se volvió hacia Jared.

–¿Por qué quieres hacer esto? ¿Cómo puedes tener hambre después de todo lo que hemos comido?

–La señora Sloan y Allison no me esperan aún de vuelta, y me apetece ir a cenar contigo. Además, tu madre parece muy agradable.

Sí, era una barracuda vestida de princesa. Encima, Jared era el tipo de hombre que a Wanda le encantaría que su hija pescara: guapo y rico. Lo mismo le había sucedido con Brent. Su ex marido había compartido con su suegra una complicidad que había llevado a Erin por el camino de la amargura durante mucho tiempo.

Erin miró a Jared y este sonrió. Bueno, quizás todo fuera bien. Al fin y al cabo, Jared no se parecía en nada a Brent.

Además, no quería resultar desagradable dando una rotunda negativa a su invitación. Eso no haría sino alimentar la munición que su madre lanzaba contra ella.

Iría a cenar con la esperanza de sobrevivir a aquello. ¿Qué tan malo podría ser, después de todo?

Media hora más tarde, Jared ya había aparcado el coche a la sombra, dejando la ventana abierta para que Josie estuviera cómodo en su interior.

En los treinta minutos que hacía desde que había conocido a la madre de Erin, ya había captado cuál era la personalidad que ocultaba bajo aquella apariencia perfecta. A pesar de que sus modales eran impecables, no desaprovechaba ninguna oportunidad de criticar severamente todo cuanto Erin hacía o decía.

Peor aún era la actitud que Erin había adoptado delante de ella, volviéndose rígida y monosilábica. Recibía cada crítica y comentario con una inexplicable resignación. ¿Dónde se había metido la tenaz mujer que lo había convencido para dejarse entrevistar?

Le pesaba mucho lo que veía. Se preguntó si alguna vez habría recibido un comentario positivo de aquella mujer.

–Erin, cariño, quizás no debas comerte todo ese pan de ajo. Está lleno de grasa.

Jared miró a Erin con la esperanza de que le dijera a su madre que la dejara en paz. Pero no lo hizo. Se limitó a seguir comiendo pan lo que, al menos, era un modo tácito de protesta.

Su mirada se encontró con la de ella, y pudo notar cuán desgraciada se sentía. La energética periodista había sido reducida a nada por su dominante madre.

–Jared, ¿conociste a Brent, el hombre que Erin dejó escapar? –le preguntó Wanda. Jared se limitó a negar con la cabeza–. ¿No? Era miembro de la familia Deville, los dueños de Automóviles Deville.

Jared permanecía en silencio, con los brazos cruzados sobre la mesa, sin poder evitar una desagradable sensación ante el inadecuado comentario.

Wanda continuó.

–Era un muchacho amable y generoso –miró a su hija–. Erin va a hacer muchos cambios en su forma de vida, que le garantizarán que su próximo matrimonio dure. Se ha dado cuenta de que tiene un exceso de peso. Yo también tengo cierta tendencia a engordar, pero me cuido mucho de no tomar grasa. Brent fue muy generoso e hizo que todos viviéramos muy bien.

–Sí, claro, hasta que se lió con mi amiga y me dejó en la más absoluta ruina.

Wanda continuó, fingiendo no haber escuchado a su hija.

–Erin tiene muchas cosas que cambiar de sí misma –dijo la mujer–. ¿A qué te dedicas tú, Jared?

Se sintió furioso. No estaba dispuesto a permitir que aquella mujer vejara de aquel modo a su hija. Tuvo la sensación de que él era exactamente el tipo de hombre que ella quería que Erin cazara. Uno de esos que podría darle una «buena vida».

Jared sabía exactamente cómo responder a aquella pregunta para dejar a la mujer fuera de juego.

–En este momento no tengo ningún puesto fijo. Pero entre tanto me dedico al reciclaje.

–¿Tienes una empresa de reciclaje?

–Podría llamarlo así. Tengo un camión y voy por los contenedores de papel recogiendo desperdicios que luego vendo a las empresas de reciclaje que instalan esos contenedores. Me va muy bien. La semana pasada me saqué cien dólares.

–¿Eso no es robar papel?

–Técnicamente, sí. Pero yo no se lo diré a nadie si usted no lo hace.

En cuando el camarero trajo la comida, Erin dio un largo trago a su agua. Luego miró con curiosidad a Jared por encima del vaso, preguntándose qué estaba haciendo.

–Vamos a comer –dijo él y, de pronto, miró con horror su plato y con placer el de Wanda–. ¡Vaya, me han puesto un filete enano y demasiado hecho! –agarró la pieza con los dedos y la soltó sobre el plato de la mujer–. Aquí tiene, se lo cambio por el suyo. Al fin y al cabo le hago un favor. Como no quiere comer grasa.

Wanda, manteniendo sus buenos modales de «dama», se limitó a mirar sin decir nada.

Erin no pudo evitar unas ligeras carcajadas que trataba de controlar desesperadamente.

Jared agarró el tenedor y el cuchillo y procedió a cortar su filete.

Wanda estaba tensa, sentada muy tiesa, con la boca apretada.

Jared no dejaba de mirar a Erin. Al menos había conseguido que se relajara un poco. Sabía que aquel juego no podía resarcirla de años de tortura junto a una madre que era una auténtica bruja, pero al menos era algo. Lo mínimo que podía hacer era mostrar su apoyo a la mujer que tanto le gustaba.

Jared controló sus modales durante un rato, el tiempo suficiente para que Wanda se confiara.

Mientras la mujer cortaba delicadamente el filete, comenzó el interrogatorio.

—Háblame sobre tu familia, Jared.

Él masticó sonoramente antes de contestar.

—Pues a mi padre no lo veo mucho, porque me cuesta levantarme y en la trena solo puedo verlo por la mañana. Alguna vez me acerco y luego voy al manicomio a ver a mi hermano. No se encuentra bien desde que sufrió una sobredosis. A mi madre le va bien. Su granja de lombrices es muy rentable.

—¿Una granja de lombrices? —preguntó Wanda con los ojos como platos.

—Sí. Tiene la granja más grande de Oregón. Gana, por lo menos, diez u once mil pavos al año. Tiene una caravana estupenda y un fantástico marido. Claro que no lo ve muy a menudo, porque tiene problemas con la poli. Yo aparco la mía al lado y ella me vigila a los niños.

—¿Los niños?

Él asintió orgulloso.

—Tengo seis. Pero Cody está en el reformatorio y Janie se escapó hace un tiempo. Ahora, cuando María dé a luz otra vez, volverá a crecer la familia.

—¿María?

—No se preocupe, que no estoy casado. Yo le paso dinero. No soy de esos que se escaquean.

El gesto de Wanda era de terror absoluto.

Jared le hizo un guiño a Erin que se cubría la boca para evitar la carcajada. Se sintió profundamente gratificado.

Durante el trayecto de vuelta a casa reinó un silencio total.

Erin iba sentada al lado de Jared tratando de no dejar que la risa contenida explotara. El gesto de su madre durante la actuación había sido memorable. Había logrado dejarla completamente sin palabras.

Erin sabía que Jared se había inventado aquella patética historia para poner a Wanda en su sitio y, aunque pudiera parecer un gesto desagradable, sabía que él lo había hecho para resarcirla por muchos años de mal trato.

Además, Wanda James era una mujer muy fuerte bajo esa fingida apariencia frágil y se recuperaría del pequeño numero de Jared sin dificultad.

Erin, por su parte, agradecía aquella muestra de apoyo que había hecho. De pronto, sintió una cálida sensación en el pecho.

En cuanto llegaron ante la casa, Wanda se bajó a toda prisa del BMW de Jared que, por sí mismo, contradecía totalmente la increíble historia. Demasiado preocupada como para atar cabos, Wanda se encaminó rápidamente hacia la casa.

–Probablemente piensa que tu padre va salir de la cárcel, hacha en mano, y va venir aquí a matarla.

Él agitó la cabeza de un lado a otro en un gesto de arrepentimiento.

–Lo siento –dijo–. No sé qué me ha pasado. Yo...

–No lo sientas –respondió ella–. Créeme, se lo merece.

–Puede que así sea, pero nunca soy tan desconsiderado. Me estaba poniendo furioso con esa actitud arrogante, y sin dejar de menospreciarte. ¿Por qué le permites que haga eso?

–Bueno, es un hábito difícil de romper.

Sabía que Jared tenía razón, pero la idea de imponerse a su madre le provocaba auténtico pavor.

–La verdad es que te admiro por haber podido vencer la tentación de matarla. Es una persona muy difícil, ¿verdad?

Se volvió a mirarlo, sorprendida y complacida por su comentario de apoyo.

–Sí, la verdad es que lo es –vio que su madre acababa de abrir la puerta de la casa y la miraba como advirtiéndola de que entrara de una vez–. ¡No pienso entrar en casa ahora! –dijo Erin, en una actitud contestataria.

–¡Me parece fabuloso! –dijo él. En ese momento, su busca sonó. Lo apagó y miró a Erin–. ¿Te importaría que usara el teléfono?

Habría preferido decir que no. Ya habían tentado demasiado a la suerte en lo que a su madre se refería. Pero no tenía más remedio que dejarle pasar.

–Por supuesto, adelante.

Él se bajó del coche ágilmente pero Erin, antes de salir, tiró parte del contenido de su bolso. ¡Era una necia!

Avergonzada, recogió a toda prisa, con la esperanza de que él no viera su patoso acto final.

Al entrar en la casa, Erin agradeció que su madre se hubiera metido ya en el dormitorio.

Le indicó a Jared un lugar privado en el que hacer la llamada y ella se quedó en el salón, tratando de controlar la extraña sensación de tenerlo en su casa.

Lo escuchó maldecir en la cocina y pronto salió con el rostro cambiado.

—Me tengo que ir.

—¿Qué ocurre? —¿le habría pasado algo a su hija?

—Una emergencia familiar —se encaminó hacia la puerta—. No dejes de llamar a la grúa. Si necesitas un vehículo para estos días, yo tengo una furgoneta de empresa que te puedo prestar.

Erin lo acompañó hasta la puerta, pensando en cuánto le gustaría que hubiera confiado en ella lo suficiente como para contarle lo que sucedía.

—No te preocupes, no hará falta —respondió ella, queriendo evitar que quedaran ataduras entre ellos.

Él se detuvo un instante.

—Eres una mujer muy terca. No te va a matar el aceptar un favor mío, ¿sabes?

Ella negó con la cabeza.

—De verdad que no hace falta. Me las arreglaré.

Le pareció que el gesto de él era momentáneamente de lamento, pero la expresión desapareció tan rápido que pensó que se la había imaginado.

—Gracias por la compañía —dijo él y se encaminó a su coche.

Con el corazón dolorido vio cómo se metía en su BMW y se alejaba.

¡Cómo habría deseado que las cosas fueran diferentes, que su vida hubiera transcurrido de otro modo! Porque había habido un momento en el que había creído en el amor, en esa inaceptable teoría de que uno puede encontrar su alma gemela.

Pero había confiado en Brent y la había traicionado. Eso era algo que jamás olvidaría y que no volvería a dejar que sucediera.

No, no iba a permitirse confiar en un hombre, aunque fuera tan maravilloso como Jared.

LAS PUERTAS automáticas se abrieron y Jared se adentró en el pasillo. El olor a antiséptico lo trastornó. Siempre que entraba en un hospital recordaba aquellos terribles días de agonía de su padre. La atmósfera de aquel lugar albergaba siempre un mal presagio.

Pero no era momento de revivir el pasado. Lo único que realmente importaba era Allison.

Jared siguió los carteles que conducían a la sala de urgencias, rogando que la niña estuviera bien. La señora Sloane lo había llamado avisándolo de que la pequeña se había caído y se había hecho una brecha.

Se aproximó a un enfermera que le indicó dónde estaban Allison y la señora Sloane.

Nada más entrar en la sala, la visión de la pequeña con la cabeza vendada y claros signos de llanto en el rostro lo conmovieron. Pero tenía que mantener la calma, por mucho que aquella fuera una escena dolorosa.

La cuidadora alzó el rostro y vio a Jared.

–¡Señor Warfield! –dijo la mujer, con los ojos llenos de lágrimas.

–¡Papá, papá! –gritó la pequeña, lanzándose hacia su padre.

Él la tomó en brazos con extremo cuidado y cariño.

—¡Mi osito de peluche! —le dijo a la niña, mientras la apretaba contra sí, impregnándose de su dulce olor.

Allison se apartó ligeramente y lo miró a los ojos.

—¡Duele! —dijo—. Duele.

Él le besó suavemente la cabeza.

—Lo sé, princesa, lo sé.

La señora Sloane permanecía de pie, sin intervenir.

Jared la miró.

—¿Qué ha pasado?

—Se tropezó y se golpeó con la mesa del salón.

Él volvió la vista hacia la niña.

—¿Cuántos puntos le han puesto?

—Cinco.

Él hizo un gesto de dolor.

La señora Sloan se quitó las gafas y se limpió los ojos enrojecidos por el llanto.

—Lo siento, señor Warfield. Estaba allí mismo, pero se tropezó con un juguete y...

—No ha sido culpa suya. Los niños se caen —dijo él, pensando que debería haber estado con ella.

—Lo sé —respondió la señora Sloan—. Pero, a pesar de todo...

—¿Por qué no se va a casa y descansa? Yo me quedaré aquí con la niña.

—¡No, no podría dejarla!

—Insisto en que necesita descansar. No tiene sentido que los dos nos quedemos. Según me han dicho quieren tenerla un tiempo en observación.

–Sí, porque perdió el conocimiento durante un rato.

Él volvió a abrazar a la niña. La sola idea de perderla le resultaba insoportable. Eso le recordó una vez más lo importante que era mantenerla a salvo... lo importante que era que se alejara de Erin James.

Después de que Jared hablara con el especialista y este le asegurara que la niña estaba perfectamente y que solo se quedaban allí bajo vigilancia por precaución, Allison fue trasladada a un habitación privada en la planta pediátrica.

La enfermera trajo la cena para la pequeña y Jared hizo un infructífero esfuerzo para que Allison comiera algo. Después del frugal alimento, la niña se quedó dormida en brazos de su padre.

Él permaneció allí, inmóvil, observando amoroso al diminuto ser que acogía en su regazo, y sintiendo un fuerte instinto de protección.

A pesar de que el médico le había dicho que estaba bien, no podía evitar la congoja de verla así. Le provocaba pánico la idea de fallarle a Allison como le había fallado a su madre, la hermana de Jared. La desamparada Carolyn, víctima de una familia desunida y enfrentada, no había soportado la presión y había caído en las drogas y el alcohol. Y él no había estado junto a ella para evitarlo.

El episodio final había sido su súbita muerte en un accidente de tráfico. Aún recordaba la sombría expresión del médico cuando le dio la noticia. Carolyn había muerto.

Se sintió culpable.

De pronto, otro recuerdo doloroso lo atacó de

nuevo. Era su padre, en una cama de hospital, muriendo solo e infeliz.

La vida de su padre había sido un continuo ir y venir de mujeres. Con algunas se había casado, entre otras con su madre y la de Carolyn. Pero ninguna había permanecido a su lado. Ni siquiera habían intentado amar a aquel hombre solitario que se escudaba en una severa frialdad para ocultar su tristeza y debilidad.

Jared, sin embargo, había estado a su lado hasta el final. A pesar de todo, su padre nunca le había dado ni la más mínima muestra de aprecio: jamás una palabra amable, jamás una caricia...

La desafortunada experiencia de su padre con las mujeres le había hecho jurar que jamás permitiría que una mujer se aprovechara de él.

Se levantó con la niña en brazos y la depositó en la cuna.

Necesitaba estirar la piernas y tomarse un café que lo mantuviera despierto toda la noche.

Salió de la habitación.

Pero, de pronto, vio algo que lo dejó paralizado.

¡Era Erin! Iba vestida con unos vaqueros desgastados y un suéter gris y parecía tener prisa.

Jared sintió una inicial sorpresa a la que siguió una profunda rabia. ¿Cómo se había atrevido a ir hasta allí, a inmiscuirse en su vida privada?

–¿Es que no tienes decencia alguna? –le preguntó él directamente–. ¿Qué demonios haces husmeando por aquí?

Ella negó con la cabeza y alzó las manos en un gesto de desconcierto.

–Me dejé la grabadora en tu coche, solo es eso, te lo juro.

Él la miró fijamente. Quizás dijera la verdad.

—¿Tu grabadora?

Ella asintió.

Él la tomó del brazo y la alejó de la habitación de Allison.

—¿Cómo me has encontrado?

—Bueno... convencí a tu secretaria de que tenía que verte...

—¿Otra vez?

—Tuve que hacerlo. Tengo que elaborar el artículo para mañana, y mi grabadora está en tu coche. Se me cayó todo lo que llevaba en el bolso al volver a casa después de la cena.

Él suspiró y se frotó el puente de la nariz.

—De acuerdo —se metió la mano en el bolsillo—. Aquí tienes las llaves.

Erin lo miró fijamente con la cabeza ladeada.

—¿Estás bien?

—Sí, gracias —respondió él secamente.

Ella se aproximó ligeramente.

—¿Estás aquí por tu problema familiar?

Él se tensó.

—No quiero hablar de eso.

Erin se apartó.

—De acuerdo. Pero, es un poco tarde. ¿No deberías irte a casa?

—¿Por qué me estás haciendo todas estas preguntas? La entrevista ya ha terminado.

Él frunció el ceño y se metió las manos en los bolsillos del pantalón.

—Sí, claro que la entrevista ha terminado —dijo ella, apretando los labios para contener el dolor de su tácita acusación.

Se estaba comportando como un auténtico idiota.

–Erin, lo siento. Estoy pasando por una situación complicada.

Ella levantó las cejas.

–No era mi intención empeorarla...

–Lo sé. Escucha, te acompañaré al garaje a buscar la grabadora y luego... ¿cómo has venido?

–En un taxi, pero le dije que se marchara.

–Pues te acompañaré a tomar un taxi.

Caminaron hasta el aparcamiento en silencio. Él abrió el coche y sacó la grabadora que se había metido debajo del asiento del pasajero.

–Supongo que te debo una disculpa por haberme comportado como lo he hecho –le dijo él–. Pero pensé que habías venido en busca de una historia.

Ella lo miró.

–¿Una historia? ¿Por qué?

–No dejas de ser una periodista.

Ella asintió.

–Ya, puedo entenderlo. Aunque pensé que había quedado claro que habíamos acabado la entrevista. Además, yo me dedico a historias de interés humano, no a noticias. Al menos no de momento. Estoy aún esperando mi gran oportunidad, una historia suculenta que convenza a mi editor de que puedo hacer cosas más duras.

«Cosas más duras». ¿A qué se refería? ¿A una historia como la suya, por ejemplo? Un rico soltero de la ciudad que adopta a la hija de su hermana drogadicta, quién, a su vez, resultaba ser la hija de una importante estrella de Hollywood?

De pronto, Jared se sintió culpable por haberse dejado embaucar por los encantos de Erin.

Pero al entrar en el ascensor, su aroma a rosas lo embriagó de nuevo. Sin previo aviso, su memoria se inundó de escenas ocurridas durante el picnic. Su sonrisa le derretía el corazón y sus carcajadas le provocaban una cálida y reconfortante sensación. Jamás antes había sentido nada igual por una mujer. Sus besos... ¡sus besos eran algo especial!

¡Maldición! No podía permitirse ese tipo de sentimientos en aquel momento. Tenía que concentrarse en Allison, no en una periodista dispuesta a todo por obtener una buena «historia» sobre la que escribir. Debía alejarse de ella, aunque lo que deseara fuera tomarla en sus brazos y besarla.

Salieron del ascensor, pero Jared fue incapaz de dejar su impaciente deseo en él.

Respiró profundamente y trató de olvidar cuánto ansiaba hacerla suya.

—Jared... ¿estás bien? —le preguntó ella.

Él tragó saliva.

—Sí, estoy muy bien.

Ella le puso la mano en el brazo.

—¿Estás seguro? ¿Quieres contarme lo que te pasa?

Él apretó la mandíbula, tratando de ignorar el calor que le provocaba su tacto. Erin James era terreno prohibido y no podía olvidarlo.

—Lo que me pasa no es asunto tuyo.

—Lo sé —respondió ella sin darse por ofendida y lo miró directamente a los ojos—. Pero pareces realmente afectado. Pensé que quizás podría ayudarte.

Él mantuvo los ojos apartados de ella.

—¿Ayudarme? —quiso reírse con despecho—. ¿En qué puedes tú ayudarme?´

Ella le pasó la mano suavemente por el brazo.

—A veces hablar con alguien puede aliviarnos de lo que nos preocupa.

Jared miró su mano blanca y pequeña sobre la piel oscura de su brazo y deseó sentir su tacto sobre el torso, sobre todo su cuerpo.

Él apartó la mirada. Sí, claro que quería que él hablara, quería cuanta información pudiera obtener de él. Para eso estaba allí. La maldijo por estar fingiendo una compasión que no sentía, por tratar de utilizarlo.

Y, después de todo, si ella quería aprovecharse de él, ¿por qué él no podía besarla a su antojo?

Un beso no significaba nada. Su fuerza de voluntad cedió ante tan poderoso argumento. Miró de un lado a otro y, tras comprobar que no había nadie, la tomó en sus brazos.

—De ti lo único que necesito es esto.

La besó apasionadamente y ella respondió con idéntico fervor. Su contacto lo hizo olvidarse de Allison temporalmente.

Trató de mantener viva su rabia y de no olvidar los motivos de aquel beso agrio. Pero al tenerla cerca la ira se desvaneció. Solo podía pensar en lo increíblemente bien que se sentía a su lado.

Él la apretó con más fuerza contra su cuerpo, pero ella lo empujó para apartarlo.

—Jared, para, por favor.

Él obedeció de inmediato, recobrando repentinamente la razón. ¿En qué estaba pensando? ¿Cómo podía estar besando a la periodista en el mismo hospital en que tenía a Allison ingresada? No tenía intención alguna de iniciar una relación con Erin y estaba claro que ella tampoco con él.

–Lo siento –se disculpó una vez más, ante una Erin que lo miraba confundida, con los ojos muy abiertos. Su aspecto indefenso inflamó una vez más sus ansias de abrazarla, pero se contuvo–. No debería haberte besado. Supongo que esto acaba aquí, ¿no?

Ella asintió.

–Ya tengo toda la información que necesitaba para mi artículo, así que no necesitaré volver a entrevistarte.

–De acuerdo –dijo él, ocultando la profunda decepción de no volver a verla jamás.

Ella lo miró pensativa.

–Pero me gustaría poder considerarte como un amigo, y quiero que te quede claro que no voy a utilizar ni a perseguir ninguna historia sobre... sobre nada en tu vida, ¿de acuerdo?

Él la miró admirado por su capacidad de percepción y aliviado por su afirmación.

–De acuerdo, gracias.

–Adiós –sonrió con tristeza y se dio la vuelta para encaminarse hacia la salida.

Él habría deseado poder llamarla, poder decirle que necesitaba su compañía. Pero no lo hizo. Por mucho que quisiera volver a verla, sabía que aquello era lo mejor que podía ocurrir.

Aunque su necio corazón dijera lo contrario.

ERIN se quedó despierta la mayor parte de la noche para poder terminar su artículo. A pesar de lo breve y desastrosa que había sido la cita entre Jared y Hilary, había logrado sacar de los pocos datos una sustanciosa y divertida historia.

Había alternado el trabajo con largos ratos de divagación en los que Jared ocupaba su pensamiento.

Aunque lo comprendía, no podía evitar sentirse dolida por el secretismo que él guardaba en torno a su hija. A pesar de todo, Erin sabía que si estaba en el hospital era por la pequeña.

Ojalá hubiera confiado lo suficiente en ella como para contarle la verdad.

No importaba. Había logrado hacer un buen trabajo gracias a aquella historia. No tendría que volver a ver a Jared jamás.

Salió de casa muy temprano y llegó al trabajo sintiéndose feliz por haber terminado con aquel conflictivo artículo. Por fin podría poner la distancia que necesitaba entre Jared y ella.

—¡Erin! —la voz de Joe resonó en la oficina. La llamaba desde la puerta de su despacho—. Pasa.

Erin sacó el artículo de la cartera y siguió a su jefe.

Nada más entrar le dio la copia.

–Lo leeré más tarde. Tengo cosas más importantes de las que hablar contigo –le señaló la silla para que se sentara.

Erin miró a Joe completamente confusa.

–¿Qué sucede?

–¿Sabías que Jared Warfield tenía una hija?

–Sí.

–Hemos recibido un aviso anónimo de que la pequeña está en el hospital por una negligencia de la niñera.

Eso confirmaba sus sospechas de que la urgencia familiar tenía algo que ver con la niña.

–¿De verdad? –preguntó ella, tratando de mantener un tono neutral.

–Quiero que vayas al hospital Buen Samaritano y consigas todos los detalles que puedas. Conoces a Warfield, así que eso te facilitará las cosas. Podemos tener la noticia antes que nadie.

El problema era que no podía hacerle eso a Jared. Le había prometido que no lo utilizaría para escribir ninguna historia. Sabía que aquello podría hacerles daño tanto a él como a su hija. Ningún niño se merecía algo así.

–Joe... No creo que pueda hacerlo.

–¿Qué quieres decir? Llevas tiempo esperando una oportunidad como esta. No la estropees.

Le daba igual. No podía hacer aquello. Por mucho que fuera su sueño o su oportunidad no sería capaz de traicionar a Jared.

Por otro lado, tenía un trabajo que no podía perder, un trabajo que necesitaba. Quizás debiera dejar los sentimientos personales a un lado. Tal vez pudiera convencerle de que era mejor que fuera ella la que es-

cribiera la historia, con el punto de vista que él quisiera. Al fin y al cabo, si no era el *Beacon* alguna revista o periódico acabaría por sacar la noticia.

A pesar de todo, dudaba que pudiera convencerle.

–¿Y bien? –preguntó Joe–. No tengo todo el día.

Ella se levantó.

–De acuerdo, lo intentaré –dijo, sintiendo un desagradable cosquilleo en el estómago–. Pero sé de
antemano que a Warfield no le va a gustar esto.

–Se siente. A nadie le gusta que saquen a la luz
sus temas personales. Pero es tu trabajo mancharte
las manos.

Mancharse las manos. Eso sonaba muy mal y era
algo que no estaba dispuesta a hacer.

Tenía que encontrar el modo de conseguir el artículo sin que eso supusiera elegir entre su trabajo y
el bienestar del hombre que había trastocado su corazón y su alma.

Unos leves golpes sonaron en la puerta. Jared se
puso de pie y la abrió ligeramente.

Se sorprendió al ver a Erin. No pudo evitar apreciar lo guapa que estaba. Llevaba una camiseta
blanca de manga corta y unos vaqueros que marca-
ban cada curva de su cuerpo. Se había recogido el
pelo, pero una cascada de rizos sueltos enmarcaba
su rostro.

–¿Estas aquí como amiga o como reportera?

Ella lo miró dolida y se sintió inmediatamente
arrepentida por los motivos reales que la habían llevado hasta allí.

Jared notó su turbación y se lamentó de la dureza de su pregunta.

—Lo siento —le dijo—. Es que siempre que he estado en algún hospital han venido cientos de periodistas a ver si cazaban una noticia.

Ella se relajó y sonrió.

—¿Cómo estás?

Él la miró fijamente mientras se preguntaba cuánto debía contarle. Aunque el médico le había asegurado que Allison estaba bien, la noche en el hospital, con pocas horas de sueño y plagada de pesadillas, no lo habían ayudado a relajarse. Estaba agotado y abatido, y necesitado de un oído amigo.

Se pasó la mano por la nuca.

—Estoy bien.

Ella le tocó el brazo.

—Pues no tienes buen aspecto.

Él respiró profundamente controlando sus ansias de abrazarla. ¿De verdad podría confiar en ella? La miró directamente a los ojos buscando una respuesta. Su mirada estaba clara y limpia, exenta de culpa. Decidió creer lo que le había dicho la noche anterior.

—La verdad es que no estoy bien. Allison...

Una señora de la limpieza comenzó a pasar la fregona junto a ellos.

—No se preocupen por mí. Fregaré alrededor.

Jared agitó la mano en el aire.

—Bien —respondió a la mujer, y continuó hablando con Erin—. Mi hija se cayó y se golpeó en la cabeza.

Erin hizo un ligero gesto de sorpresa.

—Así que, finalmente, has decidido confiar en mí.

Él sonrió.

—Supongo que sí.

—¿Por qué? —le preguntó ella.

Él se encogió de hombros.

—Porque sabes todo sobre Allison desde hace semanas y no has forzado las cosas para obtener una historia. Para mí eso es una prueba de que puedo confiar en ti.

A Jared le pareció que un oscuro gesto ensombrecía momentáneamente el rostro de Erin. Pero desapareció tan rápido que asumió haberlo imaginado.

—Sigue —le rogó ella.

—Como sabes, adopté a mi hija cuando mi hermano murió el año pasado. El padre biológico de la niña y ella tuvieron un accidente de moto. Por suerte, la pequeña estaba conmigo cuando eso sucedió.

—Lo siento, Jared.

Él miró a la puerta cerrada de Allison y pensó con ternura en la pequeña que dormía plácidamente. Aquella niña había llevado la luz a su vida.

—Allison está bien, no ha sido nada grave. Pero la estancia en el hospital se me está haciendo insoportable. Siempre que he entrado en un hospital he salido para ir a un funeral. Si a eso le añades la presión de estar siempre pensando que la prensa va a aparecer...

—¿Por qué asumes que eso va a suceder?

—Porque siempre sucede. Soy un Warfield. Mi padre era un empresario conocido y la abuela de Allison era una actriz famosa. La azarosa vida de Carolyn, mi hermana, la madre de Allison, atrae a la prensa como moscas. La verdad es que me sorprende que no haya aparecido aún ningún periodista.

Erin lo miró dolida.

–Jared, voy a ser totalmente clara contigo. Sí que he venido aquí en busca de una historia –le mostró el grabador que llevaba en la mano.

El rostro de él se descompuso.

–¿Qué demonios...? –Jared agarró el aparato y lo lanzó contra el suelo–. ¡He confiado en ti!

–Jared, relájate, por favor. No he grabado nada, te lo juro –él la miró con odio–. Hemos recibido una llamada anónima en el periódico esta mañana. Mi editor me ha pedido que me encargara de la historia.

Él negó con la cabeza en un gesto de decepción e incredulidad. Había confiado en ella y lo estaba traicionando.

–¡No me puedo creer que me estés haciendo esto! No eres más que una sucia periodista.

Ella se sintió herida.

–Escucha, no he grabado nada –dijo, recogiendo el grabador del suelo y entregándoselo–. Te he dicho sinceramente lo que sucedía desde el primer momento.

Él la observó sorprendido.

–¿Por qué no has grabado nada?

Ella se encogió de hombros y lo miró con los ojos llenos de integridad y honestidad.

–Estabas hablando conmigo como amigo y yo no traiciono a mis amigos. Te lo dije anoche. No voy a utilizar tu vida para escribir mi historia, te lo juro. No quiero haceros daño ni a ti ni a tu hija.

Él comenzó a moverse de un lado a otro, frotándose la nuca. Quería creerla al mismo tiempo que temía hacerlo.

Lo cierto era que jamás había usado lo que sabía sobre Allison, le había dicho clara y directamente el motivo de su visita y le había entregado la grabadora.

Finalmente, esbozó una sonrisa.

–Siento haber sido tan brusco.

Ella se relajó.

–Puedes confiar en mí –volvió a tocarle el brazo–. ¿De acuerdo?

Jared sintió una agradable y reconfortante sensación al notar su calor.

–De acuerdo –se inclinó sobre ella y besó suavemente sus labios.

La abrazó amorosamente, apretando su cuerpo contra el de él.

Sus dudas se habían desvanecido y en lo único que podía pensar era en cuánto le gustaba aquella mujer. Le había demostrado su lealtad. Podía confiar en ella y no quería dejarla marchar.

La besó suavemente en los labios.

–Me voy a llevar a Allison a casa dentro de un rato. ¿Te quieres venir?

Ella parpadeó confusa. Después de un momento de duda, sonrió abiertamente.

–Por supuesto.

Él la besó suavemente en los labios.

–El médico de Allison vendrá dentro de un momento a darle el alta. No quiero hacerte esperar, así que te doy la dirección y nos vemos en mi casa, ¿de acuerdo?

Ella asintió.

—Me parece bien.

A él también se lo parecía.

Erin entró en la oficina ocultándose de Joe. Quería preguntarle a Colleen si su novio de turno iría a buscarla y podía prestarle el coche. Colleen le dijo que sí y, en cuanto recogió las llaves y sus cosas, salió de allí en dirección a la casa de Jared.

Sabía que estaba siendo una necia por perseguir un sueño vano y abandonar el sentido común.

Decidida a disfrutar de lo que la vida le estaba ofreciendo en aquel momento, apartó de su mente las preocupaciones.

Al llegar a la casa, se sorprendió de que el acceso desde la carretera fuera un camino de gravilla, rodeada de inmensa vegetación y un bosque de pinos. Cuando la mansión se hizo visible su admiración creció.

Era una majestuosa residencia hecha de ladrillo que se alzaba grandiosa, como un castillo. La enredadera cubría gran parte de la fachada como si fuera una capa de terciopelo. Un enorme porche rodeaba toda la casa y en su barandilla había abundancia de flores.

El inmenso jardín era una interminable extensión de césped que contaba, incluso, con una pequeña fuente y una estatua. Estaba claro que Jared había utilizado sus conocimientos de jardinería en aquel lugar.

Era un lugar maravilloso y completamente armónico.

Pronto vio el coche de Jared aparcado junto a otros cuatro.

Erin apagó el motor y lo vio aparecer por la puerta. Bajó las escaleras con Allison en brazos y se encaminó hacia ella.

–¿Qué te parece esto?

–¡Es absolutamente maravilloso!

Ella salió del coche y vio en el porche un cochecito de muñecas. Junto a la fuente había otro colorido juguete.

Erin miró a Allison y le sonrió.

–Hola –farfulló la pequeña en su idioma.

–Hola –respondió la recién llegada–. Soy Erin.

–«Etin» –repitió la niña.

Jared sonrió y besó a Allison en la mejilla.

–Eso es, osito, «Etin».

Erin empezaba a sentir que el corazón se le iba a derretir en el pecho, cuando vio a dos perros salir de la casa. Uno era Josie. Al otro lo había visto cantando con Jared en el coche días atrás.

Los dos perros comenzaron a saltar alrededor de Jared solicitando su atención.

Allison señaló al cachorro.

–«Dosie» –dijo, señalando luego al otro–. «Fwed»

Comenzó a aplaudir emocionada y a reírse a carcajadas.

Jared acarició a cada uno de los canes mientras la pequeña Allison se agarraba a su padre y le daba pequeños besos en la mejilla.

Erin pudo ver en los ojos de Jared la total satisfacción que sentía estando rodeado de tanto cariño. Sintió un fuerte deseo de formar parte de aquella perfecta estampa. Eran una auténtica familia, el tipo de familia que ella jamás había podido tener.

«Nunca formaré parte de algo así», se dijo, y el corazón se le partió en el pecho.

Se dio cuenta de que solo había conocido a Jared superficialmente y estaba segura de que había muchas más cosas que quería conocer. Quería saberlo todo.

Le estaba demostrando que era un hombre cabal y responsable, devoto y leal a la familia. Era mucho más que el sensual soltero que había conocido hacía ya casi un mes en Warfield's. Era difícil resistirse a un hombre como él.

Había caído en sus redes y no veía el modo de escapar de ellas.

–Adiós, Etin –dijo Allison, sonriendo adormilada.

Erin también sonrió y le dijo adiós con la mano, mientras Jared dejaba a la adorable criatura en su cuna.

Luego se dirigieron al salón, mientras Erin trataba de asimilar aquella increíble incursión en su vida privada.

Sin duda alguna, Jared Warfield era el hombre perfecto, el sueño de Erin hecho realidad.

De pronto se dio cuenta de que tenía un problema. Miró de un lado a otro de aquel salón lleno de juguetes y deseó con todas sus fuerzas pertenecer a aquella familia.

Quería estar con el hombre que había sido capaz de crear aquel hogar, el mismo que no había dejado de estar junto a su hija desde que habían llegado a casa.

También quería que la cuidara y la mimara como a Allison. Miraba a la pequeña con total devoción y amor. Tal y como su padre solía mirarla a ella. Solo que aquella mirada se había apagado demasiado pronto.

Sintió una profunda y repentina tristeza. Aquel era un cuento de hadas en el que ella no tenía cabida, porque estaba reservado para una mujer perfecta. Ella era un fracaso en sí misma. Lo había sido como hija y como esposa. Pronto Jared empezaría a rechazarla, tal y como habían hecho su madre y Brent.

Lo que tenía que hacer era marcharse de allí antes de que fuera demasiado tarde.

Pero no iba a hacerlo.

Siguió a Jared hasta el porche y se sentó a su lado en el sofá de mimbre. Una brisa suave acariciaba las hojas de los árboles e impregnaba el aire de un suave aroma a flores. Estaban completamente solos, en un lugar perfecto para dos amantes.

Erin prefirió no pensar en ello.

Miró a Jared y sonrió nerviosa. Él respondió con un gesto pícaro. El corazón de Erin dio un vuelco.

—Me encanta salir aquí a relajarme —dijo él.

Ella observó el enorme jardín.

—Lo entiendo. Has hecho un trabajo estupendo.

—Quería crear un lugar hermoso y seguro para Allison. Le encanta jugar fuera de la casa.

—La quieres con todo tu corazón, ¿verdad?

—Es lo mejor que me ha sucedido jamás.

—Tiene mucha suerte de que seas su padre —susurró, sin poder evitar que su voz se tiñera de una profunda emoción.

—¡Eh! —le tomó la mano y comenzó a acariciársela—. ¿Qué te pasa?

—Nada —respondió ella, incapaz de compartir sus temores y su doloroso pasado.

—Pues eso espero, porque en este contexto, soy incapaz de resistirme a ti —su mirada estaba llena de ternura—. ¿Te has enfadado por lo furioso que me he puesto en el hospital?

—No —dijo ella negando con la cabeza—. No estoy enfadada, pero sí confusa.

—¿Sobre qué?

—Sobre nosotros —dijo ella claramente, conduciendo la conversación hacia un lugar que, en el fondo, quería evitar—. Estuvimos hablando durante el picnic del motivo por el que no podemos estar juntos.

—Lo sé, pero tengo serios problemas para recordar esos motivos.

Ella cerró los ojos tratando de olvidar lo cerca que estaba de ella y el calor que su proximidad le provocaba.

—Yo también.

—Bien —dijo él, rodeándola con sus brazos—. Entonces centrémonos en cosas más importantes. ¿Qué te parece si empezamos con esto? —le dio un dulce beso en la mejilla—. ¿Y si continuamos con esto? —deslizó los labios hasta atrapar los de ella.

Erin abrió la boca y respondió a su beso con pasión. Se dijo a sí misma que no importaba que se dejase llevar por la atracción física. Lo que tenía que evitar era dejarse llevar emocionalmente.

Lo abrazó con fuerza y lo besó más profundamente. Una pequeña voz de alarma resonó en su conciencia, pero la acalló como si fuera una mosca molesta y se concentró en la maravillosa sensación que la invadía. Sentía que Jared era todo suyo en aquel instante, único, masculino, perfecto. Por primera vez Erin sentía que estaba donde tenía que estar.

No podía resistirse a aquello, era demasiado difícil. Fuera conveniente o no, lo deseaba demasiado para marcharse.

Ya pagaría el precio de su poca precaución.

CAPÍTULO 8

EL SUAVE aroma de Erin lo venció por completo y se lanzó al disfrute del fino roce de sus labios con total satisfacción. Siempre que estaba con ella sentía que podía relajarse, que había llegado al lugar en el que quería asentarse para siempre.

Se sentía feliz.

Una vaga alarma resonó en el fondo de su conciencia, pero él la ignoró por completo.

—¡Eres deliciosa!

Erin sonrió agradecida y él se emocionó. Le gustaba verla feliz y relajada.

—Tú también —murmuró ella con la voz ronca. Le pasó el dedo por los labios—. Ven aquí y sigue besándome.

Nuevas chispas saltaron al notar su tacto y la alarma de alerta volvió a sonar, en aquella ocasión con más fuerza e insistencia.

Él se apartó ligeramente. Necesitaba cierta distancia, librarse del efecto embriagador de sus besos para mantener la situación bajo control.

—Erin, me gustaría que habláramos.

Ella lo miró.

—¿Sobre qué?

Él le acarició el pelo.

–Sobre ti.

Algo ensombreció el gesto de ella.

–¿Por qué?

–¿Por qué? Pues porque lo necesito.

Ella resopló tensa y se apartó de él.

–¿Qué quieres saber?

Él se encogió de hombros y tuvo que controlar una leve sensación de ansiedad.

–Háblame de tu infancia.

–Era una niña, crecí y aquí estoy –dijo ella acercándose a él–. Ahora sigamos por donde íbamos.

La leve sensación de pesar se convirtió en severa preocupación. Quería hablar y ella se negaba, tal y como su padre solía hacer. Siempre se había sentido impotente a la hora de luchar contra eso.

–Erin, quiero hablar.

Ella se levantó de repente y comenzó a andar de un lado a otro.

–Me cuesta mucho hablar –le dijo, retorciéndose las manos.

–¿Por qué? –le preguntó él, sin entender por qué estaba tan disgustada.

Ella se detuvo y se encogió de hombros.

–¿Y si no te gusta lo que tengo que contar?

La pregunta lo conmovió. Se levantó y se acercó a ella.

–¿Por qué iba a no gustarme?

Ella apartó los ojos, atrapó su labio entre los dientes y se tocó la cadena.

–No sé...

–Sí, claro que lo sabes.

La tomó de los hombros y la obligó a volverse hacia él.

–No me hagas hablar sobre eso...

–¿Sobre qué?

–Sobre mis fracasos –dijo ella–. Sobre todas las razones que confirman que lo que está ocurriendo entre nosotros es un error.

A Jared se le encogió el corazón al oír la palabra «error».

–¿Qué razones? Habla, Erin, por favor.

–Tengo mucho miedo a las relaciones. Mi marido se marchó con una de mis amigas y me dejó sola y llena de deudas.

Él observó que sus dedos no dejaban de jugar con su gargantilla.

–¿Por qué tocas sin parar esa cadena?

–Es un recordatorio.

–¿De qué?

–De que debo tener cuidado. Cuando yo tenía ocho años, mi padre me regaló el anillo de su madre. Aquel zafiro rodeado de diamantes me pareció digno de una princesa. Como era muy grande para mí, me compré esta cadena en una tienda barata para poder llevarlo colgado.

Ella respiró profundamente y los ojos se le llenaron de lágrimas.

–Una semana más tarde, mi padre participó en una carrera y se mató. No pudo esquivar a un coche que se metió en su carril –sonrió tristemente–. Hasta entonces había pensado que me quería. Pero después de tan estúpido accidente me di cuenta de que no podía quererme si había arriesgado su vida así.

Jared se conmovió al imaginarse lo que habría sido semejante pérdida para la pequeña Erin. Le acarició la mejilla con ánimo de tranquilizarla.

–¿Qué ocurrió con el anillo?

–Mi madre lo empeñó.

Un profundo dolor asoló a Jared por las pérdidas que Erin había sufrido.

–Así es que llevas la cadena para recordar cuánto daño te hizo tu padre abandonándote.

Ella asintió.

–Exacto. Me ayuda a recordar que todos los hombres que me han importado me han abandonado.

Él la miró fijamente, incapaz de respirar. La empatía de sus emociones era desconcertante, pues sus temores sobre las relaciones eran idénticos. Demasiado idénticos.

Antes de que él pudiera decir nada ella lo interrogó.

–¿Y tú? Háblame de ti. ¿Por qué no te has casado?

Él se tensó.

–Para tener una relación siempre hay que pagar un precio.

Se hizo un largo silencio. Él suspiró internamente, frustrado. ¿Cómo había dejado que la conversación los llevara a sus sentimientos? ¿Y cómo se había acercado tanto a Erin después de haber jurado mantener la distancia con toda mujer? Lo atraía de un modo que no podía ni comprender ni controlar.

Ella rompió el pesado silencio que se había creado.

–¿Por qué estás tan seguro de que yo te haría pagar un precio?

–Aprendí a través de las relaciones de mi padre que el amor viene siempre acompañado de condiciones y ataduras. Allison es la única persona que me quiere y siempre me querrá incondicionalmente.

Ella lo miró fijamente.

—Puede. Pero tienes otras necesidades emocionales que ella no puede alimentar. ¿Y cuando crezca y se vaya?

—No tengo otras necesidades emocionales —respondió él, diciéndoselo, no solo a Erin, sino a sí mismo.

—Tienes razón. Las relaciones solo traen ataduras, dolor...

Dejó que la frase muriera inconclusa en el silencio.

Él sintió entonces un deseo irrefrenable de golpear al hombre que le había hecho daño, de arremeter contra la madre que le había enseñado a Erin que el amor siempre estaba vinculado al sufrimiento.

Jared se dejó caer en el sofá abatido, atrapado entre el deseo de tomar a Erin en sus brazos y consolarla, y la necesidad de mantenerla a distancia.

Recapacitó unos segundos sobre aquella situación. Quizás él mismo estaba llevando las cosas demasiado lejos. Le gustaba Erin y disfrutaba de su compañía, pero eso no implicaba que tuviera que comprometerse de por vida. Tal vez debiera disfrutar del momento y no complicar las cosas más, puesto que ella misma había dicho que no quería un compromiso.

—Dejemos de hablar de todo esto. En realidad tú tenías razón, no era buena idea.

La tomó en sus brazos y la besó de nuevo, deleitándose con su aroma a rosas.

Ella no se resistió. Una vez más, respondió con

tesón a sus besos y caricias, acelerando el corazón de Jared.

Tanto la conversación como sus miedos se desvanecieron por completo y él se dejó perder en el placer de estar con ella. En tanto en cuanto pudiera recuperar de vez en cuando la razón, todo iría bien. ¿Verdad?

Erin regresó a la oficina a última hora de la tarde, cuando aún trataba de recobrarse de lo sucedido en casa de Jared. Habían pasado horas el uno en brazos del otro, besándose.

Cielo santo, ¡deseaba desesperadamente a aquel hombre! ¿Cómo podía haberse dejado embaucar de aquel modo? Quizás el riesgo valiera la pena cuando se trataba de un hombre tan maravilloso como Jared. La idea de llegarlos a tener a él y a Allison en su vida le resultaba tremendamente reconfortante.

Se sentó plácidamente en su silla rememorando escenas de ella y él juntos, pero la ronca voz de Joe la sacó de su ensimismamiento.

—Has estado fuera un montón de tiempo. ¿Has conseguido la historia?

Erin sintió un escalofrío. Maldición, se había olvidado por completo de la historia.

—Bueno... la verdad es que no...

—¿Warfield no estaba allí?

—Sí... sí estaba.

—Entonces, ¿por qué demonios no has conseguido la historia?

—No pude.

—¿No pudiste o no quisiste?

Era incapaz de mentir.

–No quise.

Joe la miró fijamente, se pasó la mano por la calva y agitó la cabeza de un lado a otro.

–Estás despedida. Te mandaré tu último cheque por correo.

Erin se quedó inmóvil en la silla, atónita e incapaz de creerse lo que acababa de oír. Pero no había excusa posible que le pudiera dar para hacerlo cambiar de opinión. No podía contarle que sus sentimientos personales se habían interpuesto.

No, no iba a explicarle nada de eso a Joe, no necesitaba hacerlo porque no era asunto de nadie más que de ella y de Jared.

–De acuerdo, ahora mismo recojo mis cosas y me voy.

Erin se levantó decepcionada.

–Erin...

Se volvió a mirarlo esperanzada.

–Lo siento, pero no puedo permitirme que flaquees. Tengo un montón de periodistas dispuestos a hacer lo que haga falta por estar en tu puesto y que no se van a achantar por nada.

Sus palabras fueron como una bofetada. Lo único que había querido desde que Brent la había abandonado había sido ser una buena periodista. Había fracasado y decepcionado a su jefe.

Pero había hecho lo correcto, lo ético. Lo había protegido a él y había protegido a su familia. Sintió un repentino calor al pensar en Jared y en cómo había confiado en ella. Había compartido con ella una pequeña parte de su vida y la había tenido en sus brazos. Con suerte eso sería suficiente para ayudarla a superar aquella nueva crisis.

Recogió sus cosas con una inesperada calma. Jared había confiado en ella y eso le daba una agradable sensación de seguridad.

Por primera vez desde hacía tiempo permitió que sus sentimientos afloraran.

Después de todo, quizás Jared pudiera llegar a ser algo más que el hombre al que había entrevistado, algo más que un amigo. Puede que todavía le quedara una oportunidad de ser feliz.

Una vez recogidas sus cosas y llevadas al coche, Erin comenzó a sentir la pesadumbre de su pérdida. Estaba sin trabajo.

Necesitaba un hombro sobre el que llorar, una mano cálida, un amigo.

Se encaminó hacia la oficina de Jared y, una vez más, convenció a la secretaria para que le dijera dónde estaba.

Acto seguido se encamino a Warfield's donde, según Jill, estaba Jared.

Abrió la puerta del café y, nada más entrar, la recibió el agradable olor a café recién hecho.

Miró de un lado a otro, hasta localizarlo detrás de la barra. Iba vestido con un polo rojo y unos vaqueros, y llevaba un delantal blanco. Lo observó durante un largo rato y, una vez más, se quedó fascinada por su increíble atractivo. Las piernas le empezaron a temblar.

Sonrió. Acababa de iniciar la marcha hacia él, cuando vio que Jared estaba riéndose con una rubia despampanante que llevaba una falda muy estrecha, una camisa de seda blanca y unos zapatos de tacón.

Tras instar a Jared para que saliera de detrás de la barra, la rubia le puso la mano sobre el hombro y se inclinó sobre él, diciéndole algo al oído. Jared se rio de nuevo.

Los dos se encaminaron hacia la puerta de atrás del local y salieron de allí, sumidos en una profunda conversación.

Erin se quedó paralizada, con el alma herida y las lágrimas amenazando con salir. El corazón se le heló de dolor. Sus esperanzas se habían desvanecido al ver a Jared marcharse con otra mujer, tal y como había hecho Brent.

¡Qué idiota había sido al no escuchar las advertencias de su conciencia!

Se tocó la cadena que llevaba al cuello. ¿Cómo había llegado a pensar que pudiera llegar a haber entre ellos algo más que una relación puramente profesional? Había sido una necia al olvidar el daño que su ex marido le había hecho, el dolor que las relaciones con un hombre provocaban.

Salió rápidamente del lugar.

Necesitaba huir de aquel embriagador aroma a café. No tenía ni idea de cómo había caído en aquella trampa, pero se prometió a sí misma que no permitiría que le volviera a suceder otra vez.

CAPÍTULO 9

QUÉ demonios...?
Jared estaba en la cocina a la mañana siguiente, cuando vio los titulares del *Beacon*.
La hija del soltero de oro, Jared Warfield, está en el hospital por negligencia de su niñera.

La rabia lo llenó de ira. Había confiado en Erin, le había permitido la entrada en su vida y en la de Allison. Pero Erin lo había traicionado.

Abrió la revista por las páginas del artículo y vio escritos todos los datos que le había dado: Allison Warfield estaba en el hospital, por negligencia de una niñera. Era la nieta de Angus Warfield y de la estrella de cine Janet Worthington. La madre de la pequeña había muerto en un accidente de moto.

¡Fantástico! Erin estaría, sin duda, muy orgullosa de su hazaña. Le había dado toda su confianza y le pagaba así.

Respiró pesadamente. Le había permitido entrar en su vida y ella se había creído con derecho a sacar partido de su confianza.

Se pasó una mano impaciente por el pelo. Había dejado que la atracción que sentía por Erin lo cegara. Le había fallado a Allison del mismo modo que le había fallado a su hermana Carolyn.

Sintió una profunda ansiedad y rabia.

–¡Hola, papi!

Se volvió y vio a la pequeña Allison en la puerta de la cocina, con la cabeza aún vendada y un peluche en los brazos.

A pesar de todo, la sonrisa de aquel ángel nunca le fallaba.

–Hola, osito –respondió él y le tendió los brazos–. Ven aquí, mi ángel. ¿Has dormido bien?

Él le besó la mejilla y hundió la cabeza en su mata de rizos que olía a champú.

–«Zí» –respondió la pequeña.

En ese instante entró la señora Sloan, repeinándose el pelo en aquel moño eterno.

–Buenos días, señor Warfield.

–Buenos días –respondió él y comenzó a hacerle cosquillas a Allison–. ¡Ya está aquí el monstruo de las cosquillas!

La niña se reía a carcajadas mientras trataba de devolverle las cosquillas.

Durante un rato, se rieron juntos y una sensación de puro amor se expandió en su pecho. Allison era todo lo que tenía y lo único que realmente importaba. Debía protegerla por encima de todo.

Jared desayunó con su hija y se despidió con la promesa de volver a casa a tiempo para cenar y contarle un cuento antes de acostarse.

Mientras conducía hacia su oficina no podía dejar de preguntarse cómo se había dejado llevar por sus sentimientos hacia Erin.

Negó con la cabeza y se prometió a sí mismo que se mantendría alejado de ella.

Lo único que había entre ellos era un deseo sexual sin más consecuencias. Debería haberla despachado de su vida en el instante mismo en que había terminado la entrevista. Eso le habría permitido concentrarse en su hija que era quien realmente lo necesitaba.

Después de la dolorosa traición de Erin, olvidarla sería realmente sencillo.

Erin apagó el televisor, cansada de ver películas de Walt Disney, sobre todo porque sabía que jamás su vida tendría un final feliz como aquellos.

Además, tampoco podía permitirse el lujo de sentarse a ver pasar la vida. Necesitaba encontrar un trabajo cuanto antes.

No obstante, después de la desagradable cadena de acontecimientos, había decidido darse un día para poder recuperarse.

Se sentía extraña y desubicada, además de cansada. Pero sabía que irse a la cama no era la solución pues no había podido dormir desde que había visto a Jared con aquella rubia.

De pronto, sonó el timbre y el corazón le dio un vuelco. ¿Sería Jared?

Sus esperanzas se desvanecieron en cuanto vio que se trataba de su madre. Consideró seriamente la opción de no abrir, pero desechó la idea. Su madre llevaba un tiempo haciendo un esfuerzo por mejorar su relación. Ella, como la hija responsable que era, se sentía en la obligación de corresponderla de algún modo.

Suspiró y abrió la puerta.

—Hola, mamá.

Su madre entró en la casa y miró a su hija de arriba abajo con desprecio.

–De verdad, Erin, deberías vestirte mejor. Nunca sabes quién pude aparecer.

Si se refería al príncipe azul o similares, no había problema: Erin sabía a cierta ciencia que, si existía, no iba a asomarse por allí.

–¿A qué has venido? –le preguntó Erin indignada.

Esperaba que no se le ocurriera sacar el tema de Jared. Sabía que Wanda se había sentido profundamente ofendida por su actitud durante la cena, pero no había dicho nada al respecto, demasiado conmocionada para hacer comentario alguno. No obstante, sabía que en cualquier momento comenzaría el ataque.

La mujer inspiró y puso un gesto de desagrado. Olió al momento las tortitas quemadas que se había preparado Erin instantes antes.

–Como sé que eres una cocinera espantosa, he traído unos rollitos de primavera bajos en grasa. Te vendrán muy bien para perder esos kilos que te sobran –se encaminó hacia la cocina como si estuviera en su casa, tal y como hacía siempre–. Meteré esto en la nevera. ¡Cielo santo! Tienes el frigorífico hecho un desastre. Solo tardaré una hora en limpiarlo –dijo, mientras se quitaba la chaqueta.

Erin se puso de jarras y miró la estampa, mientras pensaba cuánto le habría gustado ser capaz de plantarse cara a su madre. Pero es difícil cambiar los viejos hábitos. Así que decidió dejar que la mujer hiciera lo que quisiera, ya que parecía asumir como una responsabilidad suya mantener la casa de su hija impecable.

Erin se dirigió al salón y se sentó. Agarró el periódico y lo abrió por la sección de ofertas de trabajo.

El timbre volvió a sonar. Aunque el corazón la traicionó momentáneamente susurrándole que podía ser Jared, lo ignoró por completo y se encaminó a la puerta.

–¡Hola, Colleen! –su amiga entró en su casa y la miró con gesto de repugnancia.

–¡Tienes un aspecto espantoso! ¿Y qué es ese desagradable olor?

–Tortitas quemadas.

Colleen la miró con pena.

–¿Cuándo vas a aprender a cocinar?

–¿Por qué de pronto a todo el mundo le preocupan mis habilidades culinarias?

Colleen hizo una mueca.

–Está claro que ese coche que veo delante de tu casa no es tuyo. ¿Es el de tu madre?

–Sí.

Como si quisiera confirmar su presencia, Wanda asomó la cabeza.

–Vaya, eres tú. Bueno, al menos no eres el ladrón ese con el que sale mi hija.

Wanda regresó a la cocina sin esperar respuesta.

–¿El «ladrón»? –repitió Colleen.

–Mejor no preguntes.

–De acuerdo, no lo haré –Colleen se quitó la chaqueta y la dejó en una silla–. Sé que no estás suscrita al *Beacon*, así que he creído conveniente traerte esto para que lo vieras.

Nada más tomar el ejemplar en sus manos, Erin vio el titular sobre la caída de Allison Warfield.

Rápidamente, abrió la revista y pudo ver que aparecía descrito, con todos los detalles que Jared le había dado, el incidente de la herida de Allison. Stan Kempinski, el periodista más nuevo del *Beacon*, había escrito un sustancioso artículo sobre los Warfield.

—Jared se va a quedar de piedra al ver esto —dijo Erin, sintiendo un profundo pesar.

Colleen se encogió de hombros.

—Así es el periodismo. Si no lo haces tú, lo hace otro. ¿De verdad pensabas que esta historia iba a quedar sepultada?

Erin se dejó caer en el sofá.

—Él creía que podría evitarlo solo con que yo no la escribiera, pero ha menospreciado el poder de la prensa. ¿De dónde ha sacado Stan toda esta información?

—Tenía una buena fuente.

—¿Quién?

—Una empleada de la limpieza del hospital se lo contó todo.

Erin reparó muy pronto de quién se trataba. ¡Claro! Había sido la mujer que rodeaba continuamente a Jared con su escoba.

—Es cierto, había alguien limpiando cerca de Jared mientras él me lo contaba todo.

—¿Entonces, llegaste a tener toda la información necesaria y no escribiste la historia?

—Decidí no hacerlo.

—¿Por qué?

—Por ética y por cumplir mi promesa. Su pequeña estaba en el hospital y Jared estaba muy estresado. Consideré que tenían derecho a disfrutar de su privacidad, sin que toda la ciudad se enterara de sus vidas.

Colleen la miró sorprendida.

–¿Qué demonios te pasa, Erin?

–¿A qué te refieres?

–Somos periodistas. No pensamos sobre el derecho a la privacidad ajena.

–Pues esta vez yo sí pensé en ello –hasta entonces sus artículos jamás le habían presentado un conflicto moral de aquellas características–. Quizás yo no esté hecha para este trabajo.

Colleen se inclinó sobre ella.

–Pues yo pienso que no es cuestión del trabajo, sino del entrevistado en cuestión. Warfield te ha afectado de verdad. Debe de ser alguien realmente especial.

Quizás lo fuera para la rubia con la que lo había visto.

–¿Especial? Para nada. También Brent me pareció especial al principio. Pero pronto me desengañé–dijo Erin.

–¿Cómo lo sabes si no le das la oportunidad?

–Lo sé –dijo Erin con la certeza de una mujer que había aprendido una dura lección.

Colleen cambió de tema para no discutir y se puso a hablar de un tipo que había conocido aquella tarde.

Erin, se evadió de la conversación y se puso a soñar con la posibilidad de un amor eterno.

¡Cuánto le habría gustado haber compartido sus días con Allison y con Jared! Querría haber podido ser parte de aquella familia, compartiendo un amor eterno, a salvo de todo dolor...

–¿Erin? –dijo Colleen–. Vuelve a la tierra.

–¿Cómo?

–Despierta. ¿Dónde estabas?

–Bueno... pensando –respondió Erin, sin explicar que había ascendido momentáneamente a un cielo inexistente.

Colleen continuó hablando, y Erin se encontró de nuevo a solas con sus pensamientos. Pero la crítica mordaz había sustituido a la ensoñación. Después de haber visto a Jared con aquella mujer, tenía constancia de que el paraíso no existía.

Había llegado el momento de afrontar la verdad. Sus fantasías jamás se harían realidad.

Dos horas más tarde, después de que su madre y Colleen se hubieran marchado, el timbre volvió a sonar.

Se encaminó hacia la puerta con desgana y miró por la mirilla.

El estómago se le encogió.

Era Jared.

Llevaba la revista en la mano y tenía una furiosa mirada en los ojos.

Estaba claro que había visto el artículo.

Abrió la puerta sin saber bien qué esperar, tratando de ignorar el profundo dolor que sentía en la boca del estómago.

Él empujó la puerta con fuerza y lanzó la revista violentamente al suelo.

–¡Eh! –dijo ella, apartándose de su camino.

–¡Tuviste que escribir la historia! ¿Verdad?

–Jared...

–Al menos ocho periodistas me han estado pisando los talones todo el día. Te dije que esto sucedería, pero no me hiciste caso: tuviste que escribir ese estúpido artículo.

De pronto se dio cuenta de que la estaba acusando a ella. Estaba convencido de que era la autora, aunque el artículo fuera firmado por otro.

¡Maldito Jared! No había sido capaz de concederle ni el beneficio de la duda. Al igual que había hecho Brent, siempre pensaba lo peor de ella, sin darle el crédito que se merecía.

Agarró la revista y le dio con ella en el estómago. Estaba cansada de tener que demostrarle a los hombres que podían confiar en ella.

—¡Fuera de aquí!

Él dio un paso atrás y la miró perplejo.

—¿Me estás echando?

—Sí. No estoy dispuesta a volver a hablar de todo esto otra vez. Tú ya sabes que soy una periodista sin escrúpulos sin necesidad de que te lo confirme nadie, así que no hay nada que discutir.

La miró completamente confuso como si, en el fondo, hubiera estado esperando que ella desmintiera la acusación.

—¿Admites que lo hiciste?

—No tengo por qué admitir nada, Jared. Aunque jamás te haya dado razón alguna para que desconfíes de mí, no confías —le dijo ella con los ojos a punto de llenársele de lágrimas. Solo esperaba no derrumbarse delante de él—. Quiero que te largues de aquí y te lleves tu actitud crítica e intolerante a donde te plazca. Ya he tenido bastante.

La miró de nuevo. No se podía creer lo que estaba sucediendo. Parecía claramente decepcionado de que no hubiera desmentido la acusación.

Era increíble ver cómo estaba cometiendo un tremendo error a pesar suyo, pero no estaba dispuesto a revisar su criterio.

–¿Qué? ¿Por qué te quedas ahí mirándome como si no pudieras creerte lo que está sucediendo? Acabo de confirmarte tus sospechas. Deberías estar contento.

Él negó con la cabeza.

–Pues no lo estoy. Pensé que podía confiar en ti, Erin. Has explotado toda la información que te di en privado. Al menos podrías demostrar un poco de vergüenza –se dio la vuelta dispuesto a salir, pero se detuvo–. Estoy francamente decepcionado.

¿Él estaba decepcionado? Jared no tenía ni idea de lo que significaba esa palabra, no sabía lo que significaba la injusticia de sentirse condenado sin motivo. Ignoró el profundo dolor que tenía dentro. Se limitó a mirarlo a los ojos y a asentir.

–Créeme, yo también lo estoy, y no sabes cuánto.

Él apartó la vista un momento y ella notó que estaba intentando asimilar cómo se había convertido exactamente en lo que él tanto había temido: una mujer que quería aprovecharse de él.

Suponía que, quizás, debería sentirse halagada por lo que le costaba asumir lo que había sucedido. Pero no era así.

Simplemente, no confiaba en ella.

¡Cuánto le habría gustado ponerle el artículo en la nariz, mientras le señalaba el nombre del periodista que lo firmaba!

Pero su orgullo le impedía hacerlo. Estaba llena de rabia.

–¿A qué esperas? –¿por qué no se marchaba de una vez si estaba tan disgustado con ella?

Él negó con la cabeza.

—Pensé que eras diferente, pero debí de haber hecho caso a mi instinto desde el principio.

Sus palabras fueron como el corte de una navaja afilada.

—Soy diferente, Jared —le dijo ella tocándose la cadena que llevaba al cuello—. Pero estás tan ciego que no puedes ver la verdad aunque la tengas delante.

—¿La verdad? —la miró con auténtico odio—. La única verdad es que me has traicionado, eso es todo lo que yo veo.

—Sí, por supuesto que es lo único que ves. Bueno, supongo que ya no hay nada más que decir. Adiós, Jared —y se dispuso a cerrar la puerta.

Él la miró por última vez con lo que a Erin le pareció una mirada de arrepentimiento. Pero decidió que se lo había imaginado, que no había arrepentimiento posible. Desde el primer momento había pensado que era una periodista sin escrúpulos. Ya tenía lo que quería.

—Adiós, Erin —le dijo en un tono de voz extrañamente suave.

Acto seguido recorrió el porche en dirección a su coche sin mirar atrás.

Abrió el vehículo, lanzó la revista al asiento del pasajero y arrancó el motor, alejándose de ella.

Ella se obligó a sí misma a ver cómo se marchaba de su lado. Tenía que aceptar que aquel era el final.

Cuando desapareció, una profunda tristeza la invadió. Lamentaba la pérdida de un necio sueño que se había prometido no soñar nunca más. Las lágrimas amenazaban con salir, pero ella las controlaba.

Se sentó en el porche a recapacitar. Por mucho que lo odiara, tenía que admitir que Jared le había llegado hasta lo más profundo del corazón. Su desconfianza la había herido muy dentro, casi tanto como cuando su padre había arriesgado su vida sin pensar en ella.

Era ya pasada la medianoche y Jared estaba en el cuarto de Allison arrullándola para que se volviera a dormir. Se había despertado llorando. Su respiración profunda y acompasada le indicó que ya estaba soñando. Pero no quería devolverla a su cuna. Necesitaba tenerla en sus brazos, sentir el calor de su cuerpecito de bebé que le recordaba cuán importante era en su vida. Aquella niña lo amaría incondicionalmente y jamás lo traicionaría.

Apretó el rostro contra sus rizos suaves, tratando de concentrarse en el dulce aroma a bebé, para evitar que sus pensamientos vagaran en torno a Erin.

Pero no funcionó.

Cansado de luchar, dejó que su cabeza volara libremente al tema. Se sorprendió al comprobar que, lejos de regodearse en el dolor de la traición, lo que su mente había fijado era la mirada dolida de ella en la puerta de su casa. Un dolor inesperado que lo había desconcertado.

Se frotó la nuca tratando de aliviar la tensión.

No quería tener que preocuparse de la reacción de Erin. Darle vueltas a la triste expresión de sus grandes ojos no haría sino complicar las cosas innecesariamente.

Abrazó a Allison con más fuerza, recordándose a

sí mismo que aquella pequeña le llenaría el corazón de amor, que jamás le haría pagar el precio que Erin le haría pagar. Allison era la única persona a la que necesitaba.

Algo más tranquilo y reconfortado por aquel último pensamiento, la dejó en la cuna, la besó en la mejilla y se volvió a su habitación. Miró la cama fría y vacía y se estremeció.

Jamás disfrutaría del calor reconfortante de una mujer. Sintió un profundo vacío. Pero despreció la sensación inmediatamente. Estaba emocionalmente cansado por todo lo que había sucedido en los últimos días.

Pero, después de meterse en la cama y de apagar la luz, las dudas empezaron a asolarlo, manteniéndolo despierto durante toda la noche. No podía evitar preguntarse si, algún día, se arrepentiría de haber elegido aquella soledad y aquel vacío en su cama.

CAPÍTULO 10

AL DÍA siguiente por la mañana, Jared hizo cuanto pudo para olvidarse de lo sucedido en casa de Erin y en la atormentada noche que había pasado.

Desayunó con Allison, le leyó un cuento, le cambió el vendaje y se marchó a la oficina. Estaba dispuesto a sumergirse de lleno en su trabajo para poder quitarse a aquella mujer de la cabeza.

Repasó las hojas que tenía sobre la mesa, con la esperanza de que las nuevas cifras de beneficios fueran mejores que en meses anteriores. Pero no lo eran. Las ventas estaban descendiendo y no tenía ni idea del motivo.

Frustrado convocó una reunión con los jefes de cada departamento para analizar las causas de aquel descenso.

Pero su mente estaba centrada en Erin y no podía dejar de darle vueltas.

Después de ladrarle unas cuantas órdenes a sus empleados, lo dejaron solo y se quedó ante su escritorio, con la mirada fija en el espacio vacío. No podía dejar de pensar que había cometido un grave error y no sabía por qué.

Ella no había negado la autoría de aquel escrito, lo que la convertía en culpable.

Sus esperanzas de que ella fuera diferente a todas aquellas mujeres que le habían arruinado la vida a su padre se habían desvanecido.

A pesar de todo, su reacción lo había desconcertado. Lo había mirado profundamente herida y no podía evitar preguntarse si aquel dolor que transmitían sus ojos había querido decirle algo.

Después de mucho recapacitar, llegó a la conclusión de que debía verla.

Se encaminó a las oficinas del *Beacon* a toda prisa, tratando de controlar la indeseable excitación que sentía.

Aparcó delante de la puerta y se encaminó a la recepción.

—He venido a ver a Erin James. ¿Dónde está su oficina?

—Lo siento, señor —respondió la recepcionista—. Pero Erin James no trabaja aquí.

—Claro que sí. Me hizo una entrevista.

—Bueno, trabajaba aquí, pero ya no.

Jared retrocedió ligeramente. Notó un desagradable cosquilleo en el vientre.

—¿Desde cuándo? ¿Por qué no trabaja aquí ya?

La mujer se encogió de hombros.

—No tengo esa información. Lo único que sé es que me han pedido que pase todas sus llamadas a otro periodista.

Él asintió desconcertado.

¿La habrían despedido o se habría marchado? Quizás habría conseguido un trabajo mejor gracias al artículo.

Pero su instinto le decía que el despido no había sido voluntario. A Erin le encantaba su trabajo.

Sintió un nudo en la garganta. Por eso estaba tan dolida el día anterior cuando había ido a verla. Podría haberle lanzado eso como un modo de ganarse su compasión, pero no lo había hecho.

Una inesperada admiración creció dentro de él.

Mientras conducía de vuelta a casa no podía dejar de darle vueltas a la conversación del día anterior.

«Soy diferente, Jared. Pero estás tan ciego que no puedes ver la verdad aunque la tengas delante».

Había perdido su trabajo...

«Aunque jamás te haya dado razón alguna para que desconfíes de mí, no confías».

Agarró la edición del *Beacon* que llevaba en el coche y la abrió. Por primera vez reparó en quién firmaba el artículo: Stan Kempinski.

Erin no había escrito la historia y había perdido el trabajo por eso. De pronto, había encontrado la última pieza del rompecabezas.

Sintió un profundo remordimiento por la total desconfianza que había mostrado hacia ella.

Era un completo idiota.

Una grave tristeza lo llenó por dentro. Erin tampoco se abría fácilmente a la gente y con su desconfianza le había demostrado que él no merecía su entrega.

El dolor de aquel descubrimiento era más fuerte de lo que jamás habría imaginado.

Erin colgó el teléfono e hizo un gesto de incomprensión.

Primero había llamado su madre para disculparse

por su actitud crítica del día anterior. Parecía realmente arrepentida y había añadido que quería volver a verla, asegurando que la echaba de menos.

Luego había recibido una segunda llamada extraña.

Erin miró a Colleen.

—No te vas a creer lo que acaba de sucederme —le dijo—. Era Joe. Me ha dicho que el artículo de «Diario de un soltero» ha tenido un éxito increíble y quiere que haga una segunda parte.

Colleen frunció el ceño.

—Pero si te despidió. Ya no trabajas para el *Beacon*.

—Lo sé. Por eso es tan raro —Erin se sentó junto a su amiga—. Joe quiere contratarme de nuevo. Me ha dicho que fue demasiado impulsivo al despedirme.

Colleen alzó una ceja.

—¿Y vas a volver?

Erin se mordió el labio.

—Debería, porque no tengo dinero y necesito un trabajo, pero...

—¿Pero?

—Tendría que entrevistar a Jared otra vez.

—¿Y? Se supone que ya has superado lo de Warfield. Bueno, perdón, se me olvidaba que no había nada que superar.

Erin miró a su amiga con cara de pocos amigos.

—De acuerdo, me gustaba. Pero después de que lo viera con aquella rubia y de que me acusara de haber escrito el artículo se me pasó todo entusiasmo por él.

—Entonces, ¿cuál es el problema? Entrevístalo y punto.

–No quiero volver a verlo. Ese capítulo de mi vida acabó en el momento en que él prefirió acusarme sin motivo. Solo quiero seguir adelante con mi vida y olvidarme de todo aquello. Además, jamás accedería a hablar conmigo. Piensa que soy una traidora.

–Pero no lo eres. Tú no escribiste el artículo. Díselo. Quizás él se preste a ayudarte.

Erin se levantó y comenzó a pasear de un lado a otro.

–Lo dudo mucho. Odia a la prensa, lo cual es un punto en mi contra. Por otro lado, no quiero tener que justificarme ante él. Ha preferido pensar que no soy de fiar y no tengo por qué demostrar nada –expiró pesadamente–. Pero, también es cierto que necesito ese trabajo y demostrarme a mí misma que puedo llegar a ser una buena periodista.

–Quizás puedas convencer a Jared de que un nuevo artículo beneficiará a su negocio.

–Ya hice eso –dijo Erin–. Pero después de que la prensa publicara lo de la caída de Allison estoy segura de que no volverá a aceptar.

–Inténtalo. Lo conseguiste una vez y seguro que lo conseguirás otra. Además, te lo debe por desconfiado. Y es una buena oportunidad para hacérselo saber. No me parece justo que tú te hayas quedado en la calle por tu lealtad y que él, mientras tanto, siga convencido de tu traición.

Erin se volvió hacia su amiga con una sonrisa de reconocimiento. Era cierto, se lo debía.

Le asustaba la idea de exponerse de nuevo al efecto de su mirada, o de volver a sufrir. Pero no tenía elección. Necesitaba recuperar su trabajo y habría de convencer a Jared de que la ayudara.

Y, en aquella ocasión, usaría sus armas persuasivas asegurándose de no volver a caer en sus redes.

A la mañana siguiente, Erin se detuvo ante la oficina de Jared y respiró profundamente. Recordaba con total claridad su llegada allí hacía un mes. Lo había encontrado en su jardín particular y había tratado de convencerlo para que se dejara entrevistar.

Una vez más se iba a encontrar con aquel hombre cabezota, desconfiado y exasperante.

Pero tenía que hacerlo. Ya había negociado un salario más alto y algunos extras para volver al *Beacon*. Había llegado el momento de que se entregara por completo a su profesión. Necesitaba ese dinero.

Con las manos temblorosas se estiró la camisa de seda y se retocó el pelo. ¿Por qué demonios le importaba su aspecto si estaba dispuesta a ignorar a aquel maldito Jared?

Aquello no era sino una reunión profesional.

En nombre de su trabajo era capaz de tragarse el orgullo y decirle que no había sido ella la autora de aquel artículo, de rogarle que accediera a aquella entrevista para poder recuperar su trabajo. Solo diez minutos le eran suficientes para obtener la información necesaria.

Hizo acopio de todo su valor y entró en la oficina. De pronto, se quedó helada al ver la imagen de Jared con la pequeña Allison en sus piernas. Estaban jugando a «palmas palmitas».

El corazón de Erin se contrajo. Jared tenía la mirada más repleta de amor que había podido ver jamás. La escena conmovió a la periodista.

Antes de que pudiera asimilar la situación, Jared se volvió y la vio.

—¡Erin! —dijo, claramente sorprendido por su presencia allí. Una sonrisa le iluminó el rostro, como si realmente se alegrara de verla. De pronto, la sonrisa fue sustituida por un gesto de duda—. ¿Qué haces aquí?

—Necesito hablar contigo —dijo ella en un tono liviano.

—Hola, Etin —dijo la pequeña con una carcajada.

—Hola —respondió ella—. Ya veo que estás jugando a «palmas, palmitas». ¿Es tu juego favorito?

—Sí —comenzó a darle palmaditas a Jared en la cara—. El de papá «tambén».

Jared asintió.

—Sí, osito, es mi juego favorito.

Allison continuó dando leves palmaditas en las mejillas de su padre que no parecía quejarse.

—La niñera de Allison tenía una cita, así que me he quedado con ella un rato.

—Ya —a Erin le sorprendió que compartiera aquella información con ella. ¿No la consideraba una periodista sin escrúpulos?

—La verdad es que me alegro de verte —dijo él, extrañamente nervioso—. Quería hablar contigo, pero...

Ella lo miró atónita.

—¿En serio?

Jared tomó las pequeñas manos de Allison.

—Sí, en serio. Dentro de unos minutos he quedado con la señora Sloane, y no tengo mucho tiempo para charlar. ¿Te gustaría salir a cenar esta noche?

Erin no pudo evitar sentir una intensa excitación.

–De acuerdo –se engañó diciéndose que estaba dispuesta a lo que fuera por tener la oportunidad de recuperar su trabajo.

–Bien. Generalmente yo ceno pronto con Allison y la meto en la cama. Te recogeré a las siete y media.

No. No quería darle a la cita un carácter personal. Aquello era estrictamente profesional.

–Nos encontraremos en el restaurante.

–De acuerdo. Pues nos vemos en Chez Maurice a las siete y media.

–Bien. Hasta luego, entonces –asintió, dio media vuelta y salió de su oficina contenta.

Se tragaría sus miedos, se enfrentaría a Jared y saldría a flote. Así se demostraría a sí misma que tenía un futuro profesional.

Pero era curioso cómo eso no parecía bastarle.

CAPÍTULO 11

ERIN estaba esperando a Jared en una de las mesas del restaurante, tratando de mantener la calma y recordándose a sí misma que no se trataba de una cita, cuando lo vio aparecer. El corazón le dio un vuelco.

Estaba increíblemente atractivo, vestido con un traje negro y una camisa blanca. Se movía con esa masculina armonía que le provocaba un cálida sensación por dentro.

«Solo dile que no fuiste tú la que escribió la historia, que requieres su cooperación para recobrar tu trabajo, le haces la entrevista y te largas».

Para entretenerse en algo mientras lo veía acercarse, se puso a sacar la grabadora y el cuaderno del maletín. Solo tenía que conseguir una historia y despedirse de él... para siempre.

En cuanto llegó junto a ella pudo notar en sus ojos un gesto que no sabía descifrar, pero que había visto con anterioridad en la oficina. Parecía como si, por primera vez, no estuviera en control absoluto de la situación.

–Erin –murmuró mientras se desataba la americana–. Siento haber llegado tarde.

–No pasa nada.

Él la miró fijamente durante un momento sin responder. Luego agarró el vaso, lo llenó de agua y se lo bebió de un trago.

Algo no iba bien. Jared estaba realmente nervioso, lo que no era propio de él.

—Supongo que te debo una disculpa —dijo sin más dilación.

Ella levantó las cejas sorprendida.

—¿Y eso?

Él extendió la mano y tomó la de ella. Negó con la cabeza y bajó la mirada.

—Tú no escribiste esa historia.

Ella se quedó atónita. Trataba de diferenciar la agradable sensación de notar su mano de el desconcierto que aquella situación le estaba provocando. Abrió la boca dispuesta a hablar, pero no logró que saliera de ella sonido alguno.

—Veo que te he tomado por sorpresa —dijo él secamente.

Ella apartó su mano.

—Sí, así es —sonrió tensamente—. Finalmente te molestaste en leer quién firmaba el artículo.

—Ahora sé que jamás me traicionarías.

Ella lo miró tratando de evitar las sensaciones que le provocaba el brillo de sus ojos.

—«Ahora» es la palabra clave. Porque en un pasado muy reciente estabas convencido de que no tenía escrúpulos y que había hecho un trabajo sucio utilizándoos a ti y a Allison —respiró profundamente. Tenía que controlarse. En cuestión de minutos se vería en la penosa situación de tener que rogarle que colaborara con ella—. Diste por hecho que no era de fiar y eso me dolió.

—Erin, por favor, trata de entenderlo. Vi el artículo

y me puse demasiado furioso como para prestar atención al nombre que había escrito. Aún hoy no sé cómo esa historia llegó a oídos de la prensa.

–¿Recuerdas la empleada de la limpieza que estaba barriendo a tu alrededor el día que fui a verte al hospital? Pues ella fue la que pasó la información.

Él asintió.

–Vaya.

Ella se removió inquieta en al silla.

–Te había dado mi palabra, Jared. ¿Eso no significaba nada para ti?

–Lo siento. Los periodistas siempre se han aprovechado de mí cuando me han visto en una posición de debilidad.

–Pues lo que yo hice fue tratar de protegeros a ti y a Allison. Pero tú, inmediatamente, pensaste lo peor.

–Y tú perdiste tu trabajo por eso, ¿verdad?

–Sí, así fue.

–He sido un completo idiota –farfulló él entre dientes–. Erin, siento haberte juzgado tan mal. Cuanto me ocurrió en el pasado me impide confiar en la gente.

–Pero, ¿por qué desconfías de mí? Jamás te he dado ninguna razón para hacerlo –le reprochó ella, mirándolo directamente a los ojos.

Él bajó la mirada.

–Es cierto, jamás me has dado motivos para desconfiar. Estaba equivocado y, por eso, te he pedido disculpas. Dejémoslo así.

Ella dudó. Quizás lo más prudente fuera seguir su consejo y no remover más aquel asunto, pero no estaba dispuesta. La había herido profundamente y quería saber todos los motivos. Puede que solo consiguiera que se pusiera furioso y la dejara plantada allí en el restaurante. Pero necesitaba descubrir las razones profundas de aquella desconfianza, pues pensaba que eso la ayudaría a conocerse a sí misma.

–No –dijo ella suavemente–. No lo vamos a dejar así. Mucha gente en mi vida ha pensado siempre lo peor de mí y quiero saber por qué.

Él expiró pesadamente.

–Ya te dije que los periodistas siempre me han perseguido y que venían como verdaderas hordas hambrientas cuando mi hermana Carolyn murió –un músculo de su mandíbula se tensó–. La prensa siempre ha estado presente en mi vida, tratando de inmiscuirse en ella sin pudor alguno. Quiero proteger a Allison de todo eso.

Ella digirió lo que él acababa de decir. Le parecía comprensible que quisiera defender a su hija, pero sus acciones decían que había algo más.

–¿Es esa la única razón?

–¿No te parece suficiente?

Erin se dijo que debía frenar aquel interés personal en sus motivos y centrarse en el objetivo que la había llevado hasta allí.

–Supongo que lo es.

Él inclinó la cabeza.

–Bien.

En aquel instante llegó el camarero con los menús y, al marcharse, se creó un extraño silencio entre los dos.

Erin decidió que había llegado el momento de hablar de «Diario de un soltero».

–La verdad es que quería verte para hablar de algo contigo.

–Suéltalo.

–Mi editor me ha llamado para ver si quería volver con él.

Él sonrió con los ojos.

–¡Eso es fantástico! –dijo, tomándole la mano–. Al final todo se va a solucionar.

Ella quitó la mano.

–Hay solo un requisito.

Él frunció el ceño.

–¿Cuál?

–Los lectores te han escogido como el «Mejor Soltero» y mi editor quiere que haga otra edición de «Diario de un soltero» contigo como protagonista.

La sonrisa se desvaneció de su rostro.

–Ni hablar de ello.

–Claro que lo vas a hacer –añadió ella con la voz firme–. Después de lo que has hecho, lo mínimo que me debes es esta ayuda.

Él la miró sorprendido y una fuerza hasta entonces desconocida se movió dentro de ella. Por primera vez estaba totalmente en control de la situación, y le gustaba la sensación.

Jared sintió una repentina y profunda admiración por aquella mujer. Erin era mucho más que un par de ojos bonitos.

La recorrió de arriba abajo con la mirada, deleitándose con sus curvas. Notó un intenso calor dentro de él. ¡Cuánto le habría gustado haber podido re-

troceder en el tiempo y haber evitado su injusta desconfianza!

Antes de que él pudiera decir nada, ella continuó.

–Sé que piensas en la prensa como una enemiga,
y tienes razones para ello. Pero creo que deberías
pensar en «Diario de un soltero» como una oportunidad, no como una carga. Dices que confías en mí,
¿no es así?

Él asintió.

–Así es.

–Entonces confía en mí para escribir una historia
que te dé publicidad y te sirva para limpiar cualquier
malentendido o falsa imagen que se haya dado en
otros artículos.

La admiración de Jared creció. Erin era inteligente y aguda, sabía lo que hacía y lo que decía.

–Es cierto que Warfield's necesita la publicidad y
que me gustaría aclarar que la señora Sloan no fue
en absoluto negligente –dijo él–. Pero...

–¿Pero?

–Me niego a tener ninguna otra cita a ciegas.
Tuve bastante con una lunática.

–Te garantizo que no habrá citas.

Él la miró unos segundos.

–De acuerdo, te ayudaré.

Ella sonrió triunfante.

–Entonces, empecemos –agarró la grabadora y la
encendió.

Con una agradable sensación de victoria, Erin
apagó la grabadora. Tenía información más que de
sobra para escribir un estupendo artículo. Joe no

tendría más remedio que reconocer su valía, estaba segura de ello. Iba a recuperar su carrera.

Solo le quedaba recomponer su vida personal. Por suerte su relación con Jared había llegado a su fin.

Decidida a no dejarse abatir por la idea de no volver a verlo, apagó la grabadora y la metió en el bolso.

—Muchas gracias por tu ayuda —le dijo y se levantó dispuesta a marcharse.

Él la retuvo.

—Espera un momento. Tengo algo para ti.

Ella lo miró atónita y parpadeó rápidamente. El corazón le latía a toda prisa. Se dejó caer de nuevo en la silla. Las piernas le temblaban.

—¿Tienes un regalo para mí?

Jared sacó un pequeño estuche de terciopelo y se lo dio.

—Toma.

Con las manos temblorosas abrió la caja y vio dos pendientes con dos diamantes enormes.

—¡Cielo santo!

—He estado recapacitando sobre lo que había hecho, y he pensado que este era un buen modo de pedir disculpas.

Ella levantó los ojos y lo miró incrédula. De pronto, durante un aterrador segundo, vio a Brent sentado delante de ella. Podía oírlo perfectamente. «Espero que este tesoro sirva para que me perdones».

Miró los pendientes incapaz de decir nada. Sintió una profunda decepción. Aquel era un gesto tan frío y decepcionante, tan poco romántico...

¿Cómo se le había ocurrido pensar ni por un segundo que la caja que iba a abrir contenía una prueba de amor?

Aquello no tenía nada que ver con el amor, ni con el romance, nada con un sentimiento profundo y real que estuviera albergado en el corazón de aquel hombre. Solamente era una disculpa por su brutal suposición. Tenía muy poco tacto.

Ella apretó la mandíbula y lo miró con rabia.

–¿Y has asumido que con esto todo iría bien?

Él la miró confuso.

–No... Erin...

Ella se levantó con ímpetu.

–No digas nada. Ya has hecho suficiente.

Sin volver la vista atrás, agarró sus cosas y se marchó del restaurante.

Jared se parecía más a Brent de lo que jamás habría imaginado.

Totalmente abatido, Jared vio cómo Erin se alejaba de él. Sintió un profundo dolor en el pecho.

De pronto, escuchó una voz en su interior que le decía: «Ve detrás de ella».

Dejó un par de billetes encima de la mesa y, sin pararse a pensar, salió en su busca.

Al salir, notó la brisa cálida sobre el rostro. Respiró profundamente, miró de un lado a otro y vio que acababa de torcer la esquina.

Corrió hacia ella.

–¡Erin, espera! –le gritó él al verla junto a su coche.

Ella bajó la llave con la que se disponía a abrir la

puerta y se quedó cabizbaja. En cuanto él estuvo al lado alzó hacia él unos ojos llenos de dolor.

—Jared, déjame en paz.

Sus palabras lo quemaron como una llamarada.

—No quiero dejar las cosas así. Te he hecho daño.

Ella suspiró cansada.

—No es algo nuevo.

—De acuerdo, merezco que me desprecies. Parece que no hago más que herirte. Pero de verdad pensé que te gustarían los pendientes.

—Puede que no quisieras herirme pero, ¿sabes qué? Lo has hecho y no una sino dos veces. Yo no puedo seguir así, dejando que me partas el corazón.

La idea de que su corazón sufriera por su culpa lo preocupó. Le había causado el mismo dolor que mucha otra gente en su vida.

Sintió pánico. Lo había estropeado todo.

Le posó la mano en el hombro y recorrió de arriba abajo su brazo.

—De acuerdo, lo entiendo. Tienes toda la razón, «Etin». Pero tengo algo que enseñarte.

Ella se apoyó sobre el coche y negó con la cabeza. Una leve sonrisa se esbozó en sus labios.

—Has tenido que usar ese nombre... Es un poco rastrero por tu parte, ¿no crees?

Jared se sintió ligeramente aliviado por su sonrisa.

—Soy práctico. Uso las armas que tengo a mi alcance para obtener lo que quiero —respiró profundamente—. Vente conmigo, por favor.

Ella se incorporó y se retiró el pelo de la cara.

Suspiró y lo miró.

—De acuerdo. Iré contigo. Pero solo porque mi

madre está en casa y no tengo ganas de ir para allá ahora. No te equivoques porque diga que sí, Warfield. Sigues estando en mi lista negra.

—Asumo mis culpas y respeto tu enfado. Pero vamos.

Se dirigieron a su coche en silencio y Jared sintió un extraño pesar.

Una vez más lo había estropeado todo y tenía el terrible presentimiento de que, después de todo, quizás acabara como siempre había querido estar: solo.

CAPÍTULO 12

ERIN se sentó en el coche de Jared preguntándose si se había vuelto loca al aceptar su invitación. Pero su madre había mencionado que estaría esperándola para tener una larga charla con ella acerca de su gusto sobre los hombres y Erin prefería cualquier cosa antes que eso.

Además, le resultaba muy difícil resistirse a los encantos de Jared.

Decidió sacar el máximo provecho de la situación y tratar de relajarse.

—¿Adónde me estás llevando?

—Hay algo que hacía tiempo que te quería enseñar —miró por la ventanilla del coche—. Es el día perfecto.

—¿De qué se trata?

—Es una sorpresa —dijo él mientras salía del aparcamiento—. Así que estás evitando a tu madre. ¿Por qué?

Erin suspiró.

—Creo que quiere darme una charla sobre el tipo de amigos que me busco.

—¡Vaya! Lo siento mucho. ¿Quieres que le aclare el malentendido?

—No. Sinceramente no creo que hubiera ninguna

diferencia. Jamás he sido capaz de complacerla con nada de lo que he hecho.

—Sé exactamente cómo te sientes. Mi padre también era tremendamente crítico. Nada de lo que hacía le parecía bien.

Ella se sorprendió al oír que tenían tanto en común. Jared le parecía tan seguro de sí mismo que jamás habría sospechado algo así.

—¿Por qué crees que los padres hacen esas cosas?

Él se encogió de hombros.

—No sé los motivos de tu madre, pero sí que mi padre siguió, de un modo u otro, los preceptos del suyo. Mi abuelo era, al parecer, un hombre muy frío que derrochaba el dinero sin criterio, pero que jamás fue capaz de demostrar amor por nadie. Mi padre hizo lo mismo. En lugar de dar cariño, sustituía la falta de afecto con regalos.

—Me suena tremendamente familiar.

—¿Tu madre también hace eso?

—No —dijo ella—. Me refería a ti.

Jared dio un brusco frenazo y se detuvo en el arcén.

—¿Lo dices en serio?

—Sí lo es, si solo puedes hacer que alguien se sienta mejor comprándole unos pendientes de enormes diamantes.

Aquella afirmación fue como una bomba.

—¡Vaya! Por lo que veo, tenemos que hablar de algo —él aceleró y continuó su camino—. Ya casi hemos llegado. Así que, si no te importa, esperamos a llegar allí para que me digas todo lo que me tengas que decir.

—Me parece bien —ella tragó saliva. ¿Significaba eso que iban a tener una conversación seria? No le gustaban ese tipo de cosas.

No obstante, no podía achantarse delante de él. Tenía que probar que estaba por encima de todo.

Trató de calmarse.

—¿Qué tal está Allison? —le preguntó para cambiar de tema.

—No deja de preguntarme por ti, «Etin». Le gustas mucho.

La información la conmovió, pero no por ello dejó que le afectara. Simplemente, no respondió.

Después de recorrer el bulevar principal, llegaron al cementerio.

Ella frunció el ceño.

—¿El cementerio?

¿Se estaba haciendo el gracioso o quería insultarla?

Aparcó el coche y sonrió.

—No es el cementerio en sí, sino algo que hay en él. Vamos.

Sin dejar de preguntarse qué sería lo que estaba sucediendo, ella salió del coche. Tenía una extraña y desagradable sensación en el estómago.

Caminaron en silencio por el camino de gravilla, con el sonido de sus pasos como única compañía.

Jared la tomó de la mano y ella sintió que el corazón se le aceleraba. Instintivamente, enlazó sus dedos con los de él, incapaz de seguir ninguna orden lógica de su cerebro. De pronto, sintió una felicidad infinita.

Pero, ¿cuánto tiempo duraría?

Jared le mostró a Erin su lugar favorito, situado en una pequeña colina del cementerio. Estaba realmente feliz de poder compartirlo con ella. Jamás antes había llevado a nadie allí.

Él la miró con un expresivo gesto de felicidad.

Ella se apartó el pelo de la cara en un gesto nervioso y le respondió con una de esas sonrisas tímidas que lo fascinaban.

Se detuvieron en un claro y él se acercó a ella para sentirla cerca. Le emocionaba compartir algo tan personal y suyo con la única mujer con la que se sentía a gusto.

Señaló el paisaje.

—¿Y bien? ¿Qué te parece?

—Es precioso.

Las pequeñas casas de las afueras de Pórtland se extendían unas cuantas millas ante sus ojos, hasta dar paso a un denso bosque.

¿Cuántas veces se había ido hasta allí para huir de la tiranía de su padre? Demasiadas para poder contarlas.

Sin pensar, soltó a Erin de la mano y le pasó el brazo por los hombros.

—Cuando era adolescente, solía venirme con la bicicleta hasta aquí, y me sentaba a esperar a que el sol saliera.

Ella lo miró.

—Necesitabas escapar.

—Sí, así era —sonrió y se inclinó sobre ella—. ¿Cómo lo sabías?

Ella se encogió de hombros.

—Yo también tenía mi sitio de huida en un parque cercano. Iba allí cuando quería alejarme de mi madre.

La conexión que había entre ellos lo sorprendió.

Ambos habían tenido infancias dolorosas, arruinadas por padres egoístas. Ella era una de esas pocas personas que podía mirar en el interior de su alma y entenderlo.

Jared notó una cálida sensación interior. De pronto, necesitaba saberlo todo de ella.

—Tenemos que hablar —dijo él retirando el brazo de sus hombros.

—Sí, supongo que sí.

Jared notó su repentino distanciamiento y le asustó.

—¿Realmente crees que trataba de comprarte con los pendientes?

Ella lo miró y dio unos pasos hasta apartarse de él.

—Me has puesto delante unos diamantes como dados para hacerme sentir mejor.

—Pensé que era lo que debía hacer.

—¿Por qué? ¿Porque eso era lo que tu padre siempre hacía?

Él se quedó horrorizado ante semejante acusación aunque, en el fondo, podía reconocer que ella había vislumbrado una dolorosa verdad que él no había querido ver. Había actuado exactamente como su padre, ofreciéndole a ella todo menos su corazón.

Darse cuenta de aquello lo quemaba como si hubiera ingerido un vaso de ácido.

Erin continuó.

—Esos pendientes no hicieron sino recordarme lo importante que es para mí mantener mi corazón a salvo.

—¿Por qué?

–Durante todo mi matrimonio, mi marido no paraba de regalarme joyería cara para resarcirme de que era un imbécil. No tenía nada mejor que ofrecerme.

–Ya... –dijo él. Empezaba a entender a Erin y cómo su propio pasado le había impedido ver la verdad. La quería y la deseaba, y había tratado de manipular su relación para que se acoplara a lo que él quería. Pero no se había permitido a sí mismo ver lo más importante: amaba a Erin.

Aquel reconocimiento lo llenó de miedo, temeroso de tener que pagar el precio que siempre había creído asociado con ese sentimiento.

Pero al verla allí, de pie, con su pelo rojo agitado por el viento, su silueta recortada contra el anochecer del cielo, ya nada le pareció importante más allá de sus sentimientos y de hacérselos saber.

–Erin, por favor, mírame.

La barbilla de Erin comenzó a temblar. Lentamente, volvió la cabeza y sus ojos verdes se encontraron con los de él.

Con el corazón rebosante de alegría supo en aquel instante que todo iría bien.

–Te quiero, Erin. Te amo con todo mi corazón.

Ella abrió los ojos asustadas.

–¡No! Las palabras carecen de valor cuando no son sinceras –comenzó a llorar desconsoladamente, mientras agarraba con fuerza la cadena que llevaba a cuello.

Su reacción lo desconcertó por completo. Él había pensado que confesar aquel recién descubierto amor sería suficiente para destruir los muros que la separaban de él.

–Créeme. Jamás te mentiría. Tienes que confiar en mi amor.

Ella se quitó las lágrimas con mano temblorosa.

–Brent me traicionó y me hizo mucho daño. Hace unos días, tú pensabas lo peor de mí. Venir y decirme que me quieres no va a cambiar eso de repente.

Jared sintió un profundo y repentino abatimiento. Ignoró sus protestas y se acercó a ella.

–Por favor, no me cierres la puerta. Confía en mí.

Ella se volvió hacia él.

–No puedo –dijo suavemente–. Mi padre me abandonó, Brent me abandonó y tú me abandonarás por esa rubia...

–¿Qué rubia?

Ella se mordió el labio inferior.

–Fui a Warfield's el mismo día que me despidieron y te vi con una mujer... un rubia muy guapa.

–¡Esa es Nancy Swopes, la mujer de Dan! Él estaba enfermo y ella vino a recoger el cheque de su marido. La conozco de toda la vida.

–¿Entonces no es una amiga?

–No.

Ella se quedó en silencio, avergonzada.

–De acuerdo, supongo que me precipité al sacar una conclusión. Pero eso no cambia nada. Tú pensaste lo peor de mí y eso no se puede cambiar.

Dicho aquello, se dio media vuelta y se alejó de él.

Jared apretó los puños desconcertado, consciente de que, a pesar de su confesión, iba a perderla.

¡Cómo habría deseado poder dar marcha atrás para rectificar el error!

–¡Yo no soy Brent! –le gritó.

Ella se detuvo y lo miró.

–Cierto, no lo eres. Pero a veces me recuerdas demasiado a él –dijo ella–. Lo siento.

Dicho aquello, se dio media vuelta y lo dejó allí, solo.

Cuando Erin se levantó a la mañana siguiente, se sorprendió al ver el neceser y la pequeña maleta de su madre preparada junto a la puerta.

¡Ojalá fuera cierto que se marchaba! Necesitaba un poco de soledad para que su herido corazón llegara a aceptar que no iba a volver a ver a Jared otra vez

–¿Mamá? –la llamó, mientras se ataba el cinturón de la bata–. ¿Te marchas?

Su madre salió del servicio de invitados perfectamente maquillada y con el mismo lápiz de labios de color coral que usaba desde los años setenta.

–He hecho todo lo que he podido para mantener la boca callada, pero ya no puedo aguantar más. ¿Cómo se te puede ocurrir salir con un hombre como ese Jared? ¡Es un ladrón!

¡Fantástico! Aquello era lo último que necesitaba, después de haberse pasado toda la noche en blanco pensando en lo que había ocurrido el día anterior.

Lo mejor sería contarle a su madre la verdad sobre Jared y dejar las cosas claras.

Abrió la boca para hablar pero, de pronto, se lo pensó mejor. ¿Por qué tenía que dar explicaciones sobre su vida? Por primera vez la opinión de su madre carecía de importancia.

Además, la noche anterior en el restaurante había descubierto que imponer su voluntad era un ejercicio saludable cuando se hacía de vez en cuando. Le había gustado la sensación de poder que le provocaba. Le había hecho sentir un respeto hacia sí misma que no quería perder.

Se cuadró de hombros y la expresión de su rostro se endureció.

—Sí, es un ladrón, pero muy guapo, ¿no crees?

Su madre se volvió hacia ella completamente furiosa.

—¡No voy a permitir que estropees tu vida con el hijo de una criadora de gusanos! Ya arruinaste tu matrimonio con Brent. ¡No toleraré que me avergüences por segunda vez!

Erin sintió una ira irrefrenable.

—¿Avergonzarte? Si quiero salir con el mismísimo demonio, lo haré. ¿Entendido? —respondió de muy malos modos.

Su madre la miró desconcertada.

—¿Te estás revolviendo contra mí?

Sintiéndose cada vez más fuerte, Erin dio un paso adelante y miró a su madre fijamente a los ojos.

—Sí, mamá. Tú has dicho que quieres arreglar las cosas entre nosotras, pues empecemos ahora mismo.

Su madre se quedó boquiabierta. Parecía querer emitir algún sonido, pero no podía. Después de un largo rato habló.

—No me lo puedo creer. Finalmente te has atrevido a enfrentarte a mí.

Erin la miró atónita.

—¿Perdona? —no entendía nada. Quizás las pocas horas de sueño la habían trastornado.

Su madre sonrió lentamente.

–Siempre pensé que necesitabas un poco más de carácter. Menos mal que al final lo has desarrollado.

Erin miraba a su madre sin dar crédito.

–¿Me estás diciendo que te gusta que te conteste así?

–Bueno, siempre he admirado a las mujeres que se imponen.

Erin agitó la cabeza de un lado a otro.

–Supongo que debería haberme rebelado tiempo atrás.

Su madre agarró el suéter y se lo puso sobre el brazo.

–Quizás. Siempre fui demasiado dura contigo, pero al ver lo que acabo de ver empiezo a pensar que tal vez haya valido la pena.

Erin se pellizcó el brazo para comprobar que no estaba soñando. Era increíble. Por primera vez en toda su vida había llegado a un cierto entendimiento con su madre. Aunque dudaba que jamás pudieran convertirse en buenas amigas, era reconfortante que hubiera un cambio en su relación en un momento tan difícil para ella.

–Cierra la boca, cariño, antes de que te dé un aire.

–Mamá, espera –le dijo Erin–. Pensé que te quedarías hasta mañana.

–Me iba a quedar, pero creo que no hace falta. Te veo bien.

–¿Habías venido a ver cómo estaba?

–Claro. Eres mi hija y me preocupas, ¿sabes? Mucho más de lo que tú piensas.

Erin sintió por primera vez en toda su vida que su madre la quería realmente, aunque su modo de demostrarlo fuera harto extraño.

Wanda le dio un ligero apretón a su hija en el brazo.

–Bueno, ahora me tengo que ir. Por cierto, es un ladrón muy guapo –dijo antes de abrir la puerta–. Cuídate.

Erin agitó la mano fervientemente para despedir a su recién descubierta madre, aún sin salir de su asombro.

–Ayer por la noche llamó tu editor. Al parecer tu artículo lo quiere sacar en un número especial. Parece que vuelves a recuperar tu vida.

Se metió en el coche y se alejó, dejando a Erin con una agradable sensación interior.

Su vida profesional estaba encauzada y, quizás, también la personal. Se sentía realmente bien por haberse puesto en su lugar y haber descubierto que su madre le profesaba cierto amor.

Con su actitud servil no había hecho sino incentivar la crítica actitud de su madre. Lo mismo servía para Brent. Jamás había sabido ganarse su respeto.

De pronto, todo aquello explotó en ella como una bomba.

El problema no era su madre, ni Brent, ni Jared. El problema era su propia actitud hacia las cosas, su modo de enfrentarse a la vida y la gente.

Por primera vez, sintió que su futuro estaba en sus propias manos.

Si eso era verdad, podía permitirse amar a Jared.

Aquel pensamiento todavía la aterrorizaba.

Antes de que pudiera organizar su cabeza, unos golpes resonaron en la puerta.

Se quedó paralizada. Era Jared, lo sabía. Toda su fortaleza pareció desvanecerse por un momento. No estaba preparada para enfrentarse a él aún. Todo aquello era demasiado nuevo, demasiado reciente.

Pero tenía que abrir y dar la cara. No podía huir ni de él ni de sus sentimientos ya más.

Además, estaba completamente segura de que él había ido hasta allí para aclarar definitivamente su situación.

De acuerdo.

Respiró profundamente, atravesó la habitación con las piernas temblorosas y abrió la puerta.

Allí estaba él, de pie en el porche, vestido con la misma ropa de la noche anterior.

Sonrió nerviosamente. Parecía temeroso de que le fuera a cerrar la puerta.

–¿Puedo pasar?

Erin se limitó a asentir. Él entró y ella cerró la puerta.

Jared no perdió el tiempo.

–Quiero que sepas que tenías razón anoche cuando me acusaste de actuar como mi padre –se pasó la mano por el pelo–. Estaba utilizando mi dinero para no tener que darte mi corazón. Lo siento. Merezco que me despreciaras.

–Disculpas aceptadas –dijo ella en un tono neutral.

–Me había prometido a mí mismo que jamás sería como mi padre pero, en muchas cosas, lo he sido, y eso me pesa mucho–se frotó la barbilla–.

Me resultaba muy difícil admitir lo que sentía–
Erin no respondió, esperó con aparente calma a
que él terminara–. A la luz de todo eso tengo algo
que pedirte.

Lenta y ceremonialmente apoyó una rodilla en el
suelo.

–Erin, me harías el hombre más feliz del mundo
si te casaras conmigo –sacó una caja–. Me gustaría
que aceptaras esto como una muestra de profundo
amor.

Completamente perpleja, Erin tomó la pequeña
caja que él le ofrecía. Al abrirla, apareció un anillo
de plástico morado.

Ella frunció el ceño.

–¿Y esto?

–A ver si te queda bien –lentamente trató de po-
nérselo en el dedo, pero se quedó a medio camino–.
Creo que voy a tener que llevarlo a arreglar. Pero el
morado te queda muy bien.

Jared sonrió abiertamente, diluyendo el nerviosismo de ella.

Erin soltó una leve carcajada.

–¿De dónde has sacado esto?

–Lo he comprado en un bazar. Pero no ha sido fácil. Me he recorrido al menos diez tiendas para encontrar lo que quería.

Una agradable excitación recorrió a Erin de arriba
abajo.

–¡Oh, Jared!

Él la abrazó y le susurró una palabras al oído.

–Dime que me amas, Erin, porque sé que es así.

El delicioso aroma a café oscuro que impregnaba

su piel la embriagó. Ella suspiró y un beso dulce atrapó sus labios.

Una felicidad infinita la llenó por completo.

Jared la quería.

Permitirse amarlo era la llave definitiva a una vida de verdad, un final feliz.

Cuando el beso cesó, ella extendió la mano y miró el anillo. Era objetivamente horroroso, pero estaba tan cargado de amor que le pareció único y especial. Era el símbolo perfecto de un cariño verdadero. Demostraba no solo sentimiento, sino comprensión.

Los ojos se le llenaron de lágrimas que pronto descendieron por sus mejillas.

—Te quiero, Jared, desde hace tiempo. Solo que temía admitirlo.

Él sonrió.

—Lo has hecho justo a tiempo, Erin James. Pensé que jamás te darías cuenta de lo buen partido que soy. Y ahora que ya está todo aclarado, tengo algo para ti —se metió la mano en el bolsillo y sacó una caja. Al abrirla, apareció un anillo con un zafiro y varios diamantes, casi idéntico al que le había regalado su padre.

A Erin le dio un vuelco el corazón.

—¡Te has acordado! —lo sacó de su estuche y lo admiró con entusiasmo.

Él se lo puso lentamente. Le quedaba perfecto.

—Te quiero —repitió ella, mirándolo directamente a los ojos con valentía.

Él cubrió su boca con un beso largo y apasionado.

Mucho tiempo después, él se acercó hasta su cuello y le susurró:

—¿Crees que este soltero está definitivamente comprometido?

—De por vida —respondió ella y lo besó con pasión para demostrarle que «Diario de un soltero» pertenecía al pasado.

JAZMÍN™

MARGARET WAY

LA MEJOR
ELECCIÓN

A LOS diecisiete años era tan linda como un gatito persa. A los veintidós era deslumbrante, la típica rubia ceniza que los hombres no pueden dejar de mirar.

Zoe de nuevo.

Pero quizás no lo fuera, pensó, comparándola con la imagen de la madre. Era varios centímetros más alta, su cuerpo era esbelto y delgado, mientras que la delicada estructura de Zoe era casi exuberante. Sin embargo, tenía el mismo sex-appeal. Ese mismo atractivo que volvía locos a los hombres. Salía del ascensor escoltada por dos tipos guapos de la misma edad que él, que, sin lugar a dudas, la cortejaban. Ellos hablaban, ella reía y se apartaba la larga cascada de pelo de la cara.

Perdió unos segundos.

No había contado con su propia reacción. Estaba tan impresionado como si ella fuera una desconocida. Se le contrajeron los músculos del estómago y su sangre entró en ebullición. ¡Extraordinario! Se concedió un momento para recuperar la compostura. Esa era la pequeña Toni. Antoinette Streeton. La conocía de toda la vida, aunque antes hubiera sido demasiado joven para llamar su atención.

Toni era la única hija del difunto Eric Streeton y la notoria Zoe Streeton von Dantzig LeClair. Los Streeton eran dueños y operarios del rancho Nowra desde principios de siglo. Nowra era el rancho más cercano al suyo, unos ciento sesenta kilómetros al nordeste, y Eric Streeton había sido amigo de su padre y de sus tíos toda su vida. Incluso había sido el padrino en la boda de sus padres. Toda su familia lo pasó muy mal cuando Eric Streeton perdió la batalla contra la septicemia hacía unos años. No prestó atención a un profundo corte hasta que fue demasiado tarde. Así era Eric. Entonces, Eric y su hijo Kerry estaban solos. Zoe los había abandonado cuando los niños eran adolescentes y había vuelto para llevarse a Antoinette a París cuando acabó el último curso de internado. Se suponía que era un regalo, de seis meses como máximo. Antoinette se quedó con su madre casi cinco años. Ninguna de las dos había asistido al funeral de Eric. Estaban demasiado ocupadas haciendo un crucero por las islas griegas con uno de los admiradores de Zoe, Van Dantzig, que se convirtió en su segundo marido. Zoe ya iba por el tercero, un francés. En realidad no quería pensar en eso, le seguía causando el mismo enfado que antes, la misma tristeza por su trato hacia Eric. La amplia zona interior de Australia, de población escasa, pero muy unida, opinaba igual. La hija de Zoe caminaba hacia él; la luz se reflejaba en los discretos hilos brillantes de su corto vestido de noche. Era un vestido muy simple, de corte recto, pero un escaparate perfecto para un cuerpo y unas piernas preciosas. Se le notaban los años pasados en París. Parecía muy chic, con un toque de elegancia que no tenían las bellas jóvenes que él conocía. Los dos hombres se despedían de ella como si fueran viejos amigos, y uno sacó una libreta negra y apuntó algo. ¿Su teléfono y dirección? Dios, ¡era como Zoe! Eso lo hirió en lo más profundo.

En ese momento entró en el vestíbulo principal, atrayendo todas las miradas. Debió de notar que la observaba porque se volvió hacia él como atraída por un rayo de luz. Se levantó, abandonando el periódico, e intentó librarse de la extraña sensación que lo había invadido.

Era incluso más impresionante de como ella lo recordaba. Alto, delgado, de una belleza oscura y agresiva. Intensamente varonil, con una sexualidad poderosa que lo convertía en un peligro para cualquier mujer, igual que el brillo irónico de sus bellos ojos color lluvia. Lo hubiera reconocido en cualquier sitio, hasta en el fin del mundo. Al verlo, su corazón se paró un instante, como si hubiera estado a punto de ser atropellada. Le costaba respirar. Era extraño volver a ver a Byrne Beresford, rodeado por su aura de excitación, poder y glamour. Un hombre que dirigía un imperio ganadero con mano de hierro. El hombre con el que había fantaseado cuando era una adolescente romántica e impresionable. Pero para él nunca había sido más que la hermana pequeña de Kerry. Solo otra Zoe en potencia, una mujer tan insustancial como adorable, con la mala costumbre de arruinar vidas. Byrne Beresford, un hombre a quien conocía de toda la vida y que nunca llegaría a conocer de verdad.

Caminaba hacia ella con determinación y con toda la gracia de un poderoso felino. Con un metro ochenta y nueve centímetros de chispeante energía en tensión, lucía su ropa de ciudad con la elegancia de un patricio, pero su vitalidad y vigor, su piel bronceada y su mirada distante proclamaban que era imposible encerrarlo entre cuatro paredes. Era lo que era, un miembro de la clase terrateniente, un magnate ganadero con influencia y poder. Un hombre que era imposible ignorar, especialmente para el sexo opuesto.

–Byrne –exclamó. Respiró profundamente y le tendió

la mano. Él la aceptó y además inclinó la cabeza para rozar su mejilla con los labios. Un detalle que la afectó profundamente, el beso recorrió todo su cuerpo.

–Antoinette, bienvenida a casa. ¿Cómo estás? No has cambiado nada –dijo, dándose cuenta de lo absurdo de su comentario. Había florecido como una rosa. Tenía la piel hidratada y perfecta, y emanaba una fragancia que amenazaba con absorberlo. Maldición. Lo molestaba que lo hechizaran sin esfuerzo aparente.

–Es maravilloso verte. ¡Han pasado años!

–Hará cinco en marzo –respondió, examinándola–. Ya eres una mujer –dijo. Sin duda prohibida, aunque lo había impresionado más de lo que esperaba.

–París me ha venido muy bien. ¿Cómo están todos? Tienes que ponerme al día.

–Están bien –replicó–. ¿Por qué no entramos? Tomemos una copa antes de cenar –sugirió, tomándola del brazo con seguridad, apretando su piel desnuda durante un instante.

Ella sintió como si la quemara, la recorrió una oleada de excitación, como si fuera la primera vez que un hombre la tocaba. «Cálmate», pensó, asombrada por la rapidez e intensidad de su reacción. Ese hombre era único.

Un camarero los condujo a la mesa, en un salón panelado con espejos. Sobre su cabeza, enormes arañas de cristal emanaban una suave luz, muy favorecedora.

–¿Qué va a ser? –preguntó, mirándola con ojos luminosos, aún más sorprendentes porque no parecía consciente de su magnetismo. Era parte de él, como el aura de poder y prestigio que lo rodeaba, la gran riqueza que su familia había acumulado durante generaciones.

–Me encantaría una copa de champán –replicó ella volviendo la cabeza y viendo cómo su imagen se multiplicaba de espejo en espejo.

–Champán. ¿Por qué no? Tenemos algo que celebrar.

Mientras hablaba con el camarero, Toni se descubrió examinando su perfil. Su rostro era llamativo, con rasgos muy marcados. No era suave, sino profundamente esculpido. Tenía la barbilla partida de los Beresford con una hendidura profunda, no superficial como la de su hermano Joel, más joven y mucho más accesible. Pensó que debía de resultarle difícil afeitarse.

–Bueno, ¿he cambiado? –preguntó dándose la vuelta de repente.

–Perdón. ¿Te miraba demasiado?

–Sí, un poco.

Ella sacudió la cabeza, como si intentara liberarse de una corriente en la que sería fácil sumergirse.

–Pensaba en lo familiar que me resulta tu cara, aunque en realidad no lo es. No sé si me explico.

–Bueno, no éramos coetáneos. Eres de la edad de Joel.

–¿Cómo está? –preguntó ella.

–Encantado de que hayas venido.

–¿Por qué lo dices como si no pensaras que fuera a venir?

–Nunca te habías molestado en hacerlo antes –replicó él con más brusquedad de la que hubiera deseado. Sentía una corriente de deseo bajo esa hostilidad y, aún más abajo, la necesidad de poner fin a esos sentimientos.

Toni, sentada frente a él, se dio cuenta perfectamente, y sintió el brillo de las lágrimas en los ojos.

–Nunca nos vais a perdonar, ¿verdad? –musitó en voz baja, como si hablara consigo misma.

–Ya está hecho, Toni. Se acabó –dijo, mirándola a los ojos, pensando que eran como flores de loto. Azul y violeta.

–No lo creo, Byrne –dijo ella tras una pausa. Quería hablar honestamente, acortar las distancias, pero había aspectos de la vida de Zoe que necesitaba mantener en secreto–. No tienes idea de las dificultades que hubo. Zoe utilizaba su nombre de soltera y eso complicó mucho las cosas. Estábamos en alta mar. Cuando por fin recibimos el mensaje, era demasiado tarde –se interrumpió bruscamente, deseosa de no implicar más a su madre. Zoe era experta en tomar decisiones incorrectas. No le había dicho nada a Toni durante días, mientras luchaba con sus propios demonios.

–Bueno, eso es lo más cerca que has estado de explicar tu conducta –aseveró él con voz dura.

–Todavía nos duele recordarlo –dijo con una mirada de dolor casi físico, como si sintiera un latigazo de desolación. Los ojos grises la observaron calculadores y no quedaron convencidos.

–Perdona, Toni, pero eso es difícil de creer. Zoe no tuvo ningún problema en dejar a tu padre plantado.

–¿Y se supone que yo debo expiar sus pecados? –preguntó tensa.

–Desde luego que no ante mí –aseveró cortante. Estaba afectándolo demasiado, crispándole los nervios.

–No quiero tener que soportar tu desaprobación continua, Byrne. Vamos a ser cuñados.

–No te desapruebo. Eres encantadora, Antoinette –interpuso él, con una mirada que la hizo estremecerse–. París te ha sentado muy bien.

–No hablaba de mi aspecto –interpuso ella con tristeza.

–Vaya por Dios, ¿acaso no lo hace todo el mundo?

A veces su belleza se convertía en una clara desventaja. Cambió de tema deliberadamente, intentando encontrar uno seguro.

–Cate debe de estar muy excitada.

–Sí lo está –asintió él, notando su cambio de expresión–. La boda nos está afectando mucho a todos. Es la primera boda que se celebra en Castle Hill desde tiempos de mi abuelo. Como sabes, mis padres se casaron en Sídney.

–Y papá fue el padrino. Supongo que era inevitable que las familias terminaran uniéndose. Cate y Kerry siempre fueron muy buenos amigos. Era natural que se enamoraran. Tienen suerte.

–Tú habrás estado enamorada, ¿no? –inquirió él.

–Eso creí. Una o dos veces. Pero no funcionó.

–Tómate tu tiempo –aconsejó–. El matrimonio es un gran riesgo.

–¿Eso es otro ataque?

–En absoluto. Está claro que estás resentida. ¿Cómo le va a Zoe?

–Ahora está con unos amigos –respondió ella, a la defensiva.

–En Marruecos, ¿no?

–Sí, en una casa a unos kilómetros del centro de Marrakech. Es muy bonita, una granja de estilo colonial francés rodeada de palmeras datileras, cedros y olivos plateados. Las paredes están recubiertas de buganvillas rosas.

–Suena atractivo. Imagino que has estado allí.

–Sí, hace algún tiempo –admitió ella en voz baja–. Patrick quiere casarse con mi madre.

–¡No! –exclamó él con asombro fingido–. Eso debe de ser difícil, incluso para Zoe. ¿Qué le parece la idea a su marido?

–¡Calla, Byrne! –masculló entre dientes. ¿Se había atrevido a decir eso? Sí, lo había dicho.

–No, en serio –sonrió él fríamente–. Todavía quedan ciertas normas.

–Mamá odia las normas. Además, Claude está resignado a perderla. Le saca muchos años de edad.

–¿Y eso hace que sea diferente? –retó Byrne, con ojos fríos como el diamante.

–Para Zoe sí. Si algo no funciona, no funciona.

–Claro, hay que ser feliz a toda costa. Supongo que Patrick es rico.

–Por supuesto. Los dos sabemos que Zoe necesita tener dinero –replicó, herida por su burla.

–Parece que ha cuidado muy bien de ti –dijo, observando lo bien arreglada que estaba, el bonito y caro vestido de seda rosa y amarilla.

–No me he dedicado a vivir de mi madre y de sus maridos –interpuso ella. Era cuestión de honor.

–Lo siento. Creí que los seguías por toda Europa. Por cierto, tienes acento. Es encantador.

–¿Te sorprendería si te digo que hablo francés como una nativa?

–En absoluto. ¿Qué has estado haciendo en París? –preguntó con ojos burlones.

Estaba claro que no se la imaginaba como una dedicada maestra de inglés, función que había desempeñado con bastante éxito. Eso y actuar como modelo fotográfica de vez en cuando, sobre todo luciendo su larga melena rubia.

–Te lo contaré algún día si de verdad te interesa.

–¿Por qué no ahora?

–Creo que tienes muchas ideas preconcebidas sobre mí.

–La verdad, Toni, aún no te habías definido como persona –dijo, aunque no era cierto–. Tu madre te llevó consigo cuando solo tenías diecisiete años. Kerry te echó muchísimo de menos. ¿No lo sabías? Sobre todo después de la muerte de tu padre.

–No debería haber sucedido –dijo con voz temblorosa.

–No –asintió él, serio–. Tu padre se volvió poco cuidadoso. El divorcio lo afectó profundamente.

–Yo lo quería, Byrne –susurró ella, agachando la cabeza.

–Él te quería mucho, desde luego –dijo, y pensó para sí que en realidad la adoraba.

–Me quedé deshecha cuando me enteré –dijo. De hecho, se había derrumbado y acusado a su madre histéricamente.

–¿Y no encontraste el camino de vuelta? –preguntó sin ninguna compasión, aunque ella ofrecía una estampa conmovedora.

–Estaba preocupada por Zoe –explicó ella, sin entrar en detalles–. Además, tenía problemas económicos –añadió. En aquel momento había estado muy escasa de recursos.

–¿No pudo darte nada Zoe? –inquirió Byrne, arqueando una ceja.

–No le quedaba ni la mitad de sus ahorros. Estaba muy preocupada. Realizó una inversión desastrosa y una persona que tenía en muy buen concepto abusó de su confianza. Zoe es muy impulsiva. Actúa sin pensárselo.

–Diablos, ya lo sé –corroboró él, pensando en cuánto había trabajado Eric para ganar el dinero–. Olvídalo, Toni. Ya es cosa del pasado.

–Por desgracia, el pasado nunca nos deja. Nos sigue a todas partes. Me sorprendió mucho que Cate me pidiera que fuese dama de honor.

Él sabía que se había librado una gran lucha de poder, con la familia dividida en dos bandos, uno a favor de Antoinette y el otro en contra.

–Os llevabais muy bien de niñas –se evadió–. Y eres la única hermana de su prometido.

–Estoy segura de que esa es la única razón para que esté en el cortejo de la novia.

–Debo admitir que a algunos nos preocupaba que no aparecieras el día en cuestión –dijo, y al ver el destello de dolor en sus ojos, se arrepintió. ¿Acaso estaba intentando castigarla? Quizás sí.

El camarero volvió con una bandeja de plata. Depositó una botella de Dom Perignon en la mesa y la descorchó, dando las gracias con fervor al recibir la propina.

–Bienvenida a casa –dijo Byrne–. Debo pedirte excusas, Toni. Estoy siendo demasiado duro contigo.

–Puede que un día de estos te lo devuelva –le advirtió, sonando de repente como si fuera otra persona–. En cualquier caso, eres un hombre duro.

–¿De verdad tengo esa reputación?

–Te guste o no –sonrió ella, tomando un sorbo de champán.

–Escúchame, Toni –comenzó, aflojándose el botón de la elegante chaqueta y reclinándose hacia atrás–. Mucha gente depende de mí. Debo ocuparme de todo un imperio ganadero. Vivimos en tiempos difíciles y la dureza es una cualidad muy deseable. Harás bien en recordarlo.

–¡Lo recordaré! Puedes estar seguro. ¿Y Joel no te hace la competencia?

Durante un instante pareció que él iba a ignorar la provocación.

–No voy a hacer de menos a mi propio hermano, pero creo que te darás cuenta de que Joel no desearía cargar con mis responsabilidades.

–Pues me alegro, dadas las circunstancias. No estoy en absoluto de acuerdo con la vieja ley de la primogenitura. ¿Los dos seguís solteros?

–Ni siquiera estamos comprometidos. Joel aún tiene mucho tiempo. Yo lo haré cuando esté preparado –contestó algo picado, pero divertido.

–A lo mejor hasta tienes alguna candidata en mente –dijo con sus ojos de loto fijos en él.

–De eso nada.

–¿No te hacen falta las mujeres? –insistió. Sabía que su voz sonaba desafiante, pero daba igual, él ya la había etiquetado.

–Oh, claro que sí, Toni. No siempre duermo solo.

No. Desde luego que no, pensó Toni, intentando ignorar el escalofrío que recorrió su espalda.

–¿Algún nombre?

–No –cortó Byrne.

Estaba claro que no había más que decir.

–Acaba la copa y vamos a cenar –ordenó él–. Llevo todo el día de reuniones. Me siento como un Porsche que aún tiene el motor encendido. Necesito relajarme un poco.

Pero no se relajaron. La tensión aumentó un poco más, aunque admitieron tácitamente que sentían cierta atracción el uno por el otro.

El comedor principal era lujoso, la iluminación era suave y bellos cuadros y tapices decoraban las paredes; en las mesas había velas y centros de flores.

–Es precioso –murmuró Toni con aprecio, viendo la luz reflejarse en la piel cobriza de Byrne.

Él miró a su alrededor, como una persona que está acostumbrada a la grandiosidad desde la infancia.

–Creo que han renovado el comedor recientemente. Si no te importa, me gustaría salir temprano mañana, Toni.

–No temas, no tengo intención de ser una molestia.

La miró atentamente y casi se echó a reír.

–Bien, me gustaría estar en el aeropuerto a las ocho y media, como muy tarde. Supongo que es razonable asumir que traes bastante equipaje.

–No soy mi mamá querida, Byrne. He venido para un mes, luego volveré a París –replicó, con una mueca de disgusto.

–Suena como si hubiera alguien esperándote allí –dijo él con un súbito destello en los ojos, que brillaron como diamantes.

–Hay alguien –declaró ella. Respiró profundamente y simuló que se le nublaban los ojos.

–Siempre lo hay –replicó él. La miró fijamente antes de dedicar su atención a la carta.

–Se llama Akbar –le confió–. Hacemos auténticas locuras juntos.

–No estoy seguro de querer enterarme de tus aventuras marroquíes. En muchos sentidos, llevo una vida muy convencional –intervino Byrne, y apretó los labios con firmeza.

Ella abrió los ojos de par en par.

–No te avergüences, Byrne. En realidad eres un hombre espléndido –le dijo, consiguiendo que se asombrara de su facilidad para incomodarlo.

–Vaya, gracias, Antoinette. Pero recuerda que no me dedico a las jovencitas.

–Puedo decir, sin miedo a que me contradigas, que eso me excluye. Tengo veintidós años.

–Una edad considerable –contestó él, medio burlón y medio cariñoso.

–No pienso permitir que me trates como a una niña, Byrne.

–Mejor para ti. Estoy disfrutando con tu esfuerzo.

–¿Ah, sí? Creí que estabas intentando hacerme sufrir. Eso hizo que cambiara de actitud.

–Perdona, Toni. No era esa mi intención.

–Claro, te perdono –mintió ella, deseando suavizar la tensión–. Siempre y cuando tengas algo muy presente.

–Por favor, no te aguantes las ganas de decirlo –sonrió, sirviendo otra copa de champán.

–No soy ninguna estúpida.

La miró con un destello de luz en sus ojos gris plata.

–Eso hace que seas doblemente peligrosa.

Toni esperó hasta que estuvieron en el aire para hablar.

–Tengo que admitir que me encanta el avión nuevo –dio un golpe con una uña perfecta en el brazo de su sillón–. ¿Qué pasó con el Beech Baron?

–Se lo vendí a Winaroo Downs. Era justo lo que querían.

–¿Y esto es un Super King Air?

–Sí. Con turbopropulsión. Hace una media de doscientos ochenta nudos. Un jet no me hubiera servido para mucho, es demasiado difícil encontrar lugares donde aterrizar. Este aterriza en cualquier sitio, como el Baron, y eso es lo que necesito. Últimamente vuelo mucho, visito otras propiedades, voy a reuniones…

–Debe de haber sido carísimo –dijo Toni. Millones. Probablemente cinco o seis.

–No es un lujo, Toni, no es un juguete de hombre rico. Es una necesidad. Una forma de vida. Puede llevar a diez pasajeros cómodamente, además del piloto y el copiloto. Muchas veces llevo el pasaje completo. Sobre todo ganaderos. Les encanta viajar cómodamente.

–Como si yo no lo supiera –dijo ella mirando el paisaje–. Nunca me canso de volar. Es como un milagro.

–¿Sabes que Kerry tuvo que deshacerse del Cesnna? –preguntó mirándola con intención.

–Por supuesto –se mordió el labio–. Por mucho que papá y Kerry trabajaran, siempre había contratiempos.

–Y encima Zoe se llevó el mejor trozo del pastel –reflexionó él sin poder evitar la amargura.

–No sé nada de eso, Byrne.

–Claro que lo sabes. ¿Por qué mentir?

–Papá nunca discutió la asignación con ninguno de nosotros. Tenía trece años cuando Zoe se marchó, ¿recuerdas? Kerry acaba de terminar el colegio. Papá intentó protegernos.

–Entonces discúlpame. Tampoco le gustó nada que te fueras con tu madre.

–Sufrió mucho, pero, como me quería, cedió.

–¿Nunca se casó con el hombre con quien se escapó? –preguntó Byrne tras una larga pausa–. ¿O acaso no era lo suficientemente rico?

Ella miró por la ventana. El cielo era de un azul vívido, moteado con un velo de nubes.

–Algo así.

–¿Cuánto tiempo llevabas con tu madre cuando Van Dantzig desapareció?

–Fue horrible, Byrne.

–Ya me imagino –dijo, sintiendo un profundo deseo de protegerla–. Debió de ser una pesadilla para una bella jovencita.

–No tenía nada que temer. Lloré un poco cuando Zoe y Rolf rompieron. Zoe ya había conocido a Claude. Él decidió convertirla en una gran dama. Eso le gustó.

–Vaya, vaya –dijo, chasqueando la lengua–. ¿Cómo conseguiste aguantar todos esos líos?

–Soy infinitamente más madura que mi madre –replicó ella con sencillez.

–¿Por eso te quedaste? ¿Para protegerla? –preguntó, mirándola con perspicacia.

–Y tú que creías que iba como loca de aquí para allá. De hombre en hombre, de fiesta en fiesta, de droga en droga –dijo, mirando burlona su duro y atractivo perfil. Él lo notó.

–Vi a tus colegas del hotel.

—¿Qué colegas? —preguntó, parpadeando confusa.

—Esos dos que se morían por tener tu dirección.

—¡Ah, ellos! —exclamó Toni, dejando caer los hombros con desaliento—. Te encantó pensar que soy una linda cabecita hueca, ¿verdad?

—Sé perfectamente que no lo eres —negó. Estaba claro que era ingeniosa, inteligente y con valores personales.

—Les estuve dando consejos para su visita a la Gran Barrera de Coral. Son americanos, e iban en esa dirección.

—¿No te invitaron a ir?

Diablos, estaba haciendo lo imposible por provocarla.

—Bueno, sí, lo intentaron. No es ningún secreto que los hombres están convencidos de que las rubias saben disfrutar de la vida.

—A mí me parece bastante correcto —sonrió Byrne, y fue como si un rayo de sol iluminara su cara, normalmente oscura e impertérrita.

—¿No tuviste una novia bastante alocada una vez? —contraatacó Toni, intentando recuperarse de la impresión que le había causado su sonrisa.

—Lo dudo, Toni. Las mujeres alocadas no son de mi estilo.

—Pues a mí me parece recordar una. ¿Hettie?, ¿Lettie? Era una morena alta y guapa, que no tenía pelos en la lengua.

—Creo que te refieres a Charlotte Reardon —dijo, endureciendo la mirada de sus ojos gris plata.

—Sí, Lottie. Todo el mundo decía que era una libertina.

—¿Qué demonios te propones, Toni? —inquirió, enarcando la ceja.

—Solo quería ver si podía tomarte el pelo —bromeó ella.

—Será mejor que esperes a conocerme un poco mejor.

—Te conozco de toda la vida —dijo ella. Pero nunca lo había considerado un reto, como en ese momento.

–No de cerca –repuso él, entrecerrando los ojos–. Dime, ¿para qué has vuelto a casa en realidad? –inquirió, sabiendo que era una pregunta bastante agresiva.

–Para acompañar a Kerry, por supuesto. Para ser parte del cortejo de Cate. Es un honor.

–¿Qué va a hacer Zoe sin ti?

–Zoe ha tomado su decisión, Byrne. Va a casarse con Patrick. Yo no puedo hacer nada.

–Pero ¿te preocupa? –preguntó, intentando atravesar sus defensas.

–Quizás. A Zoe le encantan las bodas. Toda la excitación y el glamour. Ese ambiente mágico que se respira. No suele pensar en lo que ocurrirá después.

–Entonces, puedes considerar que fue un milagro que aguantara tanto con tu padre.

–Te aseguro que lo quería de verdad –dijo Toni, que conocía profundamente a su madre–. Y también estábamos nosotros dos.

–Una hija de trece años, un hijo de diecisiete. Unas edades bastante problemáticas, a juicio de cualquiera.

–Zoe no estaba capacitada para aconsejar.

–¿Alguna vez siente remordimientos? –preguntó, sin poder evitar cierta compasión.

Toni se frotó el entrecejo con un dedo.

–No se puede juzgar a Zoe con los esquemas de valores habituales. Ella no cree que romper un matrimonio sea un fracaso. Lo considera más bien una forma de salir de una mala situación. Te lo advierto, es posible que traiga a Patrick cuando venga.

–Siempre y cuando no traiga a Akbar... –bromeó él, con una mirada divertida en los ojos.

–Ya vale, bromeaba sobre Akbar.

–Menuda broma.

–¿Te lo habías creído?

–Debe de tener que ver con el hecho de que seas hija de Zoe –dijo él encogiéndose de hombros.

–Una aventurera –gruñó Toni. Eso era lo que todos pensaban antes de conocerla.

–La típica mujer que vuelve locos a los hombres.

–Creo que no heredé ese talento –farfulló, casi sin respiración.

–De momento no he visto nada que no me haga pensarlo –aseveró Byrne arrastrando las palabras–. Lo que es más, no sé cómo vamos a evitar que eclipses a Cate.

–A eso lo llamo yo mala intención consumada –espetó Toni, sonrojándose de humillación.

–En absoluto –sus ojos plata brillaron–. He estado en bodas en las que la dama de honor eclipsaba a la novia.

–Eso no debería ocurrir.

–Pero es un problema. Supongo que sabes que habrá tres niñas llevando flores, además de las cuatro damas de honor.

–Cate siempre dijo que quería una gran boda –sonrió Toni–. Conozco a Sally y a Tara, claro –dijo refiriéndose a las primas de los Beresford–, pero no recuerdo a Andrea.

–Andrea Benton.

–No me suena.

–Has estado fuera del país bastante tiempo. El padre de Andrea lleva un par de años siendo noticia. Fusiones de empresas, y cosas así.

–No parece que te caiga muy bien.

–Te aseguro que Andrea sí me gusta –dijo él, mirándola de arriba a abajo.

–¿Debo entender eso como algo especial?

–Puedes, si así lo deseas –sonrió–. Que yo sepa no significa nada en concreto.

–¿Es solo una amiga de la familia? –insistió, cambiando de posición para mirarlo. Era el hombre más guapo que conocía. Estaba completamente seguro de sí mismo, y se notaba.

–No te pases, Toni –advirtió, sin sonar demasiado enfadado.

–¿Por qué? ¿Te asusta el matrimonio?

–Eso mismo, señora –asintió, arrastrando las palabras de nuevo.

–Debería darte vergüenza, Byrne. ¿No te gusta enfrentarte a situaciones críticas?

–Puedes estar segura de ello –levantó los ojos del panel de control para mirarla–. En la familia Beresford no hay escándalos.

–¿De ningún tipo? –y añadió sin poderse resistir–. ¿No tuvo tu tío abuelo una amante que se llamaba Dolly?

Él se echó a reír de repente, y la risa inundó sus ojos.

–¡Cielos, es verdad! Me había olvidado de Dolly.

–Eso se llama memoria selectiva. Pero supongo que, si escondiéramos a Dolly en un armario, se os podría considerar una familia perfecta. Quizás ligeramente almidonada –dijo Toni, preguntándose cómo se atrevía a ser tan descarada.

–Basta, Antoinette, ya te has reído bastante.

–Solo porque has sido muy desagradable conmigo.

–Lo siento –se disculpó con una mirada brillante.

–Disculpas aceptadas. De todas formas, no soy la más indicada para hablar. Yo tampoco tengo planes de matrimonio. Soy un poco como tú. Tengo miedo –dijo, con la intención de darle otro pellizco a su ego. Pero él se echó a reír.

–Supongo que me lo merezco. ¿Fue tan terrible tu experiencia en el círculo materno? –preguntó con sorprendente simpatía.

–Incómoda.

–Si necesitabas dinero para volver a casa solo tenías que haberlo pedido.

–¿No pensarás en serio que te lo hubiera pedido a ti, Byrne?

–Tenías a Kerry.

–No creo que Kerry y yo volvamos a llevarnos como entonces –reflexionó, tras una pausa.

–¡Tonterías! –exclamó, mirándola desaprobador–. Te quiere.

–Me quería mientras crecimos juntos. Pero cuando quise ir con Zoe empezó a pensar que mi lado Zoe triunfaría. A veces me asusta cuánto me parezco a ella físicamente. A veces incluso hablo como ella –sonrió irónicamente–. Kerry nunca se identificó con Zoe. Es un Streeton de pies a cabeza. Además, en cierto modo, Zoe abandonó a Kerry. Fue muy crítico con ella desde pequeño. Creo que lo avergonzaba que Zoe coqueteara con todos los hombres que se ponían a tiro, no lo entendía. Flirtear es algo natural en ella, no puede evitarlo. Cuando Zoe se divorció de papá, Kerry se puso en su contra por completo. No es que defienda a Zoe por lo que hizo, pero puedo entender su punto de vista sobre algunas cosas.

–Desde luego –concedió él–. Entiendo que sientas lealtad hacia tu madre.

–Estamos muy unidas. Por un cordón de plata que no se puede romper. Zoe no tiene mala intención. Puede que nos sorprenda a todos con lo que hace, pero simplemente tiene que hacerlo. Es como una mujer que viviera en un mundo de fantasía.

–¿Y hablas de volver con ella? –inquirió con voz asombrada–. Seguro que no puedes hacer nada más por ella. Está claro que no te dio ningún apoyo. ¿Es que la necesitas económicamente? Soy consciente de que ni tú ni Kerry heredasteis mucho de vuestro padre, excepto la propiedad.

–Puedo ocuparme de mí misma, Byrne –anunció ella, apretando sus suaves labios.

–¿Haciendo qué? No me lo dijiste.

–Tengo bastante demanda como profesora de inglés. Me licencié.

–Es la primera noticia que tengo –dijo, mirándola con sorpresa.

–No puedes saberlo todo, Byrne –replicó ella sin ahorrarse el sarcasmo–. He trabajado mucho.

–Bien, me alegro por ti –aprobó con la mirada–. Sé que a Kerry y a ti se os daban muy bien los estudios.

–Pero tú creíste que solo me estaba divirtiendo.

–Algo así –admitió secamente. Eso habían creído todos.

–Zoe no quería que siguiera con los estudios. Pensaba que, como mujer, no necesitaba educación superior, pero yo hice mi elección. No quería depender económicamente de ella.

–No entiendo por qué. Tienes derecho. Ella ya se llevó bastante –dijo mirándola. De hecho, Zoe había limpiado a su marido.

–Ya te lo he dicho, Zoe hizo algunas malas inversiones –explicó, sin llegar a decir cómo de malas. El atractivo rostro de Byrne se ensombreció, pero permaneció callado–. No tiene cabeza para los negocios –defendió Toni–. Kerry no nos escribía. Y cuando lo llamaba parecía muy distante.

–Eso es una locura –objetó él–. Estaba deseando que volvieras a casa.

–Pues nunca lo dijo –replicó Toni, que había llegado a pensar que su hermano prefería seguir solo. Además, él tenía a Cate.

–No entiendo nada de esto, Toni. Kerry estaba muy preocupado por ti, tenía la impresión de que tú y tu madre llevabais una vida vertiginosa –aseveró Byrne, tras examinarla intensamente.

Toni se revolvió en su asiento. Kerry no se había equivocado. Zoe había elegido una vida muy vacía. Una vida llena de caprichos, promiscuidad, malicia y sufrimiento.

–Solo puedo decir que estaba allí con mi madre. ¿Qué se supone que tenía que hacer, abandonarla? No puedo olvidarme de mis responsabilidades como hija. Hay dos formas de verlo. Además, te recuerdo que también es la madre de Kerry.

–Te aviso que Kerry no quiere que asista a la boda –dijo él pensativo.

–Vendrá de todas formas. Es importante para ella.

–¿Sigue tan bella como siempre? –preguntó, recordando a Zoe con una niña preciosa en brazos.

–A veces pienso que su belleza es indestructible –sonrió Toni con dulzura–. Tiene cuarenta y siete años, pero aparenta treinta y cinco. Tiene una piel maravillosa.

–Que tú has heredado –dijo, acariciándola con los ojos.

–De eso no me quejo.

Estuvieron callados durante un rato, cada uno perdido en sus pensamientos. Él era un piloto tan competente y experimentado que era como ir por el cielo en una lujosa limusina.

–Voy a aterrizar en Nowra, como habíamos quedado. Querrás pasar un rato con Kerry. Pero contamos con que vengáis durante el fin de semana. Mi madre va a celebrar una pequeña fiesta para darte la bienvenida. También habrá otros invitados.

–Es muy amable por su parte –dijo Tony algo incómoda–. Pero no necesito ninguna fiesta, Byrne.

–Pues la vas a tener de todas formas. Tienes que probarte el vestido, ver si te queda bien.

–Seguro que quedará muy bien.

Él le dirigió una mirada que, si hubiera estado de pie, la habría mareado.

–En tu caso, creo que eso es quedarse muy corto. Los vestidos están en una de las habitaciones de arriba, envueltos en muselina. Han sido impresionantemente caros.

–Las damas de honor suelen pagar su propio vestido.

–¿Quién iba a imponeros un gasto así? No, debe ser un día perfecto para Cate, y estoy encantado de colaborar. También me agrada que se case con Kerry. Aparte de que la quiere mucho, nuestras familias siempre han estado unidas. Es un buen chico, sólido como una roca.

–Hablas de él como si fuera un aburrido –protestó Toni.

–De momento, es demasiado serio. Pero Cate lo arreglará. Kerry lo ha pasado mal. Vio la traición de su madre; perdió a su padre, como figura paterna y como jefe de Nowra. Kerry era demasiado joven para asumir tanta responsabilidad.

–Bueno, ahora estará en manos de Cate –dijo él con una sonrisa que la dejó temblando–. Estarán juntos durante el resto de sus días. Ahora Kerry es de la familia.

–¿Y puede pedirte ayuda cuando la necesite? –preguntó ella en voz baja.

–Eso espero. De hecho, ya lo hace.

–Estoy segura de que serás un cuñado excelente –dijo Toni, sin poder evitar un tono irónico.

–Esa ayuda también te la ofrezco a ti.

–No te la estoy pidiendo, Byrne –replicó ella ligeramente desafiante.

–No, pero te la ofrezco de todos modos.

CUANTO más se acercaban al oeste, más emocionada se sentía. Estaba en casa, en casa de verdad. Adoraba París con sus maravillosos edificios, puentes, árboles, restaurantes, galerías, museos, tiendas de moda, mujeres elegantes y hombres encantadores; todo ese ambiente que convertía a París en una de las ciudades más bellas y evocadoras de la Tierra, pero esto era distinto. Era único.

Australia, una enorme isla continente de ocho millones de kilómetros cuadrados, con amplias zonas de reserva natural, que apenas había cambiado en miles de años. En esta tierra, separada, alejada de un mundo en guerra, el paisaje y sus gentes emanaban un sentimiento de paz, libertad y amor a los espacios abiertos. Acababan de sobrevolar territorio ovejero. Se dirigían al sudoeste, el hogar de los grandes ganaderos, descendientes de los pioneros, hombres valientes y aventureros que habían abandonado sus hogares en las Islas Británicas para encontrar fortuna y habían fundado sus propias dinastías.

Como los Beresford.

Después de su participación en la Primera Guerra Mundial, su propio bisabuelo se estableció en la zona.

Los Beresford habían llegado sesenta años antes y todos ellos, a pesar de las tragedias familiares, tenían el toque mágico de Midas. Fueron los Beresford quienes primero diversificaron sus inversiones, acumulando riqueza para defenderse contra los malos tiempos. Cuando otros se habían hundido, a pesar de que Australia era el mayor importador de carne vacuna del mundo, los Beresford habían seguido a flote. Toni sabía que tenían muchas inversiones. También tenían un lucrativo negocio de venta de ponis para jugar al polo, un deporte que crecía en popularidad.

La voz de Byrne la sacó de su ensueño.

–¿Qué tal? –preguntó, dándose cuenta de su intensa emoción.

–Adoro esta tierra, tan abierta y salvaje –respondió, volviendo la cabeza hacia él, sus ojos de color jacinto oscuro.

–Es donde naciste. Son tus orígenes. ¿París nunca te pareció un poco claustrofóbico?

–A veces sí –admitió–. El ruido solía molestarme. Pero lo que más echaba de menos era el olor del monte bajo, ese aroma característico de los aceites, hojas y tallos de los eucaliptos. Incluso llegué a quemar un montón de hojas de eucalipto para poder oler la fragancia de casa.

–Eso es difícil de creer cuando piensas volver a Europa.

–Zoe me espera. Depende de mí para muchas cosas –dijo, mirándose las manos.

–¿Qué es, una niña?

La respuesta hubiera sido afirmativa.

–¿Qué hay para mí aquí? –contraatacó–. Puede que sea dueña de la mitad de Nowra, pero no puedo vivir allí. Cate será la señora de Nowra.

–Y eso te deja en una posición injusta –comentó él–. El rancho no puede estar dejando beneficios. ¿Nunca le has pedido a Kerry tu parte?

–No, por Dios. Nowra es la vida de Kerry. Lo quiere con pasión. ¿Cómo iba a pedirle que vendiera nuestra herencia?

–No podría hacerlo ahora –advirtió Byrne–. Pero se podría hacer.

–A pesar de tu oferta anterior, no puedo aceptar tu ayuda, Byrne –replicó con rapidez.

–Podrías haber suavizado eso un poco.

–Tú no suavizas ni un golpe.

–Puede que no. Pero lo que quería decir, y podemos hablarlo con Kerry, es que podría pedir un préstamo.

–¿Y tú serías su aval?

–Es una posibilidad.

–Claro. También es bastante posible que quieras verme lejos de Nowra.

–Eh, un momento –interpuso cortante–. Estaba pensando en ti.

Ella reflexionó durante unos instantes, decidiendo que quizás fuera verdad.

–Entonces, te pido disculpas. Pero hay que enfrentarse a los hechos. Nowra será el hogar de Kerry y de Cate. Tendrán un heredero que continuará la tradición familiar. Que la mitad de Nowra sea mía complica las cosas.

–La verdad es que un poco, sí –concedió él.

–O sea, que yo tenía razón.

–Piensa lo que quieras, Toni. Sé que lo harás. Lo veo en tus ojos.

Cuando llegaron a Nowra soplaba un viento racheado. A pesar de ello, hicieron un aterrizaje de libro. Kerry esperaba fuera del hangar, saludando con la mano, y Toni rompió a llorar.

–¿Lo has echado de menos más de lo que creías? –murmuro Byrne, impresionado por su linda cara manchada de lágrimas.

–Claro que sí –respondió con voz temblorosa–. Es mi hermano. Mi mejor amigo.

En cuanto puso los pies en el suelo, Kerry estuvo allí, levantándola en sus brazos y aprisionándola con fuerza.

–Toni, Toni, es estupendo volver a verte –la apartó un poco para observarla y añadió–: Estás aún más guapa que antes.

–Lo mismo te digo –rio ella temblorosa–. Te pareces mucho a papá. Es maravilloso estar en casa y verte por fin. Te he echado mucho de menos.

–Y yo a ti, tesoro –dijo, llamándola como hacía cuando eran niños. Rodeándola por la cintura se volvió hacia Byrne–. Muchas gracias por traerla a casa, Byrne.

–Ha sido un placer. Lo he pasado bien –dijo él quitándole importancia.

Toni se volvió radiante y una pelusa que flotaba en el viento se le pegó en la cara.

–Te quedas a tomar una taza de café, ¿verdad, Byrne?

–Me gustaría –dijo él, apartando con suavidad la pelusa de su húmeda mejilla–, pero espero a un cliente esta tarde. Viene a elegir un par de ponis para jugar al polo.

–Verá los mejores –afirmó Kerry–. ¿Está todo listo para el fin de semana?

–Claro que sí –replicó Byrne relajado–. Se lo he dicho a Toni. Serán unos veinte invitados, además de la familia, en la que os incluyo. Sin problemas para Toni. Rebosa desenvoltura y elegancia.

–Parece una de esas supermodelos –sonrió Kerry, mirando la esbelta figura de su hermana. Llevaba una camisa veraniega y vaqueros de color rosa con un bonito cinturón; estaba espléndida–. Y además tiene acento. No sé qué les parecerá eso a los lugareños.

–Unas cuantas semanas en casa y desaparecerá –prometió Toni–. Llamaré a tu madre para darle las gracias, Byrne.

–Eso le gustará –asintió, inclinando su morena cabeza. No engañó a Toni ni por asomo. Sonia Beresford siempre había desaprobado a Zoe. De hecho, incluso lo había dicho a las claras más de una vez. Toni era consciente de que la mayoría pensaba, injustamente, que había seguido los pasos de su madre. Toni tenía toda la vida por delante y pensaba aprovecharla, pero no tenía intención de dejar una estela de gente herida tras ella.

Tomaron el té en el amplio y fresco porche, con vistas a las infinitas llanuras onduladas. Había caballos pastando en uno de los prados, el sol brillaba sobre los distantes molinos, y un águila sobrevolaba la casa con las alas extendidas. Era como si nunca se hubiera marchado. La hacienda de Nowra no era una gran mansión colonial como la de Castle Hill, de los Beresford, pero era una casa muy agradable, con una distribución formal, al estilo inglés. Tenía dos plantas y estaba construida con la piedra local, decolorada por el sol hasta alcanzar un agradable color crema. Contraventanas, puertas y barandillas estaban pintadas de color blanco. Era encantadora. Y el camino de entrada, de unos cinco kilómetros, estaba bordeado por altísimos gomeros. Sin embargo, el interior necesitaba urgentemente una reforma. A pesar de su habilidad para manejar a su marido, Zoe nunca había conseguido renovar la decoración, que seguía siendo, en esencia, la de los tiempos de su bisabuelo. Los muebles eran victorianos, pesados, oscuros y enormes. A Toni le hubiera encantado decorar la casa ella misma. La decoración se le daba bien, pero ya no tendría oportunidad. Aunque medio Nowra era suyo, sería Cate quien realizara la reforma. Además, Cate tenía una dote de elevada cuantía, una gran ventaja para transformar lo que podía considerarse una casa enorme.

«¿Qué es lo mío exactamente?», se preguntó Toni, recordando su conversación con Byrne. El rancho simplemente cubría gastos. Había poco dinero en metálico. A diferencia de Cate, ella no era una heredera, aunque si vendiera su parte de Nowra tendría su seguridad garantizada.

–Estás muy seria, tesoro. ¿En qué piensas? –preguntó Kerry, poniéndose las manos tras la cabeza.

–Pienso que es como si nunca me hubiera marchado de aquí –sonrió Toni, mirándolo con cariño.

–¿Por qué no viniste nunca, Toni? –preguntó, con sufrimiento en los ojos–. Me lo he preguntado día tras día. Te eché mucho de menos. Fue terrible sin papá. No debería haber muerto. Septicemia, ¡por Dios! Lo previne sobre la herida, pero no le parecía grave. Byrne lo llevó al hospital en el avión, pero papá estaba bajo de defensas... –se interrumpió, afectado. Era un joven alto y guapo con la piel de un moreno dorado, y cabello y ojos marrones.

–No, Kerry –le suplicó–. Sé cómo fue.

–No puedes, Toni. No estabas aquí.

–Y siempre lo lamentaré. Fui víctima de las circunstancias. También Zoe. No queríamos que hubiera tantos malentendidos.

–Entonces, ¿por qué abandonó el nombre de Streeton?

Toni cerró los ojos, intentando contener un inmerecido sentimiento de culpabilidad.

–Estaba predestinado a suceder así, Kerry –suspiró con fatalidad–. Zoe había empezado una nueva vida. Le gusta representar papeles, ya lo sabes. Cuando la policía descubrió por fin quién era y dónde estaba, era demasiado tarde. Se volvió medio loca. Los remordimientos pudieron con ella. Ni siquiera tuvo el valor para decírmelo hasta varios días después. El funeral ya se había celebrado. Decidió que no podíamos hacer nada.

–¡Dios! –exclamó Kerry, se levantó abruptamente y se acercó a la balaustrada, mirando al infinito–. Eso es típico de Zoe. Nunca ha sabido tomar la decisión correcta.

–Lo intenta, Kerry, pero no ha aprendido a hacerlo.

–Deberías haber vuelto a casa.

–Lo siento mucho –respondió Toni calladamente.

–Hay algo más, ¿verdad? –se volvió para enfrentarse a ella–. Siempre estás protegiendo a Zoe. Incluso cuando eras una niña y alguien la criticaba. No se merece tanta devoción, Toni.

–Sí se la merece –objetó Toni, sintiendo las lágrimas aflorarle a los ojos–. Es mi madre. Es una niña, nunca acabará de crecer. Durante un tiempo lo pasó muy mal. Estaba destrozada. Era como si creyera que ella misma había matado a papá.

–¿Acaso no lo hizo? –preguntó Kerry, a punto de llorar.

–Ella no pensó en eso cuando lo abandonó.

–Nos abandonó.

–Sé que es difícil. Zoe no nos quería como hubiéramos deseado. Es un hecho, y tenemos que aceptarlo. Por otro lado, no soporta estar sola. Amenazó con matarse si la dejaba sola.

–Zoe no se mataría por nada –replicó Kerry, mirándola incrédulo–. A no ser que perdiera su belleza o su dinero. Nuestro dinero. Sangró económicamente a papá. Imagínate, conseguir que te recompensen por adulterio.

Toni palideció, al comprender lo profundo de su ira.

–¿Creíste que iba en serio? –preguntó Kerry.

–No fue ningún jueguecito suicida, Kerry. Acabó en el hospital. Un par de pastillas más y no lo hubiera contado.

Él se quedó en silencio. Después, con una mirada atormentada, se acercó a su hermana, se agachó y le tomó la mano.

–¿Por qué no me lo dijiste?

–Defender a Zoe se ha convertido en un hábito –repuso Toni con sencillez–. Era un aspecto de Zoe que no que-

ría que conocieses. Es como un coche deportivo sin fre-
nos. Yo actúo de freno.

—Eso lo creo –dijo Kerry con voz débil–. Yo también me
hubiera asustado. Espero no tener un hijo como ella. Debe
de ser algo genético.

—Rezo por que Zoe sea un caso único –anunció Toni
sobriamente–. Sé que voy a atraer muchas críticas gracias
a ella. De tu futuro cuñado, entre otros.

—¿Byrne? –preguntó Kerry asombrado–. No creo que
Byrne quiera hacerte daño o molestarte. No es así.

—No piensa nada bueno de Zoe.

—Nadie lo hace, tesoro, es la triste realidad. Me preocupaba que intentara cambiarte. Convertirte en una frívola
muñeca. Recuerdo que siempre quería vestirte como si lo
fueras, y tú lo odiabas. Cuando no volviste, todos creímos
que te habías puesto de su lado. Solo eras una niña cuando
te marchaste.

—Crecí rápido –dijo Toni, recordando los años pasados
con cierta incredulidad.

—¿De verdad va a venir a la boda o es otra de sus tonterías? –preguntó Kerry.

—En la medida en la que se puede confiar en Zoe, la
respuesta es sí.

—¿Aún no te has enamorado?

—Solo tuve una aventura medianamente apasionada.

—¿Y qué ocurrió?

—Se volvió demasiado posesivo. Eso no me gusta. Además, falta mucho para que esté dispuesta a echar raíces.
Cuando me case, quiero que sea para siempre. Como tú y
Cate. Estoy entusiasmada por ti, Kerry. Debe de ser maravilloso conocer a esa persona especial que te completa, tu
media naranja.

—Siempre fue así entre nosotros –explicó Kerry, con

voz satisfecha–. He amado a Cate toda la vida, desde que éramos críos. A ella le pasa lo mismo. Nunca hemos dudado de nuestros sentimientos.

–Afortunado tú –dijo Toni, con un nudo en la garganta–. Va a ser una gran boda.

–La boda del año –sonrió–. No todos los días se casa un Beresford.

–Ni un Streeton. No nos olvidemos de eso.

–Vas a ser una dama de honor bellísima –dijo Kerry con orgullo–. Lo que es más, conseguirás irritar a Andrea Benton.

–¿Y eso por qué? –preguntó Toni intranquila.

–¿No lo sabes?

–No.

–Le ha echado el ojo a Byrne –comentó Kerry, echándose hacia delante como si hablara en confidencia.

–¿De verdad? Es una mujer muy valerosa, al poner un punto de mira tan alto.

–Está loca por él –asintió Kerry, moviendo la cabeza.

–Creía que todas las mujeres de por aquí estaban locas por él.

–Cierto, pero Byrne es muy exigente.

–Claro. No soy tan estúpida como para haberme olvidado de eso.

–Tú estuviste enamorada de él, ¿no? –se burló Kerry.

–Si dices una sola palabra sobre eso, te mataré –amenazó Toni, estropeando el efecto con una dulce sonrisa.

–Mis labios están sellados –dijo Kerry con voz alegre–. Me gustaría que te quedaras, Toni.

Toni dudó, luego negó con la cabeza.

–Imposible, chico. Dos son compañía, tres son multitud.

–Te necesito –dijo–. Quiero a Catherine, pero también necesito a mi hermana. Eres de mi propia sangre.

–Es comprensible –se sintió complacida–. En realidad no tenemos a nadie, ¿verdad? Los Beresford tienen un auténtico ejército de parientes.

–Lo cual me recuerda algo: Joel está deseando verte otra vez.

–Santo Dios, ¿por qué? –preguntó Toni desconcertada.

–¿No lo dirás en serio? –sonrió Kerry mirándola fijamente. Toni nunca había sido vanidosa. Lo cierto era que su madre tampoco.

–Claro que sí. Joel solo era un crío cuando me marché. Siempre nos llevamos bien, pero nunca hubo compenetración, como entre Cate y tú.

–Lo que pasa es que ahora tú eres mayor. Y él también.

–No estarás intentando hacer de casamentero, ¿verdad? –lo retó asombrada.

–Algo hay que buscar para que te quedes en casa –dijo él, tras reflexionar un instante.

–No estoy lista para el matrimonio, Kerry. Y menos con un Beresford –dijo Toni, mirando a su hermano a los ojos.

–Y eso, ¿qué quiere decir?

–No me gustaría estar a las órdenes de Byrne –dijo, ligeramente ruborizada–. Tiene mucho poder e influencia sobre toda su familia.

–¿Y qué? Es el mejor tipo del mundo, Toni. Sé que puede resultar impresionante a veces, pero no podrías encontrar un amigo mejor.

–No habrás tenido que pedirle dinero, ¿verdad? Sé que han sido tiempos difíciles.

–Sobre todo me da consejos –suspiró Kerry–. Tengo a Jock, a Drew y a los chicos para ayudarme. Son buenos ganaderos y llevan con nosotros toda la vida, pero no tienen tanta experiencia como Byrne en los negocios.

–¿Luego, sí te prestó dinero?

–Me ha ayudado, sí.

–¿Con cuánto?

–Unos cien mil, más o menos –dijo Kerry, quitándole importancia–. En realidad, una gota en el océano. Se lo devolveré. A diferencia de nosotros, los Beresford no dependen solo del ganado vacuno. Están metidos en todo. Byrne es absolutamente brillante en cuanto se refiere a ganar dinero.

–Me lo imagino, y no me extraña. Parece que se pasan ese talento de uno a otro, pero eso nos crea una obligación hacia él, ¿no?

–Toni, tú misma lo has oído. Somos familia.

–Tú eres su familia, yo no. Yo soy una intrusa. Supongo que, como te vas a casar, deberíamos hablar de nuestros asuntos.

–Espero que no querrás que te pague tu parte, ¿verdad, Toni? –dijo Kerry, preocupado–. Entiendo que estás en una situación difícil, pero ahora mismo es totalmente imposible.

–No, no es eso en absoluto –negó Toni–. Pero estoy pensando que a los Beresford les gusta hacerse cargo de todo. Byrne ya ha mencionado el tema.

–¿De qué manera? –preguntó Kerry con mirada de ansiedad.

–Quizás prefieras hablarlo tú mismo con él. De hecho, lo sugirió.

–No. Dímelo tú.

–Dijo que podrías pedir un préstamo –informó Toni, estudiando la cara de su hermano. Kerry reaccionó con rapidez.

–No por todo el dinero que te corresponde. A no ser que tuviera...

–¿Un avalista?

–¡Eso es! –dijo Kerry mirándose las manos.

–Byrne desearía que su hermana fuera la única propietaria de Nowra. ¿No lo comprendes?

Cate nunca ha dicho nada de eso –dijo Kerry, revolviéndose en la silla.

–Supongo que tiene planes para redecorar la casa.

–No me caso con ella por su dinero –replicó Kerry apartándose el abundante pelo rizado de la cara.

–¡Santo cielo!, no hace falta que me lo digas. Pero sé que Cate es una persona que confía en sí misma. Viene de un entorno muy seguro. Querrá ser ama de su propia casa.

–Sí sé que quiere hacer algunos cambios –admitió Kerry.

–Eso me parece bien. Solo podrá ser para mejor. Sé que te gusta tener cosas familiares alrededor tuyo, Kerry, te pareces mucho a papá, pero la casa ganaría mucho con más luz. Nunca me gustaron los muebles victorianos. Tampoco a Zoe.

–En eso no consiguió convencer a papá –dijo Kerry casi con satisfacción.

–Espero que no pretendas impedírselo a Cate –advirtió Toni.

–No me dejaría –la miró e hizo una mueca–. No puedo negarlo, Cate es quien manda.

Probablemente era verdad, pensó Toni. Cate era una persona fuerte y positiva a la que le gustaba tomar las riendas. Eso atraía a Kerry. Cuando se alejó de su madre, buscó una mujer fuerte, alguien que valorara el trabajo duro, la lealtad y el amor. Cate era una figura materna disfrazada. Incluso de niña había sido una persona muy capaz, que saltaba a la defensa de Kerry ante la crítica más nimia. Toni era cuatro años menor que su hermano, y ella y Cate nunca habían sido íntimas, pero tampoco habían tenido nin-

gún roce. Aunque Cate le había pedido que fuera su primera dama de honor, Toni tenía la impresión de que Sonia
Beresford no había estado de acuerdo. Probablemente tampoco Byrne. Le había dejado bastante claro que todos la
despreciaban por marcharse con Zoe.

Byrne los recogió en el helicóptero a las nueve y media
de la mañana del sábado. Kerry estaba encantado de pasar
el fin de semana con su amada, pero Toni, a pesar de sus
variadas y a veces penosas experiencias de los últimos
años, era un manojo de nervios. Aunque Castle Hill no era
exactamente la boca del lobo, estaba segura de que todos
la mirarían como a un bicho raro. A las tres de la tarde iba
a celebrarse un partido de polo, la final entre todos los equi-
pos no profesionales del interior.

—Van empatados a dos —le contó Kerry, orgulloso miembro del equipo de Byrne, compuesto por los dos hermanos Beresford, Kerry y Sandy Donaldson, un gran jugador
de Emu Downs, un rancho vacuno y ovejero del centro de
Queensland.

—Será un gran partido, Toni —prometió Kerry—. Nunca
falta el drama cuando Byrne está sobre el terreno de juego.

—Siempre y cuando no acabes en el suelo —dijo Byrne
con una sonrisa—. Tienes que presentarte ante el altar dentro de un mes.

—Sé cómo defenderme —sonrió Kerry—. Tú eres el gran
jugador. Ganaste nuestro primer partido a medio galope.

—El superhombre —dijo Toni, abriendo los ojos con burlona admiración.

Cuando estuvieron en el aire, Toni vio un cielo azul infinito, sin una nube en el horizonte. Sintió que su corazón
se aceleraba. Castle Hill era el buque insignia del imperio

Beresford. Se construyó y amplió con determinación fé-
rrea de generación en generación. Su historia era una interminable saga llena de drama, peligro y tragedia, de se-
quías e inundaciones; un terrible incendio a principios de la
década de 1920 había destrozado un ala entera de la hacienda y un Beresford había perdido la vida. El rancho recibía su nombre de una monolítica colina de arenisca que se
elevaba tras la hacienda y que parecía un antiguo castillo
arruinado. Había varias formaciones parecidas dispersas por
todo el interior, pero Castle Hill, o Korrunda Koorun, como
la llamaban los aborígenes, era una de las más espectaculares. A lo largo de su vida, Toni la había visto en todas sus
manifestaciones: brillando fieramente contra el cielo azul
cobalto, difusa al atardecer y al anochecer, resplandeciendo
dorada y rosa a la puesta de sol, y destellando plata verde
oscuro y negro cuando las tormentas eléctricas la acosaban.
Los aborígenes consideraban Korrunda Koorun un empla-
zamiento sagrado, asolado por los espíritus, y no todos pensaban que era una simple leyenda. Normalmente, Castle
Hill era un lugar benigno, un fenómeno natural admirable,
pero todos se habían sentido amenazados por él en alguna
ocasión.

Aquel día estaba espectacular, una gran fortaleza con la
hacienda a sus pies. Byrne aterrizó en la explanada delantera de la grandiosa mansión colonial, que se quedaba pequeña comparada con su entorno.

–No me digas que te tiembla la mano –dijo Byrne, ayudando a bajar a Toni.

–No te burles –pidió ella, intentando controlar sus nervios.

–¿De qué tienes miedo? –preguntó él, con sorprendente ternura.

–De que me vayas a servir para la cena.

–Me gustaría más besarte.

Eso hizo que ella levantara la cabeza. Lo miró y vio la luz brillar en sus ojos.

–No te pongas en peligro haciéndolo –advirtió.

–Puedo cuidar de mí mismo, Antoinette –replicó él, fijando los ojos deliberadamente en su suave y carnosa boca.

–¡Acabáramos! El típico optimismo de los solteros recalcitrantes –se burló Toni, agradeciendo que la brisa refrescara sus mejillas.

–Tonterías. Sabes que puedo casarme en cuanto lo desee.

–Bien sabe Dios que estás en tu derecho –acertó a decir, dulce como la miel–. Casi lamento no estar disponible.

–No soy un ladrón de cunas.

–Byrne Beresford, estoy muy por encima de la mayoría de edad –dijo, y sus ojos violeta refulgieron.

–Para mí eres una menor –replicó él, revolviéndole el pelo con la mano.

–¿No será que te sientes amenazado? –Toni empezó a disfrutar, dudando entre mantener el control o dispararse como un cohete.

–Quizás algo trastornado –afirmó Byrne, y sus ojos plateados brillaron como monedas al sol.

–Bueno, no es un mal principio.

Él miró sobre su hombro y Toni se dio la vuelta. Dos mujeres bajaban por las escaleras, la más mayor con cierta realeza, tal y como correspondía a la señora de Castle Hill; la más joven, alta, delgada y de pelo oscuro, a toda prisa.

–Adelante, joven Streeton –masculló Byrne.

Cate corrió a los brazos de su prometido, y se volvió para sonreír radiante a su hermana.

–Toni, es maravilloso verte. Eres tan preciosa como nos dijo Byrne. Bienvenida a casa.

–Me encanta estar aquí, Cate. Muchas gracias por pedirme que sea tu dama de honor. Es un placer –dijo Toni, acercándose espontáneamente a intercambiar un beso con ella.

–¿Cómo podría no haberlo deseado? –exclamó Cate–. Seremos hermanas dentro de un mes. Siempre he querido tener una hermana.

–Antoinette, querida –saludó Sonia Beresford, acercándose. Era una mujer guapa y con carácter, muy por encima de la estatura media, con ojos gris oscuro, una espesa mata de pelo casi negro y una actitud que sugería que nunca, pero nunca, perdía la compostura.

–Señora Beresford.

–Bienvenida, querida. ¿No pensarás marcharte y dejarnos de nuevo? –dijo, abrazando suavemente a Toni.

–De momento mis planes son inciertos, señora Beresford –explicó Toni, manteniendo la sonrisa–. Estoy muy contenta y excitada por la boda.

–Como todos nosotros. Nuestras familias unidas –Sonia Beresford miró a su hijo con orgullo y luego volvió su elegante cabeza hacia Kerry–. ¿Cómo estás, querido?

–Muy bien, Sonia –contestó Kerry, con una sonrisa que le iluminó la cara–. Es maravilloso tener a Toni aquí. Estuvimos hablando hasta la madrugada y nos quedamos a medias.

–Tenéis mucho que deciros.

–Lleva las maletas a la galería, ¿de acuerdo, Pike? –dijo Byrne a un sirviente que se acercaba. Toni pensó que para los Beresford dar órdenes era una forma de vida.

–¿Qué hacemos aquí, al sol? Vamos dentro –intervino Sonia con su suave voz de contralto.

–Me reuniré con vosotros después –se despidió Byrne.

–Volverás a tiempo para el almuerzo, ¿verdad? –preguntó su madre con cierta ansiedad.

–Seguro. No me lo perdería por nada –respondió, echando una última mirada abrasadora a Toni.

–¿Notas algún cambio? –preguntó Sonia a Toni, mientras se acercaban a la casa.

–Está perfecta, como siempre. Esa preciosa enredadera blanca es nueva –declaró, mirando hacia el majestuoso exterior del edificio; una parte central flanqueada por dos grandes alas, situadas para formar un semicírculo. Los pilares de piedra de la planta baja formaban una magnífica columnata, que estaba engalanada con una tupida enredadera cargada de flores blancas con forma de trompeta.

–Me cansé de la buganvilla –explicó Sonia–. Era muy bonita, pero difícil de controlar. Planté la ipomea hace unos tres años. Es perfecta para la boda. Florece toda la primavera y el verano.

Una vez en la casa, Toni notó a simple vista que la habían redecorado a todo lujo para la boda. Al pasar, vio de reojo que el salón tenía un papel pintado nuevo, de un amarillo encendido, perfecto con el dorado de los marcos de cuadros y pinturas, de las molduras que decoraban el techo y las blancas librerías. Se veía alegre, luminoso y amplio, los ventanales lucían cortinas amarillas de tafetán.

–Ya tendrás tiempo de recorrer la casa –dijo Sonia al sorprender su mirada–. Hacía falta redecorar, y este era el momento perfecto. Deja que te lleve a tu habitación. Seguro que quieres instalarte.

Subieron por la espectacular escalinata central, posiblemente la característica más impresionante de la casa, hasta llegar a un descansillo que se dividía para llevar a la planta superior y a la galería, ricamente decorada e inundada por la luz de una cúpula de cristal. La zona de los dormitorios salía de la galería, y Sonia señaló hacia el ala oeste. Al igual que la entrada y el salón, la galería estaba recién pintada, y sus elaboradas molduras repetían el juego de amarillo, blanco y oro. Era preciosa, grácil, y debía de haber costado una millonada.

Sonia movió la mano con un vago gesto de disculpa.

–Incluso Byrne llegó a cuestionar el dineral que estábamos gastando. Pero mi única hija no se casa todos los días. Y además en casa. Eso me encanta. Tu habitación está por allí, tendrás una preciosa vista del jardín vallado.

Sonia paró ante una puerta abierta y le cedió el paso a Toni. La habitación era bonita, decorada con muebles franceses, incluida la cama, en tonos rosas y blanco. Toni nunca había pasado la noche en la hacienda, pero sus padres lo habían hecho con frecuencia, para asistir a fiestas y bailes.

–¿Te gusta? –sonrió Sonia, ante la transparente expresión de Toni.

–Es una habitación preciosa, señora Beresford.

–También la tendrás para la boda –dijo Sonia, acercándose a un ramo de rosas que había en el escritorio para recolocar una flor–. Disfruté decorándolo todo. Espero que cuando Byrne me haga feliz eligiendo una esposa, ella comparta mis gustos.

–Me encanta todo lo que he visto –sonrió Toni, acercándose a la cristalera y mirando el jardín–. También eres una excelente jardinera.

–Lo cierto es que solo planifico –admitió Sonia–. No me gusta hablar de ello, pero tengo artritis en las manos. Igual que mi madre. No dejaré que corten el césped hasta justo antes de la boda. Quiero que todo esté verde. Utilizamos agua de pozo, claro, y hemos tenido mucha suerte con las lluvias este invierno. Ha sido un milagro, después de tantos años. La predicción meteorológica es que lloverá bastante en Queensland alrededor de Navidades, así que disfrutaremos de las aguas de la crecida.

–Y de las flores silvestres –apuntó Toni–. Algunos de mis amigos de París no me creían cuando les dije que el desierto florece como el jardín del Edén después de las lluvias. Tampoco creo que pudieran hacerse una idea del tamaño del país, ni de las enormes áreas despobladas.

–Tratamos de mantenerlo en secreto –sonrió Sonia–. ¿Qué tal la vida en París, querida? –preguntó, fijando sus ojos grises en la grácil figura de Toni, mientras esta iba del dormitorio al vestidor para colgar la ropa que había traído. Sonia se fijó en una atractiva prenda tapada con una funda de plástico. Adivinó, correctamente, que era para la fiesta.

–Muy estimulante –contestó Toni–. París es todo cuanto se supone. Tú lo sabrás, has estado allí varias veces. Pero es maravilloso estar en casa.

–Byrne me ha dicho que tuviste tiempo de estudiar una carrera.

–Sí, de Letras. Siempre me gustó estudiar y aprender cosas nuevas.

–Ahora lo recuerdo. Kerry también era un estudiante excelente. Estamos encantados de recibirlo en nuestra familia.

Aunque lo dijo con calidez, Toni tuvo la ligera impresión de que Sonia Beresford hubiera preferido que su hija apuntara más alto.

–¿Sabes que tienes acento?

–Eso me dice todo el mundo. Es difícil evitarlo.

–Pero es agradable. También has adquirido una gran elegancia.

–Creo que París es la mejor escuela –dijo Toni–. Aprendí mucho simplemente con mirar.

–¿Y cómo está tu madre? –preguntó Sonia con voz sedosa–. ¿Bien, supongo?

–No creo que Zoe haya estado enferma un solo día de su vida.

Si no se incluía su horroroso intento de suicidio, pensó Toni.

–¿Siegue siendo tan bella? –pregunto Sonia con un ligero deje de envidia.

–Mi madre es una mujer muy afortunada. Su belleza no disminuye..

–¿De veras piensas que vendrá a la boda, Toni?

–Dice que vendrá, señora Beresford –replicó Toni, tras una pausa.

–Llámame Sonia, por favor –explicó con un imperioso gesto de la mano–. Vamos a ser familia, Toni. Podemos olvidarnos de las formalidades.

Toni hizo un gesto de asentimiento con la cabeza.

–Zoe está encantada de que Cate y Kerry se casen, Sonia. Siempre admiró a la familia y quiere mucho a Cate. Si llegará a venir o no, es difícil de decir. Ella dice que vendrá.

–¿Va todo bien en su matrimonio? –los bien definidos labios de Sonia se cerraron con fuerza.

–¿No te lo ha dicho Byrne? –estaba claro que sí–. Está pensando en dejar a Claude.

–No hace las cosas a medias, ¿verdad? –criticó Sonia.

–No –Toni negó con la cabeza.

–¿Sabes que Kerry no quiere que venga?

–Me lo ha dicho. ¿Qué opina Cate? –suspiró Toni.

–Ya conoces a Cate, querida –Sonia se encogió de hombros–. Apoya a Kerry en todo. Pero desde luego que a ti no te dirá nada. Sabe que estás muy unida a tu madre.

–Por lo que sé, soy la única amiga que tiene.

–Te admiro por ello, Antoinette –afirmó Sonia, con brillo en los ojos–. La lealtad familiar es importante.

–Tengo ganas de volver a ver a Sally y a Tara –dijo Toni, para suavizar la tensión.

–Y ellas a ti –mintió Sonia, recordando la oposición de ambas a que fuera primera dama de honor–. No conoces a Andrea. Llegará a mediodía, justo a tiempo para el almuerzo. Es una joven muy atractiva. Ha estudiado y viajado mucho. Byrne la atrae, pero no sé qué siente él por ella. Está claro que no tiene ninguna prisa por subir al altar. Antes pensaba que no había mujer suficientemente buena para él. Ahora estoy deseando verlo casado y con familia. Pronto cumplirá treinta y dos, ya es hora de que me dé nietos y un heredero para Castle Hill –Sonia quería a todos sus hijos, pero adoraba a su primogénito.

–¿Y Joel?

Sonia se echó a reír.

–He perdido la cuenta de los romances de Joel. Nunca duran mucho tiempo, aunque debo admitir que está deseando verte. Sobre todo desde que Byrne dijo que eras deslumbrante.

–Byrne es muy amable.

–No decía más que la pura verdad –contestó Sonia secamente, imaginándose la reacción de sus sobrinas–. Por cierto, tendrás que probarte el vestido de dama de honor. Aunque nos mandaste tus medidas, quizá haya que hacer alguna modificación. Hemos elegido el color de cada vestido de acuerdo con vuestra coloración y con las flores del ramo de Cate. Sally llevará rosa peonia, Tara lila, Andrea verde hoja del tono de sus ojos y tú violeta. Los vestidos son de satén de seda, sin tirantes, con unos boleros cortos de encaje para llevar en la ceremonia. Luego os los podréis quitar. Los colores del ramo también se repetirán en vuestro tocado.

–Suena precioso.

–Maravilloso –sonrió Sonia satisfecha–. Las niñas irán vestidas de tafetán color magnolia, sobre enaguas de tul, con fajines diferentes, a juego con las damas de honor. Lo mismo que los chalecos de los hombres. El vestido de Cate es increíble. Está preciosa con él. Dejaré que te lo enseñe ella misma. Ahora me voy, tengo mucho que hacer. Ya nos veremos en el almuerzo. Después está el partido de polo y esta noche, la fiesta.

–Gracias de nuevo por darla en mi honor, Sonia. Eres muy amable.

–Es un placer, querida –dijo Sonia. Fue hacia la puerta y se paró–. ¿Sabes una cosa?, a pesar de tu asombroso parecido con Zoe, tienes algo de tu padre. Tu expresión y la forma de mover la cabeza. Tampoco tienes la figura de Zoe. No, decididamente, tienes rasgos de Eric.

«Quizás sean los suficientes como para salvarme», pensó Toni.

CAPÍTULO 3

EL DESFILADERO era largo y estrecho, con paredes
que resplandecían como el fuego. A intervalos regulares
tenían que vadear un arroyo, que aunque ahora era poco
profundo, se convertía en un torrente cuando lo alimenta-
ban los monzones del norte. A ambos lados de la escarpa-
dura crecían gomeros, de blanca corteza, que relucían contra el cielo azul. Él y dos de sus hombres llevaban toda la
mañana siguiendo a un grupo de ganado sin marcar, animales que intentaban escaparse escondiéndose en el desfiladero, que contaba con agua y vegetación variada. Poco a
poco estaban alcanzando a un grupo. Cuando los alcanza-
ran volvería a casa. No quería estar lejos más tiempo del
necesario. Tenía que jugar un partido de polo por la tarde,
aunque, sorprendentemente, ocupaba un lugar secundario
en sus prioridades desde que había llegado la señorita Antoinette Streeton. Por primera vez en mucho tiempo se sentía verdaderamente excitado, y eso le provocaba cierto placer irónico. Había empezado a pensar que lo único que le
hacía disfrutar de verdad era su amor por la tierra. Su tierra, Castle Hill. Ahora, sin previo aviso, aparecía la joven
Toni Streeton con su brillo parisino. Era algo físico, claro.
Le placía cualquier manifestación de belleza. No, tenía que
ser justo. Ella irradiaba una intensa esencia de mujer, esa
misteriosa criatura casi divina que hechiza a los hombres.
Era muy estimulante, pero no tenían ningún futuro. Por en-

cima de todo, él quería preservar su perfecta totalidad, la sensación de ser su propio dueño.

De repente, a un kilómetro, un enorme canguro rojo saltó desde una cornisa cercana al suelo pedregoso, asustando a los caballos, que se encabritaron en protesta. El rastreador aborigen que solía acompañarlo, Sansón, así llamado por su largo y espeso cabello negro y su tupida barba, soltó maldiciones de tono muy subido mientras intentaba sujetar al caballo; después, cuando el animal se calmó, le palmeó el costado cariñosamente. Más abajo había más canguros rojos, media docena, bebiendo tranquilamente en un charco de color verde lima, pero se marcharon saltando cuando los jinetes se acercaron a galope. Ya podían ver al grupo escapado, y los obligaron a salir del desfiladero a toda velocidad, dando latigazos al aire por encima de ellos.

Cuando salieron a los pastos, Beresford hizo algunas recomendaciones y emprendió el regreso. Tardaría una buena media hora en volver a la hacienda, se había retrasado. Se caló su sombrero Akubra sobre los ojos y puso su caballo al galope, consiguiendo que grandes nubes esmeralda se levantaran de los gráciles y esbeltos robles del desierto. Eran periquitos, que se dispersaron como si fueran confeti lanzado al aire en una boda. Era algo que veía todos los días, pero aún lo emocionaba su magia.

Llegó a la hacienda bastante cansado. Una ducha fría lo reviviría. Se sentía acalorado y sucio, su cara y su camisa vaquera estaban cubiertas de fino polvo rojo y salpicaduras de barro. En los establos le arrojó las riendas a uno de los chicos, se quitó el Akubra y se limpió el sudor de la frente. Podía entrar en la casa por la parte de atrás y utilizar un baño que estaba al lado de la cocina para quitarse la mayor parte del polvo de la cara y de las manos.

Dentro de la casa, oyó la voz del ama de llaves, Bridie, que reinaba sobre todos los empleados del hogar. Como siempre, daba instrucciones a sus ayudantes, jovencitas aborígenes de la misión, que deseaban trabajar y vivir en la hacienda para no alejarse de sus raíces. Las chicas eran tan alegres como eficientes, y le quitaban mucho trabajo a Bridie, que ya tenía más de sesenta años.

Se rio al verse la cara en el espejo que había sobre el lavabo. Parecía un forajido, un peligroso fugitivo. El pelo, liberado del sombrero de ala ancha, era un revoltijo de ondas negro oscuro, imposible de dominar, y la suciedad acentuaba el peculiar brillo de sus ojos. Diablos, hasta a él le parecían unos ojos raros. ¿Los de un fanático, un visionario? No era ningún santo. Se aseó rápidamente. Echó la toalla húmeda en una cesta y salió de la habitación dejando atrás las despensas y la sala refrigerada, y cruzó el vestíbulo hacia la escalera que le llevaría a su suite del ala este.

Cuando tenía la mano en la barandilla y un pie en el primer escalón lo detuvo un sonido. Un ligero tarareo, mezclado con algunas notas melodiosas. La voz de una mujer. Salía del viejo salón de baile, una amplia habitación situada en el centro de la casa a la que se accedía desde el vestíbulo. La última vez que se utilizó fue en el veintiún cumpleaños de Cate. Ahora sería el escenario de la ceremonia de su matrimonio, y los invitados ocuparían también la biblioteca adyacente.

Su siguiente movimiento fue totalmente involuntario. Otra sorpresa. Se descubrió andando suavemente por el corredor, pisando la alfombra para apagar el sonido de sus botas de montar. Alcanzó las puertas dobles del salón de baile, abiertas, y miró dentro.

Una mujer joven bailaba sola una lenta melodía, con

los ojos entrecerrados y moviéndose como si estuviera en brazos de una pareja imaginaria. Alguien de quien estaba enamorada. Tenía una expresión soñadora, y los labios curvados en una dulce sonrisa de felicidad. La falda de su vestido, que acariciaba ligeramente sus caderas, se movía con ella. Su largo cabello rubio platino se movía también, y Byrne deseó agarrarlo y enterrar su rostro en él, deslizar sus dedos entre esa masa sedosa y perfumada.

¡Dios! ¿Qué le estaba pasando? No era ningún mozalbete inexperto, pero no podía apartar los ojos de ella. Era casi como si le hubiera robado la fuerza. Solo podía seguir allí, observando su actuación. Era tan bella como un cuadro, y entraba y salía del rayo de sol que la acariciaba como un halo. Sus pisadas apenas se oían. Podría haber sido una aparición maravillosa, un ángel.

Sintió de nuevo el viejo conflicto. No le gustaba sentirse sin poder. Además, era lo último que necesitaba.

—Quizás esta noche podamos encontrarte pareja —dijo, juntando las manos y dando unos ligeros aplausos. Su voz le sonó burlona incluso a él.

Ella paró de inmediato y se volvió hacia él. Sin un ápice de vergüenza.

—Byrne, me has asustado —dijo con sus ojos violeta brillantes como estrellas.

—¿Tan lejos estabas? —preguntó, sintiendo la necesidad de acercarse a ella, aunque se sentía incómodo y molesto.

—¡Hacía años que no bailaba así! —rio sin aliento—. Siempre nos hemos movido en ambientes muy concurridos. ¿Habrá baile aquí esta noche?

—¿Por qué no? —respondió, con los ojos fijos en su linda cara—. Más vale que le saquemos el mayor partido posible al salón. ¿Sabías que la recepción se celebrará en los viejos establos de piedra?

–Eso me dijo Kerry. Los habéis renovado por completo.

–Sí, es un edificio que tiene mucho significado histórico
para nosotros, y mucho más ambiente que el salón principal. Tengo que reconocer que el resultado es digno del dinero que hemos invertido. Seguro que Cate querrá enseñár-
telo mañana, hoy hay demasiado lío –explicó. De repente, se
dio cuenta de que debía de tener pinta de salvaje–. Tendrás
que disculpar mi aspecto. He estado recogiendo ganado sin
marcar casi toda la mañana. Iba a darme una ducha cuando
te oí.

–¿Cómo sabías que era yo?

–El canto de la sirena –dijo con tono seco, pero mirándola con intensidad.

–¿Por qué dices eso?

–Digamos que una vez que lo has oído no te queda más
remedio que seguirlo.

–Espero que eso signifique que bailarás conmigo esta
noche.

–Bailo muy mal.

–Imposible. He visto cómo te mueves. ¿Por qué no me
dejas que juzgue yo? –dijo levantando los brazos juguetona-
na, pero su corazón palpitaba de excitación.

–¿Con ese vestido blanco? –su mirada plateada acarició el cuerpo de Toni, y ella sintió que su sangre entraba en
ebullición.

–No estoy sugiriendo que nos acerquemos demasiado
–contestó ella con ligereza.

–Eres una pequeña provocadora.

–No soy tan pequeña –le recordó–. Vamos, Byrne, atré-
vete. No hay nadie por aquí.

–Me alegro.

Se inclinó hacia ella con gracia, rodeando su estrecha

cintura. Aunque solo la rozó, lo sintió como una llama. Él no había pretendido nada, simplemente la miraba, pero sintió calor, placer, y una corriente de deseo que le hizo sentirse intranquilo.

«Esto no está bien», pensó. «Es incorrecto». No pensaba dejarse atrapar en su sedosa telaraña. Tampoco tenía intención de complicarle la vida a una jovencita.

Ella tenía la mano sobre su hombro y, aunque él intentó apartarse, empezaron a moverse con un exquisito ritmo espontáneo, siguiendo el sonido afinado y dulce de su voz. Le gustó mucho, satisfaciendo una necesidad oculta.

–Es tan romántico... –Toni medio cantó, medio tarareó el tema principal de la película *Sabrina*, de Audrey Hepburn, pero no consiguió que sonara tan casual como ella deseaba. Había un deje de emoción en su voz que revelaba que ella, también, estaba aturdida por un placer desconocido.

Bailar con Byrne Beresford era como cumplir un sueño. Algo mágico. Le daba igual su caro vestido. Deseaba que la atrajera contra él, pero justo cuando creyó que iba a hacerlo, él dejó caer los brazos con brusquedad, haciendo que se sintiera casi rechazada.

–Me ha encantado, Antoinette –masculló, arrastrando las palabras.

No hacía falta un radar para sentir su animosidad sexual.

–Estoy convencida de que podríamos haberlo hecho mejor –intentó hablar con ligereza, pero él siguió tenso.

–Tenemos que tener en cuenta ciertos factores, Antoinette.

–¿Cuáles? –preguntó inocentemente.

–Soy muy consciente de tu edad y de que estás apunto de unirte a la familia –repuso él.

–¿Qué tiene eso que ver con que bailemos? –dijo, ruborizada y nerviosa.

–Deberías verte la cara. Resplandece.

–Pensé que mi cara te gustaba –dijo, llevándose la mano a la mejilla. Ardía.

–Debería estar acuñada en una moneda –dijo con tono sarcástico–. No servirá de nada que intentes cautivarme, Antoinette, así que no te dediques a ello en cuerpo y alma.

–Creo que cautivarte sería bastante complicado –repuso ella tranquilamente. Sabía que estaba siendo un poco atrevida.

–Quizá podrías –dijo Byrne encogiéndose de hombros.

Súbitamente, ella sintió cómo el calor inundaba cada poro de su piel.

–No te atreverías a apostar, ¿verdad? –le dijo. Él hizo una mueca.

–Nunca apuesto cuando no estoy seguro del resultado.

–Entonces no eres nada divertido –lo miró a través de sus largas y rizadas pestañas. En ese momento era pura Zoe.

–Además, tengo miedo –sonrió él. A pesar de que irradiaba sexualidad, ella tenía una cierta cualidad inocente y frágil que le parecía muy atractiva.

–¿De mí? –preguntó ella, elevando la voz.

–Una mujer bella nos convierte a todos en cobardes –se mofó él.

–Oh, vete a darte una ducha –exclamó exasperada, alejándose.

–Lo peor de todo, es que la necesito –rio él, mirándola divertido–. Tendré que tener cuidado, mucho cuidado, cuando estés cerca.

***

A mediodía había llegado la mayoría de los invitados. Algunos por aire, otros por tierra. En un país tan inmenso, a la mayoría le parecía normal conducir durante cientos de kilómetros. Lo importante era llegar, y Castle Hill era famosa por sus partidos de polo y sus fiestas. Todos los invitados volverían para la boda, clara candidata a encabezar la lista de las bodas del año. Los novios eran populares y tenían muchos amigos. Los Beresford eran ricos y legendarios, la hacienda era imponente y todos esperaban el acontecimiento con impaciencia. Además, era una buena oportunidad para que las mujeres se vistieran de gala, y dedicaban gran esfuerzo, por no hablar de dinero, a planificar su vestuario.

Se reunieron en el comedor informal para almorzar. Se sirvió un bufé: jamón, pollo, pavo, salmón ahumado con ensaladas variadas y algunos platos calientes. Todo parecía delicioso, pensó Toni, mirando la larga mesa, que llegaba hasta las puertas de la cristalera. La familia y los invitados estaban allí o en la terraza porticada, conversando animadamente hasta que ella entró y todos callaron.

El regreso de la hija de la infame Zoe Streeton, pensó dolida, aunque lo cierto era que estaba preciosa y tenía su propia individualidad.

Joel lo dejó muy claro, acercándose el primero.

–Un ángel, ¡por mi vida! Toni, es maravilloso verte de nuevo –la saludó mirándola con placer, con sus brillantes ojos azules. Joel, de veinticuatro años, era casi tan alto como su hermano, pero mientras Byrne tenía un físico muy desarrollado, Joel era más bien larguirucho aunque contaba con la ancha espalda de los Beresford.

–Encantada de verte, Joel –dijo Toni, ofreciéndole la mejilla con cariño; y Joel se aprovechó, saboreando su cremosa piel con los labios.

–Creo, Toni, que has superado las expectativas de Joel –apuntó Byrne uniéndose a ellos y mirando a su hermano con ironía.

–Te pareces mucho a tu madre –dijo Joel, sin poder apartar los ojos de ella.

–Antoinette tiene identidad propia –le comunicó Byrne con complacencia–, y no vamos a dejar que la monopolices –añadió, agarrando a Toni del brazo con seguridad–. Ven a saludar a los demás, Toni. Conoces a la mayoría.

Las primas Beresford lucían una mirada inquisidora en los ojos que no cuadraba con sus brillantes sonrisas. Eran altas, delgadas y de extremidades largas, como toda la familia.

–Encantada de verte, Toni –dijo Sally, la más agradable–. Adoro tu vestido. ¿Lo compraste en París?

–Sí –sonrió Toni.

–Eso me parecía –dijo Tara, elevando sus delicadas cejas–. Imagino que ibas a todos los desfiles de modas.

–En absoluto. Nunca conseguía entrar –sonrió Toni de nuevo. No mencionó que había conocido a muchas de las modelos mundialmente famosas, ni que le habían parecido muy amigables y sensatas.

A continuación, llegaron los jugadores de polo con sus esposas y amigas. Fern Patterson, pequeña, con un moderno revoltijo de rizos rubios, y una cara inteligente, era hermana de James, el capitán del equipo contrario. Aunque a Toni le gustó su aspecto, detectó que Fern estaba algo incómoda. No entendió la razón hasta después. Fern era la novia de Joel desde hacía casi un año. Eso era un récord.

Andrea Benton fue una sorpresa. No era bonita en absoluto, sin embargo, con disciplina y buen hacer conseguía resultar muy atractiva. Alta, delgada y bronceada, sabía llevar con elegancia su cara ropa. Sus ojos verde claro eran transparentes y directos. Tenía los dientes perfectos y una sonrisa muy atractiva. Pero lo que más llamaba la atención era su pelo, cortado al estilo paje y de un imposible pero llamativo color borgoña. Después, Cate le dijo a Toni que Andrea se cambiaba el color del pelo a la mínima.

—He oído hablar mucho de ti, Toni —dijo Andrea, estrechando su mano con firmeza. Tenía buena voz, directa, educada, y con ese ligero tono arrogante común entre los muy ricos.

—Encantada de conocerte, Andrea —respondió Toni, preguntándose si lo que Andrea había oído era bueno. No era en absoluto del tipo de Byrne, pero parecía suficientemente sobria para ser una buena candidata, muy cualificada en el terreno social.

Mientras charlaban, Sonia entró en la sala.

—¿Por qué no empezamos a comer? —sugirió sonriente.

—Te sentarás a mi lado —Joel reapareció junto a Toni.

—Tenemos sitios asignados, Joel —informó Byrne afablemente—. ¿No te vas a sentar junto a Fern?

—Byrne, no he visto a Toni en años. No irás a presionarme, ¿verdad? —se quejó Joel.

—Claro que sí. Fern parece un poco perdida. Ve con ella.

Fue una comida agradable. Sonia era una gran anfitriona, pero Toni no pudo librarse de la sensación de estar bajo observación. Tara, en particular, parecía querer hacerla sentirse culpable. Joel, en cambio, estaba de muy buen humor, su alegría y entusiasmo eran contagiosos, y Toni se echó a reír en varias ocasiones. Era obvio que estaba luciéndose para ella, pero estaba consiguiendo que ciertas personas de la mesa la miraran con mala cara. Aunque Joel intentaba ser el alma de la fiesta, era Byrne quien atraía las miradas de todos, como si fuera el sol. Todos los hombres iban ya vestidos para jugar al polo. El equipo de Byrne llevaba camiseta azul marino con relámpagos rojos y blancos. El equipo contrario llevaba camisa verde oscuro con una raya vertical amarilla a un lado. Todos eran altos, vigorosos y físicamente atractivos, pero ninguno tenía el aura extraordinaria de Byrne. A Toni le pareció que estaba increíble, sus luminosos ojos grises contrastaban con su piel color bronce y su pelo negro. Toni sorprendió la mirada de Andrea y descubrió que no era la única en pensarlo. Los ojos verdes de Andrea brillaban con fiereza, con una especie de necesidad hambrienta. Entonces notó que la observaban y bajó los párpados.

«Así que ya lo sé», pensó Toni. «Andrea quiere un matrimonio brillante. ¿Quién puede echárselo en cara?».

Andrea sonrió y transfirió su atención a Toni.

–¿Piensas volver a Francia, Toni? –preguntó amistosamente, pero con mirada alerta.

–Vamos a convencerla para que se quede –intervino Cate–. A Kerry –le gustaría, y yo siempre he deseado tener una hermana.

–Nos tienes a nosotras –Tara miró ofendida a su prima.

–Claro que sí, pero ya sabes lo que quiero decir –se sonrojó Cate.

–Aún no lo he decidido, Andrea –dijo Toni–. Mi madre espera que vuelva –explicó, mirando a Byrne, guapo y relajado, recostado en la silla.

–Y Zoe suele conseguir lo que desea –apuntó él suavemente.

Hora y media después se reunieron en el campo de juego, uno de los dos que había en el rancho. Las mujeres buscaron la sombra del pabellón que habían levantado a un lado del campo. Alrededor del terreno se veían empleados del rancho, aquellos que tenían la tarde libre, con sus mujeres y niños pequeños. Todos eran grandes aficionados al juego y, aunque era un partido privado, los jugadores eran de primera y sabían que les esperaba una tarde entretenida. Sonia no estaba presente, tenía demasiado que hacer, así que las jóvenes tuvieron oportunidad de conocerse mejor.

–Siéntate junto a mí, Toni –invitó Cate. Estaba algo apenada por la hiriente actitud de Tara. Toni Streeton no era ninguna desconocida. Era la hermana de Kerry, dama de honor principal y una invitada de la casa. Las damas de honor tenían que llevarse bien. Nada, nada en absoluto iba a estropear su boda, decidió Cate, aunque no la sorprendía la actitud de sus primas. Lo cierto era que se habían opuesto a que Toni fuera dama de honor.

–¡Ni siquiera vino al funeral de su padre! –había dicho Tara.

–¿Qué quieres que opinemos de ella? Y si encima consideramos a su horrible madre y la vida que lleva...

–Te recuerdo, Tara, que también es la madre de Kerry –había respondido Cate, pero Tara había insistido:

–Pero él no se parece nada a ella. Es un Streeton de pies a cabeza.

Si Byrne no la hubiera apoyado, no habrían aceptado a Toni, pensó Cate, calándose el sombrero de paja.

El equipo de Byrne ganó el primer tiempo cómodamente, cuatro a uno. Joel, luciéndose ante la galería, casi se cayó del caballo un par de veces, hasta que su hermano, capitán del equipo, gritó algo que le hizo recuperar el control. Antes del segundo tiempo, Andrea se excusó y se acercó a donde Byrne se cambiaba de camiseta. Era un hombre magnífico, de torso perfecto y piel color bronce cubierta con un suave vello negro; su sonrisa fue como un destello blanco cuando Andrea le dijo algo que lo hizo reír. Toni dio un respingo y Cate le guiñó un ojo.

—Es divino, ¿verdad? Mi propio hermano.

—Lo mismo piensa Andrea.

—Está loca por él –confió Cate–. Sin que le haya dado motivo, Byrne es muy reservado. Se enamoró el primer día que lo vio. Ya sabes cómo es Byrne. No sé ni cuántas mujeres han estado enamoradas de él, pero Byrne no hace promesas a nadie.

—Quizás esté demasiado ocupado dirigiendo un imperio ganadero –dijo Toni con cierta sequedad.

—Eso tiene que ver, y no solo es el ganado, como sabes, pero todos queremos que Byrne se case. Una vez me dijo que la mejor forma de seducir a una mujer es ser rico. ¿Crees que es verdad?

—Puede que sea un poco cínico –replicó Toni tras considerarlo–. Pero, desde luego, muchísimas mujeres buscan seguridad económica y consideración social. Lo que tengo claro es que yo no podría casarme sin amor.

—Es el mejor principio –rio Cate–. Kerry y yo empezamos hace años como buenos amigos y todavía lo somos. Tardamos bastante tiempo en darnos cuenta de que queríamos ser marido y mujer.

—Me alegro mucho por ti, Cate –los ojos violeta de Toni brillaron sinceros–. Sé que tu matrimonio durará para siempre. Los divorcios son horribles.

Cate intuyó que Toni lo había pasado mal durante aquellos años con su madre.

Comenzó la segunda parte y Andrea regresó, con el rostro encendido de excitación.

—Byrne dice que se lo están poniendo demasiado fácil.

—Quizás se recuperen –dijo Toni, sin creerlo.

El equipo de Byrne estaba en buena racha. Por fin el capitán del otro equipo, James Patterson, que hasta entonces se había sentido intimidado por su oponente, dio un gran golpe y consiguió meter un tanto.

Byrne lo saludó, agradecido por la competencia. A partir de entonces las cosas mejoraron. Joel, todavía luciéndose, iba detrás de todo, apartando al caballo de sus oponentes de la pelota. Inevitablemente, como todos se temían, su palo se enganchó con el de otro jugador y acabó entre las patas delanteras de su poni, y Joel salió despedido de la silla.

Fern se puso en pie de un salto, apagando un grito, pero Joel volvió a montar en un instante. El último tiempo fue el mejor del partido, aunque a Toni le dio la impresión de que Byrne regalaba puntos al equipo contrario. En el momento crucial dio un golpe magnífico, la pelota voló por el aire y entró justo por el centro de la portería contraria.

Un golpe perfecto.

Sonó la campana.

Había terminado.

—¿No es Byrne un jugador excepcional? —Andrea aplaudió vigorosamente—. Enhorabuena. Bien jugado —su grito le salió del corazón, como todos notaron.

Por la tarde, mientras los demás optaron por la piscina, Toni decidió ir a cabalgar. Llevaba un pequeño biquini bajo la camisa y los vaqueros, por si le apetecía darse un remojón en una de las lagunas. Tendría que volver a lavarse el pelo, pero le daba igual. Se sentía fenomenal en la silla, respirando aire puro libre de contaminación. Solo llevaba en casa unos días, después de cinco años de ausencia, pero se sentía como si nunca se hubiera marchado. Por mucho que le hubieran gustado Francia y las ciudades europeas que había visitado, siempre se había sentido exiliada, lejos del hogar, del único lugar que llenaba su corazón. Sentía el canto del desierto. Amaba los amplios espacios abiertos, las planicies de plantas espinosas, las impresionantes pirámides de tierra roja y el fantástico sistema entrecruzado de ríos, lagunas y arroyos que convertían el enorme desierto ribereño en una región excelente para engordar al ganado, un sueño de pastos tras la lluvia.

Para cuando llegó a Dama Blanca, una laguna rebosante de espléndidos nenúfares blancos, estaba acalorada y lista para darse un baño. Dejó al caballo disfrutando de la sombra de unos coolabah, árboles autóctonos que solo crecían cerca del agua. Pasó entre el dondiego de día que cubría todas las pendientes de color azul violáceo. Se quitó la ropa, la dobló, se trenzó el pelo y anduvo por el arenoso suelo blanco hasta llegar al agua. Estaba muy apetecible, de un vívido color verde esmeralda transparente como una joya. Se zambulló, disfrutando del frescor en la piel.

Toni, buena nadadora desde la infancia, nadó hasta el centro de la laguna y miró hacia la orilla. Los manzanos emú, con sus ramas en forma de helecho, estaban rebosantes de los redondos frutos que tanto gustaban a los emús. Era un lugar precioso, pensó. Lleno de magia. El pelo se le había destrenzado y levantó los brazos para apartárselo del rostro. Cuando levantó los ojos, una sombra se acercaba entre los árboles, bajando la cuesta hacia el sol.

Joel. Aunque le caía muy bien, hubiera preferido estar sola.

–¡Hola! –exclamó él, saludando con la mano–. Me imaginé que estarías aquí.

En un segundo se quedó en bañador, se zambulló y nadó hacia ella con un potente crol. Un momento después estaba a su lado.

–No pude resistir la tentación de venir. Es maravilloso, ¿no? Te hace sentirte vivo –dijo, nadando a su alrededor como un delfín–. Creo que no he estado solo contigo ni cinco minutos desde que llegaste.

–Escúchame, Joel –tenía que dejar las cosas claras. Miró a su alrededor vagamente, casi esperaba ver aparecer a Byrne, con ojos fríos como el hielo–. ¿No es Fern tu novia?

–Claro, pero tengo muchas novias –dijo Joel, frunciendo el cejo.

–Concéntrate en Fern –dijo Toni–. No quiero que te olvides de ella.

–Eso es difícil estando tú aquí. Te has convertido en un cisne. Ahora que lo pienso, ese es el emblema de la boda. Dos cisnes. Solo se emparejan una vez, como sabes. Mamá ha utilizado ese pequeño ritual de emparejamiento, la forma en que doblan el cuello formando un corazón, en muchas de las decoraciones.

–¡Qué encantador! –dijo Toni, y entrecerró los ojos, soñadora–. Me lo imagino perfectamente. Dos bellos cisnes blancos. Qué lástima no poder usar los cisnes negros australianos. Tienen plumas blancas por debajo y picos rojos, pero supongo que el blanco es más apropiado para una boda.

Joel gruñó y sacudió el agua de su pelo.

–¡La boda! En cierto modo me agradará que se termine, no se habla de otra cosa. Incluso Fern ha empezado a hablar de compromiso. Nunca lo había hecho antes. Esto de la boda la ha inspirado.

–O sea, que no me equivocaba –Toni elevó los ojos para mirar a una bandada de pájaros cubrir los coolabahs de blanco–. ¿Entiendes ahora por qué no quiero causar problemas? Hay gente que estaba en contra de que volviera. Ya hemos hablado de ello. ¿Quién me votó como dama de honor?

–Cate te quería, por supuesto –dijo Joel, incómodo.

–¿Pero tu madre no?

–Tranquila, Toni. Eso no es justo. Claro que mamá sí. El gran problema era ... –dudó.

–¿Zoe?

–Byrne te votó –dijo Joel, dándose cuenta de que estaba afectada–. Yo también, por supuesto, pero ya sabes que el voto de Byrne es decisivo en todo.

–Yo hubiera pensado que eran Cate y Kerry los que tenían que tomar las decisiones –comentó Toni, con destellos en los ojos.

–No te enfades, Toni. Tú lo has preguntado –la calmó. De repente, porque no le gustaban los conflictos, dijo–: Te reto a una carrera hasta la orilla.

–Vale. Te voy a ganar.

Por supuesto que no lo ganó. Era imposible que ganara a un hombre tan buen nadador, pero hizo un esfuerzo loable. Joel salió del agua, se dio la vuelta y la levantó en brazos.

–¿No recibo el beso de ganador?

–¿Tú qué crees? –Toni miró sus aparentemente inocentes ojos azules–. Joel, suéltame.

–¡Eres un peso pluma! ¿Es eso un sí?

–Vale, en la mejilla, y solo porque voy a convertirme en parte de la familia.

–Y es maravilloso –dijo. Inclinó hacia atrás su barbilla, sin poder resistirse a la tentación de darle un impulsivo beso en la boca, pero ella consiguió apartar la cabeza.

–Lo digo en serio, Joel –dijo Toni, empujándolo con suavidad.

–Eso es interesante. Yo también –musitó él, sin poder dejar de mirarla, ahora que estaba fuera del agua. Tenía cuerpo de ninfa, delicado y femenino. Los pechos pequeños, pero deliciosos, la cintura diminuta, las caderas estrechas, las piernas largas, bonitas y rectas.

—¿Puedes dejar de mirarme?

—Creí que lo hacía con discreción —repuso él con una gran sonrisa.

—¡De eso nada! ¿No crees que deberíamos volver?

—¿Qué prisa hay?

—No quiero problemas, Joel. Te sugiero que termines con una novia antes de empezar con la siguiente.

—Estás preocupada por Fern, ¿es eso?

—Ya te lo he dicho. No me gusta herir a la gente. Byrne también me preocupa. Solo he venido por un mes y no quiero causar problemas.

—Eso debe de resultarte difícil —dijo una voz profunda y sarcástica desde la izquierda.

Los dos se volvieron bruscamente y miraron hacia los árboles.

—Debí imaginarme que serías tú, Byrne —respondió Joel tras un segundo.

—En fin —dijo Byrne, apareciendo ante ellos—. No me hace ilusión correr tras vosotros, pero Fern está molesta.

—Yo no tengo nada que ver con eso —Toni se ruborizó—. Absolutamente nada.

—Ya me he dado cuenta, Antoinette —dijo Byrne tolerante—. Es culpa de Joel. ¿No te parece un poco fuerte dejar a Fern sola, Joel?

—Quizás, pero no es mi esposa —protestó Joel molesto.

—Lo sé, pero ella opina, con razón, que le debes un poco más de cortesía.

—¿Es que no puede entretenerse con las chicas?

—No le has dado otra opción al marcharte de repente. Menos mal que he adivinado dónde venías. Creo que ya es hora de que vuelvas.

–Vale, vale. Capto el mensaje –se avergonzó Joel–. ¿También voy a tener que casarme con ella?

–Nadie te obligará, pero tampoco puedes dejarla plantada. Te ha venido muy bien durante un año –sonrió Byrne irónico.

–No me gusta sentirme atado –masculló Joel.

–Esa es la ventaja de ser hombre –exclamó Toni, secándose con fuerza–. Nunca he conocido a uno de vosotros que no quiera hacer exactamente lo que le venga en gana.

–Supongo que no sugerirás que las mujeres son distintas –dijo Byrne conciliador, pero sus ojos brillaban eléctricos.

–Será mejor que me vaya –accedió Joel, poniéndose la ropa–. Dejé el Jeep un poco más allá.

–¿Por qué? –se volvió Byrne–. ¿No sería porque querías acercarte a Toni sin que te oyera?

–Quería darle una sorpresa –Joel recogió los zapatos.

–Seguro que lo conseguiste.

–Hasta luego, Toni –se despidió Joel con tristeza–. Podrías volver en el Jeep conmigo. Ese caballo sabe volver a casa solo.

–Adiós, Joel –dijo Byrne con firmeza.

Eso puso punto final a la discusión. Joel quería y respetaba a su hermano. Dedicaba mucho tiempo a intentar complacerlo.

–Estoy deseando bailar contigo en la fiesta, Toni –gritó Joel alejándose.

Toni fue a tomar su camisa rosa, pero Byrne se adelantó, recogiéndola y entregándosela con una sonrisa lacónica. Desde el primer momento, en el hotel, su mirada plateada había hecho que se sintiera muy consciente de su cuerpo. Era excitante, pero la asustaba. Su biquini, rosa fucsia, apenas la cubría.

Casi con enfado, se puso la camisa de algodón sin remeterla en los pantalones y abrochó algún botón.

–¿Intentas seducirme? –preguntó él.

–Lo siento, Byrne. Demasiado arriesgado –replicó ella, tras un momento de silencio.

–¿Pero admites el peligro?

–Claro que sí, pero prefiero resistirme.

–Lo estabas pasando fenomenal con Joel –Byrne la miró fijamente.

–¿Estabas mirándonos? –reaccionó ella, con ojos llameantes.

–«Buscándoos» se aproximaría más a la verdad. Vi el Jeep y supe que os encontraría juntos.

–¿Y qué creías que estábamos haciendo? –se sonrojó–. Joel no significa nada para mí.

–Y así debe continuar, Toni –se acercó y acarició su encendida mejilla suavemente. Un leve roce que ella notó en cada una de las fibras de su cuerpo.

–¿Podrías explicarme el porqué? –su voz, a pesar suyo, sonó temblorosa.

–No puede haber romance. Joel debe madurar mucho aún, trata a Fern con gran insensibilidad.

–Ya me he dado cuenta de eso. Pero me molesta que opines que con Fern está a salvo, y en cambio yo soy un peligro moral –espetó, notando cómo la ira comenzaba a bullir en su interior.

–Lo has sido desde el primer momento –aseveró Byrne secamente–. No es culpa tuya, Toni, pero tu efecto en Joel ha sido explosivo.

–¿Y qué se supone que debo hacer? –lo miró y apartó la vista, sorprendida por la expresión que vio en sus ojos.

–Dile que hay alguien en París a quien echas mucho de menos –sugirió él.

–Entiendo. Mentir.

–¿No me dijiste que había alguien llamado Akbar? –sonrió él, seductor.

–No seas ridículo, Akbar no es más que un amigo.

–Cielos, y yo que pensaba que te lo habías inventado.

–Más vale que me vaya –cortó Toni–. Aquí ya no se respira ninguna paz.

–¿En serio? Yo creo que es un sitio precioso. Relajante.

–¿Traes a Andrea aquí?

–No escuches los cotilleos, Toni –dijo, nada divertido.

–Entonces, ¿no es verdad? –insistió, intentando aguijonearlo tanto como él a ella.

–¿El qué? –no estaba dispuesto a darle pistas.

–Me gusta mucho observar a la gente. La adoración de Andrea es patente.

–Eso suena fatal. No estoy involucrado con Andrea. Solo la he acompañado a celebraciones diversas en algunas ocasiones.

–¿Y le has hecho el amor una o dos veces? –solo de pensarlo se le iba la cabeza.

–¿Qué tiene eso que ver contigo?

–Eres tú el que se está metiendo en mis asuntos –dijo con firmeza.

–Ten cuidado, Toni –gruñó amenazador.

–No sigo tus órdenes, Byrne Beresford –barbotó ella con frescura.

–Lo harás mientras estés aquí.

–¿Eso es una amenaza?

–Claro que sí –sus ojos destellaron como la plata, se echó el Akubra hacia atrás y un rizo negro le cayó sobre la frente–. Pásalo bien, pero no se te ocurra robarle el corazón a Joel.

–Ni siquiera lo he intentado –de su garganta escapó un gemido ronco–. Al menos él está dispuesto a arriesgarse.

–¿Piensas que yo no? –la miró con ojos salvajes, pero su corazón comenzó a palpitar con fuerza.

–Eso parece –replicó Toni con dulzura.

–No tengo tiempo para andar liándome con mujeres, Antoinette.

Entonces, ¿por qué miraba su boca como si estuviera deseando besarla?

–¿Con ninguna? –preguntó tentativa.

–Tú eres mi tipo, pero es imposible.

Eso la dejó callada. Confusa, levantó la mano para echarse el brillante cabello hacia atrás.

–¿Te ha comido la lengua el gato? –sarcástico, la estudió con atención. Ella le devolvió la mirada.

–Lo cierto es que, por una vez, estoy de acuerdo contigo. Pero no esperes demasiado. El tiempo vuela. Puede que te despiertes una mañana y te preguntes: «¿Qué ha ocurrido? ¿Dónde están mi mujer y mis hijos?».

Él se echó a reír. Varonil, pura dinamita. Un regalo de los dioses para las mujeres.

–Ya te avisaré cuando decida asentarme. ¿Quién sabe? Incluso podría considerarte a ti cuando crezcas.

Ella sintió tal asombro y excitación que no supo qué decir ni qué hacer. ¿Byrne Beresford considerarla a ella? Casi se desmayó, solo de pensarlo, pero se concentró en contestar.

–¿Insinúas que puede que me consideres en el futuro?

–Eso depende por completo de ti, Antoinette. Me gustaría que supieras lo que quieres. Que fueras más madura. Y que tuvieras las cosas claras.

–¿Estás seguro de que eso no son excusas para ganar tiempo? –le preguntó, al darse cuenta de que sus ojos brillaban divertidos.

–No te lo vas a creer, pero me da miedo pensar.

–Y yo estoy diciendo tonterías –le dijo. Todo iba demasiado rápido.

–No te disculpes –bromeó él–. Estoy disfrutando mucho.

–Pero no hablas en serio –irguió la barbilla–. Deberías darte cuenta de que no tienes ningún derecho a engañarme.

–Oh, cielos, ¿ni siquiera una sonrisita? –dijo acercándose a ella, y le tomó su cara entre las manos para examinarla–. No te enfades conmigo, Antoinette.

Seguro que él sabía que el simple roce de su piel la hacía temblar. Lo miró profundamente a los ojos, intentando desenmarañar sus mensajes, sus motivos.

–Debería enfadarme, pero no puedo.

–Y no pongas a Joel en ridículo –insistió él, brusco, dándole un pellizco ligero en la punta de la barbilla.

Eso la sacó de quicio. Se apartó de él totalmente exasperada.

–Dios mío, debería haberlo imaginado. Un consejo para Toni.

–Oye, no estoy intentando fastidiarte. Solo es un consejo. Si encontraras la manera, también me robarías el corazón a mí.

–Bueno, sería una forma de que quedáramos en paz.

–¿Y eso?

Lo miró y vio un hombre guapo, sexy y arrogante. Era difícil decirle la verdad.

–Me voy –afirmó, comenzando a subir la cuesta a toda prisa.

–¿Vas a algún sitio o me permites que te haga compañía? –preguntó risueño, alcanzándola sin dificultades.

–Este es tu reino, Byrne Beresford. Tú estás al mando.

–No cuando tú estás cerca, Antoinette –dijo, agarrándole la mano. Ella intentó apartarse, pero no la soltó.

TONI nunca se había preocupado tanto de su imagen para una fiesta. Solo había llevado un vestido de noche a Castle Hill. Aunque le quedaba perfecto, tenía miedo de que fuera demasiado elegante. Era muy guapa, pero no le gustaba exhibirse. Pacífica por naturaleza, quería llevarse bien con las chicas, no que la vieran como competencia. Fern le daba pena, pero ella nada podía hacer. Joel tenía poco más de veinte años, estaba claro que aún necesitaba tiempo. Byrne exageraba.

Como no tenía otra opción, se puso el vestido corto, de un suave color amarillo dorado. Era de punto de seda, salpicado de diminutas lentejuelas de oro, y con una cenefa dorada en el cuello, el bajo de la falda y las aberturas para los brazos. Se lo había hecho la costurera de Zoe, que había trabajado para Chanel.

Francine le había preguntado: «¿De qué sirve ser tan guapa si no puedes ponerte un vestido maravilloso?».

Parecía carísimo, pero Francine solo le había cobrado el material, como gesto de amistad y para devolverle algunos favores. Pensó que le quedaría mejor el pelo recogido, y estaría más fresca. En las últimas pasarelas de moda de París todas la modelos llevaban el pelo recogido en coletas, moños y rodetes. Decidió hacerse un moño bajo. No se puso más joyas que unos pendientes. Unos de oro y perlas que le había regalado Zoe.

Como invitada de honor, Toni volvió a encontrarse sentada junto a Byrne. Enfrente tenía a Cate, a continuación estaba Kerry, y entre él y James Patterson se sentaba Andrea. Como era una cena de gala, utilizaron el comedor formal, una gran sala que tenía una magnífica chimenea georgiana de mármol blanco, con un bello espejo y, a los lados, dos espléndidos y luminosos paisajes de Venecia. Toni, que se había convertido casi en una entendida, identificó la mesa y las elegantes sillas de caoba como estilo regencia, y la alfombra era una Heriz antigua. A ambos lados de la chimenea había dos composiciones florales en jarrones de porcelana rosa, y dos excepcionales lámparas de araña colgaban del techo. La mesa estaba puesta con lujo: vajilla Royal Crown Derby, cubertería de plata y cristalería Bacará. A intervalos había candelabros de plata y centros de flores de lirios blancos y orquídeas, rodeados de hojas de hiedra y magnolia. Sonia, con un elegante vestido de moaré plata, que le llegaba a los tobillos, estaba en el lado opuesto de la mesa, cerca de Fern y Joel. «Lo mas lejos posible de mí», pensó Toni.

Era un mundo privilegiado, con normas muy estrictas. La gente como Zoe, que rebajaba el nivel, era desdeñada y olvidada. Hasta Kerry, tan enamorado, parecía algo incómodo en su traje de gala, pero estaba muy guapo, pensó Toni con cariño. Su sonrisa le iluminaba la cara bronceada y provocaba destellos dorados en sus ojos marrones. Se parecía mucho a su padre.

La conversación, como podía esperarse en una reunión así, fue ligera e inconsecuente, permitiéndoles disfrutar de la deliciosa comida que sirvieron los uniformados ayudantes de Bridie. Empezaron con langostas en salsa de lima, siguieron con dorados filetes de vaca adobados que se deshacían en la boca, acompañados de verduras frescas, y después con una selección de postres a elegir: tartaletas de naranja, mango y arroz, servidas con nata o crema de coco caramelizada con mango. Toni dejó que la conversación la rodeara, y se entregó al placer del buen vino y la deliciosa comida.

Tras la cena, las mujeres se retiraron unos minutos al tocador, y los hombres se quedaron charlando de negocios, economía y ministros, mientras saboreaban un excelente oporto.

Toni esperaba su turno ante el espejo para retocarse los labios, cuando Andrea se le acercó. Se quedaron solas, y a Toni le pareció que había sido deliberado.

Andrea estudió sus reflejos en el espejo antes de hablar.

—Debes de haber pagado mucho por ese vestido —dijo, con un destello de envidia en sus ojos verdes.

—La verdad es que me lo hizo una amiga de mi madre —respondió Toni plácidamente.

—Es precioso. Tu madre... La legendaria Zoe —Andrea sacó un estuche de polvos y se retocó la nariz y la barbilla—. He oído hablar de ella.

—¿A quién? —reaccionó Toni, a la defensiva.

—A Byrne, claro —respondió Andrea, como si la pregunta la sorprendiera—. Perdona, pero ¿sabías que Joel y Fern llevan un año saliendo juntos?

—Sí, ¿y? —Toni estaba intrigada.

—Tú lo estás estropeando —dijo Andrea con tono de censura.

—Creo que todos lo presionáis demasiado —replicó Toni, notando que se le agotaba la paciencia.

—Me da la impresión de que no te gusta que te hablen.

—Tu impresión es correcta.

Cate, sonriente, asomó la cabeza al tocador, interrumpiendo la poco amigable conversación.

–Ya tendréis tiempo de conoceros mejor –sonrió, inconsciente de la tensión–. Es hora de empezar a bailar.

Parecía tan feliz que Toni sonrió abiertamente.

El salón de baile estaba espléndido. Las cuatro lámparas brillaban, la madera relucía y las flores perfumaban la enorme sala. Kerry y Cate, felices, ya ocupaban la pista de baile. Fern y Joel y otra pareja también bailaban. Joel saludó con la mano y Andrea se volvió hacia Toni con una sonrisa forzada.

–Acuérdate de lo que te he dicho, Toni. Joel era feliz antes de que llegaras.

El que Andrea la tratara como si fuera parte de la familia casi dejó a Toni sin habla.

–Andrea, no tengo por qué justificarme, y si lo tuviera desde luego que no sería ante ti –dijo Toni, lo más tranquilamente que pudo. Al otro lado de la habitación Byrne hablaba con James Patterson. Nunca había visto a nadie Él se dio la vuelta y las vio, se excusó con James y se dirigió hacia ellas. Andrea lo esperaba expectante. ¿A cuál sacaría a bailar? De repente, a Toni le pareció imperativo simplificar las cosas. Oyó que la llamaban, era Joel, que llegó a su lado antes que Byrne.

–Creo que este es mi baile.

Rechazarlo, además de imposible, hubiera sido una grosería. Joel no estaba casado ni comprometido.

–Estás impresionante –le dijo Joel, ya bailando–. ¿Qué le pasa a Andrea?

–¿A qué te refieres? –Toni fingió sorpresa.

–Daba la impresión de que os estabais peleando.

–¿Era tan evidente? –inquirió Toni, preguntándose quién más lo habría notado.

–A Andrea no le gusta la competencia.

–¿Quieres decir que teme que le quite a Byrne, además

de conquistarte a ti y apartarte de Fern? –preguntó Toni con una despreocupación que estaba lejos de sentir.

–No creo que te resultara difícil –sonrió Joel, abandonándose al placer de tenerla entre sus brazos.

Aunque estaba claro que Joel quería divertirse, Toni sintió alivio cuando un amigo de Joel reclamó un baile. De hecho, no le daban tiempo a sentarse, hasta que llegó un momento en que estaba casi sin respiración.

Incluso así, Joel, viéndola sola desde el otro lado de la sala, comenzó a acercarse, como una polilla al fuego, hasta que otro brazo masculino la agarró. Un brazo color bronce, fuerte y musculoso bajo la oscura tela del traje. Byrne.

–No se te da nada bien lo de mantener alejado a Joel –dijo mirándola a los ojos, medio divertido, medio irritado.

–No me culpes por la actitud de Joel. Ojalá supiera mantenerse alejado tan bien como tú.

–¿Significa eso que me has echado de menos? –dijo, con una voz profunda y sensual que le puso los nervios a flor de piel.

–Esperaba por lo menos un baile –dijo.

–Bueno, no creo que lanzarte en brazos de Joel fuera la forma de conseguirlo.

–La verdad es que no sabía si querías bailar conmigo o con Andrea. Decidí simplificarte la elección.

–¿Debería estarte agradecido? –preguntó, mirando la suave curva de su cuello.

–Sí. Mucho. Estoy segura de que sabes que he creado un montón de tensión –mientras lo decía, vio a Fern y a Joel junto a la puerta, Fern parecía indignada.

–Bueno, eres más bonita que cualquiera de ellas –dijo Byrne, pensando que iba a ser muy difícil atar corto a Joel–. ¿Por qué no salimos a la terraza a tomar el fresco? Voy a por unas copas de champán.

–Eso estaría muy bien –aceptó Toni más relajada.

Cuando volvió, salieron a la terraza porticada, donde el aire era templado y agradable y la Vía Láctea llenaba el cielo como un río diamantino.

–Hace una noche preciosa –elevó el rostro hacia el cielo. Por encima de ella, casi justo encima de la casa, brillaban Kirrujoonga, «la que guía», la Cruz del Sur en todo su glorioso esplendor y Orión, el gran cazador en continua persecución de las Siete Hermanas. En aquella parte del mundo las estrellas eran excepcionalmente brillantes y se sintió transportada por su belleza. Al mismo tiempo, tenía los nervios a flor de piel. Estar cerca de ese hombre la llenaba de felicidad, excitación y una gran confusión emocional. Quizás esa sensualidad fuera un legado de Zoe.

–Tú misma resplandeces como una estrella –dijo, alzando la copa hacia ella.

–Gracias, Byrne –dijo ella sencillamente.

–Gran pelo, gran rostro. Gran cuerpo. Piernas largas. E ideas propias.

–¿Eso no te parece peligroso?

–En absoluto. Me gustan las mujeres que hablan por sí mismas.

–Quizás debería dedicarme a la política –sugirió ella.

–Mi madre está muy involucrada en el movimiento femenino del país –replicó él, como si estuviera considerando la posibilidad.

–¿Esperarías lo mismo de tu mujer?

–Sí –dijo tras una pausa.

–¿Y qué más desearías? –preguntó volviéndose hacia él.

–Veamos –la miró–. Una mujer que pudiera manejarse ella sola con eficiencia. Una mujer en la que pudiera confiar totalmente. Una mujer sin la cual me sintiera perdido. Una mujer con la sonrisa más dulce y la boca más suave.

Tierna, cariñosa, interesada. Una mujer que desee tener hijos. Nuestros hijos.

–Pides mucho –musitó con voz trémula.

–El matrimonio es una de las decisiones más importantes de la vida –declaró él, encogiendo sus anchos hombros.

–Dios, alguien debería decirle eso a mi madre –suspiró.

–Tú eres una persona completamente distinta, Antoinette.

Ese comentario la llegó al corazón. Apoyando las manos en la barandilla de madera, miró las estrellas.

–En el sueño, hace mucho tiempo, Meeka la Luna, estaba casada con Ngangaru, el Sol. Vivían en una cueva con sus hijos. Con el tiempo se convirtieron en estrellas –relató Toni.

–En el suelo estrellado del paraíso –cito él–. No hay una estrella en todo el cielo que no esté asociada a una leyenda aborigen. La constelación de Escorpio en un principio eran dos amantes que faltaron a la ley tribal.

–¡Mira, Byrne, una estrella fugaz! –exclamó, agarrándolo de la manga.

–Más brillante en la caída. Pide un deseo.

«Que él me quiera», pensó. Un deseo que surgió espontáneo de su interior.

–Dímelo –la urgió, viendo su expresión soñadora.

–No puedo. Podría no cumplirse –se volvió sonriéndole dulcemente. Él estuvo a punto de abrazarla, sintiendo la respuesta de su cuerpo. Deseaba poner las manos en sus delicados hombros y posar su boca con fuerza en la de ella, explorar su forma de sirena. Deseaba acariciar sus senos altos y pequeños. Levantarla en brazos y llevársela. Notó cómo su control caía en picado. ¿Qué había hecho ella para conseguirlo? Era como si perdiera la fuerza, y él no era persona que aceptara cambios tan dramáticos en su vida.

Amor, sí. Pero esa exigencia del corazón y de la carne le parecía una obsesión.

Deliberadamente, miró hacia el jardín, observando su reinado, Castle Hill.

–¿Has pensado en lo que vas a hacer? –Byrne sabía que su tono era frío, casi como si estuviera cerrando un trato. A años luz de la intensidad de hacía unos minutos.

–En realidad, no. He hablado con Kerry de mis asuntos, pero muy por encima.

–¿Te refieres a vender tu parte de Nowra?

–Vas demasiado rápido, Byrne, incluso para ser tú –replicó, tomando un sorbo de champán.

–Solo intento ayudar.

–A Cate y a Kerry, no a mí.

–¿Por qué dices eso? –preguntó, sin atreverse a mirar sus bellos ojos.

–Cate es tu hermana. Es natural que quieras verla como dueña y señora de su propia casa.

–Claro que sí, pero tú no tienes intención de vivir allí. Tú misma lo dijiste.

Por un momento pareció que ella no iba a responder.

–No quiero apartarme de los únicos recuerdos que me quedan de mi padre –dijo finalmente.

Eso le llegó al corazón. ¿Acaso él no echaba de menos la compañía de su propio padre, sus consejos, sus largas conversaciones y la visión que compartían?

–Lo entiendo muy bien, Antoinette.

–¿Sí? Entonces, ¿por qué eres tan duro?

–¡Quién sabe! –se encogió de hombros. No debía seguir con eso, pero esa mujer tenía un efecto devastador sobre él–. Tenerte aquí ha originado un montón de emociones, ha removido muchos recuerdos.

–¿Como la forma en que murió mi padre?

–Ninguno de nosotros olvidará eso, Toni. Yo lo llevé en avión al hospital. Yo fui quien actuó demasiado tarde.

–¿Cómo es posible que te sientas culpable? –exclamó asombrada.

–Sé que no es demasiado racional, pero no puedo evitarlo –comenzó con tono sombrío, pero emocionado–. Me había dicho cómo se cortó por la radio. Lo avisé de que se pusiera la vacuna contra el tétano. Debería haberme acercado en el helicóptero.

–No sabía que tenías ese trauma, Byrne –dijo, con tal tensión en la garganta que le era difícil tragar saliva.

–Antoinette, hay muchas cosas que no sabes –la dureza volvió a inundar su voz. ¿Qué intentaba hacer? No lo entendía. Ella no era culpable de lo ocurrido.

–Lo siento –susurró ella, apartándose para ocultar sus súbitas lágrimas.

–No –Byrne agarró su mano, sintiendo una intensa oleada de deseo ardiente, dulce y fiero. Estaba perdiendo la cabeza por esa chica–. No dejo de olvidarme de lo joven que eres.

–Joven de edad, quizás, pero sé mucho sobre la vida –objetó Toni. Su mano temblaba.

–Es una locura que nos peleemos –dijo él.

–Me da la impresión de que vamos a hacerlo con frecuencia.

–No, estás exagerando –la agarró con más fuerza.

–No lo creo –Toni se sentía un poco desesperada ante tantas emociones–. Entiendo por qué piensas que puedo estropearle su felicidad a Cate.

–Toni –rechazó él con firmeza–. Solo te he pedido que no animes a Joel. Ya has visto que es muy vulnerable.

–Y está claro que no confías en mí. Eres muy duro conmigo, Byrne.

–Toni, no te vayas.

–Por favor, déjame –suplicó ella al sentir su mano grande y cálida sobre el brazo.

–No puedo hacerlo –era verdad. Por un momento, envuelto en deseo, fue incapaz de soltarla. Comenzó a estrecharla entre sus brazos. Sin violencia, pero insistente. A pesar de todo lo dicho, ella no se resistió. Todo iba muy rápido. La emoción había prendido como una llama sobre hierba seca, revelando las zonas ocultas del corazón.

Solo una mujer los observaba desde las puertas de cristal, su cuerpo silueteado contra la luz brillante del salón de baile, su pelo liso brillando como el fuego.

–Byrne, me preguntaba dónde estabas –llamó Andrea, consiguiendo mantener un tono ecuánime en la voz.

De repente, les llegó una oleada de risa y música. Extraño, pensó él, hacía solo unos instantes estaban inmersos en una burbuja de silencio e intensa emoción.

–Estamos respirando un poco de aire fresco, Andrea. ¿Quieres probarlo? –preguntó secamente.

–Se está muy bien aquí fuera –dijo Andrea alegremente, aunque por dentro la corroían los celos. «De tal madre, tal hija», pensó. Toni Streeton estaba robándole todo, la fiesta, sus amigos, su hombre.

–Espero que me disculpéis... –dijo Toni intentando escabullirse. El corazón le martilleaba en el pecho, y todo su cuerpo palpitaba con deseo.

–Sí, los demás se sienten abandonados –aprobó Andrea.

–¿Los demás? –Toni hizo una pausa, consciente de los celos de Andrea.

–Supongo que no debería decirlo, pero está Joel. Parece que se le ha olvidado que ya tiene novia –comentó Andrea con ironía, pero Toni sintió su aguijón.

–Nunca le hemos oído decir tal cosa, Andrea –intervino Byrne, con voz tan seca que Andrea vaciló.

–Pero está claro que van en serio, ¿no?

–Puede que Fern vaya en serio –corrigió él–. No creo que se pueda decir lo mismo de Joel.

Toni los dejó. Entró apresurada, y sintió un gran alivio al ver a su hermano.

Kerry tardó unos segundos en asimilar la expresión de su hermana.

–¿Qué pasa?

–Nada –Toni no pensaba estropearle la noche.

–No me digas que Andrea te ha dicho algo –inquirió Kerry, mirando hacia la terraza–. La vi salir a buscar a Byrne. ¿Estaba contigo?

–Sí –respondió Toni con tanta calma como pudo–. Salimos a tomar el aire.

–Vaya, vaya. Está loca por él, ya sabes.

–Me doy cuenta, Kerry –dijo Toni, con cierta acidez–. Habría que ser ciego y sordo para no hacerlo.

–¿Qué te dijo? –Kerry la miró fijamente.

–Prefiero dejar el tema –dijo Toni con firmeza–. No quiero estropear esta feliz ocasión.

–No te preocupes, nos iremos a casa mañana –Kerry asió su mano y la apretó con fuerza–. Es la boda lo que ha sacado a todo el mundo de quicio. Es una ocasión muy emotiva. Es algo mágico, pero también lleno de tensiones.

–Me alegra mucho que hayas encontrado a Cate –Toni miró a su hermano expresivamente.

–Es la única chica que he deseado –sonrió Kerry–. Nadie me conoce mejor, excepto mi hermana. No quiero que te vayas, Toni. No quiero perderte nunca.

La mayoría de los invitados se marcharon a la mañana siguiente, excepto Andrea y las primas Beresford, que fueron a la piscina a relajarse. Toni, que había pensado en ir a montar, abandonó la idea cuando Sonia sugirió que se probara el vestido de dama de honor.

–Solo para comprobar que no necesita ningún arreglo, querida.

–Antes tienes que ver mi vestido mágico –sonrió radiante Cate. Acarició la mejilla de su madre–. Hizo que mamá se echara a llorar.

–Fue por lo bonita que estabas, cariño. Ve con Cate, Toni. Yo tengo que ocuparme de algunas cosas, luego subiré. Utiliza mi habitación para verte a gusto, Toni. Hay una pared de espejos.

Subían por la escalera cuando entró Kerry.

–Ahí estáis, mis chicas favoritas. ¿Os apetece dar una vuelta a caballo?

–En unos quince minutos –contestó Cate–. Antes quiero enseñarle a Cate mi vestido de novia.

–Entonces, más vale que calcule una hora –farfulló Kerry burlón.

–No, vale con quince minutos. Espera –se corrigió Cate–, Toni tiene que probarse el vestido.

–Pero no importa. Vosotros podéis adelantaros –dijo Toni–. ¿En qué dirección iréis? Os alcanzaré después.

–Hace un día perfecto –sonrió Kerry–. ¿Por qué no vamos a Five Miles?

–De acuerdo.

El dormitorio de Cate, con buenas vistas de Castle Hill, estaba decorado en verde manzana y blanco, y una colección de acuarelas botánicas victorianas adornaba las paredes. Había un sofá y dos sillones, una mesa redonda, un tocador antiguo cerca de la puerta y una estantería alta de color blanco, llena con docenas de libros y algún que otro adorno.

–Aquí están los vestidos –dijo Cate, entrando en el vestidor contiguo–. Cuando terminemos volverán al ático. Están allí colgados, envueltos en muselina. Siéntate, Toni, te enseñaré mi vestido de fantasía.

Cuando volvió, llevaba en brazos un exquisito vestido de novia de satén de seda color magnolia luminoso.

–Cate, ¡qué preciosidad! –Toni se levantó, con la cara iluminada de alegría.

–Estaba segura de que te gustaría.

Toni tocó la abultada falda con reverencia. Salía de un corpiño entallado, en el que rosas de satén delimitaban un escote sin tirantes, en forma de corazón. El pecho estaba decorado con exquisito encaje color champán, bordado a mano con pedrería y salpicado con perlas alargadas.

–Tiene un tocado precioso a juego –exclamó Cate excitada–. Una corona de rosas de satén con un velo corto.

–Kerry se quedará sin respiración cuando te vea.

–Eso es lo que espero –sonrió Cate–. ¿Sabes que hemos usado los cisnes como símbolo?

–Sí, me lo dijo Joel.

–Los cisnes se emparejan para siempre –dijo Cate soñadora–. Así será nuestro matrimonio.

–Es lo que yo te deseo –Toni, impulsivamente, se acercó y besó a Cate en la mejilla.

–Tú sí que te mereces una buena vida, Toni –dijo Cate, con lágrimas de felicidad brillándole en los ojos–. No lo has tenido nada fácil.

–He tenido mis momentos, Cate.

–No te vayas, Toni. No vuelvas allí –pidió Cate con voz dulce.

–No puedo vivir con vosotros –se rio Toni, emocionada por la petición de Cate.

–Toni, media casa es tuya –dijo Cate con sencillez–.

Lo último que haría es echarte de allí. Eres muy importante para nosotros. Kerry te echó mucho de menos.

Sonrojada, Toni se dio la vuelta.

–En cambio, cuando lo llamaba parecía muy distante. No contestó muchas de mis cartas. Creí que lo había perdido para siempre, Cate.

–Kerry sufre en silencio –apuntó Cate–. Se guarda muchas cosas.

–Casi todos lo hacemos. Cate, te estoy muy agradecida por cómo lo has ayudado.

–Nos estamos poniendo demasiado serias –Cate esbozó una sonrisa–. Tienes que probarte el vestido.

Ya en su habitación, Toni admiró el precioso vestido colgado en su percha. Igual que el vestido de Cate, era de satén de seda mate, de un exquisito color azul violáceo. El vestido no tenía tirantes, pero iba acompañado de un bolero de encaje que dejaba los hombros al descubierto y llegaba justo debajo del pecho. El corpiño estaba perfectamente encorsetado, y no hacía falta llevar sujetador con él. La falda caía voluminosa desde la cintura, que acababa en pico en la parte delantera. El color, el corte y el rico tejido eran perfectos. Se acercó al espejo antiguo enmarcado en caoba. Podía verse casi entera, pero no había bastante luz. Se puso el bolero de encaje, admirando cómo resaltaba sus hombros desnudos. El efecto lo completaban unos zapatos de satén, forrados del mismo color que el vestido. Era una prenda muy favorecedora y deseó verse con buena luz.

Llegó a la puerta del dormitorio de Sonia, que esta le había ofrecido, y llamó. Al no escuchar respuesta abrió la puerta y se deslizó hacia dentro. No quería que nadie la viera. Sonia tenía una suite con un saloncito a un lado y un vestidor y cuarto de baño, al otro. El vestidor era grande, con espacio para verse cómodamente en la pared, cubierta de espejos desde el suelo hasta el techo.

Encendió las luces, y el precioso vestido relució en todo su esplendor. Durante un segundo no se reconoció. Rodeado de color, su largo cabello destellaba como si estuviera recubierto de lentejuelas de plata y oro. Tenía los pómulos sonrosados de excitación y sus ojos brillaban como gemas; el satén intensificaba su color. Se inclinó para mirarse, incluso respiró sobre el espejo para asegurarse de que era ella y no una aparición. Se volvió lentamente, colocándose el cabello de distintas maneras, preguntándose cómo quedaría mejor con su tocado de flores: suelto, con un moño alto, o recogido suavemente sobre la nuca. Aunque el vestido de dama de honor era precioso, sería mucho más maravilloso cuando pudiera ponerse su propio vestido de novia para el hombre que amaba con todo su corazón.

Mientras pensaba, una imagen cruzó por su mente y la retuvo.

Vio un rostro, se perdió en un par de ojos gris plata. Él inclinó su oscura cabeza sobre la suya y acercó su boca, bien definida, pero sensual, para besarla. Sintió tal excitación que dejó escapar un gritito ahogado, un segundo después se echó a reír por ser tan tonta. Tenía que reconocer que su estado mental era muy vulnerable, y había ocurrido en muy pocos días. ¿Qué era? ¿El destino?

Tardó un momento en darse cuenta de que alguien había entrado al dormitorio. Probablemente Sonia, que venía a verla. Soltándose el pelo, recogió la voluminosa falda con una mano y se dirigió hacia el dormitorio. El corazón le dio un vuelco cuando oyó la voz de Byrne.

–¿Dónde estás, mamá? –su tono era afectuoso y casual, con un toque de impaciencia–. Acabo de recordar que no hemos...

Se interrumpió de golpe, al verla se quedó sin respiración.

—¡Byrne! —exclamó ella, temblorosa como un junco.

—Lo siento, estaba buscando a Sonia —su esfuerzo por hablar con tranquilidad hizo que sonara algo brusco. Mejor eso que quedarse cortado, se consoló. Mejor para los dos.

—Dijo que tenía que ocuparse de algunas cosas —explicó Toni, inhalando con fuerza, mareada por la expresión que vio en sus ojos—. Estaba probándome el vestido.

—Ya lo veo —dijo, permitiéndose mirarla. Había visto el vestido antes, el día que lo trajeron y colgado de una viga en el ático. Al principio Cate y Sonia le habían enseñado docenas de muestras de tela, tejidos preciosos, para que los aprobara, como si él fuera a negarse a algo: su hermana tendría todo lo que deseara en el día de su boda. Pero solo le había quedado un vago recuerdo de ricas telas de colores luminosos. Ahora tenía ante él a Antoinette Streeton, una jovencita que conocía desde su infancia, deslumbrándolo con su belleza—. Estás gloriosa —dijo con voz ronca, y tomó un largo mechón de su cabello entre los dedos—. La mujer más bella que he visto en mi vida.

Aunque la provocara, y dijera esas cosas, era una locura soñar que la deseaba. Pero ¿qué otra cosa podía leer en sus ojos?

—Me alegra que te guste —dijo con voz forzada. Tenía el corazón en un puño.

—Me gustas tú —dijo, recorriendo pelo, ojos, rostro, boca, garganta y senos con la mirada.

—Entonces, es una pena que te esfuerces tanto por evitarlo.

—Estoy acostumbrado a proteger mi libertad de soltero.

—Ya lo sé —la intensidad de su mirada la desconcertaba,

pero no apartó sus ojos–. Sin embargo tienes una naturaleza doble. Lo he percibido desde el principio.

–No puedo involucrarme contigo, dulce Antoinette, ni siquiera un segundo.

–Pero, aun así, te tienta, ¿no?

–Yo lo sé. Tú lo sabes –dijo, con una ligera mueca de desdén.

–Lo único que quiero es que me veas como una mujer –levantó los brazos y giró, llamando su atención.

–Estás jugando con fuego, Toni –le advirtió–. El fuego quema.

–Lo sé. Pero me atrae de todas formas.

–Lo has dicho como si fuera algo inevitable.

–¿Acaso no crees en el destino? –preguntó, girando hacia él y haciéndole una reverencia.

–Supongo que en el fondo sí –admitió–. Pero también tenemos voluntad propia.

–Claro. Para aceptar la aventura, las ambiciones, los retos.

–Antoinette. Tú *no puedes* retarme.

Ella se paró bruscamente, como si reconociera que tenía razón.

–Claro que no. Conozco el dolor que causan las pasiones equivocadas –reconoció, y se apartó, pero en el último segundo él la abrazó, como si quisiera impedir que temblase.

A Toni se le escapó un grito ahogado, una mezcla de pánico y excitación. Apenas le dio tiempo a mirarlo antes de que él la besara con tanta fuerza que la dejó sin respiración.

–¿No dicen que la mejor forma de librarse de la pasión es rendirse a ella? –dijo, levantando su cabeza morena y mirándola salvaje. Ella parecía anonadada, inmóvil, incapaz de contestar. La sacudió ligeramente–. ¿Toni? –acarició su mejilla con intensidad.

–¿Qué pasa? –preguntó ella con voz débil.

–No quería que esto ocurriera. Pero puedo pararlo –dijo con voz áspera.

–¿Por qué eres tan cruel?

–¿Cruel? –exclamó indignado. Por su rostro pasaron el remordimiento, el deseo y la ira–. Intento mantener el control. No estás preparada para esto.

–No sé cómo te atreves a decir eso –protestó Toni.

–Es lo que creo.

–¿Y por eso oscilas entre evitarme y entregarte? –dijo ella con lágrimas en los ojos.

–Eso es lo que me preocupa –dijo–. Entregarme. También debería preocuparte a ti.

–Entonces, ¿por qué no me sueltas? –gritó ella.

–Porque estoy trastornado –gruñó–. Desde que puse los ojos en ti.

–¡Bien! –exclamó Toni, con histerismo–. El poderoso Byrne Beresford por fin atormentado. Y yo soy la causa. La pequeña Toni Streeton, la niña que estaba enamorada de ti con siete años.

–¿Qué es eso de que estabas? –reaccionó él, atrayéndola hacia sí, con ojos resplandecientes.

Esa vez ni siquiera tuvo tiempo de respirar. La boca de él la devoró, besándola hasta que no pudo contener la excitación. Sus pezones se hincharon contra el corpiño de satén.

–¡Byrne! –exclamó con los ojos cerrados.

–Te deseo –murmuró él. Podría haberla levantado con un brazo y llevársela.

Estaban tan absortos que Sonia estuvo a punto de sorprenderlos.

–Toni, ¿estás ahí? –llamó desde el pasillo.

El cuerpo de Toni ardía de deseo. La corriente eléctrica que había entre ellos era palpable. Sonia iba a notarlo.

–¡Ah! Aquí estás –Sonia entró en la habitación y su rostro mostró primero sorpresa, al ver a Byrne, luego cierta alarma–. ¿Va todo bien? –preguntó mirando de uno a otro y notando que su imperturbable hijo estaba pálido bajo el bronceado y que los ojos de Toni relucían, enormes, en su rostro pálido.

Estaban muy juntos, pero sus cuerpos parecían desear estar muy lejos. A Sonia le pareció que en los ojos de Toni brillaban las lágrimas.

–Claro que sí, mamá –respondió Byrne, con entereza en el rostro y voz controlada–. ¿Por qué no? Toni se estaba probando el vestido, como ves.

Toni seguía pareciendo desmadejada, temblorosa. Sonia hizo un esfuerzo para hablar con calma.

–Y te queda muy bien, cariño. Deja que te vea.

Con gran esfuerzo, Toni giró hacia Sonia, aunque le apetecía hundirse bajo tierra. Sonia también tuvo que hacer un esfuerzo para controlar su alarma. El ambiente estaba tan cargado que se podía mascar, y Sonia sintió una punzada de celos.

–Es perfecto. Me encanta –se forzó a decir, avergonzada de su flaqueza.

Byrne extendió la mano lentamente e inclinó hacia atrás la barbilla de Toni.

–Di algo –la animó–, si no lo haces, empezaremos a pensar que eres un ángel.

«Te odio», pensó Toni. «Me torturas». Todo su cuerpo vibraba cada vez que él la rozaba.

–No soy ningún ángel. Te lo aseguro –replicó con determinación.

–Pero pareces uno.

–Byrne, deja de molestarla –regañó Sonia, viendo que ignoraban su presencia. Algo había ocurrido en esa habitación, algo inquietante. Desde luego, ella estaba preciosa, atraía toda la luz hacia ella. Era inútil negar el poder de una mujer bella. Por otro lado, Byrne era irresistible.

–En realidad, he venido a hablar contigo, mamá –dijo Byrne sonriéndole.

–Voy a cambiarme –dijo Toni. Intentó escapar, pero Byrne se puso en su camino.

–Esta tarde vamos a domar unos caballos –dijo rápidamente–. ¿Quieres venir?

«Debe de estar loco», pensó ella. «Yo debo de estar loca».

–No tengo nada mejor que hacer –contestó.

–Bien –dijo él sonriéndole burlón, y se apartó–. Estaremos en Ibis Creek. Ve después de comer. Le diré a uno de los chicos que ensille a Rinka para ti.

¿Rinka? Sonia se tragó el comentario. Rinka era una preciosa yegua castaña de pura sangre. ¿Sabía Toni el honor que le hacían?

Parecía que sí. Toni se marchó, sonrojada y radiante.

CAPÍTULO 5

TODOS se presentaron a almorzar excepto Byrne, que parecía poder mantenerse con un buen desayuno a primera hora y las tazas de té que tomaba con sus hombres.

–¿Dónde está? –preguntó Andrea–. Es un hombre que desaparece con toda facilidad.

–Tiene mucho territorio en el que desaparecer –dijo Kerry sonriente–. Diez mil kilómetros cuadrados. Creo que eso merece el nombre de finca.

–Una finca enorme –reconoció Andrea, claramente molesta por su ausencia–. Pero tendrá que comer, ¿no? ¿Es que nadie sabe dónde está? Me gustaría hablar con él antes de irme.

–Está en Five Miles –contestó Sonia.

–¿Eso es Ibis Creek? –preguntó Andrea, doblando la servilleta.

–Vamos, Andrea. Sabemos que no te gusta estar rodeada de polvo –se mofó Joel.

–No importa, me voy acostumbrando. ¿Qué hacen?

–Están domando caballos salvajes –dijo Toni, incómoda con Andrea–. Arrullándolos, convenciéndolos. Más palabras cariñosas que amenazas. A los caballos les gusta sentirse entre amigos.

–Pues vamos –dijo Joel–. Venga, Toni, vienes, ¿no?

–Byrne ya se lo había pedido –comentó Sonia–. Va a montar a Rinka. Todo un honor.

–Bien –aprobó Cate inmediatamente–. Toni siempre ha sido buena amazona, incluso de niña.

–No creo que haya montado mucho en Europa –dijo Andrea.

–Al contrario, tenía acceso a una gran finca. No como esta, pero sí lo suficientemente grande, y muy bella y rebosante de verdor.

Toni ya estaba en la escalera cuando Andrea la alcanzó.

–¿Por qué has esperado a que Sonia me dijera dónde está Byrne?

–¿Por qué? Porque Sonia es nuestra anfitriona y la madre de Byrne.

–Menuda excusa –exclamó Andrea–. Además, no sé por qué te deja montar a Rinka. A mí nunca me dejaría.

–Quizás piensa que no eres la persona adecuada para el caballo –bromeó Toni.

–No, por favor, bromas aparte –dijo Andrea, molesta. Puso la mano sobre el brazo de Toni–. No suelo hacer esto, pero creo que debo hablar claramente. No soy una persona injusta, y no te juzgué antes de que llegaras.

–¿Juzgarme? ¿Qué quieres decir? –protestó Toni, que estaba empezando a hartarse.

–Bueno, muchos aspectos de tu vida y de la de tu madre resultan muy dolorosos. Al estar tan unida a Byrne y a su familia no he podido evitar oír comentarios.

–Estoy segura de que Byrne nunca ha hablado de mi familia contigo.

–Eres demasiado susceptible –acusó Andrea, con rigidez en su fino y elegante rostro.

–Solo cuando me atacan. Tienes miedo de perder a Byrne, Andrea, pero enfadarte conmigo y atacarme no lo va a solucionar. O le importas, o no. Las dos sabemos que hay un abismo entre fantasía y realidad. No eres la primera ni la última que se enamora locamente de Byrne Beresford. Que yo recuerde, lleva sucediendo toda mi vida.

–¿Por qué no haces las maletas y te vas? –preguntó Andrea, incapaz de hacerse a la idea de que todos sus esfuerzos por conquistar a Byrne pudieran haber sido en vano.

–Estoy en casa, Andrea –replicó Toni, dándose cuenta, por fin, de la verdad–. Pienso vivir aquí.

–Este fin de semana no va tan bien como esperábamos, ¿verdad? –preguntó Joel, mirando a Toni. Sobre Rinka, era una bella estampa.

–No –replicó Toni, mirando una bandada de periquitos al vuelo.

–¿De verdad piensas irte, Toni? –preguntó Joel tentativamente.

–Puede que solo por un tiempo. Para asegurarme de que Zoe está bien.

–¡Por Dios! Es una mujer adulta –exclamó Joel con desdén, calándose el sombrero.

–Es una mujer. Toda una mujer, pero muy especial. No sabe cuidar de sí misma.

–Bueno, desde luego a ti no te lo ha puesto nada fácil –dijo Joel comprensivo–. ¿Qué pasa entre Byrne y tú?

–¿Qué quieres decir? –preguntó Toni, a la defensiva.

–Hay algo entre vosotros. No soy tan imbécil como para no notarlo.

–Tu imaginación te está jugando una mala pasada.

–O sea, que no te vas a sincerar.

–¿Es que te importa?

–Toni, tú me interesas –dijo Joel con firmeza–. Creo que lo he dejado bastante claro.

–Sin duda se lo has dejado muy claro a Fern.

–Sean cuales sean mis pecados, nunca le he prometido nada a Fern. Es una chica agradable, me gusta mucho. Hemos salido juntos, pero yo he seguido esperando esa descarga eléctrica. ¿Cómo lo llaman los franceses? Tú deberías saberlo.

–*Coup de foudre* –respondió Toni, con perfecto acento francés.

–No se te ocurra perder ese acento –sonrió Joel.

–Supongo que al final lo perderé.

–Esto debe de parecerte bastante aburrido, comparado con Europa –comentó Joel, intrigado.

–¿A ti te parece aburrido?

–No me gustaría estar en ningún otro sitio.

–Lo mismo me pasa a mí. Llevamos en la sangre este país de cielo abierto.

Cuando llegaron al campamento situado en la ribera de Ibis Creek, un arroyo frecuentado por el sagrado ibis blanco y las grandes grullas azules, había mucha gente allí. Les atraía ver cómo los mejores animales se doblegaban ante un *maestro*. Eran caballos salvajes, del monte bajo, acostumbrados a las grandes planicies. Había miles en el rancho, pero algunos vivían solitarios en el desierto, acompañados solo por los dingos, los canguros y los camellos. Todos descendían de los caballos que se habían escapado del rancho desde los tiempos de la colonización hasta el presente, y en determinadas épocas los sementales volvían al rancho en busca de nuevas yeguas. Había un grupo de unos treinta encerrados en un terreno vallado. Byrne estaba domando a un potro bayo de buena estampa, haciendo oscilar suavemente un viejo saco de arpillera.

Joel fue a reunirse con Cate y Kerry, que estaban sentados sobre la valla con Andrea, que llevaba un pañuelo en la cabeza, un gran sombrero de paja y enormes gafas de sol. Los tres habían ido en el Jeep, llegando mucho antes que Joel y Toni. Había más de veinte personas, incluyendo a los cuatro peones de más rango, que dirigían los campamentos de la zona; un par de colonos, uno de ellos un joven inglés de familia distinguida, que había suplicado a su padres que le concediera un año de aventura antes de volver a casa; y la mujer e hijos de Perky Parkins, un peón mestizo que tenía buena mano con los caballos. Aunque no llegaba a los treinta años, Perky era tan bueno que los demás peones aborígenes lo llamaban «viejo», un término respetuoso. Lucy, la mujer de Perky, estaba sentada a la sombra con un bebé en brazos y agarraba la mano de su hijo Noel, de cinco años. Noel era un atractivo chiquillo con los ojos azul claro de su padre en una cara color chocolate. Lucy había sido una de las asistentes de Bridie desde la adolescencia. Toni la conocía bien, así que se acercó a saludar, admirar al bebé y charlar con Noel, que estaba disgustado porque su madre lo tenía agarrado. Sin duda, le apetecía sentarse en la verja, pero los caballos salvajes podían ser peligrosos.

Lucy sonrió con placer cuando Toni se inclinó para parlotear con el bebé, una nena rolliza con los enormes ojos negros de su madre.

—¿Puedo sentarme con usted, señorita? —suplicó Noel, apretando los dedos de Toni.

—Ya te lo he dicho, Noel —avisó su madre.

—Quiero ver a papá.

—Desde aquí lo ves.

—Lo tendré agarrado de la mano, Lucy, si no te molesta. Nos pondremos al lado de la verja.

Lucy miró a su hijo con una mezcla de amor e impaciencia.

–Más vale que te comportes, chico. No quiero disgustos.

–No pasará nada –aseguró Toni.

–Siempre pasa algo con Noel –se rio Lucy.

–El señor Beresford ha estado adiestrando a papá. Dice que tiene un don natural –dijo Noel orgulloso, trotando al lado de Toni.

–Seguro que es verdad, Noel –sonrió Toni, sujetando la mano del niño con fuerza–. Saber manejar a los caballos es un don.

Byrne seguía en el corral, con el enorme y fogoso potro. Era un caballo que nunca había sentido una brida o una cuerda. Perky, silencioso y ligero, con un gastado sombrero de fieltro, camisa vaquera y tejanos, y botas cubiertas de polvo rojo, se volvió para sonreír a su hijo.

–Muy bien, papi –gritó el niño–. Vamos, Big Fella.

–Calla –dijo Toni inclinándose hacia el niño–. No queremos que el caballo se ponga nervioso, Noel. Ya está bastante asustado.

Para demostrarlo, Big Fella se encabritó y comenzó a correr en círculos, levantando un fino polvo rojo en su carrera. Perky lo lazó y sujetó con fuerza, pero la cuerda comenzó a escapársele entre las manos enguantadas.

–Vamos –dijo–. No queremos hacerte daño. Tú y yo somos buenos amigos.

–Aún no está listo para que seáis amigos, Perky –abucheó Joel.

El elegante bayo estaba clavando los cascos en el suelo, pero Byrne se acercó, moviendo la bolsa suavemente y llamando la atención del animal. Por fin, pudo acercarse y acariciarle el cuello suavemente, inclinando la cabeza y hablándole comprensivo y con afecto. Hubo muchas caricias y muchos susurros, a los que el caballo respondió como si fueran cosa de magia. Byrne comenzó a acariciarle los flancos, relajando sus músculos.

Por fin le puso la brida y el bocado entró en su boca sin que el potro protestara. Nunca había experimentado nada similar, tenía un objeto extraño en la boca, pero comenzó a morderlo rítmicamente, igual que habría hecho Noel con un caramelo.

Byrne siguió dando suaves palmadas al animal y Perki le pasó un arnés por la cabeza. El potro siguió quieto, preguntándose qué iba a ocurrir. No lo amenazaban, no había dolor ni miedo. Byrne se agachó, ató una cuerda al arnés y la pasó gentilmente entre las patas del caballo, mientras que Perky rodeó una de las patas traseras con ella. Siguieron así hasta sujetar a Big Fella, que estuvo tranquilo hasta que comprendió que no se podía mover.

Entonces cayó al suelo.

—Pobrecito, pobrecito —gritó Noel, conmocionado.

—Parece algo malo —intentó explicar Toni–, pero hay que domar a Big Fella, Noel. Los caballos tienen mucha fuerza. Pueden cocear hasta matar. Cuando Big Fella sea manso, será un buen caballo para que lo monte tu papá. Le gustará hacer su trabajo.

—No quiero verlo —gritó Noel, perdiendo la sonrisa.

—De acuerdo, cielo —dijo Toni, llevándoselo a su madre–. No te pongas triste. Muy pronto Big Fella será un gran caballo. Tú vas al colegio, ¿no? Hay que aprender.

—Es un pérdida de tiempo —dijo Noel.

—Dices eso porque te gustaría corretear por ahí todo el día. Pero cuando seas mayor todos estarán orgullosos de lo que has aprendido.

—Big Fella es un buen caballo —se obstinó Noel–. Debería poder jugar todo el día. Igual que yo.

Mientras llevaban a un asombrado Big Fella a otro prado vallado, Noel se dejó caer en el regazo de su madre.

–No me gusta que Big Fella esté atado.

–Todos tenemos que aprender, hijo –dijo su madre–. Es muy duro perder el instinto natural.

Toni tuvo que estar de acuerdo. Incluso los humanos estaban obligados a conformarse.

A continuación entró en el cercado un caballo esbelto pero compacto, de color bronce, con cabeza erguida y un destello fogoso en los ojos. Sin tener que preocuparse del niño, Toni se subió a la valla, sentándose a la sombra, a cierta distancia de los demás. Tenía que tener cuidado con su blanca tez, no quería estar bronceada a media manga para la boda.

Aunque era delgado, el caballo anaranjado era fuerte y rápido, y recorría el círculo evitando la mano de Byrne y el saco, que no era tan inofensivo como parecía. Había magia en ese trapo que ondeaba. Magia en el hombre alto y fuerte de la voz suave y cariñosa.

El cortejo se reinició. Todos miraban extasiados mientras Byrne, con movimientos amplios, sonidos tranquilizantes, silbidos y susurros, iba ganando la confianza del caballo. Este iba a ser bueno. Media hora después, cuando Perky sustituyó a Byrne, ayudado por otro peón, Noel demostró que no era fácil controlarlo. Mientras todos se relajaban un momento, Noel saltó del regazo de su madre para unirse a su padre en el ruedo. Entró rodando por debajo de la valla, sorprendiendo a todos, incluido al caballo, que se encabritó, se levantó sobre los cuartos traseros y comenzó a atacar.

Toni, la más cercana al niño, actuó sin pensarlo un segundo. Entró al ruedo de un salto y agarró al niño de la camisa, aunque este intentó escapar. A continuación, con toda la fuerza y rapidez del frenesí, tiró de él y rodó con él bajo la valla; su descarga de adrenalina era tal que le pitaban los oídos.

El caballo corría hacia ellos, haciendo que la tierra temblara bajo sus pezuñas, hasta que Byrne le tiró un lazo con destreza y precisión. Byrne sintió el tirón en todo el cuerpo e hizo una mueca de dolor. Perky corrió hacia él y se colgó de la cuerda. Los dos hombres rodaron por el suelo, pero no se soltaron hasta que el caballo, vencido, paró junto a la cerca.

—¡Por Dios santo! —gritó Kerry, corriendo hacia su hermana; levantó al lloroso muchachito y se lo entregó a su madre que temblaba airada.

—Podías haberte matado, diablillo —sollozó Lucy.

Noel parecía esperar un guantazo, pero, en cambio, recibió un gran abrazo.

Toni estaba tirada en el suelo, con los ojos cerrados, en posición fetal, con la rodillas recogidas contra el pecho.

—Toni, estás bien, ¿verdad? —Kerry, asustado, se inclinó hacia ella. Había creído que no se había hecho daño, pero ya no estaba tan seguro.

—Tengo tierra en los ojos, maldita sea —dijo ella, respirando profundamente, intentando llenar los pulmones. No había temido por sí misma, no le había dado tiempo, pero sí se había imaginado al niño desfigurado.

—Por lo menos estás entera —suspiró Kerry con alivio—. Byrne y tú deberíais formar equipo en el circuito.

Calló al ver a Byrne aproximarse a grandes zancadas.

La emoción lo atenazaba. Aunque el incidente había sido breve, lo había herido en el corazón, como un martillo que golpeara un yunque. También había comprendido lo profundo de sus sentimientos. El miedo era algo casi desconocido para él, sin embargo lo había invadido como un fuego. Durante un segundo se había sentido impotente, incapaz de actuar cuando necesitaba de toda su fuerza e inteligencia.

Cuando llegó a Toni se arrodilló, sintiendo un dolor como si le clavaran un cuchillo en el corazón. ¿Qué significaba este cariño? ¿La destrucción de su yo?

—Toni, ¿estás herida?

—Podría haberlo estado –dijo Cate tiritando, aunque el sol brillaba con fuerza–. ¡Ha sido muy valiente!

—Creí que me había asegurado de que Lucy estaba a cargo del niño. Es culpa mía –dijo Byrne, ronco–. Los niños son impredecibles.

—Pero ella está bien –se apresuró a decir Kerry, notando su tensión–. Y también Noel, gracias a Dios.

—Tengo los ojos llenos de tierra y quiero que lo solucionéis ahora mismo –anunció Toni con tal irritación que Byrne la levantó en sus brazos.

—De acuerdo, lo solucionaré. Mantén los ojos cerrados. Voy a llevarte al arroyo.

—¿Estás seguro de que no vas a ahogarme? –preguntó ella, sintiendo la tensión de sus músculos. Intuía que estaba molesto y enfadado. Con ella. Con Lucy. Consigo mismo.

—No, solo voy a meterte la cabeza bajo el agua –dijo irritado.

—Tírame al agua, no me importa mojarme.

—A mí tampoco –dijo, riendo. Su carcajada sonó tan crispada como él.

Un instante después se sumergieron en el agua verde jade, que limpió la tierra de los ojos de Toni. Ella los abrió por fin y vio un pez plateado huyendo de ella.

—Uf, está fría –gritó cuando subieron a la superficie.

Byrne no contestó. Apoyó las manos en sus hombros, llevándola hacia abajo de nuevo. Bajo el agua verde, iluminada aquí y allá por rayos dorados, la atrajo hacia sí y besó su húmeda boca con pasión.

Fue como si las tranquilas aguas se convirtieran en rápidos. No había posibilidad de escapar. Pero ella no deseaba escapar. El corazón la martilleaba en el pecho, y le pareció que absorbía toda la fuerza de él, como si de una corriente eléctrica se tratara. Fue como si compartieran el alma, una sensación de intimidad sorprendente.

–No vuelvas a asustarme así –dijo él cuando salieron a la superficie. Tenía el pelo y las pestañas salpicados con gotas diminutas, que acentuaban la belleza de sus ojos.

Ella se sintió ligera como el aire al ver su expresión. Echó la cabeza hacia atrás y rio con júbilo.

–¿Puedo compensarte con un beso?

–Los dos sabemos que los besos pueden ser muy peligrosos –respondió Byrne. Lo escandalizó y excitó imaginársela desnuda bajo él.

Estar en sus brazos la electrificaba. Amaba a ese hombre. Lo amaba aunque no estaba segura de él. Byrne tenía en alta estima su autonomía masculina, la guardaba fieramente. Tendría que encontrar una forma de alcanzarlo.

–¡Eh! ¿Qué pasa con vosotros? –dijo Joel desde la orilla.

–Está claro que no se pelean –rio Kerry.

–Yo juraría que no –asintió Cate encantada.

–Yo diría que estaban besándose –dijo Andrea con expresión gélida.

Joel no le prestó la más mínima atención.

–Lo que Byrne quiere, Byrne lo consigue –murmuró, entre resignado y admirado.

–¿Por qué no venís todos? –llamó Toni desde el agua, grácil como una sirena. Su invitación fue muy bien acogida.

–¿Por qué no? Yo estoy por celebrarlo –dijo Joel mirando a los demás. Se quitó el sombrero, se sacó las botas de montar y con alarido salvaje corrió hacia el arroyo.

Cate y Kerry se unieron a él sin mayor dilación; entraron juntos al agua, salpicándose y riendo.

Desde el cercado, todos los peones se echaron a reír aliviados. Noel quiso unirse a ellos, pero esta vez fue su padre quien se lo impidió, alzándolo en brazos. Solo Andrea se mantuvo a distancia, comenzando a cambiar su amor por odio.

Era verdad lo que decían, los celos corroían el alma. Sus peores temores se estaban haciendo realidad. Byrne había sucumbido a la atracción de una rubia platino, y no podía soportar que eso continuara. Incluso en ese momento daba la impresión de estar enredado en su pelo dorado, que flotaba como seda sobre el agua cristalina, mientras que Cate y los otros dos hombres jugaban como si fueran delfines.

¡Idiotas! Los odiaba a todos. ¿O quizás estaban simplemente descargando la tensión tras lo sucedido? Toni se había arriesgado mucho. Podía parecer delicada como un lirio, pero era rápida y atlética, y buena jinete. Debería haber tenido en cuenta que Toni había nacido y crecido en esa tierra. Cada momento que ella permaneciera allí, disminuirían las posibilidades de Andrea con Byrne. Había visto la mirada de Byrne cuando ella estaba tirada inmóvil en el suelo. Esos ojos habían demostrado lo que Andrea no deseaba creer.

El avión de mercancías llegó con los suministros y una larga carta de Zoe.

—¿Qué dice? —preguntó Kerry, al ver a Toni abrir el sobre.

—Siéntate y la leeré en voz alta. ¿O prefieres leerla tú?

—Viene a tu nombre, pequeña —dijo Kerry con seriedad.

–Seguro que es para los dos. No hago más que repetír-
telo: Zoe nunca ha dejado de quererte.

–No, solo se olvidó de mí.

Toni dio un respingo, sintiendo una oleada de dolor
aguijonearla.

–Yo te quiero, Kerry –dijo con los ojos nublados.

–Lo sé –contestó Kerry, dejando de lado su tristeza.

–Mi querida Antoinette –comenzó Toni.

Era el principio de una carta larga y desordenada, llena de ansiedad, frustración, soledad y todo tipo de quejas.
El romance de Zoe no iba bien. Aunque había puesto en
juego todo su encanto, no se llevaba bien con los hijos de
Patrick, mayores y casados. La distancia entre ella y Patrick se estaba agrandando. Estaba preocupada por su futuro. Era muy posible que Claude, harto, la dejara. Echaba
mucho de menos a Toni. No tenía a nadie que la ayudara.
Nadie a quien pedir consejo.

–¿Dice algo sobre mí? ¿O sobre la boda? –preguntó
Kerry asombrado–. ¿O es solo una descripción de las tri-
bulaciones y penas de Zoe? «Egocentrismo» es una palabra que la define por completo.

A Toni le pareció muy cierto. Ojeó un par de páginas
más, dedicadas específicamente a Zoe, y en la última página descubrió, por fin, que Zoe estaba decidida a volar a
casa para la boda de «su niño».

–Supongo que era bastante pequeño cuando se marchó
–dijo Kerry con brusquedad.

–Si prefieres que no venga, puedo convencerla, Kerry.

–La verdad es que no sé qué pensar, pequeña. Ni siquiera me entiendo a mí mismo.

–Es por la vida que hemos llevado –suspiró Toni–. Para
bien o para mal, las madres ocupan el centro de la familia.
Zoe no satisfizo ninguna de nuestras necesidades pero, aún

así, no podíamos evitar quererla. No podemos apartarla de nuestra mente ni de nuestra vida.

–Cierto. Incluso yo desearía cuidar de ella –admitió Kerry–. Tú ya has cargado con bastante.

–No creo que eso le gustara a Cate. Ni a su familia. Lo mejor sería que Zoe tuviera vida propia. Preferiblemente con un hombre bueno, comprensivo y fuerte, que no se dejara manejar.

–¿Y mejor aún si tiene un montón de dinero? –preguntó Kerry con una mueca traviesa.

–Estoy segura de que eso es fundamental. ¿Te he dicho alguna vez que a Zoe le aterroriza ser pobre? Le da más miedo ser pobre que hacerse vieja.

–Le falta carácter moral –dijo Kerry, con expresión seria, pero no de desagrado.

–Bueno, nunca tuvo un buen ejemplo para imitar. Su madre la dejó y su abuela, además de no tener dinero, no andaba sobrada de virtudes femeninas.

–¿Por qué nunca me contó nada de eso? –preguntó Kerry.

–Siempre la desaprobaste abiertamente, Kerry. No te molestes si te lo digo. Creías que querer a Zoe era ser desleal con papá. Sé cuánto lo admirabas. Todos lo hacían.

–Hubieras sido una buena psiquiatra –dijo Kerry–, pero ni siquiera tú sabrías por qué se casó con ella. Nunca estuvo a la altura.

–¡Eran jóvenes! La tentación, Kerry. Era preciosa, y ansiaba amor y apoyo. Papá debió de caer rendido a sus pies. En cualquier caso, los matrimonios son algo muy complicado, como tú mismo descubrirás. Puede que otros criticaran a nuestra madre, pero papá nunca lo hizo. ¿Sabes por qué? Porque la amaba.

–Puede que sí. Es maravilloso tenerte aquí. Sentarnos juntos a comer, a tomar una copa de vino, con la mesa puesta y adornada con flores. Me encanta que haya una mujer en casa. Las mujeres civilizan.

Unos días después, Toni estaba sola en la hacienda cuando el brillante helicóptero amarillo de Castle Hill aterrizó en la explanada delantera. Kerry estaba desplazando ganado y Toni no lo esperaba hasta el atardecer. Le había llevado el almuerzo, había compartido un sándwich y una taza de té con él, y había vuelto a casa. Tenía cosas que hacer: ordenar, vaciar armarios, dejar la casa lista para Cate... todo ello doloroso. ¡Todo la recordaba a su padre! También quería cocinar. A Kerry le encantaba su tarta de frutas, y había decidido preparar asado para cenar, necesitaba que lo cuidaran un poco antes de la boda.

Rápidamente, sacó la tarta del horno, la puso en la encimera y la cubrió con un paño limpio. Dejaría que se enfriara en el molde. En el pasillo se echó una ojeada en el espejo. Largos mechones de pelo se habían escapado del pañuelo que llevaba atado a la nuca. Le ardían las mejillas de excitación. Cuando llegó al porche, las hélices casi habían parado, y Byrne descendía a la explanada.

–¡Hola! –la saludó, levantando el brazo. Sin sonrisa. Mejor, una sonrisa la habría desmadejado.

–¿A qué se debe este gran honor? –gritó, simulando tranquilidad.

–No hace falta que lo preguntes –masculló él, caminando hacia ella con una elegancia que combinaba fuerza, eficacia y gracia natural–. Vengo a verte a ti.

¿Cómo luchar contra ese carisma? Sintió un fuego cálido y luminoso prender en su interior.

–¡Qué maravilla! Pensé que quizás venías a traer provisiones. A Cate le gusta que su amado coma bien.

–No tiene por qué preocuparse mientras tú estés aquí
–se acercó al porche, examinándola tan fijamente que ella
tuvo que parpadear. No había hombre que mirara como él.

–Entra –invitó Toni, cada vez más excitada–. Kerry está
trasladando ganado, pero volverá a última hora de la tarde.

–Lo sé. Yo también soy ganadero –dijo lacónico.

–Lo decía por darte conversación.

–Dame tarta, mejor. Huele muy bien y me gustaría probarla.

–Tendrás que esperar a que se enfríe –dijo con incertidumbre, sin saber si hablaba en serio.

–¿Te refieres a que me quede a cenar?

–A decir verdad, ni se me había ocurrido que quisieras
quedarte, pero eres bienvenido –dijo ella con placer. Lo invitó a entrar al salón–. ¿Cómo están todos?

–Preguntándose qué diablos pasa –rio él con un vago
desconcierto.

–¿A qué te refieres?

–Toni, no te hagas la tonta. Eres una chica lista.

–Sí, claro, ¿pero soy sensible, sobria y digna de confianza? –preguntó ella secamente.

–¿Acaso te hace falta, si consideramos tu atractivo?

–Me haría falta contigo –replicó ella, estremeciéndose
con cada mirada.

–Sabes reaccionar ante una emergencia –señaló él.

Había actuado con un coraje excepcional.

–¿Alguna cosa más?

–Te estás convirtiendo en un gran problema –dijo, cambiando de tono.

–¿Y eso por qué? ¿O prefieres no contestar?

–Sí. Estoy llegando al punto de no poder quitarte los
ojos de encima.

–Pero te gusta mantener la distancia, ¿no?

–Antoinette, soy responsable de la vida de mucha gente –dijo Byrne–. No dejo de pensar en cómo me quedé helado el otro día.

Toni lo miró un instante, perpleja. Luego comprendió.

–¿Que te quedaste helado? –exclamó, incrédula–. Pero si te moviste a la velocidad de la luz.

–No soy Superman –replicó, tenso.

–Pues casi. Quizás te hayan echado demasiada responsabilidad encima. ¿Lo has pensado alguna vez? Tu padre, como el mío, murió demasiado pronto.

–¿Estás analizándome? Me encanta –dijo él entrecerrando los ojos.

–Creo que te voy entendiendo –respondió Toni con dulzura.

–Eso me preocupa aún más.

–Ven y siéntate –sugirió apaciguadora.

–Gracias. ¿Por qué te sientas tan lejos? –preguntó una vez estuvieron sentados en la sala.

–Eres tú quien me ha advertido. Tras el humo llega el fuego.

–Así que al menos eso lo has entendido –dijo. Incapaz de estar quieto, se levantó de golpe, con la gracia de una pantera al acecho–. No puedo estar sentado. Estoy demasiado nervioso. Hazme una taza de café. Necesito saber si eres tan hogareña como bella.

–Muchas mujeres son las dos cosas –dijo Toni, intentando respirar sin ahogo. La tensión se mascaba en el ambiente.

–Cate me ha contado que Zoe va a venir.

–Eso dice, pero no sé si podemos fiarnos del todo.

–Ya estamos acostumbrados –gruñó, pero cuando salieron al vestíbulo, la agarró por la cintura–. Hola, Antoinette –dijo con voz seductora.

–Hola, Byrne.

–¿ Ya estás bien? –preguntó, sumergiéndose en su pelo dorado y sus ojos azules.

–Casi bien –dijo. Como una niña pequeña volvió el codo izquierdo para que lo inspeccionara. Se había hecho un gran raspón cuando rodó bajo la valla–. Quiero estar perfecta para la boda.

Sin pensarlo, él levantó su brazo y besó la herida suavemente. Sintió una corriente de placer sensual. Tenía la piel suave de un bebé, algo más que añadir a todo lo que ya le hacía perder el control.

–Si fuera otra persona, yo mismo estaría pensando en hacer una propuesta de matrimonio –dijo irónicamente.

–No estés seguro de que aceptaría –repuso ella, entre confusa y orgullosa.

–Harías exactamente lo que yo dijera.

–¡Nunca! –exclamó, mirando sus ojos. Pero dio un suspiro entrecortado.

–Vamos a verlo –dijo él como si lo considerara–. Dame un beso –su tono le hizo sentir escalofríos, pero se entregó.

El calor de su beso le abrasó la piel. La pasión explotó como gasolina junto a una llama. Él le reclinó la cabeza, apoyándola en el interior de su brazo. Era un hombre alto y fuerte controlando a una frágil jovencita.

Lo deseaba tanto, que estaba a punto de rendirse por completo a su maestría. La estaba aplastando, besándola con fiereza, como si su fuerte control se hubiera roto por fin y estuviera a punto de estallar.

Cuando buscó sus senos con la mano, ella tembló. Su excitación era tal que el calor irradiaba, de todo su cuerpo. Necesitaba liberar toda esa tensión. Él deslizaba las manos por sus caderas, definiendo las curvas de su cuerpo, atraído inevitablemente hacía el centro tembloroso de su ser.

Su cerebro recalentado había comprendido cómo acabaría aquello. No le estaba dejando ninguna duda de que lo necesitaba desesperadamente, pero, si después él la rechazaba, no podría soportarlo, eso la mataría.

–¡Byrne! –exclamó, estaba llegando al límite. Estuvo a punto de añadir «mi amor», pero el orgullo la detuvo.

La sujetó con fuerza, duro como el hierro.

–No voy a hacerte daño. No puedo hacerte daño.

Pero cada vez que la veía le resultaba más difícil mantener el control. El que respondiera con tanta pasión lo había vuelto loco. La fragancia de su piel era extraordinaria. Era dulce, cariñosa, un poco tímida respecto a su cuerpo. Despacio, muy despacio, deseando protegerla, consiguió controlar sus manos, luchó contra el urgente deseo de llevarla al dormitorio. No era normal que actuara sin pensar, pero había estado a punto. Echó la cabeza hacia atrás, mirando su cara embelesada. Tenía los ojos fuertemente cerrados, los labios entreabiertos. La intensidad de su amor le había robado su color natural. Estaba pálida como la porcelana.

–Abre los ojos, Toni. Por favor –hasta a él su voz le sonó convulsa.

–No quiero –Toni, por primera vez en su vida, tenía miedo de enfrentarse a la realidad. Mirarlo era como hundirse en un lago plateado–. Me siento como si me hubieras hechizado.

A él le pasaba lo mismo, y tampoco sabía enfrentarse a esa sensación.

–Creo que a partir de ahora no debemos vernos a solas –dijo.

–Puede que tengas razón –rio ella nerviosa, y abrió los ojos.

Aunque ella no lo sabía, estaba tan excitada que tenía las pupilas dilatadas hasta casi llenar el iris azul violeta de sus ojos.

–Ahora que sabemos lo fuertes que son nuestros sentimientos, tendremos que intentar controlarlos –dijo Byrne,
con cierta frialdad.

–¡A mí no me parece tan fácil! –exclamó, con la respiración agitada.

–No –aceptó él. Se sentía tan protector como cuando
ella le había sorprendido y encantado cuando era una niña
pequeña–. Estoy seguro de que tienes una cama maravillosa –dijo, casi burlándose de sí mismo–, pero ¿qué te pa-
recería dar una vuelta en el helicóptero? Necesitamos cambiar de aires. Daremos una vuelta por el desierto.

CAPÍTULO 6

AL SOBREVOLAR el desierto, Toni recordó haber intentado explicarle cómo era aquel desierto a uno de sus amigos franceses, que lo concebía como un Sáhara de arenas viajeras sin vegetación. El paisaje del desierto australiano era distinto a todos. Aunque había colinas de arena en el horizonte, también se veían viejas cordilleras, espléndidos desfiladeros, mesetas de cumbres planas e impresionantes monolitos rocosos que presidían vastas planicies de matorrales espinosos y llanos de vegetación variada. Y, en el fondo de los desfiladeros, agua. Ese agua imprescindible. Aquí, los legendarios oasis eran perennes pozas de agua verde como el jade, rodeadas de exuberantes bosques de gomeros de corteza blanca y verde follaje, y palmeras, helechos, musgo y azucenas parecidas a orquídeas. Eran lugares tan asombrosos que quitaban el aliento. Era el continente más seco de la tierra, pero también una isla, lo que permitía que la lluvia llegara al denominado Corazón Muerto desde cualquier dirección. Tras la lluvia, la transformación del desierto era inenarrable, y su breve gloria era tan bella e indeleble como una profunda experiencia espiritual, que afirmaba la supervivencia de la humanidad, de la tierra, del alma.

−¿Has visto suficiente? −pregunto Byrne cuando ya llevaban algún tiempo volando.

−Nunca veré suficiente −Toni tuvo que elevar la voz

por encima del ruido de los motores–. Este es mi país, Byrne. Tan mío como tuyo.

Él la miró, y sonrió con aprobación.

Cuando volvían, Toni creyó ver un reflejo en la gran llanura vacía.

«¡Es raro! Muy raro», pensó. Tocó a Byrne en el brazo y señaló la tierra cocida por el sol.

–Mira, un reflejo –dijo.

–Ya lo veo –Byrne se puso alerta instantáneamente–. Y también veo un perro, un perro pastor, no un dingo.

El perro corría en círculos, intentando atraer la atención de alguien, demostrando su inteligencia.

–Bajemos. Vamos a ver qué pasa –dijo Byrne.

Al acercarse al suelo, vieron un todoterreno destrozado, con el chasis recubierto por el omnipresente polvo rojo. No había ninguna señal de vida. El vehículo estaba medio caído en una pequeña depresión del terreno; parecía un esqueleto negro, recortado contra el brillante azul del cielo.

El perro se había detenido y observaba el descenso del helicóptero.

–Quédate aquí –ordenó Byrne cuando se posaron.

No pensaba desobedecerlo. No pasaba un mes sin que un turista se metiera en problemas serios al intentar explorar el desierto, que no era, ni mucho menos, amistoso.

En la mente de Byrne se sucedían rápidamente los recuerdos de viejas tragedias. Creía que esta podía ser una más. Sin embargo, presintió la presencia del hombre antes de verlo, caído de lado junto a un arbusto. Byrne fue rápidamente hacia él, musitando palabras de ánimo. El superviviente debía de rondar los sesenta años, con el pelo canoso recogido en una coleta, y tenía la apariencia arrugada de los deshidratados, con la piel roja y brillante por las quemaduras solares.

–¿Qué tal está? –dijo Byrne arrodillándose y buscándole el pulso en la muñeca. Era lento.

–Mi sobrino –el hombre tragó saliva con dificultad, e intentó levantar la cabeza, sin éxito–. Ha ido a buscar ayuda.

Byrne ya se había levantado, y se guardó sus ácidos comentarios. Aunque hubiera miles de advertencias por todos lados, pocos hacían caso a lo que era una precaución de vida o muerte: *No abandone su vehículo en ningún caso*.

–Quédese aquí. Le traeré agua y el equipo de primeros auxilios, y después buscaré a su sobrino. ¿Cuánto tiempo hace que marchó? –se limitó a preguntar.

El hombre sacudió dolorosamente la cabeza. Había perdido la noción del tiempo.

–Intente no preocuparse –dijo Byrne tocándole el brazo–. Será fácil localizarlo desde el aire.

Corrió hacia el helicóptero, y su oscura piel cobriza brillaba de sudor cuando llegó. Toni ya estaba abriendo la puerta, con el equipo de primeros auxilios y una cantimplora de agua en las manos.

–¿Algún superviviente? –preguntó cautelosa cuando Byrne se acercó. El que corriera la esperanzó.

–Un hombre mayor, en mal estado –contestó Byrne, quitándose el Akubra y alisándose el pelo–. No ha podido decirme mucho. Viajaba con su sobrino, que se ha adelantado.

–¿Adelantado? ¿Adónde? –preguntó Toni, desalentada. Su estómago se retorcía ante la posibilidad de tener que recoger un cadáver.

Byrne prefirió no responder y la ayudó a bajar, tomándola de la mano.

–Nadie hace caso. Es increíble.

–Entonces, ¿qué quieres que haga? –preguntó Toni brusca, reaccionando ante la emergencia.

–¿Puedes ocuparte del hombre? –no quería dejarla sola, pero no había otra opción.

–Por supuesto –respondió ella, protegiéndose los ojos del sol.

–Puede que tarde en volver, ¿sabes? Quizás esté acurrucado en algún sitio, tendré que volar bajo.

–Lo encontrarás –afirmó Toni confiadamente–. Rezo por que siga con vida.

–Tú y yo –dijo Byrne, inhalando profundamente–. Te acompaño junto a él. Explícale quién eres –«Mi chica», pensó, «mi mujer». Casi se le escapó decir: «Te quiero».

–Podemos usar la lona que hay atrás –propuso Toni, sin darse cuenta de los pensamientos que lo embargaban.

–¿Sabes cómo darle el agua? –quiso asegurarse Byrne, mientras recogía la lona.

–Claro. Pequeños sorbos al principio.

–Me iré enseguida. No hay un segundo que perder.

–Ten cuidado, Byrne –aconsejó ella, tocándole el brazo. Sabía lo frágil que es la vida.

–Volveré a por ti. No tengas miedo –dijo él, con los ojos relampagueantes. Se inclinó y depositó un breve beso en su boca, que la acarició hasta los dedos de los pies.

Se estaba mucho mejor con la lona extendida a manera de toldo por encima de los arbustos. El hombre, le comunicó que era John Courtney, «un viejo académico medio loco». Estaba más cómodo de lado, con la cabeza sobre una almohada improvisada. Toni le sostenía una mano, confortándolo. Él le contó que tenía una hija, y nietos. El agua lo había revivido, y Toni se maravilló de su extraordinario efecto, tan milagroso como aquel desierto tan vivo. Supervivencia instantánea. El cuerpo del hombre, delgado, pero en buena forma, estaba requemado por el sol, y tenía múltiples arañazos en el dorso de las manos, pero no sabía cómo se los había hecho.

Toni no lo animó a hablar, limitándose a confortarlo y consolarlo con suavidad. El perro, Bluey, se mantenía lealmente sentado al lado de Toni, como si la hubiera elegido de líder. O quizás el inteligente animal le agradecía el agua que le había dado en un pequeño recipiente de plástico. El perro estaba en mucho mejor estado que su compañero de viaje. Toni sospechaba que había conseguido humedad de la parakilya, una planta que el ganado solía comerse. Estaba empapada en sudor, con el pelo chorreando, apelmazado sobre la nuca. El sudor se deslizaba entre sus pechos, y resbalaba por sus piernas. Habría dado cualquier cosa por un poco de brisa, pero lo único que podía hacer era recurrir a un trapo húmedo, y utilizar cuidadosamente el agua de la cantimplora. Hubo un momento en que John Courtney musitó algo, y su mano quedó fláccida, haciendo que el estómago de Toni pegara un salto. Temía que tuviera un ataque al corazón. Agachó la cabeza y rezó para que Byrne regresara.

Byrne encontró al joven exhausto en un barranco casi oculto por grandes anillos de plantas espinosas, que tenían unos tres metros de ancho y casi uno de altura. Recordó que los grandes canguros utilizaban los anillos para protegerse del viento cuando querían echarse una siesta. Quizás el muchacho lo había oído decir, y había decidido refugiarse.

Al igual que su tío, aunque unos treinta años más joven, el sobrino estaba muy quemado por el sol, deshidratado y totalmente exhausto. Byrne le atendió lo mejor que pudo, y luego cargó con él hasta el helicóptero, porque el paciente casi no podía andar. En momentos como ese, agradecía su fuerza y buen estado físico. Contactó por radio con el Servicio Médico Aéreo, dando la localización exacta del accidente, y recalcando que ambos hombres necesitaban ayuda urgente. El Cessna llegaría rápidamente y los llevaría hasta el hospital.

Estaba preocupado por Toni. Sabía que el tiempo se le haría eterno mientras esperaba su regreso. Pensó en su hermosa piel, protegida únicamente por un sombrero de ala ancha y el borde de la lona. Se sentó en el asiento del piloto, y arrancó el motor. Se elevaron casi verticalmente desde el espejismo plateado del desierto hacia el cielo azul. Dirigió una mirada al joven, que se estaba cayendo del asiento, y lo reacomodó.

–Bueno –se animó–. Allá vamos.

El Cessna traía a un doctor y una enfermera, un matrimonio al que Byrne conocía bien. Entre los dos hombres resultó sencillo trasladar a los deshidratados supervivientes a la avioneta.

–El joven se recuperará, sin duda –comentó el doctor, en voz baja–, pero el mayor no tiene buen aspecto. Cuanto antes lo llevemos al hospital, mejor. Ha sido un milagro que les divisarais. No creo que hubieran aguantado un día más.

–Te llamaré esta noche, Bill, para ver cómo evolucionan –dijo Byrne.

–Bien. No sé qué habría sido de ellos si no es por vosotros. ¿Cómo es posible que dos hombres inteligentes salgan sin agua ni comida suficientes, sin decirle a nadie dónde van?

–Sucede continuamente –comentó secamente Byrne.

–Han tenido mucha suerte, casi no lo cuentan.

Se quedaron contemplando la avioneta, con Bluey a su vera, hasta que desapareció en el horizonte.

Entonces Byrne se volvió, pasó su brazo por los hombros de Toni, y le miró la cara congestionada de calor.

–Lo has hecho muy bien, Antoinette.

Ella se habría arrastrado por el suelo por esa mirada.

–El auténtico héroe has sido tú. Yo no hice gran cosa, solo ofrecer un poco de confort.

–Hicieras lo que hicieras, Courtney está convencido de que eres un ángel bajado del cielo.

–Eso es por los ojos azules y el pelo rubio –sonrió ella.

–Seguro –dijo impresionado–. Podemos tenerlo en cuenta, pero no hace justicia a la magnanimidad de tu alma. Cuando hay que compartir una experiencia a vida o muerte como esta, supongo que es mejor hacerlo con un ángel, ¿no crees? –comentó con ligereza, pero con una intensa mirada.

–Soy mortal, Byrne, con todas las debilidades.

Ambos estaban tan absortos que no parecían darse cuenta del agobiante calor.

–Aun así, Courtney te bendijo. Y yo también.

Silenciosamente, tomó su cara entre las manos, concentrado en su adorable boca. Se estaba acostumbrando al calor que lo quemaba por dentro. Por mucho que intentaba endurecer su corazón contra ella, una sola mirada de sus ojos violeta destruía toda resistencia.

–No eres lo que me esperaba, Antoinette –susurró–. Es más, pierdo la partida día a día.

–Solo soy una mujer –dijo ella, totalmente atrapada en su aura.

Eso casi le hizo reír. Una mujer que, en pocos días, lo tenía prácticamente en la palma de su mano. Dios, ¿qué le estaba sucediendo? ¿Lo sabría ella?

–Me alegro de que hayas venido –dijo. Se le rompía el corazón solo con mirarla.

–Y aquí es donde me voy a quedar.

Podría haber querido decir entre sus brazos. A él se le fue quitando la sonrisa, y le cambió el ritmo de la respiración. Estaba deseando besarla y abrazarla. Con un rápido movimiento la atrajo contra sí, lleno de deseo, mientras la boca de Torn se entreabría tiernamente esperándolo. Sus labios eran increíblemente suaves, como pétalos de rosa, y le apasionaron hasta un punto que nunca hubiera creído posible. Ciñó su cintura y le acarició la espalda, llenándose con la fragancia de su piel satinada. El beso pareció eterno, pero él sabía que tenía que acabar, los rayos de sol caían a plomo sobre ellos.

—Ahora entenderás cuán débil me has vuelto.

Ella quedó sorprendida por su ligera autocrítica, como si estuviera violando alguna ley personal.

—Estás equivocado —protestó—. Eres fuerte, no tienes por qué temerme.

—Acéptalo, cariño. Te temo. Una chiquilla ha vencido mis defensas —admitió. Se volvió y silbó a Bluey, que los observaba curioso, con la cabeza ladeada—. Vamos, chico, es hora de que recibas un poco de atención.

Los supervivientes tardaron varios días en recuperarse de su experiencia en el desierto, y Byrne mantuvo informada a Toni de su evolución. Más adelante, John Courtney le envió una preciosa carta que le hizo llorar. Aunque Toni creía que, en la penosa condición en que lo encontraron, era imposible que se hubiera fijado en ella, lo cierto era que ya en el hospital la había alabado como a una santa.

—Acepta los elogios —le aconsejó Kerry—. Te los mereces.

La despedida de soltero de Kerry se acercaba. Pasaron una noche en la ciudad, y volvió con un corte de pelo militar, que dejó atónita a Torn.

–¡Kerry! ¿Quién ha sido el tonto que te ha hecho eso?

En lugar de sus suaves rizos marrones con reflejos rubios, ahora lucía un pelo estilo Bruce Willis en su faceta más dura.

–Si quieres saberlo, te diré que fue P.J., ayudado por un par de amigos, que tuvieron que sujetarme –dijo Kerry con una mueca despreocupada.

–¡Idiotas! ¿Dónde estaba Byrne? Él no hubiera dejado que sucediera. Cate quiere un novio guapo, con todo su pelo.

–Tampoco está tan mal –respondió Kerry, que por primera vez parecía ansioso y avergonzado. La verdad era que seguía estando muy atractivo–. Byrne ya no estaba allí. Creo que se cansó de nuestras bobadas. Sé que después le echó una bronca a Joel. No te preocupes, tesoro, volverá a crecer. En cualquier caso, estaba demasiado largo. Hasta tú lo decías. y debo admitir que es bastante más fresco –añadió, y abrazó a su hermana.

Cuando Cate vio a su amado, no se desesperó como Toni había predicho.

–Podría haber sido peor –opinó lacónicamente–. Podrían haberle afeitado al cero, o hacerle lo mismo que a Andy Gilmore. Cuando se derrumbó, borracho, le escayolaron la pierna y le contaron que se la había roto. De cualquier forma, le hace parecer muy atractivo. Tiene buenos huesos.

Toni sacudió la cabeza, sorprendida.

La fiesta de Cate tuvo lugar en la ciudad, solo para chicas. Resultó ser un evento mucho más respetable. Cate era una joven muy popular, y sus amigas llegaron desde todos los sitios a festejarla y desearle todo tipo de parabienes. Ocho días antes de la boda, empezaron a llegar montones de regalos, prácticamente cualquier cosa que pudiera necesitar una joven pareja, y los expusieron en la biblioteca, sobre grandes mesas cubiertas de damasco verde. Kerry y Toni se pasearon admirando las cuberterías de plata de primera calidad, las cristalerías, las variadas vajillas, los jarrones y relojes, gran cantidad de objetos decorativos, y las mantas, colchas, edredones, magníficos juegos de sábanas y manteles. Había alfombras, tanto modernas como antiguas, maletas, e incluso unos agradables muebles de jardín y una estatua de tamaño real representando a una ninfa del bosque.

–No tendremos que comprar nada en mucho tiempo –dijo Kerry asombrado.

–Si alguna vez conseguís desempaquetarlo todo –se burló Toni.

El regalo de Toni era un juego de saleros en plata de ley de unos diez centímetros de alto, decorados con ramos de flores y tres ópalos engastados. Las piedras formaban parte de una colección que su padre había empezado para ella cuando todavía era una niña. Había encargado el trabajo en París, y el joven diseñador, encantado con la idea, había puesto toda su alma en el trabajo, consiguiendo unos objetos tan decorativos como funcionales.

Cate había recibido el regalo con ojos bañados en lágrimas.

–Son absolutamente maravillosos, Toni. Los usaremos siempre.

–Gracias, tesoro –le dijo Kerry, inclinándose para besarla–. Sé lo mucho que esos ópalos significan para ti.

Fue Kerry el que planteó la cuestión de Byrne. Toni ya se lo había estado esperando. Los dos hermanos estaban descansando tras la cena, tomando café, cuando Kerry se lo soltó repentinamente.

–¿Y qué pasa entre Byrne y tú? Creo que no podré soportar otro día de incertidumbre.

–Lo mismo me pasa a mí –suspiró Toni–. Estoy locamente enamorada de él.

–Odio decírtelo, nena: siempre lo estuviste –contestó
Kerry, riéndose.

–Pero él no quiere quererme.

–¿Quieres decir que está luchando contra la gran atracción? –comentó Kerry, frunciendo el entrecejo.

–Todo lo que puede –se lamentó Toni.

–Tiene una personalidad compleja. Siempre juega su
propio juego. Es como un barón feudal. En esta parte del
mundo todavía es posible. Es imprescindible en todos los
negocios de los Beresford. Dios, ni siquiera ha cumplido
treinta y dos, y lleva años dirigiéndolo todo. Es una responsabilidad muy grande, que se cobra su factura. Nunca se verá
libre de problemas y ansiedades. Desde mi punto de vista, es
excesivo. Todo lo que a él se refiere: sus hábitos, sus gestos,
sus movimientos, su manera de hablar. Tiene tal confianza en
sí mismo, que a veces pienso que debe de ser doloroso.

–¿Quieres decir que es humano, a pesar de todo? –le
preguntó Toni, irónicamente–. ¿Que considera que ena-
morarse es una debilidad?

–Más bien creo que no soporta perder el control. Su padre era muy duro con él, y le exigía tanto que casi lo des-
humanizó.

–Entiendo lo que quieres decir. Byrne era el hijo ideal, el
hombre autosuficiente por naturaleza, tal y como debía ser
para recibir tanto poder y dinero. Pero nadie, absolutamente
nadie, puede despojarlo de su naturaleza pasional. Y la tiene.

–Y entonces llegó Antoinette Streeton.

–Lo que menos me esperaba, Kerry, era que Byrne se
dignase a mirarme. Yo era una cría cuando él ya era el joven amo. Creo que él hubiera preferido que siguiera siendo una niña.

–Difícilmente, pequeña –rio Kerry–. Dale tiempo. Esta relación es algo nuevo para Byrne.

–¿Y qué pasa con Andrea Benton? –preguntó ella, pendiente de la reacción de Kerry, que se pensó la respuesta.

–Andrea ha hecho su trabajo. Byrne no es un monje, y las mujeres se le entregan encantadas, ya lo sabes. Es el héroe de todas, tan guapo, y con todo ese dinero. Lo mismo le pasa a Joel. Mira cómo Fern lo intenta con toda su alma. Excesivamente, en mi opinión. El instinto femenino, desde la cuna, es cazar a un hombre.

–Sin duda, pero no *un* hombre, sino *el* hombre –suspiró Toni–. Creo que las reacciones de Byrne están atemperadas porque me conoce desde niña. Y por ser hija de Zoe.

–¿Quieres decir por ser intrínsecamente, frívola? –preguntó Kerry, tensándose ligeramente.

–Eso es excesivo, pero tener semejante madre podría influir. Byrne tiene una serie de requisitos que podrían ser muy duros de cumplir. Además, creo que se siente un poco culpable por la abrupta transformación de su amistad en deseo. Y encima somos casi de la familia.

Kerry se balanceó en su silla con tanto ímpetu que casi perdió el equilibrio.

–Demonios, Toni, déjalo. Quizás una caída tan repentina sea demasiado para Byrne, y su imagen de sí mismo está intentando mantener el control. Puede que tú seas más joven, pero eres muy madura. Piensa positivamente, chica.

–Gracias, hermano, lo haré –contestó Toni, sin poder evitar sonreír. Volvió a llenar las tazas de café–. Hay otro tema que deberíamos discutir, a propósito de la boda.

–¿Nowra? –la voz de Kerry sonaba ansiosa.

–¿No crees que Cate debería comprar mi parte? –sugirió Toni.

–¿Crees que es una buena idea?

–Es una rica heredera, Kerry. Nowra será su casa. Y no quiero que lo haga Byrne.

–Claro, puedo entenderlo. Resulta extraño pensar que nos pueden comprar y vender cien veces. Pero… –Kerry sacudió la cabeza– no quiero usar el dinero de Cate.

–Va a ser tu mujer, Kerry.

–No me agrada la idea.

–A mí tampoco me gusta vender. Papá está aquí, puedo sentirle solo con sentarme en su estudio, o cabalgando por el monte, siguiendo las sendas que recorríamos con él. Lo quería tanto… –inesperadamente, Toni se echó a llorar, Kerry se levantó de inmediato y se agachó junto ella y acunó su cabeza contra el pecho.

–Eh, no llores. Papá te adoraba, tesoro. Eras su princesita. No le gustó que te fueras, pero sabía que necesitabas estar un tiempo con Zoe. Dos mujeres juntas.

–¿Qué vas a hacer cuando Zoe vuelva? –preguntó Toni, levantando la cabeza e intentando sonreír.

–Si vuelve. ¿Cuándo he podido confiar en Zoe?

–Procura no condenarla, Kerry. Eres su único hijo y te quiere.

Kerry se levantó.

–Puedo prescindir de ese tipo de amor. Os tengo a Cate y a ti. Nunca volveré a estar solo.

Cuatro días antes de la boda, Zoe llegó a Australia, procedente de Bangkok. Muy generosamente, Byrne llevó a los dos hermanos a recibirla al aeropuerto, Cate los acompañó para brindar apoyo moral a su prometido. Toni pensó, no por primera vez, que Cate iba a ser muy buena madre. Le encantaba hacer de madre con Kerry. El vuelo llegó a su hora. Llegaba de Brisbane, la capital del estado, donde había pasado la noche. Como estaban en un aeropuerto rural, la vieron descender del aparato, con su bonito pelo rubio brillando al sol. Desde lejos parecía la hermana de Toni.

–No puedo creerlo –se quejó Kerry–. Estoy muy nervioso.

No había dejado de arreglarse el cuello de la camisa, y frotarse las manos en los vaqueros durante todo el tiempo que estuvieron esperando.

–No hay por qué, Kerry –lo animó Cate, asiendo su mano–. Es tu madre, y, vaya, sí que está elegante.

Zoe era una mujer excepcionalmente guapa, que iluminaba el espacio en que se encontraba. La gente se volvía, siguiéndola con la mirada. No solo era guapa, sino chic, y conseguía que una blusa de seda y unos pantalones de lino parecieran muy elegantes.

–Al final ha venido –dijo Byrne con una sonrisa apreciativa.

–Gracias a Dios. Estoy muy contenta –la cara de Toni reflejaba excitación y alivio.

Kerry estaba convencido de que a su madre no le importaba, y que por lo tanto no vendría a la boda. Pero ¡ahí estaba! Toni corrió hacia ella, y se abrazaron, besándose en ambas mejillas, a la europea.

–Querida, querida –exclamó Zoe, como una parisiense nativa que hablara un idioma extranjero–. ¿Dónde está mi niño, mi Kerry? –inquirió, mirando hacia el grupo–. *Mon Dieu*, ¿ese es Byrne? Qué hombre más apuesto.

No habría sido Zoe si no se hubiera fijado de inmediato. Kerry, sin embargo, intentaba desesperadamente no sentir vergüenza ajena. Se sentía como un niño de diez años que quisiera mucho a su madre, pero al que avergonzaba su comportamiento.

–Ve hacia ella, Kerry –lo animó Cate, casi empujándolo.

También ella se sentía extraña. ¿Qué iba a significar la llegada de Zoe? ¿La reconciliación, tal y como Kerry realmente deseaba, o una especie de caos instantáneo? Con Zoe cualquier cosa era posible.

Toni estaba mirando a su hermano, intentando telepáticamente llevarle hacia los brazos de su madre. Incluso Zoe estaba empezando a parecer ligeramente preocupada.

–Contrólate, Kerry –aconsejó Byrne–, esto es para bien.

Inmediatamente, Kerry se separó de ellos, yendo hacia su madre, que le ofreció sus brazos con tanta gracia que un hombre que los miraba se chocó contra una columna.

Cate tuvo que mirar hacia otro lado, con los ojos llenos de lágrimas, pero Byrne siguió estudiando la escena familiar. Zoe era el origen de la extraordinaria belleza de Toni, sin duda. Pero Toni era muchas cosas más. Ella era la que había calmado a madre e hijo, poniendo a una en brazos del otro.

Toni era inquebrantable, absolutamente leal. Él admiraba esas cualidades.

–Todo va bien, ya puedes mirar –susurró Byrne al oído de su hermana–. Zoe no va a provocar ningún escándalo. Toni se encargará de eso.

Durante todo aquel primer día, Zoe no hizo más que repetir que había mucho silencio.

–Puedo oír los latidos de mi corazón –decía.

–No es tan silencioso en realidad –comentó Kerry con una sonrisa–. Siempre hay pájaros.

–La gente no se da cuenta de la calidad de nuestro silencio –comentó Zoe–. La gente de las ciudades, quiero decir. Es extraordinario. Ya casi me había olvidado de lo extraordinario que es. Pero no he olvidado la casa. A veces me molestaba que vuestro padre no me dejara arreglarla. Toni, se nota que has hecho todo lo que has podido. Kerry, supongo que Cate tiene un montón de ideas. Es una chica encantadora. Me recuerda a Sonia, por el parecido físico. Pero, Byrne, ¡Byrne sí que es algo especial! Si apareciera por mi mundo, las mujeres no le dejarían en paz ni un momento. Es tan guapo como una estrella de cine. ¿Está con alguien?

–Parece que le gusta Toni –comentó Kerry, lanzando a su hermana una mirada irónica.

–Pero no está seguro de que eso le agrade –recalcó Toni.

–Espero que no tenga nada que ver conmigo. Siempre he pensado que los Beresford eran muy sentenciosos, especialmente Sonia. Quizás mi hija no le parezca suficientemente buena para su espléndido hijo –dijo Zoe, con expresión de desaliento.

–Pues conmigo no tiene ninguna objeción –apuntó Kerry.

–Tú te pareces a tu padre, querido. Es así de sencillo. Tu padre nunca me juzgó, y siempre fue mi mejor amigo.

–¿Y por eso nunca volviste? –dijo Kerry y soltó una risa seca.

–Estaba muy lejos, Kerry –contestó Zoe con voz tranquila y seria–. Ya he sufrido por ello, igual que Toni, que no tenía culpa de nada. Rezo para que me perdones.

Kerry, que había estado sentado en el borde de la mesa, se levantó.

–Te perdono, mamá –dijo, dándose cuenta de que en algún momento ya lo había hecho–, pero nunca lo entenderé.

–Quizás algún día, cariño, cuando tengas más experiencia de la vida. Hay muchas cosas que no salen como se habían planeado. Toni, ¿queda café? –preguntó alegremente, cambiando de tema–. Soy una adicta al café, al buen café. Tendremos que conseguirlo. Después tengo que enseñaros mi vestido. Francine trabajó mucho en él, y Claude me compró un collar y pendientes a juego como regalo de despedida. Tuvimos una larga charla. Siempre le encantó hacer de padre, y ha sido muy generoso, mucho. No me faltará nada durante el resto de mi vida.

–¡Dios mío! ¿Ni siquiera otro marido? –Kerry no pudo resistirse.

–Soy una mujer a la que no le gusta estar sola, querido –replicó Zoe, sin ofenderse lo más mínimo–. Necesito tener a un hombre cerca.

Zoe descansó toda la tarde del día siguiente, preparándose para la cena prenupcial, que se celebraría en Castle Hill.

–¿Sabes?, es absurdo, pero siento mariposas en el estómago –le comentó a Toni al acabar de vestirse.

–Todo saldrá bien –la tranquilizó Toni–. Estás encantadora.

Zoe llevaba el pelo con un estilo nuevo, más corto. Era muy natural y juvenil, y le permitía lucir su grácil cuello. Se giró para observar de perfil su elegante traje de Saint Laurent, color crema.

–¿Encantadora? ¿Con esta antigualla?

–Yo no lo había visto nunca –respondió Toni secamente.

–Ah, bueno, es relativamente nuevo. He perdido un poco de peso, ¿lo has notado?

–Eres una Venus de bolsillo. Claro, que has sufrido mucho: perder a Patrick, despedirte del bueno de Claude y demás –se burló Toni.

–Mi problema es que soy demasiado adorable –explicó Zoe, aparentemente en serio–. Pensé que la ruptura con Claude iba a ser un desastre, pero resultó ser maravillosamente amigable.

–¿Dices eso por lo generoso que ha sido contigo?

–Claude me dio dinero porque lo necesito, querida.

Toni tuvo una idea repentina.

–¿Qué pasaría si Kerry quisiera pedirte una parte?

–¿De qué estás hablando? –preguntó Zoe, dejando el cepillo sobre la mesa y mirando a su hija con ojos cansados.

–Supongo que todo depende de cuánto te diera Claude.

–¡Un montón! –respondió Zoe, triunfante y agradecida–. Me dijo. «Tienes que aceptarlo, Zoe. No puedo soportar que vayas de marido en marido. Quiero que seas independiente». Por añadidura, es mucho más rico de lo que yo creía.

–Claro, fue demasiado listo para decírtelo. Puede que esto no te agrade, Zoe, pero está el problema de mi parte de Nowra.

Zoe se quedó mirándola, y después se echó a reír.

–Seguro que Byrne te la comprará, ¿no? Los Beresford están forrados.

–No quiero que eso suceda, mamá.

–¡Señor! Cielo, ¿no querrás que te la compre yo? –inquirió Zoe, con los ojos como platos por la sorpresa–. ¿Cuánto vale hoy en día esta propiedad? ¿Tienes idea?

–Nos podemos enterar. Se lo debes a Kerry.

–Como si no lo supiera –Zoe suspiró profundamente, y se hundió en la cama, elástica como un gato–. Puedo ver el daño que le he hecho.

–Esta es tu oportunidad de enmendarlo. Te la venderé por mucho menos de lo que realmente vale, y se la regalas a Kerry como regalo de boda. Así Nowra seguirá siendo propiedad de los Streeton, nuestra familia.

Zoe se quedó observándola.

–Es una gran idea, querida –estalló finalmente–. Tú saldrías perdiendo. Puede que yo sea rica, pero no como para andar tirando el dinero.

–Esta es tu gran oportunidad, mamá. Podrías anunciarlo esta noche.

–Creo que eso me gustaría –comentó Zoe, y sus azules ojos empezaron a brillar como zafiros–. ¿Y Sonia? ¿Sigue tan arrogante como siempre?

–Tiene buenas intenciones –sonrió Toni.

–Querida, sabes perfectamente lo engreída que es.

–Mamá, ella y tú tendréis los mismos nietos.

Zoe se alisó la corta falda, con cierta inseguridad.

–Mírame, cariño. ¿Tengo pinta de abuela?

–Creo que, cuando llegue el momento, serás perfecta, mamá, ya verás –la tranquilizó Toni, tomando la mano de su madre y apretándola suavemente.

LA CENA de familia estuvo muy bien. Todos los presentes se comportaron a la perfección, decididos a hacer frente común para mantener la magia que comenzaba a percibirse en el aire. Esta iba a ser la boda perfecta, nadie lo dudaba. La joven pareja era feliz. Sonia había quedado momentáneamente sorprendida por Zoe, cuya apariencia parecía no sufrir el paso de los años, pero se recuperó rápidamente, volviendo a su papel de anfitriona. Hasta Zoe consiguió dominar su natural coqueteo y dejó en paz a Byrne, tan agradable, tan cortés, tan guapo. La atraía muchísimo, pero sus ojos plateados estaban fijos en Toni. Y es que Toni estaba espléndida, pensó Zoe, echando de menos esa juventud que ya no volvería, y que ni siquiera había disfrutado. Quizás ese fuera el problema: se había casado muy joven. Se había casado demasiadas veces. No había encontrado al hombre perfecto, sino solo a un montón de villanos, exceptuando, claro está, a Eric y a Claude.

Zoe esperó hasta el final de la cena para hacer su gran anuncio.

–Queridos amigos –comenzó con su cautivadora voz–. Cate, mi futura nuera, hijos míos, quiero que sepáis que nada podría haberme impedido venir a esta maravillosa boda. Me llena de alegría, como le habría pasado a Eric. He meditado mucho sobre el regalo que os iba a hacer –hizo una pausa y les sonrió con ojos triunfantes–. He decido regalaros Nowra. Naturalmente, compensaré a mi hija por la parte que le corresponde. Esto es lo que ambas deseamos, y espero que os haga felices.

Se produjeron variadas expresiones de asombro y entusiasmo.

Mientras Zoe hablaba, Byrne se dedicó a estudiar a Toni. Se notaba su influencia en esto, para ella era la solución perfecta. Sabía que no deseaba sentirse obligada para con él, ni que tampoco lo quería para su hermano. Había heredado ese orgullo de su padre, y le gustaba. Se preguntó qué le habría dicho a su madre, y de dónde habría sacado esta el dinero. Sabía que se había casado con tres hombres a cual más rico, y obviamente, a pesar de sus comentarios sobre sus escasos recursos, todavía le quedaba una buena tajada, o bien el sufrido Claude le había dado una asignación muy generosa. Si ese era el caso, Claude tenía que ser una especie de santo.

Mas tarde, llevaron a Zoe a contemplar la colección de regalos, ninguno de los cuales podría superar el suyo, y el salón de baile donde se celebraría la boda. Los decoradores y floristas empezarían su trabajo al día siguiente, según los planes que habían preparado hacía meses.

Rosas, lilas, claveles orquídeas y enormes manojos de gladiolos blancos, lirios de todos los tonos, orquídeas, jacintos, helechos, hojas de camelia y todo tipo de follaje, irían a parar a las cámaras refrigeradas, junto con cajas y cajas de champán y deliciosos manjares.

Había comenzado la cuenta atrás. De ahora en adelante, Castle Hill sería un hervidero de actividad.

Todo estaba tan meticulosamente planificado que Cate disfrutaba de los días relajada y contenta, pero Kerry se encontró acosado por mil ansiedades. Por mucho que amara a Cate, tenía muy presente el gran paso que iban a dar. Hijo de divorciados, consideraba que los votos de matrimonio eran sagrados, y empezó a sentir un exagerado temor a no ser lo suficientemente bueno para su amada Cate, intrínsecamente equilibrada y feliz.

–Angustia prematrimonial –se burlaba Zoe–. Normalmente, le corresponde a la novia.

Zoe debía de saberlo muy bien.

Por otro lado, Toni se tomaba los problemas de su hermano en serio, sabiendo que Kerry siempre había sido muy sensible.

–La quiero tanto, que no podría soportar no estar a su altura –le confió Kerry.

–Lo entiendo, Kerry. Eso quiere decir que la quieres de verdad. Pero tienes que relajarte, y escuchar a tu corazón. Va a ser el día más bonito de tu vida. ¿No querrás estropearlo?

–Claro que no –se fue ablandando Kerry.

–Pues relájate –aconsejó Toni, tomándolo del brazo–. Y, para ayudarte, voy a preparar una taza de té.

–Gracias, Toni.

Tras una sucesión interminable de días soleados, el día de la boda amaneció con un ligero chaparrón, lo que todos consideraron un buen presagio. El obispo John McGrath, que había bautizado a todos los hijos de Sonia y de Zoe, celebraría la ceremonia a las cuatro de la tarde, cuando empezara el maravilloso crepúsculo y todos sus colores entraran por las grandes ventanas del salón. Kerry y Zoe se vestirían en casa, y el helicóptero los llevaría a Castle Hill una hora antes del comienzo de la ceremonia. Toni fue recogida un poco después de la una; las damas de honor necesitaban tiempo para prepararse.

Cate, danzando de excitación y contento, estaba deseando enseñarle a Toni el salón.

—Absolutamente increíble —exclamó Toni, recorriendo la habitación con los ojos.

La grandiosidad de la habitación se había suavizado con los centros de flores que iluminaban cada rincón. Habían utilizado grandes jarrones de porcelana china para colocar multitud de flores blancas. Las peceras gemelas sobre pedestales tallados que solían flanquear la escalera, delimitaban el área en la que se situaría el obispo McGrath, rodeado de grandes cantidades de flores blancas y verde pálido.

—Es una fantasía romántica —suspiró Toni.

—Y ha supuesto un montón de trabajo. ¿Te gustan los lazos de las sillas?

—Muy artísticos —dijo Toni, admirando las grandes rosetas y cintas satinadas que embellecían los lados de las sillas del pasillo.

—Pues espera a ver el salón de la recepción —continuó la excitada Cate—. La reforma ha sido un éxito increíble. Todo idea de Byrne. Apuesto a que, si viviéramos en la ciudad, sería un gran negocio. Es un sitio ideal para una boda, y suficientemente grande para una multitud. Te encantará lo que han hecho los decoradores. Cuando te cases, Toni, sería maravilloso que la fiesta fuera aquí. Tus amigos son nuestros amigos. Hoy nos convertimos en familia de verdad.

Espontáneamente, Cate abrazó a Tom, y entonces vio a Byrne entrar en la habitación.

—Ah, aquí estás, Cate. Hola, Tom, veo que ya has llegado.

—Sana y salva —contestó Toni, todo en él la hacía sentirse borracha de placer. Verlo, oírlo, la forma en que sus ojos plateados se posaban en ella.

—Ya veo —comentó Byrne, volvió a centrarse en su hermana–. Cate, mamá te está buscando para preguntarte no sé qué del tocado de una de las niñas de las flores.

–Seguro que se trata de Camille. Iba a enseñarle el salón a Toni. Es maravilloso lo mucho que ha trabajado todo el mundo.

–Es tu gran día, Cate –dijo Byrne, inclinándose a besarla.

–La idea de utilizar los viejos establos fue tuya. Fue espléndida, y te adoro por haberla tenido. Enséñaselo a Toni, y luego déjala que suba a ponerse guapa.

–Eso no le llevará mucho tiempo –respondió Byrne, con ojos brillantes y divertidos.

–Si papá pudiera ver esto –dijo Cate, agachando la cabeza.

–Lo verá –le aseguró Byrne–. Lo sentirás a tu lado aunque sea yo quien actúe de padrino.

–Eres el mejor hermano del mundo –dijo suavemente, parpadeando para contener las lágrimas.

–Gracias, Cate, ese es el tipo de cosas que me gusta oír –Byrne sonrió.

–Ya lo sé, ya lo sé, ha costado un montón de dinero.

–Quiero que sepas que hacer que este día sea perfecto para ti es lo único que importa –replicó él. Nunca le preocupó el gasto.

Sonrojada de placer, Cate se volvió hacia la puerta.

–Bueno, supongo que debo ir a ver qué pasa con Camille. Tiene más carácter que una bailarina. No llegues tarde a la peluquera, Toni. Le va a encantar arreglar tu pelo.

–Espero que no haga algo muy complicado –dijo Byrne cuando Cate ya había salido. Frunció el entrecejo en un gesto de desaliento–. Me gusta así. Largo, suelto y brillante.

Toni sonrió. Realmente no necesitaba un peinado muy elaborado para estar guapísima.

–Supongo que querrá retirarlo de la cara, para que quede bien con el tocado, nada más. O sea, que deja de poner esa cara.

–Díselo de mi parte. Quiero que estés muy natural.

–De acuerdo, te lo prometo –respondió Toni, moviéndose hacia el centro de la habitación, entrecerrando los ojos para protegerlos de la catarata de luz que la inundaba–. Esto será como estar en la gloria cuando el sol de la tarde entre por esos ventanales.

Él sonrió, viéndola moverse hacia la luz.

–Eso es exactamente lo que pretendía Cate. No he tenido oportunidad de hablar contigo desde que llegó Zoe. Estuvo encantadora la otra noche.

–Eso mismo dijo ella de ti.

–Nadie le discute el buen gusto. Fue una auténtica sorpresa que decidiera regalarles tu parte de Nowra –comentó sin separar los ojos de ella–. Por supuesto, ¿tú no tuviste nada que ver con esa idea?

–¿Por qué dices eso?

–Bueno, creo que te voy conociendo bastante bien. Tienes un toque mágico, Antoinette. Kerry estaba preocupado por antiguos problemas, cosas del pasado. Parece que se van resolviendo. Estuvo muy cariñoso con Zoe.

Toni se volvió y caminó con ligereza hacia él.

–Se están llevando muy bien. Kerry tenía la descabellada noción de que Zoe no lo quería, y no es cierto. Pero ahora tiene a Cate.

–Siempre ha tenido a Cate –los ojos de Byrne brillaron divertidos.

–Es increíble, ¿verdad? Para determinada gente solo existe una persona especial.

–A veces aparece una revelación sin que sepamos de dónde viene –dijo él, tras un breve silencio.

–Lo sé muy bien.

–Toni, todavía no has vivido –dijo Byrne, acariciándole la mejilla con reverencia. Ella parecía el auténtico retrato de la inocencia.

–Sé lo que es un corazón roto –lo miró fijamente–. Sé que la vida es muy corta. Sé que el amor es la gloria. Sé que tú me haces sentir en la gloria –calló sorprendida al darse cuenta de lo que había dicho.

–No, Toni, no –murmuró él, atrayéndola hacia sí.

Ella apoyó la cara en su hombro.

–Lo siento. Se me escapó.

¿Y por qué no? ¿No controlaba él sus palabras cuando estaba con ella?

–Puede que dentro de un año sientas de manera diferente –dijo, como si fuera un actor recitando un guion. ¿Acaso estaba intentado alejarla de él?

–¿Quieres que me vaya? –preguntó Toni, mirándolo fijamente a los ojos.

–Toni, no permitas que te haga daño, hoy no. Me importas demasiado.

–Eres un hombre extraño, Byrne Beresford, tan fácil de domesticar como un águila.

–Pero, realmente, tú no me quieres domesticado.

Su sonrisa hizo que a Toni se le parara el corazón. Se irguió, con todas sus emociones y deseos a flor de piel.

–Quiero que me quieras –se rio amargamente–. ¿No te parece un chiste? –separó violentamente su cuerpo, chocando contra los brazos que la rodeaban. Intentó librarse, pero él no la dejó.

La pasión era como una gran llama azul que los envolvía. Ni siquiera Byrne podía luchar contra ella.

¡Eso era la vida!

Esa era la sensación que hacía que la vida pareciera llena de magia. La abrazó fuertemente, inclinándose para besar su boca suave y furiosa. Ella estaba excitada y él la sentía temblar. ¿Qué era lo que él buscaba? Enloquecía pensándolo, noche tras noche, preocupándose por Antoinette Streeton. Noches soñando que estaba en la cama con él, su pelo rubio extendido sobre la almohada, dueño de su adorable cuerpo que deseaba amar y conocer.

¿Quería casarse con ella?

No podía casarse con ella. Ella se merecía una oportunidad para elegir correctamente. Sabía que la estaba controlando, que era duro y arrogante. ¿Qué iba a hacer cuando ella se fuera?

La besó una y otra vez, hasta que Toni se relajó, comenzando a perder la noción de todo, excepto de que lo amaba con locura. Él era cruel, exquisitamente tierno y maravillosamente erótico.

–¡Ah! –suspiró–. ¿Cómo voy a poder olvidarme de ti, si no me dejas?

La cara de Byrne reflejaba una expresión curiosa, mitad dura, mitad confundida. ¿Olvidarse de él? La idea era odiosa. Le hacía sentirse frío, completamente abandonado en un territorio desolado.

–No puedes olvidarte de mí.

–Tengo que hacerlo –replicó ella, intentando separarse de él–. ¿Por qué no estás de acuerdo? Deberías estarlo. ¿Por qué permites que esto continúe?

La miró a los ojos, sinceramente.

–Porque no puedo evitarlo. Eso es lo malo, Antoinette. Te quiero demasiado.

Todos los asistentes a la boda Streeton-Beresford la recordarían como una ocasión increíblemente feliz, la boda del año. La novia, sus damas de honor y la tres niñas de las flores estaban preciosas, cuando comenzaron su paseo por la larga alfombra persa, hasta llegar a donde el novio y sus asistentes, vestidos de chaqué con pantalones negros y finas corbatas gris oscuro, esperaban. El obispo McGrath sonrió, esperando para celebrar la ceremonia que uniría a las dos grandes familias pioneras.

El servicio comenzó a las cuatro, y los murmullos se convirtieron en un rumor cuando todos se volvieron a ver a la novia y su impresionante cortejo. Cate se acercaba con su precioso vestido, un velo transparente que le llegaba a la cintura y que caía de su diadema de rosas de satén. Lustrosas perlas con forma de gota, el regalo de Kerry, rozaban sus mejillas. Sus ojos azules brillaban, en un rostro levemente pálido de emoción. Tras ella, iban las damas de honor, todas deslumbrantes, pero ninguna tanto como la primera dama de honor con su vestido azul violáceo, la rubia cabeza adornada con una corona de exquisitas flores, a juego con su vestido. Las encantadoras niñas de las flores parecían asombradas ante tanto esplendor, el salón de baile decorado, la música, la multitud de rostros, las grandes lámparas de araña y las velas que lucían en la larga mesa tallada que servía como altar. Estaban adorables con sus vestidos de seda crema y sus enaguas de tul, la falda y las mangas abombadas iban recogidas con flores. Llevaban ramilletes en las manos, y flores y lazos en el pelo. Eran primas y muy buenas amigas, y plenamente conscientes del honor que les habían concedido.

Toni sintió lágrimas en los ojos cuando su hermano sonrió al ver a la novia. Resplandecía de amor.

«Que vuestro amor dure para siempre», rezó Toni en silencio, cuando el obispo McGrath inició el tradicional servicio anglicano.

Antes de que sus últimas palabras, y las puras notas del canto de un niño se apagaran, comenzó la puesta de sol, inundando el salón con una luz mágica. Hubo sonrisas, saludos, lágrimas de felicidad y exclamaciones de alegría. El novio se inclinó para besar a la novia y comenzó a sonar la *Marcha nupcial,* dulce y alta, rebosante del milagro del amor. Kerry y Cate saludaron a sus familiares y amigos, con el rostro transfigurado por el júbilo y significado de ese día, el de su boda.

Señor y señora Streeton.

Toni vio cómo su madre se acercaba un delicado pañuelo de encaje a los ojos.

Cuando la pareja llegó a la biblioteca, comenzaron a resonar los gritos y felicitaciones de todos.

–Un día muy feliz, querida –murmuró Zoe a su hija. Zoe estaba devastadora, con un traje azul, con zafiros y diamantes alrededor del cuello y en las orejas, y un sombrerito muy chic, que dejaba caer un velo sobre sus ojos–. Estoy segura de que tú serás la próxima.

El día llegaba a su glorioso final. Había refrescado por fin y todos, debido a la emoción y los nervios, estaban hambrientos. Listos, a decir verdad, para el gran banquete de boda que siguió.

El discurso de Byrne, aunque breve, fue entrañable. Habló de su hermana y su familia de forma conmovedora, y terminó con una divertida anécdota que exaltaba las virtudes de Cate. Todos rieron y Sonia miró a su hijo, espléndido y distinguido; el chaqué de lana de mohair gris le quedaba perfecto sobre los anchos hombros, y el color de la corbata acentuaba la luminosidad de sus ojos. Se sentía tan orgullosa de él que a veces creía no poder soportar tanto amor.

Alrededor de las ocho comenzó el baile. Los jóvenes

llenaron la pista, girando al son de la excelente banda de música. Todas las damas de honor se habían quitado el bolero, para revelar el escote de sus vestidos y Joel, con expresión de auténtica delicia en la cara, agarró a Toni, y la llevó al centro de la pista. Después de alguna copa de champán de más, algunos bailaban claramente acaramelados, otros, para no ser menos, bailaban solos.

—Todo ha estado perfecto, ¿verdad? —dijo Joel con satisfacción—. Creo que estoy un poco borracho. Supongo que es permisible en la boda de mi propia hermana. ¿Verdad que está preciosa? Nunca la había visto tan guapa. Es verdad eso que dicen de las novias —continuó, mirando a la pareja, que bailaba abrazada—. Tú también estás impresionante, ¿te lo he dicho?

—Como una docena de veces —sonrió Toni.

—¿Te gustó el regalo que hizo Byrne al cortejo?

—No creo que ninguno de nosotros esperara tal regalo —repuso Toni con sencillez. Byrne les había regalado broches de pedrería en forma de cisne como recuerdo de ese día tan especial. Cate les había regalado perfume francés en envases de diseño. Habían ocurrido tantas cosas, que Toni estaba segura de que nadie había notado que Andrea no le había dirigido una sola palabra. Sí, parecía amistosa, intentado pasarlo bien, pero Toni sabía que solo esperaba la ocasión apropiada.

Aun así, lo súbito de su ataque la tomó por sorpresa.

—Tengo que hablar contigo —dijo Andrea, acercándose por atrás y poniéndole una mano sobre el brazo.

—Bien, adelante —Toni se volvió, empeñada en ser amable, enfrentándose a su verde mirada.

—Tu madre es muy bella —dijo Andrea, como si eso la sorprendiera.

—Sí, lo es —Toni había estado vigilando a su madre. Bailaba con un caballero alto y elegante, de pelo gris. Toni creía conocerlo, pero no conseguía situarlo.

–Lo cierto es que es más impresionante de lo que había oído.

–París –respondió Toni ecuánime, pero seca–. Enseña a destacar.

–Fue muy amable por venir, pero ¿cuándo se marchará?

–Cuando le parezca conveniente, Andrea.

Siguió un momento de silencio.

–Bueno, Kerry la echará de menos. ¿Supongo que volveréis a París juntas?

–Sin duda, por un tiempo –admitió Toni–. Las dos tenemos que poner nuestros asuntos en orden.

–¿No querrás decir que piensas volver? –exclamó Andrea, mostrando su disgusto.

–Esta es mi casa, ¿no te parece?

–Pero no pensarás vivir con Kerry y Cate. Eso sería ridículo.

Toni intentó poner fin al interrogatorio.

–Andrea, todavía no tengo planes fijos. ¿Por qué te interesa tanto?

–Lo sabes de sobra –dijo Andrea con voz hiriente–. Puede que Byrne se sienta atraído hacia ti, simplemente por tu belleza, pero no se casará contigo.

–Tampoco creo que vaya a casarse contigo, Andrea.

–No se casará con ninguna otra. Puede que seas un capricho pasajero, pero no habrá boda. Te habrás dado cuenta de lo duro que es. No es como Joel, que se deja conquistar. Es un hombre muy serio, que pasa la vida tomando decisiones. No se arriesgaría con una chica como tú. Pero nuestra relación iba viento en popa hasta que tú llegaste.

Andrea se marchó. Muchos hombres se casaban con mujeres que no querían, pensó Toni, pero que podían representar el papel adecuado. Quizás Byrne hiciera lo mismo.

Casi había perdido la esperanza de bailar con él; por peligroso que fuera, se sentía atraída como una polilla a la luz. Estaba rodeado de gente, hombres y mujeres, todos ellos intentaban atraer su atención. Una vez, captó su mirada y él apretó los labios como queriendo decir: «En fin, represento el papel de padre de la novia». Tenía que resultar muy pesado ser el jefe del clan, pensó Toni. Allí estaba Joel, haciendo lo que le venía en gana, rodeando con un brazo el hombro de Fern, que lo miraba con dulce intensidad, como si le hubiera perdonado todo.

Toni estaba en la pista con el atractivo hermano de Fern, cuando Byrne se acercó, con una sonrisa tan encantadora que James, a pesar de llevar un rato esperando pacientemente un baile, le cedió a Toni sin quejas.

–Solo lo haría por ti, Byrne –murmuró–. Toni, bailaré contigo después, ¿de acuerdo?

Ella olvidó a James por completo cuando Byrne la abrazó. La banda, con el paso de la noche, había empezado a tocar temas lentos, canciones de amor populares en ese momento.

–Estás maravillosa. Una visión deliciosa –dijo él, tras unos instantes. Su voz sonaba profunda y, le pareció a Toni, ligeramente molesta.

No estaba segura. Era difícil concentrase en algo cuando la tenía entre sus brazos, apretándola contra su musculoso cuerpo. Recordó algo de lo que le había dicho Andrea. Su dureza. Su habilidad para tomar decisiones difíciles.

–Gracias, Byrne. Todo ha ido muy bien. Debes de estar contento –dijo, intentando mantener la compostura.

–Señor y señora Streeton –dijo, mirando hacia la pareja–. Sí, estoy contento. ¿Has visto antes una pareja tan feliz?

–Esa no es nuestra historia –respondió ella irónica–. Mañana este día dorado habrá terminado. Yo probablemente vuelva a París. Tú verás a Andrea con más frecuencia.

Deliberadamente, Byrne elevó la mirada por encima de la rubia cabeza coronada de flores.

–Le deseo a Andrea todo lo mejor, pero ya debería estar claro que no tengo ningún interés romántico por ella. Además, no cambio de sentimientos con tanta facilidad.

–Los sentimientos pasan. Tú mismo lo dijiste.

«Déjalo, Toni», se dijo a sí misma. Estaba provocándolo y podía ser peligroso. Era culpa de la excitación y del champán.

–¿Te gustaría que me rindiera ante una gran pasión? –la retó.

–Me gustaría que lo hicieras, pero me doy cuenta de que va en contra de tus principios –Toni sentía ambivalencia. Una mezcla de amor y cólera.

–Los dos sabemos que las aventuras pasionales pueden acabar muy mal. No deseo que sufras nunca –replicó Byrne, con una sonrisa seca.

–Es un poco tarde para eso, ¿no?

–De ninguna manera, Antoinette, permitiría que mi mujer me abandonara.

–No lo dudo ni por un momento –repuso tras un instante. Su corazón palpitaba con fuerza–. Pero ¿por qué, si amas tanto este mundo que te rodea, lo ves como si fuera una prisión?

–Es un mundo para hombres, Toni. No hace falta que te lo diga. La soledad y el aislamiento agotan a las mujeres. Antes o después, se resienten.

–No parece que eso te preocupe de Cate –aseveró, levantando la cabeza.

–Cate ha encontrado a su media naranja –dijo–. Siempre ha sido así. En cierto sentido Kerry necesita más a Cate que ella a él. Cate pertenece a la categoría de la Madre Tierra.

–Estoy de acuerdo. ¿Cómo me ves a mí?

–Tú estás más cerca de las estrellas que de la tierra. Pelo como el sol y ojos como el cielo. Nunca olvidaré el aspecto que tienes hoy –dijo, con tal pasión que Toni sintió lágrimas en los ojos.

–¿Por qué me dices cosas tan dulces? –preguntó con voz suave y perpleja–. ¿Por qué me miras así? ¿Por qué me abrazas de esta manera?

–Ya te lo he dicho. No tengo fuerzas para resistirme.

–¿Y eso se acabará mañana?

Él no lo creía. Cada minuto que la tenía en brazos su deseo aumentaba. Estaba alcanzando límites insoportables.

–Puede que el mañana nos lleve en otra dirección.

–No, tú seguirás igual. Tienes miedo de perderte a ti mismo –le dijo, tras inspirar con fuerza.

Él no dudó su respuesta ni un segundo.

–Y tú, Toni, no tienes suficiente miedo –espetó cortante.

La fiesta siguió hasta altas horas de la madrugada, después de que la pareja se retirara a la suite nupcial que habían preparado para ellos. Por la mañana, Byrne iba a llevarles al aeropuerto nacional, para que comenzaran su luna de miel; primero se relajarían en la Gran Barrera de Coral, entre arena, mar y sol, luego recorrerían el sudeste de Asia, culminando el viaje con diez días en la isla de Phuket. Tres meses en total. Era todo el tiempo que Kerry podía alejarse de Nowra. Durante su ausencia, Drew Hackett, el capataz, se quedaría al frente. Muchos invitados estaban dispuestos a seguir de fiesta hasta la mañana siguiente, cuando se serviría un desayuno temprano para todos aquellos que aún pudieran comer.

Toni se retiró alrededor de las dos de la mañana tras desearle las buenas noches a Zoe. Esta seguía firmemente anclada a su nueva alma gemela, el distinguido caballero de pelo gris, que resultó ser Cornelius Grant, uno de los principales ejecutivos de Empresas Beresford. Llevaba muchos años trabajando para la familia, por eso a Toni le había resultado familiar. Zoe parecía entusiasmada con recuperar su amistad.

«¿Acabará alguna vez?», pensó Toni. Al menos Cornelius estaba libre, llevaba varios años viudo. Zoe no disgustaría a ninguna esposa.

Ya en su dormitorio, se quitó el vestido y lo tendió sobre el diván, estirando los pliegues de la voluminosa falda. No estaba simplemente cansada. Estaba exhausta de emoción. ¿Cómo iba a soportar el resto de su vida? ¿Qué iba a hacer al día siguiente? Algunos de ellos iban a ir hasta el aeropuerto para despedir a Cate y a Kerry.

En camisón, se acercó hasta los ventanales y salió al porche a mirar hacia el edificio de piedra, aún iluminado y vibrante de actividad. La gente del interior tenía grandes reservas de energía y adoraban las grandes fiestas. Era perfectamente comprensible. Vivían muy aislados, y las ocasiones de gala les daban la oportunidad de desmelenarse.

Después intentó dormir, pero le resultó imposible. Su mente y su corazón eran un caos. Él la había avisado. Le había dicho que no tenía ningún sentido soñar. Había sido una estúpida; le había declarado su amor y él lo había rechazado. Era humillante.

Se levantó en la oscuridad y se puso la bata de seda jade que Zoe le había comprado. Quizás, si tomaba un trago de brandy, podría conciliar el sueño. Zoe lo hacía a veces. Quedaban algunas luces encendidas en el pasillo, para alumbrar el camino a los invitados, pero no había nadie. No se oía un ruido en toda la casa. Encontraría lo que buscaba en la biblioteca, una selección de bebidas en licoreras de cristal. Casi había bajado toda la escalera cuando el corazón le dio un vuelco.

–Oh, Byrne –gritó nerviosa y angustiada–. Me has asustado.

Él miró a la mujer que tenía entre los brazos.

–Ah, una víctima propiciatoria –dijo burlón. Sabía que había huido de él, refugiándose en la casa. Bajo la bata de seda llevaba un camisón ligero, luminoso sobre su piel. Deseaba con desesperación arrancárselo. Movió la mano con delicadeza, acariciando sus pechos rosados. Había bebido demasiado, utilizando el alcohol para protegerse de sus sentimientos–. ¿Por qué no te has quedado en la fiesta?

Sin respirar apenas, se apoyó contra él, dejando que siguiera explorando su cuerpo. Era una seducción imposible de resistir. Todo el entorno conspiraba en su contra, la noche, la oscuridad, el impacto del contacto con su cuerpo.

–¿Y bien? –insistió, acariciando el sedoso lóbulo de su oreja con la lengua.

–Estaba cansada. Es muy tarde –no eran más que palabras.

–Querías huir de mí.

–No parece que lo haya conseguido –musitó temblorosa.

–No creo que pudieras. ¿Por qué andas por la casa medio desnuda?

–No podía dormir, Byrne. Es la verdad.

–¿Y qué buscabas? –preguntó, recorriendo su cuello arqueado con la boca.

–Dios, no lo sé –dijo, tragando saliva ante la oleada de sensación que la inundaba–. Un poco de brandy.

—El brandy no es la solución —replicó con certeza—. Créeme.

Estaba a punto de ceder a sus deseos. En cualquier otro momento podría haberse controlado, pero encontrársela así, era demasiado. No estaba hecho de granito.

Era demasiado tarde. Ella no iba a ir a ningún sitio más que a su cama, con él. Ya nada podía protegerla y él menos que nadie. Había perdido el control por primera vez en su vida.

La sentó sobre la cama en su enorme dormitorio, iluminado por la luna. Respiraba agitado. Se acercó a la pesada puerta de cedro y echó el cerrojo.

—Quieres que te haga el amor, ¿verdad? —dijo, con voz tan distinta de la normal que apenas la reconoció. Ya no había control, olvidada quedaba la indiferencia. Pero, si ella le parecía asustada en lo más mínimo, el fuego se apagaría.

Ella se levantó de la cama, con el brillante pelo desparramado sobre los hombros y los brazos abiertos.

—Sabes que sí —dijo, sin poder, ni querer, disimular el amor que la embargaba.

Él sintió que un gran peso desaparecía, para dejar lugar a la exaltación. ¡Qué maravilloso sería estar casado con esta deliciosa criatura! Poseer ese esbelto cuerpo todas las noches de su vida. Rendirse a su deseo salvaje.

—Byrne —susurró cuando sintió su poderoso cuerpo sobre ella—, ámame.

Era un grito antiguo y salvaje como el tiempo.

CAPÍTULO **8**

TONI no recordaba haberse despedido de Cate y Kerry. Estaba paralizada por las horas de éxtasis que había compartido con Byrne. Ninguna experiencia podría llegar a superarlo, aunque ni siquiera entonces había comprendido la indomable pasión que inspiraba en Byrne. La había tomado, en cuerpo y alma, dejándole su impronta marcada en la piel. Sintió que el placer la consumía, y se había disuelto en lágrimas, que él había besado hasta hacerlas desaparecer.

«Calla, cielo mío», había murmurado él, «tranquila», mientras ella temblaba violentamente, tras la culminación del placer.

Se despertó en su brazos y la amó nuevamente, rompiéndole el corazón. Eso era amor. No hacía falta decirlo; él la había tranquilizado, había susurrado en sus oídos, abrazándola contra él durante largo rato. La había llevado a su dormitorio, sabiendo que aún estaba perdida en el sueño que habían compartido.

Nadie los vio. El desayuno ya estaba servido para todos aquellos que habían seguido de fiesta toda la noche. En una hora se levantaría el sol y empezaría otro día. Otro día. Pero ella se sentía irremisiblemente distinta.

Zoe, que se había comportado maravillosamente, dulce y encantadora con todos, conteniendo, afortunadamente, su coqueteo, decidió casi de inmediato que deseaba volver a París.

–Me prometiste que volverías conmigo, cariño –Zoe miró a su hija con incertidumbre–. ¿Qué te pasa? Pareces ensimismada. Eso no es normal en ti.

Toni sintió que la traicionaba un intenso rubor.

–¡Dios mío! –Zoe dejó las maletas y se dejó caer en la cama–. Es Byrne, ¿verdad? Has dormido con él.

–Eso es asunto mío, mamá.

–No estés tan segura. Tú te dedicas a espantar a mis admiradores –dijo Zoe, inclinándose y asiendo la mano de su hija–. ¿Qué tal ha estado?

–¡Mamá! –protestó Toni de nuevo.

–Vale, ya lo sé –rio Zoe–. Lo tienes escrito por toda la cara. Sensacional. ¿Y ahora qué?

–No tengo ni idea. No me ha pedido que me case con él, si es lo que quieres saber.

–Entonces, ¿qué se cree que hace, intentando partirle el corazón a mi niña? –preguntó Zoe, volviendo a doblar ropa.

–Fue perfecto, mamá. Él es perfecto –dijo con suavidad, acurrucándose en el mullido sillón. Zoe sonrió con cierta tristeza.

–Eso podría haberlo adivinado. Será mejor que vuelvas a París conmigo. Arreglaremos nuestros asuntos. Así los dos tendréis un respiro. Byrne es muy reservado, pero ni siquiera él puede ocultar que está loco por ti de pies a cabeza. Creo que debes de ser lo mejor que le ha pasado en la vida. Necesita tu dulzura, tu forma de amar.

–Díselo, mamá –Toni se echó a reír.

–En serio, cariño. Es verdad. Me has apoyado en todo momento. Has cuidado de mí y de mis intereses. Nadie, ni siquiera tu padre, se había preocupado tanto por mí. Ha sido maravilloso reconciliarme con Kerry. Cate y él son muy felices. Lo quiero mucho, pero no puedo pretender que no eres mi favorita. Me aceptas por completo, sea como sea.

Toni notó una cierta desolación en la voz de su madre, el reconocimiento del fracaso, y se puso en pie. Se acercó a Zoe y le dio un beso.

–Eres mi madre. Es solo una palabra, pero describe todo el amor del mundo.

Un día después, cuando Byrne apareció en el helicóptero, Zoe los dejó a solas, con la excusa de seguir haciendo las maletas.

–Volveré en media hora –sonrió a Byrne encantadora–. Tomaremos café.

Aunque estaban solos, a Toni le resultaba difícil hablar. No podía olvidar las horas que habían pasado juntos. Era como si ese recuerdo la tuviera cautiva.

–¿Qué has decido hacer? –preguntó Byrne por fin, con los ojos en su cara arrebolada. Su belleza era totalmente natural. No se había dado maquillaje, solo un ligero brillo en los labios y el pelo recogido en un moño alto. Llevaba una camiseta corta ajustada como una segunda piel, y pantalones cortos blancos que mostraban al mundo sus largas piernas doradas.

–Zoe quiere que vuelva a París con ella. Ha de cerrar todos los asuntos pendientes –dijo Toni, viendo a una bandada de corellas blancas posarse en los árboles.

–Entonces, ¿piensa volver?

–Está lista para dejar Europa –explicó Toni, contenta con la decisión–. Está pensando en comprarse un apartamento de lujo en el puerto de Sídney.

–Le costará una fortuna –dijo Byrne con tono seco.

–Claude se ha portado muy bien con ella.

–Ella, a cambio, se ha portado bien con Kerry y contigo –admitió él.

–Todo ha salido muy bien –dijo Toni satisfecha.

–¿Y tú no tuviste nada que ver con eso?

–Le sugerí algunas soluciones –murmuró mirando a su amado, y volvió la cabeza.

–¿Cómo?

–Dime que me quieres –barbotó, con lágrimas en los ojos.

–No me mires así, Toni –pidió, alcanzando su mano y llevándosela a los labios.

–¿Es mejor si sonrío?

–Tus lágrimas me desarman –respondió, casi con dureza–. No estamos solos, aunque Zoe ha sido muy diplomática al retirarse.

–No puedo olvidar la otra noche –dijo ella, con mirada ensimismada.

–Dime que no te arrepientes.

–¿Arrepentirme? –lo miró incrédula. Negó con la cabeza como si el recuerdo fuera demasiado para ella–. Yo te quiero, Byrne.

–¿Y nunca querrás a otro? –preguntó él con voz suave y mirada intensa.

–¿Qué quieres que conteste?

–¿Nunca? –insistió él–. Porque sé que nunca te dejaré marchar. Con esos ojos violeta que me miran desesperados. ¿No sabes que a mí me pasa lo mismo?

Ella desvió la mirada, recordando las cosas que él le había dicho.

–Sí –musitó.

Estuvieron en silencio un momento, emocionados.

–Puede que te parezca duro, pero me gustaría que te fueras con Zoe. Haz todo lo que tengas que hacer. Piénsalo. Cuando estés lista, vuelve a casa –dijo Byrne por fin, como si hubiera tomado una decisión.

–Entonces, dejas que me marche –protestó asombrada. No esperaba oír eso.

–No comprendes mi razonamiento. Sabes un montón, pero te queda mucho que aprender. Esto es una corta separación, para que entiendas tus sentimientos verdaderos.

–¿Quieres decir que mire el amor con cierta perspectiva? –rio ella con aspereza.

–Mírate –apaciguó él–. Sabes que estás muy exaltada.

–¿Por qué no habría de estarlo, después de lo que ocurrió? –preguntó. Su ira se desvaneció igual que había aparecido. Se agarró la manos y las puso sobre el regazo–. ¿Tomamos café? –ofreció, nerviosa–. Incluso he preparado tarta de chocolate.

–Entonces tendré que probarla.

–Me encanta que vengan visitas –dijo, poniéndose en pie con gracia.

Incluso el amor tiene su lado afilado.

Byrne no la llamó desde Australia. La escribía cartas largas y llenas de noticias. No podían llamarse cartas de amor, pero eran tan vívidas que la hacían sentirse como si estuviera con ella en la habitación. Aparte de contarle todo lo que pasaba en casa, también le daba consejos. Consejos de hermano mayor. En realidad, eran consejos que una vez deseó le diera Kerry, pero que nunca recibió. Si no hubiera estado muy segura de él, podría haber pensado que aquella noche inolvidable solo era una fantasía. Algunas noches, lágrimas de frustración surcaban sus mejillas. Echar a Byrne de menos era una agonía.

Zoe tardó mucho más de lo que esperaba en despedir-se de sus amigos, vender el apartamento y organizar sus cosas. Cuando estaban concretando la fecha de vuelta, Claude sufrió un leve ataque al corazón. Desde que se ha-bían separado, Claude había vuelto a su gran mansión del siglo XVI, en el valle del Loira, pero él y Zoe se mantenían en contacto. Ahora que los dos eran libres, se llevaban me-jor que nunca. Claude, veinte años mayor que Zoe, la que-ría de verdad, pero había sido incapaz de seguir el ritmo de su energía y exigencias sexuales. Ahora que no tenía que hacerlo, las tensiones habían desaparecido. Al conocer la noticia, Zoe hizo una maleta inmediatamente, para ir con él.

–¿Estás segura de que no quieres venir conmigo? –su-plicó–. Claude está muy encariñado contigo. Estoy segura de que te dejará algo en su testamento.

–No quiero que me deje nada, mamá –musitó débil-mente Toni–. Dale recuerdos y dile que deseo que se recu-pere pronto.

¿Llegaría alguna vez a comprender a su madre? Desde la separación, Claude y Zoe eran prácticamente insepara-bles. A Zoe le encantaba que le hicieran reír y Claude le contaba historias divertidas en cuatro idiomas.

Cuando llegó el sábado, Zoe no había vuelto, pero ha-bía llamado todos los días para informarla del estado de Claude.

–Ha sido un aviso –dijo Zoe. Él no quería que Zoe vol-viera a Australia, pero ella le había prometido que pasaría algún tiempo con él todos los años. Claude sabía vivir, en opinión de Zoe. Buena comida, vinos excelentes, cigarros puros, que era incapaz de dejar, y que, a juicio de Toni, eran la causa de su infarto.

Como estaba sola, decidió aceptar una invitación a cenar con unos amigos, pero en el último minuto pensó no seguir la fiesta en un club nocturno. No podía concentrarse en nada, ni en nadie. La nostalgia le corroía el corazón. Si hubiera sido totalmente honesta, habría reconocido que no lo estaba pasando nada bien. Podía volver a casa sin esperar a Zoe, desde luego. Viviendo en el romántico París, que había adorado, se sentía sola y aburrida. Cada fibra de su cuerpo ansiaba estar con un hombre de ojos gris plata y pelo negro, un hombre cuya sola presencia la hacía vibrar.

Sus amigos la dejaron a la puerta de su edificio. No llevaba dentro ni diez minutos cuando sonó el timbre, sobresaltándola. Tenía que ser Zoe. Nadie más podía entrar. El edificio era muy seguro. Era típico de Zoe no avisarla de que volvía.

Cuando abrió la puerta, la sorpresa la dejó sin respiración.

Byrne estaba en el umbral, con una gran sonrisa en el rostro y al menos dos docenas de rosas en el brazo.

—Bueno, ¿no me vas a invitar a entrar? –preguntó como si nunca hubieran estado separados–. ¿O es que estás en estado de shock?

—Byrne, ¿eres tú? –dijo, intentando reír, pero sin conseguirlo.

—En carne y hueso –respondió. Se acercó a ella, inclinó la cabeza y la besó suavemente.

Toni se apoyó en la puerta un momento, y respiró profundamente.

—Entra, por favor. Estoy sorprendida –se sentía ligera como una pluma, a punto de volar.

—Es un apartamento precioso, Antoinette –dijo, echando una ojeada a su alrededor.

—Claude se lo regaló a Zoe cuando se casaron –explicó rápidamente–. Lo ha vendido, pero tardarán algunas semanas en firmar los papeles. Ahora está con Claude. Ha sufrido un infarto, pero ya está mejor.

–Me alegro –contestó Byrne automáticamente, mirándola y ofreciéndole las rosas. Llevaba un traje gris de corte impecable, una corbata de seda roja y camisa azul claro. Estaba imponente.

–¿Toni? –protestó suavemente.

–Perdona –dijo ella acercándose–. Me has sorprendido tanto, que no estoy segura de no estar alucinando –aceptó las rosas, y decidió repartirlas entre dos grandes floreros de cristal.

–Espera, deja que te ayude –Byrne tomó un florero mientras ella iba a por el otro.

–Son preciosas, gracias –dijo, enterrando la cara entre los fragantes pétalos rojos–. Dime, ¿cómo has entrado? Georges es muy estricto en lo que se refiere a seguridad.

–Le dije que era tu amigo de Australia –explicó–. Las rosas fueron la puntilla. Llevo llamándote casi toda la tarde.

–He salido con unos amigos –explicó nerviosa, luchando contra su emoción.

–Estás maravillosa. Pero ¿no has perdido peso?

–Sigo un programa de gimnasia rigurosa –bromeó Toni.

–Pues ya puedes ir cancelándolo. Estás al límite de la fragilidad.

Dejó que sus ojos la recorrieran. Llevaba un vestido de noche corto, y muy sexy, color oro viejo, con un corpiño bajo que caía haciendo pliegues, y un remate de encaje que revelaba sus bellas piernas. Desde luego había adquirido el garbo parisino.

–Por favor, Byrne, siéntate. ¿Quieres algo?

–Desde luego que sí.

–¿Qué? –preguntó sin poder apartar la vista.

–Dime, por qué estás tan malditamente nerviosa –pre-

guntó, sentándose en uno de los sofás, tapizado con bro-
cado azul.

–Siempre haces que me sienta así.

–¿Me has echado de menos? –preguntó con una chispa
traviesa en los ojos.

–¿Te ofendería que te dijera que he estado muy ocupada?

–No. Yo también lo he estado. Di la verdad.

–Te he echado muchísimo de menos –barbotó ella–.
Pero muchas gracias por tus cartas. Me lo contabas todo
excepto si me echabas de menos.

–¿Por qué iba a estar aquí si no, Antoinette? –dijo. Se
puso en pie, soltando una descarga eléctrica por toda la
sala–. Si la montaña no va a Mahoma...

–Eres muy cruel –exclamó ella, antes de que la tomara
en brazos y besara su boca con adoración.

–¿Has soñado conmigo? –insistió, llevándola al sofá y
sentándola en sus rodillas.

–Cuando conseguía dormir, sí. Byrne, me hace muy feliz verte –sonrió, con lágrimas en los ojos.

–Entonces, podrías demostrármelo.

Ella levantó los brazos y rodeo su cuello, vio las difu-
sas arrugas de tensión de su cara.

–No, hasta que no me digas que ya me has castigado
bastante.

–¿Castigarte? –gimió–. Dios, tu imagen me ha seguido
donde quiera que fuera. Eras mi primer pensamiento, el último y la mayoría de los de entremedias. Nada tiene significado sin ti. Te tengo clavada en el corazón.

Ella apretó los pequeños y blancos dientes, intentando
controlarse, pero las lágrimas comenzaron a surcar sus mejillas.

–Cariño, no llores por eso –la abrazó.

–Siempre consigues que llore. Te quiero muchísimo.

–Entonces, será mejor que te cases conmigo –sugirió Byrne con gran ternura.

–¿Lo dices en serio? –preguntó, resplandeciente.

–He cruzado medio mundo para hacerlo –contestó él, abrasándose de amor.

–Yo pensaba volver. Sin esperar a Zoe. No quiero estar lejos de ti.

–Entonces, ¿eso es un sí?

Fue un momento maravilloso, uno que jamás olvidaría.

–Sí –susurró.

–Vamos a sellarlo con un beso. Por una vida de amor y felicidad, Antoinette.

–Amén.

Pasó mucho tiempo antes de que volvieran a hablar.

Tras algunas contorsiones, Byrne consiguió sacar una caja del bolsillo de su chaqueta, que había dejado colgada en una silla.

–El ofrecimiento más antiguo que hace un hombre a su prometida –dijo, tomando su mano izquierda y besándola.

En la caja de terciopelo azul había una anillo glorioso. Un zafiro enorme, cuadrado, de color y transparencia perfectos, rodeado por una corona de diamantes.

–Qué otra cosa que un zafiro para una mujer con ojos como los tuyos –dijo Byrne.

EPÍLOGO

ERA un año de bodas para los Beresford, escribía la prensa rosa, cuatro en total, pero ninguna tan merecedora de atención como la de Byrne Beresford, presidente de Empresas Beresford, ganadero del legendario rancho Castle Hill y, sin duda, el soltero más codiciado del país, con la señorita Antoinette Streeton, única hija de la bella y popular Zoe LeClair y del difunto Eric Streeton, del rancho Nowra.

Las noticias continuaban explicando que la novia ya formaba parte de la familia, pues su hermano, Kerry, se había casado con la hermana del novio hacía unos meses. Al contrario que en aquella espléndida ocasión, el señor Beresford y la señorita Streeton habían preferido una ceremonia discreta.

Había sido un día abrasador, pero la noche fue maravillosamente fresca, la cúpula aterciopelada del cielo gloriosamente encendida de estrellas. Había cien invitados esperándola: familia, amigos, gente cercana a ella. Toda su vida Toni había soñado con casarse bajo la Cruz del Sur. Cuando se lo dijo a Byrne, la idea le pareció maravillosa, así que su boda sería un desfile bajo las estrellas.

Tras largas discusiones, optaron por erigir un anfiteatro en los jardines de Castle Hill. La verde pradera, enmarcada por magníficos gomeros y densa vegetación, y por un lago rebosante de nenúfares y lirios, con una flotilla de cisnes negros, quedó transformada en un templo al aire libre.

El traje de Toni parecía salido del sueño de una noche de verano. Un estilizado vestido de chifón blanco sobre seda, con el escote redondo y las mangas transparentes bordadas con pedrería de cristal; estelas de plata, y estrellas azules y doradas recorrían la falda en diagonal. En el cuello, llevaba el exquisito regalo de Byrne, un collar formado por dos cadenas de plata entrelazadas de modo que los diamantes que la decoraban formaban la silueta de la Cruz del Sur. Una diadema recubierta de satén aseguraba su velo corto, espolvoreado de lentejuelas; completaban el efecto los pendientes, bolas de diamante. Llevaba un ramillete nupcial de rosas crema, blancas y rosadas, entremezcladas con orquídeas y brotes verdes. En los pies llevaba unas sandalias de salón, con tres tiras.

–Estás demasiado bella para ser de verdad. Pareces una diosa –dijo Zoe, emocionada.

–Me siento mujer de pies a cabeza, mamá –sonrió Toni radiante. Una mujer deseosa de entregarse a su amado, de unirse a él en santo matrimonio, ante Dios y los hombres.

En el altar, frente al obispo MacGrath, Byrne volvió sus brillantes ojos hacia su novia, consumido por su belleza y su apasionado amor por ella. Era encantadora interior y exteriormente. Su linda cara, vuelta hacia él, rivalizaba con el brillo de las estrellas. Sabía que la recordaría así durante toda la vida. Feliz, y con total confianza en la mujer que amaba, Byrne se volvió hacía el obispo MacGrath, que inició la ceremonia que les convertiría en marido y mujer.

Bianca.

Una noche que lo cambió todo...

Arion Pantelides siempre mantenía el dominio de sí mismo. Sin embargo, una noche quiso olvidarse de todo con una desconocida impresionante. La pasión dejó paso enseguida a la furia cuando él, que valoraba la sinceridad por encima de todas las cosas, descubrió que la mujer que se había derretido entre sus brazos acababa de enviudar. El matrimonio de Perla Lowell había sido una farsa muy dolorosa, pero en esos momentos, sola y sin un céntimo, se negaba a permitir que ese griego de corazón sombrío la intimidara. Sin embargo, cuando Arion le dio la oportunidad de que le mostrara cómo era, le demostró que no tenía nada que ocultar. Hasta que descubrió que estaba embarazada de él...

El dulce sabor de la inocencia

Maya Blake

N° 2368

¡YA EN TU PUNTO DE VENTA!

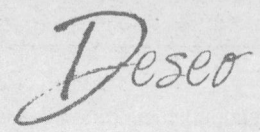

EL SECRETO DE LILA

SARA ORWIG

Como buen miembro activo del Club de Ganaderos de Texas, Sam Gordon era conservador hasta la médula. Al descubrir que Lila Hacket, con quien había compartido una noche de pasión, estaba embarazada, decidió que tenía que casarse con ella.

Con una carrera en ciernes, Lila no tenía intención de cambiar su vida para convertirse en lo que Sam consideraba la esposa perfecta. Así que, si él deseaba que su bebé llevase el apellido Gordon, tendría que cambiar de idea sobre lo que realmente quería de ella... y qué estaba dispuesto a darle a cambio.

Nº 114

Quería llegar al corazón del texano

¡YA EN TU PUNTO DE VENTA!